AMIN MAALOUF

Semerkant

Çeviren
Ali Berktay

Roman

YAPI KREDİ YAYINLARI

Yapı Kredi Yayınları - 285
Edebiyat - 27

Semerkant / Amin Maalouf
Özgün adı: Samarcande
Çeviren: Ali Berktay

Editör: Korkut Erdur
Düzelti: Filiz Özkan

Kapak tasarımı: Nahide Dikel

Baskı: Promat Basım Yayım San. ve Tic. A.Ş.
Orhangazi Mahallesi, 1673. Sokak, No: 34 Esenyurt / İstanbul
Sertifika No: 44762

Çeviriye temel alınan baskı: Jean-Claude Lattès, Paris, 1988
1. baskı: İstanbul, Şubat 1993
(1-34. baskılar Esin Talû-Çelikkan'ın çevirisiyle)
103. baskı: İstanbul, Şubat 2023
ISBN 978-975-08-1003-1

Yapı Kredi Kültür Sanat Yayıncılık Ticaret ve Sanayi A.Ş.
İstiklal Caddesi No: 161 Beyoğlu 34433 İstanbul
Telefon: (0 212) 252 47 00 Faks: (0 212) 293 07 23
http://www.ykykultur.com.tr
e-posta: ykykultur@ykykultur.com.tr
facebook.com/yapikrediyayinlari
twitter.com/YKYHaber
instagram.com/yapikrediyayinlari

Yapı Kredi Kültür Sanat Yayıncılık
PEN International Publishers Circle üyesidir.

SEMERKANT

Amin Maalouf 1949'da Lübnan'da doğdu. Ekonomi ve toplumbilim okuduktan sonra gazeteciliğe başladı; 1976'dan beri Paris'te yaşıyor. Çeşitli yayın organlarında yöneticilik ve köşe yazarlığı yapmış olan Maalouf, bugün vaktinin çoğunu kitap yazmaya ayırmaktadır.

Çok iyi bildiği Asya ve Akdeniz çevresi kültürlerinin söylencelerini yapıtlarında başarıyla işleyen Maalouf, ilk kitabı *Les Croisades vues par les Arabes* (1983), (*Arapların Gözüyle Haçlı Seferleri*, YKY, 2006) ile tanındı ve bu kitabın çevrildiği dillerde de büyük bir başarı kazandı. 1986'da yayımlanan ve aynı yıl Fransız-Arap Dostluk Ödülü'nü kazanan ikinci kitabı (ilk romanı) *Léon l'Africain* (*Afrikalı Leo*, YKY, 1993) ise bugün bir "klasik" kabul edilmektedir.

Maalouf'un 1988'de yayımlanan ikinci romanı *Samarcande* da (*Semerkant*, YKY, 1993) coşkuyla karşılandı ve pek çok dile çevrildi. *Les Jardins de Lumière* (1991), (*Işık Bahçeleri*, YKY, 2004) ve *Le I*[er] *Siècle après Béatrice* (1992), (*Beatrice'ten Sonra Birinci Yüzyıl*, YKY, 2005) adlı romanlarının ardından, 1993'te yayımlanan romanı *Le Rocher de Tanios* (*Tanios Kayası*, YKY, 1995) ile Goncourt Ödülü'nü kazanan yazarın, *Les Echelles du Levant* (*Doğu'nun Limanları*, YKY, 1996) adlı romanı 1996'da, *Les Identités Meurtrières* (*Ölümcül Kimlikler*, YKY, 2000) adlı deneme kitabı 1998'de çıktı. Maalouf 2000'de *Le Périple de Baldassare*'ı yayımladı (*Yüzüncü Ad - "Baldassare'nin Yolculuğu"*, YKY, 2000). Finlandiyalı müzisyen Kaija Saariaho'nun bestelediği opera için yazdığı *L'amour de loin* (*Uzaktan Aşk*, YKY, 2002) Maalouf'un ilk librettosudur. 2004'te *Origines* (*Yolların Başlangıcı*, YKY, 2004) adlı romanı, 2006'da ikinci librettosu *Adriana Mater*, (YKY, 2004) 2009'da ise ikinci deneme kitabı *Le dérèglement du monde* (*Çivisi Çıkmış Dünya*, YKY, 2009) yayımlanmıştır. Amin Maalouf 2011 yılında Fransız Akademisi'ne (Académie Française) seçilmiştir. 2019 yılında kaleme aldığı *Les naufrages des civilisations* (*Uygarlıkların Batışı*, YKY, 2019) Prix Aujourd'hui Jüri Özel Ödülü'ne (Fransa) ve Tiziano Terzani Uluslararası Edebiyat Ödülü'ne (İtalya, 2020) layık görüldü.

Ali Berktay tiyatro yazarı, editör, çevirmen. 1960 yılında İstanbul'da doğdu. Galatasaray Lisesi'ni bitirdi. 1982-1994 yılları arasında önce İsveç, sonra Fransa'da Halk Oyuncuları Tiyatrosu'nda çalıştı. Tiyatro kaynaklarımız ve dünyadaki çeşitli tiyatro akımları konusunda çeviriler, araştırmalar yaptı. Bu konulardaki bazı makale ve çevirileri, yurtdışında basılan çeşitli dergilerde yayımlandı. 2006'dan bu yana İş Bankası Kültür Yayınları'nda tarih ve sosyal bilimler dizisi editörü olarak çalışıyor.

Amin Maalouf'un
YKY'deki kitapları:

Afrikalı Leo (1993)
Semerkant (1993)
Tanios Kayası (1995)
Doğu'nun Limanları (1996)
Ölümcül Kimlikler (2000)
Yüzüncü Ad - "Baldassare'nin Yolculuğu" (2000)
Uzaktan Aşk (2002)
Işık Bahçeleri (2004)
Yolların Başlangıcı (2004)
Béatrice'ten Sonra Birinci Yüzyıl (2005)
Adriana Mater (2006)
Arapların Gözünden Haçlı Seferleri (2006)
Çivisi Çıkmış Dünya (2009)
Doğu'dan Uzakta (2012)
Fransız Akademisi'ne Kabul Konuşması (2017)
29 Numaralı Koltuğun Hikâyesi -
Fransa Tarihinin Dört Yüzyılı (2018)
Uygarlıkların Batışı (2019)
Empedokles'in Dostları (2021)

Yüzüncü Ad 1 - Baldassare'nin Yolculuğu (2013)
Yüzüncü Ad 2 - Yıldızsız Gökyüzü (2013)
Yüzüncü Ad 3 - Cenova'nın Ayartması (2014)

İÇİNDEKİLER

Babama

Ve şimdi gezdir gözlerini Semerkant'ın üzerinde! Değil mi ki o yeryüzünün ecesi? Alıp tüm diğer kentlerin yazgı iplerini ellerine, çıkmamış mı hepsinin üstüne o mağrur?

Edgar Allan Poe
(1809-1849)

Atlas Okyanusu'nun dibinde bir kitap yatıyor. Anlatacağım, işte onun hikâyesi.

Hikâyenin sonunu belki biliyorsunuz, o devrin gazeteleri nakletmişlerdi, o tarihten sonra yayımlanan kimi eserlerde de kayda geçti: *Titanic* 1912 yılında Nisan'ın 14'ünü 15'ine bağlayan gece, Newfoundland açıklarında battığında kurbanların en ünlüsü bir kitaptı: İranlı şair, gökbilimci, bilge Ömer Hayyam'ın *Rubaiyat*'ının mevcut tek yazma nüshası.

Bu deniz kazasından fazla söz edecek değilim. Başkaları faciayı dolar cinsinden ölçtüler zaten, cesetlerin sayımını usulünce yapıp son sözlerini zapta da geçtiler. Altı yıl sonra, aklımdan hâlâ çıkmayan tek şey, kısacık bir süre naçizane emanetçiliğini üstlendiğim, damarlarında mürekkep dolaşan o varlık. Onu doğum yeri olan Asya'dan koparıp alan ben değil miydim? Ben, yani Benjamin O. Lesage? Benim valizlerimin içinde binmedi mi *Titanic* gemisine? Ve onun bin yıllık seyrini kesintiye uğratan, benim çağımın kibri olmadı mı?

O günden sonra dünya her gün biraz daha kana boyandı, her gün biraz daha gölgelendi ve hayat da benim yüzüme bir daha gülmedi. Geçmişin seslerinden başka bir şey işitmeyip çocukça bir umudu besleyebilmek, ısrarlı bir hayali içimde büyütebilmek için insanlardan uzaklaştım: Onun bir gün yeniden bulunacağı hayalini. Altın mahfazası sayesinde hiç zarar görmemiş, üstelik yazgısı yeni bir *Odysseia* ile zenginleşmiş olarak çıkacaktı denizin gün yüzü görmeyen derinliklerinden. Parmaklar onu okşayabilecek, açabilecek, içine dalabilecekti; tutsak aldığı gözler başından geçenlerin tarihçesini derkenardan derkenara kayarak izleyecek, şairi, ilk dizelerini, ilk sarhoşluklarını, ilk korkularını keşfedeceklerdi. Ve Haşşaşinler tarikatı. Sonra gözlerine inanamayarak, kum ve zümrüt rengi bir minyatürün karşısında çakılıp kalacaklardı.

Ne tarih var, ne imza o resimde, hayranlığı veya hayal kırıklığını yansıtan şu sözler sadece: *Semerkant, Dünya'nın ezelden beri Güneş'e çevirdiği en güzel yüz.*

BİRİNCİ KİTAP
ŞAİRLER VE ÂŞIKLAR

Var mı dünyada günah işlemeyen, söyle;
Yaşanır mı hiç günah işlemeden, söyle;
Bana kötü deyip kötülük edeceksen,
*Yüce Tanrı, ne farkın kalır benden, söyle.**

Ömer Hayyam

* Çev. Sabahattin Eyuboğlu. (Kitapta kullanılan tüm Sabahattin Eyuboğlu çevirileri "*Hayyam, Bütün Dörtlükler,* Cem Yayınevi, İstanbul, 1973" baskısından alınmıştır.)

I

Kimi zaman, ağır ve iç karartıcı bir günün ardından inen Semerkant akşamında, işsiz güçsüz takımı baharat çarşısının yakınındaki çifte meyhane çıkmazında volta atmaya gelirdi. Amaçları güzel kokulu Soğd şarabının tadına bakmak değil, geleni gideni kollayıp çakırkeyif olmuş bir içkiciyi yakaladıklarında tepesine çullanmaktı. Kurban, toz toprağın içinde sürüklenir, yemediği küfür kalmaz ve baştan çıkarıcı şarabın yüzündeki yalazlanmasını sonsuza dek hatırlatacak cehennem ateşlerinde yanması için beddualar edilirdi.

Rubaiyat yazması, 1072'nin yaz aylarında yaşanan böyle bir olayın sonucunda doğacaktı. O sırada Ömer Hayyam yirmi dört yaşındaydı, Semerkant'a geleli çok olmamıştı. O akşam meyhaneye mi gidiyordu, yoksa sokaklarda aylak aylak dolaşırken yolu tesadüfen mi oraya düşmüştü? Meçhul bir şehirde, sona ermekte olan günün binbir ayrıntısına pürdikkat kesilmiş bir halde sokakları arşınlamanın o taptaze keyfini sürüyordu: Ravent tarlası sokağında küçük bir oğlan tezgâhın birinden aşırdığı elmayı sıkı sıkı göğsüne bastırarak tabanları yağlamış kaçıyor; çuhacılar çarşısında ise yerden yüksek bir dükkânın içinde kandil ışığında yine bir tavla partisi sürüyor, zarlar atılıyor, oyunculardan biri söverken öteki kahkahalarını güçlükle bastırıyordu; urgancılar çarşısının kemerleri altında bir katırcı şadırvanın yanında durmuş, birleştirerek uzattığı avuçlarını dolduran serin suyu seyrediyordu; sonra dudaklarını uzatarak sanki uyuyan bir çocuğun alnına bir buse konduracakmış gibi eğildi; susuzluğunu giderdikten sonra ıslak avuçlarını yüzünde gezdirip, şükretti mırıldanarak, yerden bir karpuz kabuğu alıp suyla doldurdu, hayvanı da su içebilsin diye götürdü ona.

Tütsücüler meydanında hamile bir kadın yolunu kesti Hayyam'ın. Peçesi sıyrılmıştı, on beşinde ya vardı ya yoktu. Tek kelime etmeden, saf dudaklarıyla bir kez bile gülmeden, Hayyam'ın biraz önce satın aldığı ve avcunda taşıdığı kavrulmuş bademlerden bir tutam alıverdi. Hayyam hiç şaşırmadı buna, Semerkant'ın bu epey eski inancından haberi vardı: Hamile bir kadın sokakta hoşuna giden bir yabancıyla karşılaşırsa hiç çekinmeden onun yemeğini paylaşmalıydı; o zaman çocuk o yabancı kadar güzel, onun gibi ince uzun olur; aynı soylu ve düzgün yüz hatlarını alırdı.

Ömer, uzaklaşıp giden meçhul kadının ardından bakarken, avcunda kalan bademleri gururla çiğniyordu ağır ağır. Bir uğultu çarptı kulaklarına, adımlarını hızlandırdı. Zincirlerinden boşanmış bir kalabalığın ortasında buldu kendini bir müddet sonra. Upuzun kolları ve bacaklarıyla iskeleti andıran bir ihtiyar yere serilmişti bile; başı açıktı, darmadağınık beyaz saçlarının arasından meşini andıran kafa derisi gözüküyordu. Öfke ve korkuyla attığı çığlıklar biteviye uzayan bir hıçkırığa dönüşmüştü. Gözleriyle yalvardı yeni gelene.

Zavallı adamın çevresinde, tehditkâr sakalları, intikamcı sopaları ile yirmi kadar adam toplanmış, çevrelerini de arada biraz mesafe bırakan keyifli bir seyirci halkası sarmıştı. İçlerinden biri Hayyam'ın allak bullak olmuş yüzünü görünce, içini rahatlatmak ister gibi, "Bir şey yok canım, alt tarafı Uzun Cabir işte!" dedi. Ömer yerinden sıçrayıverdi, bir utanç düğümlendi boğazında, mırıldandı: "Cabir, Ebu Ali'nin arkadaşı!"

Çok sık rastlanan, sıradan bir addı aslında Ebu Ali. Ama bu ad Buhara, Kordoba, Belh veya Bağdat'ta, okumuş yazmış bir adamın dudaklarından böyle saygıyla karışık bir aşinalıkla döküldüğünde, kimin kastedildiği konusunda hiçbir kuşkuya yer kalmazdı: Batı'da Avicenna ismiyle meşhur, Ebu Ali İbn Sina. Ömer onunla hiç karşılaşmamış, o öldükten on bir yıl sonra doğmuştu; ama kendi neslinin tartışmasız hocası, tüm ilimlerin sahibi, Aklın havarisi olarak büyük bir saygı beslerdi ona.

Hayyam yeniden mırıldandı: "Cabir, Ebu Ali'nin en gözde öğrencisi!" Adamı ilk kez görse de, onun acıklı ve ibret verici yazgısının her satırını biliyordu. İbn Sina tıp ve kelam ilimlerinde onu kendi devamcısı olarak görüyor, ispatlarının gücüne hayranlık duyuyordu; eleştirdiği tek nokta, fikirlerini fazla yüksek sesle ve çok dobra dobra açıklamasıydı. Cabir, bu kusuru yüzünden birçok kez hapse atılmış ve üç kez de meydan dayağına çekilmişti; bunların sonuncusunda, Semerkant'ın Büyük Meydan'ında öküz sinirinden yapılmış kamçı, tüm yakınlarının huzurunda, tam yüz elli kez inmişti bedenine. Bu aşağılayıcı cezanın ardından bir daha kendini toparlayamamıştı. Gözü karalığı ne zaman meczupluğa dönmüştü acaba? Kuşkusuz karısı öldüğünde. Artık üstü başı lime lime, ayakları birbirine dolaşarak ve küfürler ederek, zındıkça zırvalar haykırarak arşınlıyordu sokakları. Kahkahalarla el çırpan çocuk sürüleri peşini bırakmıyor, attıkları sivri taşlarla yaralıyorlardı onu, bazen gözlerinden yaşlar akacak kadar çok yanıyordu canı.

Ömer sahneyi izlerken düşünmeden edemedi: "Dikkat etmezsem, ben de böyle tükenip enkaza döneceğim." Ayyaşlıktan korkmuyordu, kendini kolay kolay kaptırıp koyvermeyeceğini bilirdi çünkü, şarapla aralarında karşılıklı bir saygı oluşmuştu, ne şarap onu yere serer, ne o şarabı döküp saçardı yerlere. Asıl çekindiği kalabalıklardı, kalabalıkların içindeki özsaygı duvarını yıkmasıydı... Bu çökmüş, yere serilip etrafı kuşatılmış adamı seyrettikçe kendini tehdit altında hissediyor, yolunu çevirip oradan uzaklaşmak istiyordu. Ama İbn Sina'nın bir yakınını da bu güruhun insafına terk edemeyeceğini biliyordu. Ağır ve oturaklı üç adım attı, son derece rahat bir tavır takınıp hâkim bir el hareketinin eşlik ettiği tok ve kararlı bir sesle:

– Bırakın şu zavallıyı gitsin, dedi.

Çetenin başını çeken adam o sırada Cabir'in üzerine eğilmiş durumdaydı; doğruldu, burnunu başkalarının işine sokan bu davetsiz misafirin karşısına gelip dikildi. Sakalının altında sağ kulağından çenesinin ucuna kadar uzanan derin bir bıçak yarası görülüyordu ve yüzünün bu oyuk tarafını karşısındakine dönüp bir hüküm açıklar gibi konuştu:

– Bu adam sarhoşun, zındığın, feylesofun teki!

Bu son kelime ağzından beddua okur gibi, tükürürcesine çıkmıştı.

– Biz Semerkant'ta hiçbir *feylesof* istemiyoruz artık!

Kalabalıktan onu onaylayan bir uğultu yükseldi. Bu insanların gözünde "filozof" lafı, Yunanların dindışı ilimleriyle ve daha genel anlamda da din ya da edebiyat alanına girmeyen her şeyle fazla yakından ilgilenen herkesi ifade ediyordu. Ömer Hayyam da genç yaşına rağmen şimdiden önde gelen *feylesof*lardan biri ve şu zavallı Cabir'den de çok daha büyük bir avdı.

Façalı Surat onu tanımamıştı herhalde, çünkü Hayyam'ı bırakıp yeniden ihtiyarın üzerine eğildi; sesi soluğu kesilen Cabir'i saçlarından yakaladı, başını üç dört kez sarstı, sanki en yakındaki duvara vurup parçalamak istiyormuş gibi yaptı, sonra birdenbire bıraktı. Çok hoyratça davransa da yine de temkinliydi; kararlılık gösterisini cinayete dek vardırmayı göze alamıyor gibiydi. Hayyam da tam bu ânı kollayıp yeniden araya girdi.

– Bırak şu ihtiyarı, dul bir adam o, hasta, meczup, görmüyor musun, dudaklarını bile zor kımıldatıyor.

Elebaşı bir sıçrayışta doğruldu, Hayyam'ın üstüne yürüdü, işaretparmağını neredeyse sakalının içine kadar soktu:

– Madem bu kadar iyi tanıyorsun onu, söyle bakalım sen kimsin? Semerkantlı değilsin! Seni bu şehirde daha önce hiç görmemiştik!

Ömer karşısındakinin elini tepeden bakan, ama sertlikten de sakınan bir hareketle kendisinden uzaklaştırdı; adamın saygısında gedik açıp kavgaya çanak tutmak istemiyordu. Adam bir adım gerilese de sorusunda ısrar etti:

– Adın ne yabancı?

Hayyam duraksadı, kimliğini açıklamak istemedi, sığınacak bir yer aradı, gözlerini ince bir bulutun hilalin üzerini örttüğü göğe kaldırdı. Bir an sessizlik, bir iç çekişi. Kendini bu temaşaya kaptırıp unutmak her şeyi, yıldızların adlarını saymak teker teker, kalabalıklardan uzakta, güvende olmak!

Güruh çevresini sarmıştı bile, bazı eller üzerine sürtünmeye başladı, kendini toparladı.

– Adım Ömer, Nişapurlu İbrahim'in oğluyum. Peki, sen kimsin?

Soru havada kaldı, adamın kendini tanıtmaya hiç niyeti yoktu. O kendi şehrindeydi ve soruları o soracaktı. Daha sonraları Ömer lakabını öğrenecekti onun: Façalı Suratlı Softa diye nam salacak, elinde sopası, ağzında Kuran'dan ayetler ve hadislerle Semerkant'ı tir tir titretecekti. Şimdilik nüfuz alanı, çevresini saran ve ağzından çıkan her söze, her hareketine dikkat kesilen şu gençlerle sınırlıydı.

Gözleri parladı birden. Çömezlerine doğru döndü. Sonra muzaffer bir edayla kalabalığı süzdü. Haykırdı:

– Hay Allah, Nişapurlu İbrahim Hayyam'ın oğlu Ömer'i diyarının nasıl oldu da tanıyamadım? Horasan'ın yıldızı, İran'ın ve iki Irak'ın* dehası, feylosofların şahı Ömer!

Sözde yerlere kadar eğilip alaylı alaylı selamladı onu, parmaklarıyla kanat çırptı sanki, sarığının iki yanında ve etrafına toplanmış aylakları kahkahadan kırıp geçirdi bu hareketleri.

– Bir dindarlık ve iman örneği sayılabilecek şu rubainin yazarını nasıl oldu da tanıyamadım:

Şarap testimi kırdın Allah'ım
Zevk yollarımı bağladın Allah'ım
Yere saçtın lâl rengi şarabımı
Tövbeler tövbesi, yoksa sen sarhoş musun Allah'ım?

Hayyam öfke ve kaygıyla dinledi. Böyle bir kışkırtma oracıkta cinayete davetiye çıkarmak demekti. Kalabalıktan hiç kimse bu kışkırtmaya alet olmasın diye, bir an bile yitirmeden yüksek ve berrak bir sesle cevabını patlattı:

– Ben bu rubaiyi ilk kez senin ağzından duyuyorum. Ama bak, şunu ben yazdım gerçekten:

Hiç, bildikleri hiçtir, bilmek istedikleri hiç,
Bak da gör şu cahilleri, kurulmuşlar tepesine dünyanın,
Onlardan değilsen şayet kâfir derler adama
Boş ver onları Hayyam, sen bak kendi yoluna.

Ömer'in "bak da gör" derken küçümseyici bir el hareketiyle hasımlarını işaret etmesi hataydı. Uzanan eller giysisini yakala-

* Irakeyn (iki Irak): Selçuklular döneminde bu bölge İran'ın batısını da kapsadığı için Irak-ı Arab ve Irak-ı Acem olarak adlandırılıyordu. (YN)

yıp çekiştirmeye başladı, üstü başı yırtılıyordu. Sendeledi. Sırtı önce arkasındaki bir dize çarptı, sonra da yerdeki düz döşeme taşlarına yapıştı. Saldırıya geçen kalabalığın altında ezilirken ellerinden kurtulmak için çırpınmaya kalkışmadı, giysilerinin parçalanmasına ve bedeninin lime lime edilmesine boyun eğecekti tevekkülle, gırtlağının kesilmesini bekleyen kurbanın o gevşek uyuşukluğuna bırakmıştı bile kendini, hiçbir şey hissetmiyor, hiçbir şey duymuyordu, kendi içine kapanmış, surlarını bulutlara dek yükseltip kapılarını sıkı sıkı örtmüştü.

Kurban törenini durduran on silahlı adamı da nereden çıktığı bilinmeyen davetsiz misafirler gibi seyretti. Keçe külahlarının üzerine *ahdâs*'ın, Semerkant şehir milisinin soluk yeşil alametlerini takmışlardı. Saldırganlar onları görür görmez Hayyam'dan uzaklaştılar; ama davranışlarını haklı çıkarmak için, kalabalığı da tanık göstererek haykırmaya başladılar:

– Simyacı! Simyacı!

Yetkililerin gözünde feylesofluk suç değildi, ama simya ile uğraşmak idam cezasını bile gerektirebilirdi.

– Simyacı! Bu yabancı, bir simyacı!

Ama devriye komutanının tartışmaya hiç niyeti yoktu.

– Eğer bu adam gerçekten simyacıysa, diye hükmünü açıkladı, o zaman onu Kadı Ebu Tahir'e götürmek gerek.

Herkesin unuttuğu Uzun Cabir sürüne sürüne en yakındaki meyhaneye varıp, bir daha asla dışarıda bela aramayacağına ant içerek, kapıdan içeri süzülürken Ömer de kimseden yardım almadan ayağa kalkmayı başarmıştı. Dimdik ve sessizce yürüdü; etrafındakileri hiçe sayan o asık yüzü, paramparça olmuş giysilerinin ve kan içindeki çehresinin üstünü, edebini koruyan bir peçe gibi örtüyordu sanki. Önünde yürüyen meşaleli milisler yol açıyorlardı. Arkasından saldırganlar, onların ardından da aylak takımı geliyordu.

Ömer onları görmüyor, işitmiyordu. Ona göre sokaklar ıssız, Dünya gürültüsüz, gökyüzü bulutsuz ve Semerkant da birkaç gün önce keşfettiği o rüyalar diyarıydı hâlâ.

Üç haftalık bir yoldan şehre gelmiş ve hiç dinlenmeden, geçmiş zaman seyyahlarının öğütlerini adım adım takip etmeye karar vermişti. Kuhandiz'in, eski kalenin taraçasına çıkın, diyorlardı, bakışlarınızı göz alabildiğine çevrenizde dolaştırın, sulardan ve yeşillikten, çiçek tarhlarından ve en zevkli bahçıvanlar tarafından öküz, fil, dizüstü çökmüş deve, karşı karşıya duran, birbirlerinin üzerine sıçramaya hazır panterler gibi şekiller verilerek budanmış servi ağaçlarından başka bir şey göremezsiniz. Gerçekten de Ömer'in gözüne surların içinde bile, batıdaki Manastır kapısından Çin kapısına varıncaya kadar, sık meyve bahçelerinden ve şırıl şırıl akan sulardan başka bir şey çarpmamıştı. Bir de şurada burada upuzun boyuyla tuğla bir minare, sanki gölgelerin içinden oyulup çıkarılmış bir kubbe, bir cihannümanın ak pak duvarı. Ve salkımsöğütlerin kuytusundaki bir su birikintisinin kenarında, saçlarını kavurucu rüzgârın altına serip kurumaya bırakmış, çırılçıplak yıkanan bir kadın.

Çok daha sonraları *Rubaiyat* yazmasını minyatürlerle süslemeye girişen, adı belirsiz nakkaşın da canlandırmaya çalıştığı böyle bir cennet görüntüsü değil miydi? Semerkant'ın kadılar kadısı Ebu Tahir'in ikamet ettiği Asfizar mahallesine götürülürken, Ömer'in aklından çıkmayan görüntü de bu değil miydi? İçinden yineleyip duruyordu: "Benim yıkanan kadınım sadece bir serap olsa da... Gerçeğin asıl yüzü o Façalı Surat olsa da... Bu serin gece ömrümün son gecesi olsa da... Bu şehirden nefret etmeyeceğim."

II

Kadı'nın geniş divanında, uzaktaki şamdanlardan vuran ışıkta Hayyam'ın teni fildişine dönmüştü. İçeri girer girmez yaşları ilerlemiş iki milis, sanki tehlikeli bir deliymiş gibi onu omuzlarından sıkı sıkı kavradılar. Kapının yanında bu halde beklemeye başladı.

Salonun öteki ucunda oturan Kadı onu fark etmedi önce, bir davayı halletmek üzereydi, davacılarla tartışıyor, birini ikna etmeye uğraşırken ötekini de paylıyordu. Çok eskiye uzanan bir komşu kavgasıydı anlaşılan, temcit pilavı gibi yinelenen hınçlar, saçma sapan ayrıntılar... Sonunda Ebu Tahir bıkkınlığını gürültülü bir biçimde dile getirdi, iki aile reisine oracıkta, kendi önünde sanki aralarında hiçbir ihtilaf yaşanmamış gibi kucaklaşmalarını emretti. İçlerinden biri bir adım attı, ama öteki, dar alınlı bir yarma karara karşı koyuyordu. Kadı ona var gücüyle öyle bir şamar aşk etti ki davayı izleyenlerin dizlerinin bağı çözüldü. Çam yarması yüzüne tokat atabilmek için ayak uçlarına basıp yükselmek zorunda kalmış bu topaç gibi, bodur ve şişman, öfkeli adama dikti gözünü bir an, sonra başını eğdi, yanağını ovuşturdu ve karara uydu.

Ebu Tahir herkesi dışarı çıkardıktan sonra, milislere yaklaşmalarını işaret etti. Milisler rapor verdiler, birkaç soruyu yanıtladılar, sokaklarda böyle bir kalabalık birikmesine nasıl olup da göz yumduklarını açıklamaya uğraştılar. Sonra söz sırası Façalı Surat'a geldi. Davranışını haklı gösterebilmek için, onu uzun süredir tanıdığı anlaşılan kadıya doğru eğildi ve heyecanlı heyecanlı anlatmaya başladı. Ebu Tahir duygularını hiç belli etmeden dikkatle dinledi. Sonra kısa bir süre düşünüp buyruğunu verdi:

– Ahaliye söyleyin, dağılsın. Herkes en kısa yoldan evine dönsün ve –saldırganlara hitap ederek– siz de evinize, hepiniz! Yarından önce hiçbir karar alınmayacak. Sanık geceyi burada, benim muhafızlarımın gözetimi altında geçirecek, başkalarının değil.

Böyle apar topar baştan savıldığını görünce şaşıran Façalı Surat itiraz edecek gibi oldu önce, ama hemen caydı. Cüppesinin eteklerini toplayıp, iki büklüm selam vererek, temkinli bir tavırla kadının huzurundan çekildi.

Ebu Tahir, kendi güvenilir adamları dışındaki tüm tanıklar çıkıp da Ömer Hayyam'la baş başa kalınca, bilmece gibi bir hoş geldin cümlesi söyledi:

– Burada Nişapurlu meşhur Ömer Hayyam'ı ağırlamak ne büyük bir şeref...

Kadı ne alaycıydı ne de sıcak davranıyordu. Duygularını hiç belli etmiyordu. Tekdüze bir ton, dümdüz bir sesle konuşuyordu; başında tülbent bir sarık vardı; gür kaşları karmakarışık, sakalı kırçıldı; bıyığı yoktu ve araştırıcı bakışları insanın üstünden bir an bile ayrılmıyordu.

Ömer bir saattir orada, üstü başı lime lime bir halde, ayakta beklediği, gelip geçen herkesin meraklı bakışları, gülümsemeleri, mırıldanmalarıyla karşı karşıya bırakıldığı için bu karşılamanın ne anlama geldiğini kestirmekte iyice zorlanıyordu.

Ebu Tahir bir an daha bekleyip, bu bekleyişi de ustaca damıttıktan sonra ekledi:

– Ömer, sen Semerkant'ta bilinmeyen bir isim değilsin. Genç yaşına karşın, bilgin şimdiden dillere destan oldu, başarıların medreselerde anlatılıyor. İbn Sina'nın hacimli bir eserini Isfahan'da yedi kez okuduktan sonra, Nişapur'a döndüğünde tek bir sözcük bile atlamadan ezbere tekrarladığın doğru değil mi?

Gerçekten yaşanmış bu başarısının Maveraünnehir'de de bilinmesinden gururu okşansa da, Ömer'in kaygıları henüz silinmemişti. Şafii mezhebinden bir kadı efendinin İbn Sina'nın adını anması, pek iç rahatlatıcı bir şey değildi; zaten oturmasına da hâlâ izin verilmemişti. Ebu Tahir sözüne devam etti:

– Tabii sadece başarıların dolaşmıyor dilden dile, bir de sana atfedilen tuhaf rubailer var.

Son derece ölçülü konuşuyor, ne suçluyor, ne aklıyor, dolaylı yoldan sorgulamakla yetiniyordu. Ömer sessizliği bozma vaktinin geldiğine hükmetti:

– Yüzü yaralı adamın tekrarladığı rubai bana ait değil.

Kadı, sabırsız bir el hareketiyle, itirazın önünü kesti. Ses tonu ilk kez sertleşti:

– Senin şu veya bu mısraı yazmış olmanın bir önemi yok. Bana nakledilen sözler öylesine zındıkça idi ki, bunları tekrarlasam o lafları ağzına almış kişi kadar suçlu hissederim kendimi. Ben sana bir şey itiraf ettirmeye, sana bir ceza vermeye uğraşmıyorum. O simyacılık suçlamaları da bir kulağımdan girip diğerinden çıktı. Burada yalnızız, iki ilim insanıyız ve ben sadece hakikati öğrenmek istiyorum.

Ömer'in içi hiç rahat değildi, kendisine tuzak kurulduğundan şüpheleniyor, cevap vermekte duraksıyordu. Sakatlanmak, hadım edilmek veya çarmıha gerilmek üzere cellada teslim edilirken görüyordu kendini. Ebu Tahir sesini iyice yükseltip neredeyse bağırdı:

– Nişapurlu çadır üreticisi İbrahim'in oğlu Ömer, bir dostu tanımayı bilir misin sen?

Bu cümlede Hayyam'ın merakını kamçılayan bir samimiyet vurgusu vardı. "Bir dostu tanımak" mı? Soruyu enine boyuna gözden geçirdi, kadı efendinin yüzüne baktı, o sırıtkan ifadeyi, titreşip duran sakalını inceledi. Yavaş yavaş güven duygusu geri geliyordu. Yüzündeki kasılma azaldı, hatları gevşedi. Efendilerinin bir işaretiyle kıskaçlarını gevşeten muhafızlarının elinden kurtuldu. Sonra buyur edilmeden gidip oturdu. Kadı iyi yürekli bir tavırla gülümsedi, ama sorgulamasını ara vermeden sürdürdü:

– Bazılarının söylediği gibi zındık mısın gerçekten?

Bir sorudan çok, tehlikeyi haber veren bir çığlıktı bu ve Hayyam onu hayal kırıklığına uğratmadı:

– Yobazların işgüzarlığından uzak durdum hep, ama Bir'in iki olduğunu da asla söylemedim.

– Peki, bu hiç aklından geçti mi?

– Asla, Allah şahidimdir.

– Bence bu yeterli. Sanırım Yaratan için de yeterlidir. Ama halk kalabalığı için bu yetmez. Hem senin, hem benim hem de emirlerin sözleri, en ufak davranışları bile her an takip ediliyor. Demişsin ki: "Bazen camiye giderim, orası gölgeliktir, güzel uyku çekilir."

– Sadece Rabbi'yle barış içinde olan bir adam ibadethanede rahatça uyuyabilir.

Ebu Tahir şüpheci bir ifadeyle suratını asınca, Ömer heyecanlanıp iyice ileri gitti:

– Ben, mahşer gününün dehşetinden başka iman, secdeden başka namaz tanımayanlardan değilim. Ben nasıl mı namaz kılarım? Bir gülü seyrederim, yıldızları sayarım, yaratılışın güzelliği, onun düzenindeki kusursuzluk karşısında büyülenirim, Rabbim'in en güzel eseri olan insanın, onun bilgiye aç beyninin, aşka aç gönlünün, uyanmış veya tatmin edilmiş tüm duyularının karşısında hayranlığa kapılırım.

Kadı düşünceli gözlerle ayağa kalktı, gelip Hayyam'ın yanına oturdu, babacan bir tavırla elini omzuna attı. Şaşkınlıktan ağızları açık kalan muhafızlar aralarında bakıştılar.

– Dinle genç dostum, Yüce Rabbim sana bir Âdem oğlunun elde edebileceği en değerli şeyleri bahşetmiş: Zekâ, belagat, sıhhat, güzellik, öğrenme, varoluşun tadına varma isteği, erkeklerin hayranlığı ve herhalde kadınların baygın iç çekişleri. Umarım Yaratan seni bilgelikten, dilini tutma bilgeliğinden yoksun bırakmamıştır; yoksa sahip olduğun tüm diğer vasıflar ne bir işe yarar ne de takdir görür.

– Düşündüklerimi ifade etmek için yaşlanmayı mı beklemem gerek?

– Her düşündüğünü ifade edebileceğin gün, senin torunlarının torunları bile ihtiyarlamış olacak. Şimdi sır ve korku devrindeyiz, iki yüzün olmalı, birini kalabalığa göstermeli, ötekini kendine ve Yaratıcı'na saklamalısın. Gözlerini, kulaklarını ve dilini korumak istiyorsan, gözlerin, kulakların ve bir dilin olduğunu unut.

Kadı sustu, bıçak gibi inmişti sessizlik. Karşıdakini konuşmaya çağıran sessizliklerden değil, eli kulağında bekleyen homurtusuyla uzamı dolduran sessizliklerdendi bu. Ömer, gözleri yerde bekledi, kadıya zihninde itişip duran kelimeler arasında bir seçim yapması için fırsat tanıdı.

Ama Ebu Tahir derin bir soluk aldı ve adamlarına sert bir sesle emir verdi. Muhafızlar uzaklaştı. Onlar kapıyı örter örtmez, Kadı divanın bir köşesine yöneldi, önce duvar halısının bir köşesini kaldırdı, sonra da üzerine çiçekler oyulmuş ahşap bir sandığın kapağını kaldırdı. İçinden çıkardığı kitabı, koruyucu bir gülümsemeyle yumuşattığı Ömer'e gösterişli bir hareketle takdim etti.

Bir gün benim, ben Benjamin O. Lesage'ın bizzat ellerimde tutacağım kitap buydu işte. Herhalde o zaman da ele alınıp dokunulduğunda aynı hisleri uyandırıyordu insanda. Kalın, sert bir deri, tavus kuyruğu biçiminde oymalar, düzensiz, yıpranmış varak kenarları. Ama o unutulmaz yaz gecesinde Hayyam kitabın kapağını açtığında, karşısında iki yüz elli altı boş sayfa gördü sadece: Ne bir şiir, ne bir minyatür, ne derkenara düşülmüş notlar ne de tezhipler...

Ebu Tahir heyecanını gizlemek için, malını öven çerçiler gibi konuşmaya başladı:

– Çin *kağız*'ı bu, Semerkant atölyelerinin bugüne kadar ürettiği en iyi kâğıt. Maturid mahallesinden bir Yahudi, benim siparişim üzerine tamamen beyaz dut ağacına dayalı kadim bir tarife göre imal etti bunu. Dokun bak, dokusu ipekle aynı.

Amacını açıklamadan önce gırtlağını temizledi:

– Benden on yaş büyük bir ağabeyim vardı, öldüğünde senin yaşındaydı. Belh şehrinde o günkü hükümdarın hoşuna gitmeyen bir şiir yazdı diye, parçalanarak öldürüldü. Onu gizlice zındık bir tarikat kurmakla suçlamışlardı, doğru muydu bilmiyorum, ama ben hayatını bir şiire, bir rubaiden biraz daha uzun zavallı bir şiire feda etti diye ağabeyime kızmıştım asıl.

Sesi titredi, sonra soluk soluğa yükseldi:

– Bu kitabı sakla. Ne zaman ki zihninde bir mısra şekillense, dudaklarına yaklaşıp dışarı dökülmek istese hiç düşünmeden tut, bastır onu ve sır gibi saklayacağın bu varakların üzerine yaz. Yazarken de Ebu Tahir'i düşün.

Kadı bu hareketinin, bu sözlerinin edebiyat tarihinin en iyi saklanmış sırlarından birine yol açacağını bilebilir miydi? Ömer Hayyam'ın o muhteşem şiirinin dünya tarafından keşfedilmesi, *Rubaiyat*'ın tüm zamanların en özgün eserlerinden biri olarak baş tacı edilmesi, Semerkant yazmasının tuhaf yazgısının öğrenilmesi için tam sekiz yüzyıl beklemek gerekeceğini tahmin edebilir miydi?

III

O gece, Ebu Tahir'in geniş bahçesinin ortasındaki çıplak bir tepenin üzerine kurulu ahşap cihannümada Ömer'i bir türlü uyku tutmadı. Yanındaki alçak sehpanın üstünde bir kalem ve mürekkep hokkası, sönük bir kandil ve açık duran kitabı vardı. Kitabın ilk sayfası hâlâ bembeyazdı.

Sabah tan ağarırken odasına rüya gibi giren güzel cariye ona bir tepsi dilimlenmiş kavun, yeni bir giysi, Çin ipeğinden sarıklık kumaş getirdi. Ve bir haber fısıldadı:

– Efendi sabah namazından sonra seni bekliyor.

Salon çoktan dolmuştu, davacılar, ricacılar, dalkavuklar, tanıdıklar, her sınıftan ziyaretçi yerlerini almıştı; haberi duyup koşan Façalı Suratlı Softa da aralarındaydı. Ömer kapıdan içeri adımını atar atmaz, kadı efendinin sesi tüm bakışların ve mırıldanmaların ona odaklanmasına neden oldu:

– Hoş geldin İmam Ömer Hayyam, Peygamberimizin hadislerini kimse senin kadar iyi bilemez, senedine kimse itiraz edemez, söylediklerine kimse karşı çıkamaz.

Teker teker ayağa kalkan ziyaretçiler yeni geleni saygıyla selamlayıp önünde eğildiler. Ömer göz ucuyla Façalı Surat'ı izliyordu; adam, utangaç bir alaycılık taşıyan bir ifadenin ardına sığınmış, köşesinde boğulacak gibi oturuyordu.

Ebu Tahir, yanında oturanları hızla yer değiştirmeye zorlayan çok gösterişli bir el hareketiyle Ömer'e hemen sağında yer gösterdi. Sonra sözün ardını getirdi:

– Muhterem misafirimizin başına dün akşam tatsız bir olay gelmiş. Horasan'da, Fars'ta ve Mazenderan'da adı şerefle anılan, her şehrin surları içinde ağırlamak istediği, her emirin sarayına almak için can attığı bu zat, dün Semerkant sokaklarında hırpalanmış!

Öfkeli nidalar yükseldi, bunları genel bir uğultu izledi. Kadı uğultunun yükselmesine bir müddet izin verdikten sonra bir el hareketiyle ortalığı yatıştırıp devam etti:

– Daha da kötüsü, çarşıda az kalsın bir ayaklanma çıkıyormuş. Bu sabah Allah'ın izniyle Buhara'ya gelmesi gereken haşmetli hükümdarımız, hanlığımızın güneşi Nâsır Han'ın ziyaretinin tam da arifesinde bir isyan! Eğer kalabalık denetim altına alınıp dağıtılamasaydı bugün nasıl bir belayla karşı karşıya kalırdık, düşünmek bile istemiyorum. Size söyleyeyim: Şu anda bir sürü baş, omuzların üzerinde sallanmaya başlamış olurdu!

Biraz soluklanmak, bıraktığı etkiyi ölçmek ve en önemlisi korkunun gönüllere nüfuz etmesine zaman bırakmak için söze biraz ara verdi.

– Neyse ki şu anda burada bulunan eski talebelerimden biri muhterem misafirimizi tanımış; hemen gelip beni uyardı.

Parmağıyla Façalı Suratlı Softa'yı gösterdi ve ayağa kalkmasını istedi:

– İmam Ömer'i nasıl tanıdın?

Adam ağzının içinde bir şeyler geveledi cevap niyetine.

– Daha yüksek sesle! Buradaki yaşlı amca seni duyamıyor! diye haykırdı kadı, hemen solunda oturan ak sakallı bir ihtiyarı göstererek.

– Saygıdeğer misafirimizi belagati sayesinde tanıyabildim, diye zar zor konuşabildi Façalı Surat; kimliğini sorduktan sonra Kadı efendimizin yanına götürdüm.

– Çok iyi yaptın. Eğer karışıklık sürseydi, kan akardı. Gel de misafirimizin yanına otur sen de, bunu hak ettin.

Façalı Surat sözüm ona itaatkâr bir havada yaklaşırken, Ebu Tahir, Ömer'in kulağına fısıldadı:

– Dostun olmasa bile, en azından halkın içinde sana bulaşamaz bundan böyle.

Yüksek sesle söze devam etti:

– Çektiği tüm sıkıntıya karşın Hoca Ömer'in Semerkant'ı çok da kötü anmayacağını ümit edebilir miyim?

– Ben dün akşam olanları unuttum bile, diye cevap verdi Hayyam. Ve daha sonraları bu şehri düşündüğümde, zihnimde bambaşka bir görüntü kalacak, harika bir adamı hatırlayacağım. Ebu Tahir'den söz etmiyorum. Bir kadıya yapılabilecek en iyi övgü, onun vasıflarını değil sorumluluğu altındaki insanların dürüstlüğünü yüceltmektir. Bu şehre geldiğim gün, katırım Kiş kapısına varmadan önceki son yamacı binbir güçlükle tırmanmıştı; tam ayağımı yere bastım ki, bir adam yanıma geldi.

– Bu şehre hoş geldin, dedi bana, burada hısım akraban, ahbabın var mı?

Hayır, diye cevap verip yoluma devam ettim, çünkü bir dolandırıcıya, en azından bir dilenciye veya baş belası birine çatarım diye endişelenmiştim. Ama adam yeniden söze başladı:

– Israrım seni kuşkulandırmasın, soylu misafir. Burada durup gelecek her yolcuyu kollamamı ve ona misafirperverlik göstermemi efendim buyurdu bana.

Yoksul birine benziyordu, ama üstü başı temizdi ve saygın insanların uyduğu görgü kurallarından da habersiz değildi. Peşinden gittim. Beni birkaç adım ilerideki ağır bir kapıdan içeri soktu; üstü kemerli bir geçitten geçip kendimi bir kervansarayın avlusunda buldum. Ortada bir kuyu, etrafında insanlar ve hayvanlar, avlunun çevresinde de iki kata dağılmış durumda yolcu odaları vardı. Adam dedi ki:

– Burada istediğin kadar, ister bir gece, ister bütün bir mevsim kalabilirsin; kendin için döşek ve yemek, katırın için de ot bulursun.

Kaç para ödeyeceğimi sorunca, yüzü gölgelendi.

– Sen burada efendimin misafirisin, dedi.

– Peki bu cömert ev sahibi nerede? Göster ki kendisine şükranlarımı ifade edebileyim.

– Efendim öleli yedi yıl oluyor; bana bıraktığı paranın tamamını Semerkant'ı ziyarete gelenleri ağırlamak için harcamam gerek.

– Bari adını bağışla bu efendinin ki, en azından gittiğim yerlerde hayırseverliğini anlatabileyim.

– Sadece Yüce Rabbim senin minnetine layıktır, O'na şükret, O, hangi adamın hayratı sayesinde kendisine şükredildiğini bilecektir.

"Günlerce o adamın kervansarayında kaldım. Dışarı çıkıyordum, tekrar dönüyordum, siniler hep nefis yemeklerle doluydu ve ben bizzat ilgilensem katırıma öyle iyi bakamazdım."

Bir tepki bekleyen Ömer salonda oturanlara baktı. Ama öyküsü dudaklarda hiçbir parıltı, gözlerde hiçbir soru uyandırmamıştı. Onun kafasının karıştığını anlayan Kadı açıklama yaptı:

– Birçok şehir İslam topraklarında kendilerinden daha misafirperverinin bulunmadığını iddia eder, ama sadece Semerkant sakinleri böyle bir unvana layıktır. Bildiğim kadarıyla hiçbir seyyah barınmak veya beslenmek için para ödemek zorunda kalmamıştır bugüne dek; misafirleri veya muhtaçları ağırlamak için servetlerini tüketmiş nice aileler tanıyorum. Yine de onların kendilerine pay çıkarıp böbürlendiklerini duyamazsın asla. Her köşe başında gözüne çarpan ve yoldan gelip geçenler susuzluklarını giderebilsin diye sürekli soğuk suyla dolu olan çeşmelerin sayısı iki bini geçer. Kimi pişmiş topraktan kimi bakırdan veya çiniden yapılmıştır ve hepsi Semerkantlıların hayratıdır; insanların hayır duasını alabilmek için bir kişi bile bu çeşmelerin üzerine adını yazdırmaya tenezzül eder mi sanıyorsun?

– Kabul ediyorum, başka hiçbir yerde böyle bir gönül zenginliğiyle karşılaşmadım. Yine de zihnimi çok meşgul eden bir soruyu sormama izin verir misiniz?

Kadı sözü onun ağzından aldı:

– Ne soracağını biliyorum: Misafirperverlik erdemini böylesine baş tacı eden insanlar nasıl oluyor da senin gibi bir ziyaretçiye karşı suç işleyebiliyor, şiddete başvurabiliyor?

– Veya Uzun Cabir gibi zavallı bir ihtiyara karşı.

– Bunun tek kelimelik bir cevabı var: Korku. Buradaki şiddet tamamen korkunun ürünüdür. İmanımız her yandan kuşatılmış; Bahreyn'de Karmatîler, Kum şehrinde intikam saatini bekleyen İmamîler, yetmiş iki mezhep, Kostantiniyye'nin Rumları, her soy ve boydan kâfir, özellikle de müritleri Bağdat'ın içine, hatta buraya, Semerkant'a dek yayılmış Mısır'ın İsmailîleri çevremizi sarmış. İslam şehirlerinin, Mekke, Medine, Isfahan, Bağdat, Şam, Buhara, Merv, Kahire, Semerkant'ın aslında ne oldukların hiç unutma: Bir anlık gafletle yeniden çöle dönecek vahalardan başka bir şey değil onlar. Her an çıkabilecek bir kum fırtınasının insafına kalmışlar!

Kadı, solundaki pencereden güneşin gökteki yerini, bu işten anlayan bir gözle ölçtü. Ayağa kalktı.

– Hükümdarımızı karşılamaya gitmenin vakti geldi, dedi.

Ellerini çırptı.

– Bize yolluk getirsinler!

Yolda kuru üzüm atıştırmayı âdet edinmişti; yakınları ve misafirleri de bu âdete uyardı. Bu yüzden ortaya kehribar rengi kuruyemişlerle tepeleme doldurulmuş kocaman bir sini getirildi ve herkes ceplerini doldurdu.

Façalı Suratlı Softa, sıra kendisine gelince bir tutam kuru üzüm alıp şöyle diyerek Hayyam'a uzattı:

– Herhalde üzümü şarap biçiminde sunmamı tercih ederdin.

Çok yüksek sesle konuşmamıştı aslında, ama odadaki herkes sanki efsunlanmış gibi birden soluğunu tutup sustu; gözlerini Ömer'in dudaklarına dikip kulak kesildiler. Ömer şu cevabı yapıştırdı:

– İnsan şarap içmek isteyince sâkisini ve keyif arkadaşını dikkatli seçer.

Façalı Surat'ın sesi biraz yükseldi:

– Ben kendi payıma ağzıma bir damla şarap koymam, mekânım cennet olsun isterim. Sen oraya, yanıma gelmeye pek istekli değilsin herhalde.

– Durmadan hikmetler yumurtlayan ulema takımıyla sonsuza dek bir arada kalmak için mi? Hayır, teşekkürler, Allah bize başka şeyler vaat ediyor.

Söz düellosu bu kadarla kaldı, Ömer adımlarını hızlandırıp kendisini çağıran kadıya yetişti.

– Şehir ahalisi seni yanımda at binerken görsün, dün akşamın kötü izlenimlerini siler bu, dedi.

Ömer, Kadı efendinin konağının çevresine yığılmış kalabalığın içinde, dünkü badem hırsızı kadını tanır gibi oldu; bir armut ağacının gölgesine gizlenmişti. Yavaşladı, gözleriyle aradı onu. Ama Ebu Tahir tarafından sıkıştırıldı:

– Acele et biraz, eğer Han bizden önce gelmişse kemiklerini kırdırırım valla.

IV

– En eski çağlardan beri müneccimler bunu hep ilan etmişler ve yalan da söylememişlerdir: Dört şehir, Semerkant, Mekke, Şam ve Palermo isyan yıldızı altında doğmuştur! Yöneticilerine asla kendiliklerinden boyun eğmez, olsa olsa zorla hizaya sokulurlar; kılıçla çizilmedikçe hak yoluna girmezler. Peygamber Mekkelilerin kibrini kılıç zoruyla alt etti, ben de Semerkantlıların kibrini kılıç zoruyla yeneceğim!

Maveraünnehir'in efendisi olan Nâsır Han, üstü nakışlı örtülerle kaplı, bakır kakmalı dev gibi tahtının önünde el kol hareketleri yaparak konuşuyordu; sesi yakın çevresini ve misafirleri titretiyor, gözleri orada bulunanlar arasında bir kurban, titremeye yeltenecek bir dudak, yeterince tövbekâr gözükmeyen bir bakış, geçmişteki bir ihaneti anımsatacak herhangi bir şey arıyordu.

Pençesini geçireceği bir av bulamayan Nâsır Han, merasim giysilerine yapıştı, onları teker teker söküp çıkarıp öfkeden kudurmuş bir halde yere çaldı, kendi Kâşgar Türk-Moğol lehçesinde sövüp sayarak ayaklarının altına alıp çiğnedi elbiseleri. Töreye göre hükümdarlar üst üste üç, dört, kimi zaman yedi kat nakışlı elbise giyip, gün içinde yeri geldikçe bunları teker teker çıkarır, onurlandırmak istedikleri kişilerin sırtına törenle koyarlardı. Şimdi Nâsır Han bu davranışıyla o gün çok sayıda ziyaretçisinin hiçbirini ödüllendirmeye niyeti olmadığını göstermişti.

Oysa o gün, hükümdarın Semerkant'ı her ziyaretinde olduğu gibi, şenlikler düzenlenecekti, ama ilk dakikalardan itibaren keyifler kaçtı. Han, Siab nehrinden yukarı doğru çıkan taş döşeli yolu tırmandıktan sonra, şehrin kuzeyindeki Buhara kapısından içeri törenle girdi. Yüzü gülüyordu; küçük gözleri çukurlarına her zamankinden daha fazla gömülmüş ve daha çekik görünüyor; elmacık kemikleri güneşin altında kehribar gibi parlıyordu. Sonra birdenbire havası değişti. Kadı Ebu Tahir'in çevresinde toplanmış iki yüz kadar şehir ileri gelenine yaklaştı, Ömer Hayyam'ın da aralarına karıştığı topluluğu delici, kaygılı, neredeyse kuşkucu gözlerle taradı. Aradıklarını bulamamış olmalı ki, ansızın atını şaha kaldırdı, sert bir hareketle gem kastı ve anlaşılmaz sözler homurdanarak uzaklaştı. Siyah kısrağının üzerinde kaskatı kesilen hükümdar, bir daha ne gülümsedi ne de şafaktan beri onun geçişini selamlamak üzere yığılmış binlerce şehirlinin ardı arkası kesilmeyen tezahüratına bir kez olsun cevap verdi; bazıları bir arzuhalciye yazdırdıkları dilekçelerini ellerinde sallıyordu. Boşuna. Kimse dilekçesini hükümdara arz etmeyi göze alamadı; onun yerine mabeyinciye başvuruyorlar, o da dudaklarından hiç eksilmeyen bir "dilekçeniz takip edilecektir" vaadiyle birlikte atından eğilip kâğıtları topluyordu.

Han'ın önünde, kahverengi hanedan sancaklarını yukarı doğru kaldırmış taşıyan dört atlı, arkasında muazzam bir şemsiyeyi yaya olarak taşıyan, yarı beline kadar çıplak bir köle yürüyordu. Kafile, iki yanında dalları birbirine karışmış dut ağaçlarının sıralandığı anayollardan hiç durmadan geçti, çarşılara hiç girmedi, *arik* adı verilen başlıca sulama kanalları boyunca ilerleyip Asfizar mahallesine vardı. Han orada, Ebu Tahir'in konağının iki adım ilerisinde, geçici bir saray yaptırmıştı. Geçmişte hükümdarlar kalenin içinde ikamet ederlerdi, ama son dönemlerde yaşanan çatışmalar kaleyi tam anlamıyla harabeye çevirdiği için, orayı terk etmek zorunda kalmışlardı. Artık sadece Türk askerler kalede barınıyor, zaman zaman oraya yurt kuruyorlardı.

Ömer, hükümdarın pek cana yakın bir havada olmadığını görünce, saygılarını sunmak üzere saraya gitmeye çekinmiş, ama meşhur dostunun varlığının gerginliği dağıtmak için uygun bir fırsat yaratacağını uman Ebu Tahir onu da gelmeye zorlamıştı. Yolda giderlerken Ebu Tahir neler olup bittiği hakkında Hayyam'ı aydınlatmayı görev bildi: Şehrin ileri gelen din adamları karşılama merasimine katılmamaya karar vermişlerdi; Nâsır Han'ı, silahlı muhaliflerin sığındığı Buhara Ulucamii'ni yaktırıp yerle bir etmekle suçluyorlardı.

– Han'la din adamları arasında hiç bitmeyen bir savaş var, diye açıkladı kadı; kimi zaman açık ve kanlı cereyan ediyor, çoğunlukla da alttan alta ve çeşitli tuzaklarla sürüyor.

Hatta ulemanın, hükümdarın davranışları karşısında çileden çıkan çok sayıda subayla da ilişki içinde olduğu da söyleniyordu. Nâsır Han'ın ataları yemeklerini orduyla birlikte yer, her fırsatta kendi iktidarlarının cengâverlerin yiğitliğine dayandığını hatırlatırlardı, deniyordu. Ama kuşaklar değiştikçe, Türk hanları Pers hükümdarlarının tatsız alışkanlıklarına kapılmışlardı. Kendilerini yarı-tanrı gibi görüyor, etraflarında giderek karmaşıklaşan teşrifat kuralları oluşturuyor, subayları bu kuralları hiç anlamadıkları gibi aşağılayıcı da buluyorlardı. Bu nedenle pek çok subay ulema ile temasa geçmişti. Onların Nâsır'ı kötülemesini, İslami yollardan uzaklaşmakla suçlamasını keyifle dinliyorlardı. Hükümdar, askerlerin gözünü korkutup yıldırmak için, ulemaya karşı aşırı sert ve kararlı bir tepki gösteriyordu. Gayet dindar bir adam olan babası da koca sarıklı bir başı keserek tahta çıkmamış mıydı?

1072 yılında Han'la yakın ilişkisini sürdüren az sayıda ulemadan biri olan Ebu Tahir, onu ana ikametgâhı olan Buhara Kalesi'nde sık sık ziyaret ediyor, ne zaman Semerkant'a uğrayacak olsa onu törenlerle karşılıyordu. Ulemadan bazıları onun bu uzlaştırıcı tavrını hoş karşılamıyor, ama çoğunluk, Han'la aralarında böyle bir aracının varlığından memnun görünüyordu.

Şimdi Kadı bir kez daha bu arabuluculuk rolünü üstlenecek, Nâsır'a karşı çıkmaktan sakınıp, havasındaki en küçük bir değişimden istifade onu daha olumlu duygulara çekmeye uğraşacaktı. Bekledi, zor dakikaların akıp geçmesine izin verdi ve hükümdar yeniden tahtına yerleşip de kıçını yumuşak bir yastığa dayayınca, Ömer'in giderek içi ferahlayarak izlediği kurnaz bir manevrayla dizginleri yavaş yavaş, hiç hissettirmeden ele geçirmeye başladı. Kadı efendinin bir işareti üzerine mabeyincinin içeri aldığı genç bir cariye, savaşın ardından yerde serilip kalmış cesetler gibi uzanan elbiseleri topladı. Artık biraz daha rahat soluk alınıp verilebiliyordu, herkes fark ettirmeden kasılmış adalelerini biraz gevşetti, bazıları hemen yanlarındakinin kulağına birkaç kelime fısıldamayı bile göze aldı.

O zaman salonun ortasındaki açıklığa doğru ilerleyen kadı, Nâsır Han'ın tam karşısında durup başını yere eğdi ve hiçbir şey demeden bekledi. Belki bir dakikadan daha uzun süren bir sessizlikten sonra, Nâsır güçlü ama bıkkın bir sesle konuştu: "Git söyle, bu şehirde ne kadar ulema varsa hepsi şafakla birlikte ayaklarıma kapanmaya gelecek; eğilmeyen başlar kesilecek ve kimse kaçmayı da denemesin, çünkü gazabımın yetişemeyeceği hiçbir toprak parçası yok." Bu sözlerle birlikte, herkes fırtınanın geçtiğini, ufukta bir çözüm göründüğünü ve hükümdarın ortalığı kasıp kavurmaktan vazgeçmesi için din adamlarının geri adım atmalarının yeterli olacağını anladı.

Nitekim ertesi gün Ömer saraya giden kadıya yine eşlik ettiğinde, hava tanınmayacak kadar değişmişti. Nâsır, üstü koyu renk bir kilimle kaplanmış divan benzeri tahtına oturmuştu; tahtın yanında duran bir köle gül yaprağı şekerlemeleriyle dolu bir tepsi tutuyordu. Hükümdar bir şekerleme seçti, dilinin üstüne koydu, damağına bastırıp eritti, sonra da elini uyuşuk bir hareketle başka bir köleye doğru uzattı; o da parmaklarına hemen kokulu su döküp aceleyle kuruladı. Heyetler birbiri ardı sıra gelip giderken bu şekerleme ritüeli belki yirmi, otuz kez tekrarlandı. Heyetler şehrin mahallelerini, Asfizar, Penckin, Zagrimaş, Maturid'i, kazancılar, kâğıtçılar, ipekçiler veya sakalar gibi esnaf ve zanaatkâr loncalarını, bu arada himaye altındaki cemaatleri, yani Yahudileri, Mecusîleri ve Nasturî Hıristiyanları temsil ediyorlardı.

Hepsi önce yeri öptü, sonra yeniden ayağa kalktılar, sonra yeniden uzun bir temenna ile hükümdarı selamladılar, en sonunda Nâsır Han doğrulmalarını işaret etti. O zaman sözcüleri birkaç cümle söyledi, sonra geri geri çekildiler; gerçekten de salondan çıkmadan önce hükümdara sırtını dönmek yasaktı. Tuhaf bir alışkanlık. Saygınlığına fazlasıyla düşkün bir hükümdar mı çıkarmıştı bu âdeti? Yoksa aşırı kuşkucu bir ziyaretçi mi?

Daha sonra sıra, hem merakla hem de kaygıyla beklenen ulemaya geldi. Sayıları yirmiden fazlaydı. Ebu Tahir onları hiç zorlanmadan ikna etmişti. Öfkelerini yeterince göstermişlerdi; artık bu yolda ısrar etmek bir şahadet arayışı anlamına gelecekti ki, hiçbirinin böyle bir niyeti yoktu.

İşte onlar da tahtın önüne geldiler, her biri yaşının, eklemlerinin izin verdiği ölçüde yerlere eğildi ve yeniden doğrulmak için Han'ın işaretini bekledi. Ama beklenen işaret bir türlü gelmiyordu. On dakika geçti. Sonra yirmi dakika geçti. En gençleri bile böyle iki büklüm durmaya çok fazla dayanamazdı. Ama elden ne gelirdi ki? İzin verilmeden doğrulmaya kalkışan hükümdarın intikam oklarına hedef olacaktı. Birbiri ardı sıra dizlerinin üstüne düştüler; bir önceki kadar saygılı, hem de daha az yorucu bir duruştu. Hükümdar, ancak son dizkapağı da yere değdikten sonra doğrulmaları ve konuşmadan çekilmeleri için işaret verdi. Olayların bu seyri kimseyi şaşırtmamıştı; ödenmesi gereken bir bedeldi bu, hanlıkta işler böyle yürürdü.

Daha sonra Türk subaylar, eşraf toplulukları ve birkaç *dihgân* (köy ağası) yaklaştı; herkes mevkiine göre, hükümdarın ayağını, elini, omzunu öptü. Sonra öne çıkan bir şair, Nâsır Han'ın şanını öven tumturaklı bir kaside okumaya başladı. Han çok sıkıldığını hiç gizlemedi. Bir el işaretiyle şairi durdurdu, mabeyinciye eğilmesini işaret etti, aktarması gereken buyruğu bildirdi:

– Efendimiz burada bulunan şairlere hep aynı konuların tekrarlanmasından bıktığını, artık bir aslana, bir kartala, hele hele güneşe benzetilmek istemediğini bildiriyor. Söyleyecek başka bir şeyi olmayanlar gitsin.

V

Mabeyincinin sözlerini mırıltılar, kıkırdamalar izledi, sıralarını bekleyen şairler arasında da tam bir kargaşa yaşandı, hatta bazıları iki adım geri gidip fark ettirmeden sıvıştılar. Sadece bir kadın sıradan çıkıp kararlı adımlarla tahta yaklaştı. Ömer'in soru dolu bakışını gören Kadı fısıldadı:

– Buharalı bir kadın şair, kendini Cihan diye takdim ediyor. Hareketli aşk hayatıyla tanınan genç bir dul.

Ebu Tahir'in sesinden kadını ayıpladığı anlaşılıyordu, ama bu sözler Ömer'in ilgisini iyice artırdı, gözlerini Cihan'dan alamıyordu. Cihan peçesinin alt tarafını kaldırmış, boyasız dudakları ortaya çıkmıştı. Çok hoş düzenlenmiş bir şiir okumaya başladı. Şiirde bir kez bile Han'ın adı geçmiyor, onun yerine hem Semerkant hem de Buhara'ya iyilik saçan, sonra da onun sularını almaya layık bir deniz bulunmadığı için çölde gözden yiten Soğd nehrine zarif övgüler düzülüyordu.

Nâsır Han, alışılmış beylik cümlesini yineleyerek, "İyi konuştun, ağzın altın dolsun" dedi.

Kadın şair, altın dinarlarla tepeleme dolu geniş bir sininin üzerine eğildi, altınları teker teker ağzına doldurmaya başladı. Bu arada sahneyi izleyenler de altınları yüksek sesle sayıyorlardı. Cihan boğulmasına ramak kala bir hıçkırığı güç bela bastırınca en başta hükümdar olmak üzere tüm saray erkânı kahkahadan kırıldı. Mabeyinci, kadına yerine dönmesini işaret etti; kırk altı dinar saymışlardı.

Sadece Hayyam gülmüyordu. Gözlerini Cihan'a dikmiş, bu kadına karşı neler hissettiğini çözmeye çalışıyordu; şiiri öyle saf, belagati öyle saygın, yürüyüşü öyle cesurdu ki... Ama işte ağzını tıka basa sarı madenle doldurmuş, bu onur kırıcı ödüle teslim olmuştu. Peçesini indirmeden önce iyice yukarı doğru kaldırdı ve öyle bir bakış serdi ki gözler önüne, Ömer o bakışı tutmak, içine çekmek, hiç bırakmamak istedi. Kalabalığın farkına bile varmadığı kısacık bir an, âşık içinse bir sonsuzluktu bu. Zamanın iki yüzü var, dedi kendi kendine Hayyam, iki boyutu; uzunluğunu güneşin seyri belirliyor, kalınlığını ise tutkular.

Bu kutsal ânın akışını Kadı kesti; Hayyam'ın koluna vurdu, Hayyam ona doğru bir döndü, sonra başını hemen geri çevirdi, ama artık çok geçti, kadın gözden yitmiş, geride peçeden başka bir şey kalmamıştı.

Ebu Tahir dostunu Han'a takdim etmek istiyordu, bunu usulünce yaptı:

– Bugün yüce çatınızın altında Horasan'ın en büyük âlimi, Ömer Hayyam bulunuyor; ne bitkiler âlemi esrarını saklayabilir ondan ne de yıldızlar.

Ömer'in en iyi olduğu ilim dalları içinden Kadı efendinin tıp ve astrolojiyi seçmesi boşuna değildi. Birincisi sıhhatlerini koruyup ömürlerini uzatmak, ikincisi de bahtlarını kollamak için gerekli olduğundan, hükümdarlar bu iki ilmi hep el üstünde tutmuşlardır.

Han söylenenlere sevinmiş göründü, şeref duyduğunu açıkladı. Ama ilmi bir sohbete girecek havada olmadığı ve herhalde ziyaretçinin niyetleri konusunda da yanıldığı için en gözde cümlesini yinelemenin yerinde olacağını düşündü:

– Ağzı altınla dolsun!

Ömer Hayyam birden afalladı, içinden yükselen tiksinti duygusunu zor bastırdı. Ebu Tahir bunu fark edip kaygılandı. Ömer ihsanı reddederse bunun hükümdar tarafından bir hakaret olarak algılanacağından korktuğu için ağır ve ısrarlı bakışlarını dostunun üzerine dikip onu omzundan dürttü. Boşunaydı bu çabası. Hayyam kararını vermişti:

– Haşmetmeap beni affetsin, oruçluyum, onun için ağzıma hiçbir şey koyamam.

– İyi de Ramazan ayı sona ereli üç hafta oluyor yanılmıyorsam!

– Ramazan'da seferiydim, Nişapur'dan Semerkant'a geliyordum, bu yüzden orucumu bozmak zorunda kaldım, ama telafi orucu tutmaya niyet ettim.

Kadı ürkmüş, kalabalık dalgalanmaya başlamıştı; hükümdarın yüzünden bir şey anlamak olanaksızdı. Sorusunu Ebu Tahir'e yöneltmeyi tercih etti:

– Sen ki dinin tüm inceliklerine vâkıfsın, Hoca Ömer altınları ağzına soksa ve sonra hemen çıkarsa orucu bozulur mu bozulmaz mı, bunu bana söyleyebilir misin?

Kadı olabildiğince düz ve tarafsız bir sesle konuşmaya çalıştı:

– İşin aslı, ağza sokulan her şey orucun bozulmasına yol açabilir. Ve gün olur, insan bir sikkeyi yanlışlıkla yutabilir de.

Nâsır bu gerekçeyi kabul etti, ama tam tatmin olmamıştı, Ömer'e sordu:

– Beni geri çevirmenin gerçek nedeni bu mu?

Hayyam bir an duraksadı, sonra konuştu:

– Tek neden bu değil.

– Konuş, dedi Han, benden korkmana hiç gerek yok.

O zaman Ömer şu mısraları okudu:

Yoksulluk muydu beni huzuruna getiren?
Değildir yoksul azla yetinmeyi bilen.
Hiçbir şey beklemem senden saygıdan başka.
Dürüst ve özgür bir kişiye saygı göstermeyi bilirsen.

– Gün yüzü göreme inşallah Hayyam! diye mırıldandı Ebu Tahir, sanki kendisine de lanet okur gibi.

Bu bedduasında samimi değildi tabii, ama gerçekten korkmuştu. Çok kısa bir süre önceki öfkenin yankıları hâlâ kulaklarındaydı ve canavarı bir kez daha kafesine sokabileceğinden emin değildi. Han'ın sesi soluğu çıkmıyordu, öyle donup kalmıştı, kimsenin kestiremeyeceği bir kararı ölçüp biçiyordu sanki. Yakınları ağzından çıkacak ilk sözü bir hüküm gibi bekliyorlardı, maiyetinden bazıları fırtına patlamadan önce savuşmayı yeğlemişlerdi.

Ömer genel şaşkınlık havasından yararlanıp Cihan'ın gözlerini aradı; sırtını bir sütuna yaslamış, yüzünü avuçlarına gömmüştü. Yoksa o da Hayyam için mi titriyordu?

Sonunda Han ayağa kalktı. Kararlı adımlarla Ömer'e doğru yürüdü, elini tutup var gücüyle sıktı, sonra elini bırakmadan peşi sıra sürükledi.

Vakanüvisler bu hadiseyi, "Maveraünnehir'in efendisi, Ömer Hayyam'ı öyle takdir etmişti ki, onu tahta, yanında oturmaya davet ediyordu" diye nakledeceklerdi.

Saraydan çıkar çıkmaz, Ebu Tahir, "Sonunda Han ile dost oldunuz işte" dedi.

Biraz önce korkudan nasıl gırtlağı kurumuşsa, şimdi de aynı ölçüde seviniyordu, ama Hayyam soğukça yanıtladı onu:

– "Denizden komşu, hükümdardan dost olmaz" özdeyişini unuttun mu yoksa?

– Önünde açılan kapıyı hor görme, bana sarayda istikbalin hazır gibi geliyor.

– Saray hayatı bana göre değil; benim tek düşüm, tek isteğim günün birinde, bir gülistanın içine kurulmuş bir rasathaneye sahip olmak ve elimde kadehim, yanımda bir dilberle kendimden geçmiş bir halde gökyüzünü seyre dalmak.

– Şu şaire gibi bir dilberle mi? diye dalga geçti Ebu Tahir.

Ömer'in aklı hep ondaydı, ama sustu. Ağzından kaçıracağı en küçük bir sözün duygularını ele vereceğinden korktu. Ciddiyetten biraz uzaklaştığı kanısına varan kadı, ses tonunu ve konuyu değiştirdi:

– Senden bir iyilik isteyeceğim!

– Asıl sen beni iyiliğe boğdun!

– Öyle olsun! diye lafı geçiştirdi Ebu Tahir. Diyelim ki ben de yaptığım iyiliklere karşılık senden bir şey isteyeceğim.

Konağının cümle kapısının önüne gelmişlerdi; sohbete dört başı mamur bir sofrada devam etmek için Hayyam'ı içeri davet etti.

– Senin için bir tasarım var, bir kitap tasarısı. Bir an için rubailerini unutalım. Ben onları dehanın kaçınılmaz kaprisleri diye görüyorum. Ama senin asıl mükemmel olduğun alanlar, tıp, astroloji, matematik, fizik ve kelam. İbn Sina öldükten sonra bunları senden iyi bilen kimse kalmadı desem yanılmış mı olurum?

Hayyam ses çıkarmadı. Ebu Tahir söze devam etti:

– Ben bilginin bu alanlarındaki son kitabı senden bekliyorum ve bu kitabı bana ithaf etmeni istiyorum.

– Bu alanlarda son kitap diye bir şey olabileceğini sanmam ve zaten bu yüzden şimdiye dek okuyup öğrenmekle yetindim, kendim hiçbir şey yazmadım.

– Ne demek istediğini açıkla!

– Eskileri ele alalım, Yunan'ı, Hint'i, benden önceki Müslümanları ele alalım; hepsi de bu dallarda bol bol eser yazmış. Onların dediklerini tekrarlarsam benim çalışmamın bir değeri kalmaz; eğer onlara karşı çıkarsam, ki içimde sürekli böyle bir eğilim var, ardımdan gelecek başkaları da bana karşı çıkacak demektir. Âlimlerin yazılarından yarına ne kalacak? Sadece kendilerinden öncekiler hakkında söyledikleri kötü şeyler. Ötekilerin kuramlarında çürüttükleri ne varsa hatırlanacak, ama kendi tasarladıkları da kaçınılmaz bir şekilde onların ardından gelecekler tarafından yok edilecek, gülünç duruma düşürülecek. İlmin kanunu budur; şiirde ise böyle bir kanun yoktur, kendinden önce gelmiş hiçbir şeyi yadsımaz ve ardından gelenler tarafından da yadsınmaz, huzur içinde aşar geçer yüzyılları. Bunun için rubai yazıyorum. Beni ilim âleminde asıl büyüleyen ne, biliyor musun? En yüce şiiri orada bulmam: Matematikte, sayıların o baş döndürücü sarhoşluğunu; astronomide kâinatın muammayı andıran mırıltısını... Ama Allah aşkına bana hakikat lafı etmeyin!

Bir an susar gibi oldu, ama hemen devam etti:

– Semerkant civarında dolaştığımda harabeler gördüm; üzerlerindeki yazıtları kimse çözemiyor artık. Kendi kendime sordum: Bir zamanlar burada yükselen şehirden ne kalmış geriye? İnsanları geçelim bir kalem, onlardan daha fani yaratık bulunmaz zaten, ama uygarlıklarından geriye ne kalmış? Hangi hanlık baki kalabilmiş, hangi ilim, hangi kanun, hangi hakikat? Hiçbiri. O harabelerde ortalığı karıştırıp durdum, ama bir çömlek parçası üzerine oyulmuş bir yüz ve bir duvar üzerinde kalmış bir resim parçasından başka bir şey bulamadım. İşte benim sefil şiirlerim de bin yıl sonra, çömlek parçalarına, sonsuza dek toprağa gömülmüş bir uygarlığın kalıntılarına dönecek. Bir şehirden geriye, yarı sarhoş bir şairin onun üzerinde dolaşan umursamaz bakışlarından başka bir şey kalmaz.

Afallayıp kalan Ebu Tahir, "Ne demek istediğini anlıyorum" deyip kem küm etti biraz. "Şarap kokan şiirlerini de Şafii bir kadıya ithaf etmek istemezsin herhalde!"

Aslında Ömer uzlaşmayı ve minnettarlığını göstermeyi bilecek, deyim yerindeyse şarabına su katacaktı. Sonraki aylarda üçüncü dereceden denklemleri ele alan çok ciddi bir eser yazmaya girişti. Bu cebir eserinde Hayyam, bilinmeyen sayıyı göstermek için Arapçadaki *şey* terimini kullanmış; İspanyolların ilmi eserlerine *Xay* olarak geçen bu kelime zamanla kısaltılıp sadece ilk harfine indirgenmiş, sonra da *x* tüm dünyada bilinmeyen sayının simgesi haline gelmişti.

Hayyam'ın Semerkant'ta tamamladığı eseri koruyucusuna ithaf edilmişti: "İlim ehlinin gözden düştüğü bir devrin kurbanlarıyız ve âlimlerin çok azı kendilerini gerçek bir araştırmaya vakfetme imkânı bulabiliyor... Günümüz âlimlerinin sahip oldukları yetersiz bilgi de maddi amaçlar için harcanıyor. Ben de bu dünyada hem ilimle hem de dünya ahvaliyle ilgilenecek ve insan soyunun geleceği hakkında samimi bir kaygı taşıyacak bir insan bulmaktan artık ümidimi kesmiştim ki Allah bana büyük Kadı İmam Ebu Tahir'le tanışmayı lütfetti. Onun sayesinde kendimi bu çalışmalara hasredebildim."

O gece artık evi gibi kullandığı cihannümaya doğru dönerken Hayyam, okumak veya yazmak için fazla geç olduğu düşüncesiyle, yanına lamba almamıştı. Şevval ayının sonuydu ve soluk bir hilal halindeki Ay da yolunu hiç aydınlatmıyordu. Kadı efendinin konağından biraz uzaklaşınca ancak el yordamıyla yolunu bulmaya başladı; birkaç kez sendeledi, çalılıklara tutundu, bir salkımsöğüdün sert okşayışını yüzünde hissetti.

Odasına henüz varmıştı ki, bir ses, yumuşak bir sitem yükseldi:

– Seni daha erken bekliyordum.

Aklını bu kadına fazla taktığı için mi şimdi onu işittiğini sanıyordu? Yavaşça kapattığı kapının önünde ayakta durmuş, gözleriyle bir siluet arıyordu çevresinde. Ama boşuna. Ses tek başına yükselip erişti ona yeniden; rahatça işitiliyordu, ama hafif buğulu gibiydi sanki.

– Konuşmuyorsun, bir kadının odanın mahremiyetine böyle tecavüz etmeyi göze alabileceğine inanmayı reddediyorsun. Sarayda bakışlarımız kesişti, bir ışıltı dolaştı içlerinde, ama Han, Kadı ve saray erkânının hepsi oradaydı ve bakışlarını kaçırdın. Birçok erkek gibi arkanı dönüp uzaklaşmayı seçtin sen de. Basit bir kadın için, sana çeyiz olarak sivri dilinden ve kötü ününden başka bir şey getirmeyecek bir dul için kadere meydan okumaya, Han'ın gazabını üstüne çekmeye değer miydi hiç?

Ömer, esrarengiz bir gücün elini kolunu bağladığını hissediyor, ne bir adım atabiliyor ne de ağzını açabiliyordu.

– Hiçbir şey söylemiyorsun, dedi Cihan alaycı ama şefkatli bir sesle. Ne yapalım, ben de tek başıma konuşmaya devam ederim, zaten şu ana dek her işi ben kotardım. Sen saraydan ayrıldıktan sonra hakkında ufak bir soruşturma yaptım, nerede oturduğunu öğrendim, Semerkantlı zengin bir tüccarla evli zengin bir amca kızımda kalacağımı duyurdum sağa sola. Sarayla birlikte seyahat ettiğimde genellikle haremde yatacak yer bulurum kendime, içeride birkaç ahbabım var, arkadaşlığımdan hoşlanırlar, etraftan duyup onlara yetiştirdiğim hikâyelere bayılırlar ve beni kendilerine rakip diye görmezler. Han'ın kadını olmak için yanıp tutuşmadığımı bilirler. İstesem onu baştan çıkarırdım, ama o kadar çok hükümdar eşi tanıdım ki böyle bir kader cezbetmiyor beni. Bana göre hayat, erkeklerden çok daha önemli! Ve ben bir başkasının veya hiç kimsenin karısı olduğum sürece, hükümdar şiirlerim ve kahkahalarımla divanında boy göstermemi hoş karşılıyor. Benimle evlenmeyi aklından geçirse, ilk işi beni kapatmak olur.

Uyuşukluk halinden zar zor çıkan Ömer, Cihan'ın sözlerinden hiçbirini yakalayamamıştı ve ağzından ilk kelimeler döküldüğünde, kadından çok kendisine, daha doğrusu bir gölgeye sesleniyordu:

– Delikanlıyken ve daha sonraları yetişkinliğe adım attığımda kim bilir kaç kez bir bakışla, bir gülümsemeyle kesişti gözlerim. Gece olduğunda o bakışın bir mevcudiyet haline geldiğini, ete kemiğe büründüğünü, karanlığın içinde gözlerimi kamaştıran bir kadın olduğunu düşlerdim. Ve şimdi ansızın, bu gecenin karanlığı içinde, bu gerçekdışı köşkte, bu gerçekdışı şehirde, karşımdasın sen, hem güzel hem de şair kadın, kendini sunuyorsun bana.

Kadın güldü.

– Ne biliyorsun sunduğumu? Elini bile sürmedin bana, yüzümü görmedin ve hiç kuşkusuz görmeyeceksin de, çünkü güneş beni kovmadan çok önce gitmiş olacağım.

Kopkoyu karanlığın içinde, düzensiz bir ipekli kumaş hışırtısı, güzel bir koku. Ömer soluğunu tuttu, tüyleri diken diken olmuştu; bir mektep talebesinin saflığıyla sormaktan kendini alamadı:

– Örtülü müsün hâlâ?

– Geceden başka bir örtü yok üstümde.

VI

Bir kadın, bir erkek... İsmi belirsiz nakkaş onları yanlamasına uzanmış ve birbirlerine sarılmış olarak hayal etmişti. Köşkün duvarlarını silip kenarları güllerle bezeli çimenlerden bir yatak kurmuş ve ayaklarının dibinden gümüş rengi bir dere akıtmıştı. Cihan'a bir Hindu tanrıçasının dik memelerini vermişti; bir elinde kadehini tutan Ömer öteki eliyle kadının saçlarını okşuyordu.

Sarayda her gün karşılaşıyor ve duygularını belli etmeme kaygısıyla bakışmaktan kaçınıyorlardı. Hayyam her akşam sevgilisine kavuşmak için aceleyle dönüyordu cihannümaya. Felekten daha kaç gece çalabileceklerdi böyle? Her şey Nâsır Han'a bağlıydı. O yola çıkınca Cihan da birlikte gidecekti. Han önceden hiçbir şeyi haber vermezdi. Bir sabah, göçebe oğlu göçebe olarak savaş atının sırtına atlayacak, Buhara, Kiş veya Pencikent yoluna düşecek, maiyeti de ona yetişebilmek için deli divane olacaktı. Ömer ve Cihan korkuyla bekliyorlardı o ânı, her öpücükte bir veda tadı, her kucaklaşmada soluk soluğa bir kaçış gizliydi.

Gecelerden bir gece, yazın en sıcak gecelerinden birinde, Hayyam beklemek için cihannümanın taraçasına çıktı; hemen yakınında Kadı efendinin muhafızlarının gülüşmelerini duyar gibi olunca işkillendi. Ama yanılmıştı herhalde, çünkü Cihan çıkageldi ve kimsenin kendisini fark etmediğini söyleyip onun içini rahatlattı. Önce kaçamak bir öpücük verdiler karşılıklı, bunu uzun bir öpüşme izledi; ötekilerin gününü böyle bitirip kendi gecelerine başlıyorlardı.

– Şu anda bu şehirde bizim gibi birbirine kavuşmuş, kucaklaşan kaç âşık vardır dersin?

Yaramaz bir çocuk gibi fısıldamıştı bu sözleri Cihan. Ömer bilgiç bir edayla gecelik takkesini düzeltti, yanaklarını şişirdi, sesine bir ağırlık verdi.

– Olaya yakından bakalım: Canları sıkılan eşleri, itaat eden cariyeleri, bedenlerini satan veya kiralayan sokak kızlarını, iç geçiren bakireleri çıkarırsak, geriye kaç kadın kalır, bu gece kaç kadın kendi seçtiği erkeğin koynuna girecek? Aynı şekilde kaç erkek sevdiği bir kadının, daha da önemlisi zorunluluk dışında bir nedenle kendini veren bir kadının yanında uyuyacak? Kim bilir, belki de Semerkant'ta bu gece bir tek seven kadın ve bir tek âşık erkek vardır. Niye sen, niye ben mi diyeceksin? Çünkü Allah nasıl ki bazı çiçekleri ağılı yaratmışsa, bizi de âşık yaratmış da ondan.

Ömer güldü, Cihan'ın gözlerinden yaşlar aktı.

– İçeri girelim de kapıyı örtelim, mutluluğumuz dışarıdan duyulmasın.

Uzun süren sevişmenin ardından Cihan doğruldu, yarı yarıya örtünüp yumuşak bir hareketle sevgilisinin kollarından sıyrıldı.

– Sana bir sır vereceğim, Han'ın en büyük karısından duydum. Han niye Semerkant'ta, biliyor musun?

Ömer, harem dedikodusu dinlemek istemediği için sözünü kesti.

– Hükümdarların sırları beni ilgilendirmez; dinleyenin kulaklarını yakar bu sırlar.

– Dinlesen iyi edersin ama, bu sır hayatımızı altüst edebileceği için bize de ait sayılır. Nâsır Han surları teftiş etmeye gelmiş buraya. Yaz sonuna doğru, büyük sıcaklar geçer geçmez Selçuklu ordusunun saldırısını bekliyormuş.

Hayyam, Selçukluları tanıyordu; ilk çocukluk anıları onlarla doluydu. Müslüman Asya'nın efendileri olmadan çok önce, Hayyam'ın doğduğu şehre saldırmış, Büyük Korku'yu kuşaklar boyunca belleklere kazımışlardı.

O doğmadan on yıl önce, bir sabah Nişapurlular uyandıklarında Türk savaşçıların şehirlerini her yandan kuşattıklarını görmüşlerdi. Başlarında iki kardeş vardı: Selçuk oğlu Mihail oğlu Tuğrul Bey ve Çağrı Bey. O sırada İslam'ı yeni kabul etmiş, adı sanı duyulmamış göçebe aşiret reisleriydiler. Şehrin ileri gelenlerine bir haber gönderdiler: "Erkeklerinizin gururlu olduğu ve şehrinizde soğuk suyun yeraltı kanallarından aktığı söyleniyor. Eğer bize direnmeye kalkışırsanız, yakında kanallarınız yeryüzüne çıkacak, erkekleriniz ise toprağın altına girecek."

Kuşatmalarda sık sık rastlanan palavralar. Yine de Nişapur'un ileri gelenleri, şehir ahalisinin canına, malına, bağlarına, bahçelerine ve su yollarına dokunulmayacağı sözüne karşılık, hemen teslim oldular. Ama bir galibin sözüne ne kadar güvenilebilir ki? Ordu şehre girer girmez, Çağrı adamlarını sokaklara ve çarşıya salmak istedi. Tuğrul, Ramazan ayında olduklarını, oruçluyken bir İslam şehrini yağmalayamayacaklarını öne sürerek buna karşı çıktı. Bu gerekçe ağır bastı, ama Çağrı da niyetinden vazgeçmedi. Sadece ahalinin dokunulmazlığının, yani Ramazan'ın sona ermesini beklemeye koyuldu.

Şehirliler iki kardeş arasındaki ihtilafı duyup bir sonraki ayın başında yağmanın, tecavüzün ve katliamın serbest bırakılacağını anlayınca Büyük Korku başladı. Tecavüzden daha kötüsü önceden haber verilerek yapılan tecavüzdür; önüne geçilemeyen canavarı edilgen, alçaltıcı bir biçimde beklemektir. Dükkânların kepenkleri kapanıyor, erkekler ortalarda gözükmüyor, karıları, kızları onların acz içinde ağladıklarını görüyorlardı. Ne yapacaklardı, hangi yoldan, nasıl kaçacaklardı? İşgalci her yerdeydi; örgülü saçlı savaşçıları Büyük Meydan'daki çarşıda, mahallelerde ve surdışı bölgelerde, Yanık Kapı civarında dolaşıyorlardı. Sürekli körkütük sarhoş gezen bu haydut sürüleri her an bir çapulun, bir fidyenin peşinde civardaki kırsal alanlara da bulaşıyorlardı.

Olağan koşullarda oruç sona ersin de bayram gelsin istenir, değil mi? O yıl oruç sonsuza dek sürsün, Ramazan Bayramı hiç başlamasın istiyordu herkes. Gökte yeni ayın hilali belirince, kimsenin aklına şenlik gelmedi, kimse kuzu kesmeyi düşünmedi; sanki tüm şehir besiye çekilmiş ve kurban edilmeyi bekleyen dev bir kuzu olmuştu.

Bayramdan önceki geceyi, her dileğin yerine geldiği Kadir Gecesi'ni binlerce aile camilerde, evliya türbelerinde, eğreti sığınaklarda geçirdi. Gözyaşlarıyla, dualarla dolu bir can çekişme gecesiydi bu.

Bu sırada kalede Selçuklulu biraderler arasında fırtınalı bir tartışma yaşanıyordu. Çağrı adamlarının aylardır para almadığını, ancak bu zengin şehirde yağmanın serbest bırakılacağı vaadiyle savaşmayı kabul ettiklerini, isyanın kıyısına geldiklerini, kendisinin, Çağrı Bey'in, onları daha fazla durduramayacağını haykırıyordu.

Tuğrul ise farklı bir dilden konuşuyordu:

– Fetihlerimizin daha başındayız, alınacak bir sürü şehir var önümüzde: Isfahan, Şiraz, Rey, Tebriz ve çok daha uzaklarda başka şehirler! Nişapur'u teslim olduktan, tüm o sözleri verdikten sonra yağmalarsak bundan sonra önümüzde hiçbir kapı açılmaz, hiçbir garnizon silahlarını indirmez.

– Ordumuzu kaybedersek, adamlarımız bizi terk ederse düşlediğin tüm o şehirleri nasıl fethedeceğiz peki? En sadık adamlarımız bile yakınmaya ve tehditler savurmaya başladı.

İki kardeşin çevresinde yaverleri vardı; aşiretin eskileri olan bu adamlar bir ağızdan Çağrı'nın söylediklerini onaylıyorlardı. Onlardan da destek alan Çağrı bu işi kestirip atmaya kararlı bir biçimde ayağa kalktı:

– Yeteri kadar konuştuk, adamlarıma şehri istedikleri gibi kullanabileceklerini söyleyeceğim. Eğer sen, seninkileri tutmak istiyorsan tut, herkes kendi ordusundan sorumlu.

Çok güç bir ikilemle karşı karşıya kalan Tuğrul cevap vermiyor, yerinden bile kıpırdamıyordu. Birden bir sıçrayışta kenara açıldı ve bir hançer kaptı.

Çağrı da silahını kınından çekti. Müdahale mi etmek yoksa iki kardeşin aralarındaki ihtilafı alışıldığı üzere kan dökerek halletmelerine izin mi vermek gerektiğini kimse kestiremiyordu. Birden Tuğrul konuştu:

– Kardeşim, seni bana itaat etmeye zorlayamam, adamlarını durduramam. Ama onları şehre salarsan bu hançeri kalbime saplarım.

Ve bunu derken iki eliyle kabzasından tuttuğu hançeri göğsüne dayadı. Çağrı önce bir duraksadı, sonra kollarını açıp ona doğru ilerledi ve kardeşini uzun uzun kucakladı, onun iradesine bir daha karşı çıkmamaya ant içti. Nişapur kurtulmuştu gerçi, ama Ramazan ayının o Büyük Korku'sunu bir daha unutmayacaktı.

VII

– Selçuklular böyledir işte, dedi Hayyam, kâh dinsiz imansız çapulcular, kâh aydınlık hükümdarlar olurlar, ellerinden hem her türlü alçaklık gelir hem de her türlü soylu davranış. Özellikle Tuğrul Bey tam bir imparatorluk kurucusu kumaşındandı. O Isfahan'ı aldığında üç, Bağdat'ı fethedip kendini Halife'nin koruyucusu olarak kabul ettirdiğinde on yaşımdaydım. Halife'den "Doğu'nun ve Batı'nın kralı olan Sultan" unvanını almış, hatta yetmiş yaşındayken Emirülmüminin'in öz kızıyla evlenmişti.

Bu son sözlerle birlikte Ömer'in sesine biraz törensel bir hava sinmiş, bir hayranlık tınısı sezilir gibi olmuştu ki, Cihan fütursuzca gülmeye başladı. Ömer aniden patlayan ve hiçbir anlam veremediği bu kahkahadan alınarak ciddi bir bakışla süzdü onu; kadın özür dileyip davranışının nedenini açıkladı:

– Sen o evlilikten bahsedince, bu konuda haremde anlatılanlar geldi aklıma.

Cihan'ın her ayrıntısını büyük bir açgözlülükle aklında tuttuğu öyküyü Ömer de hayal meyal hatırlıyordu.

Tuğrul Bey'in, kızı Seyyide Hatun'u istediği haberini alan Halife'nin beti benzi atmış, Sultan'ın elçisi kapıdan çıkar çıkmaz da kendini daha fazla tutamayarak patlamıştı:

– Şu Türk'e de bak sen! Daha çadırından yeni çıktı! Düne kadar babası atası kim bilir hangi putun önünde secdeye varıp sancaklarına da hangi domuz suratlarını çiziyorlardı! En asil soydan gelen Emirülmüminin'in kızını istemeye nasıl cüret edebilir?

Ama o soylu azalarının her birinin ayrı ayrı titremesinin asıl nedeni, bu talebi geçiştiremeyeceğini bilmesiydi. Aylarca duraksadıktan ve Sultan talebini iki kez hatırlattıktan sonra, nihayet bir cevap hazırlayabildi. Yaşlı danışmanlarından biri cevabı iletmekle görevlendirildi; elçi, Tahran civarında harabeleri hâlâ görülebilen Rey şehrine doğru yola çıktı. Tuğrul'un sarayı oradaydı.

Halife'nin elçisini önce Vezir kabul etti ve şu sözlerle karşıladı onu:

– Sultan sabırsızlanıyor, beni sıkıştırıp duruyor, sonunda şu cevabı getirebildiğine sevindim.

– Cevabı duyunca o kadar da sevinemeyeceksin: Emirülmüminin sizden kendisini affetmenizi rica ediyor, onun katına kadar çıkartılan bu talebi kabul edemeyeceğini bildiriyor.

Vezir bu sözlerden hiç etkilenmemiş gibi görünüyordu, yeşim taşından tespihini çekmeye devam etti.

– Yani sen şimdi şu koridoru geçecek, şu ilerideki yüksek kapıdan içeri girecek, Irak, Fars, Horasan ve Azerbaycan'ın efendisine, Asya fatihine, Hak dinini koruyan kılıca, Abbasi tahtının koruyucusuna: "Hayır, Halife kızını sana vermeyecek!" diyeceksin. Tamam, sen bilirsin, şu muhafız seni gideceğin yere götürür.

Adı geçen muhafız geldi ve elçi onu takip etmek üzere ayağa kalktı, Vezir de peşinden gelip yumuşak bir sesle:

– Akıllı bir adamsın sen, herhalde borçlarını ödeyip, servetini oğulların arasında paylaştırıp, kızlarının hepsini de evlendirip öyle geldin buraya, değil mi?

Elçi yerine çöktü yeniden, elden ayaktan kesilmişti birden.

– Ne tavsiye edersin bana?

– Halife sana başka hiçbir talimat vermedi mi, başka bir ayarlama yapma imkânı bırakmadı mı?

– Bu evlilikten kurtulmanın gerçekten hiçbir yolu yoksa, buna karşılık üç yüz bin altın dinar istediğini söyledi.

– Gördün mü bak, işte bu daha iyi bir yaklaşım. Ama çok da akla yatkın değil bence; Sultan'ın Halife için neler yaptığını, Şiiler tarafından kovulduğu kentine onu geri getirdiğini, ona mallarını mülklerini ve topraklarını geri verdiğini düşünürsen, bir de karşılık olarak para istemesini pek kabul edeceğini sanmam. Aslında Tuğrul Bey'i hiç incitmeden, ona hakaret etmeden de aynı noktaya varabiliriz. Sen ona Halife'nin kızını vermeyi kabul ettiğini söyle, ben de o büyük sevinç ânından yararlanır, böyle bir sözleşmeye layık olacak büyüklükte bir para armağanı göndermesini Sultan'a telkin ederim.

Konuştukları gibi de yaptılar. Heyecan içindeki Sultan koca bir kervan oluşturdu; kafilede Vezir, birçok emir, onlarca subay ve devlet ricali, akrabası olan yaşlı kadınlar, yüzlerce muhafız ve köle vardı. Bağdat'a paha biçilmez armağanlar, kâfur, reçine, değerli taşlarla dolu sandıklar, ayrıca yüz bin altın dinar taşıyorlardı.

Halife, heyetin önde gelen üyelerini huzuruna kabul etti, onlarla kibarca konuştu, ama niyetini pek belli etmedi, sonra Sultan'ın veziriyle baş başa kalınca lafı hiç dolandırmadan bu düğüne razı olmadığını ve eğer bu işe zorlanırsa Bağdat'ı terk edeceğini söyledi.

– Emirülmüminin'in tavrı buysa, niye parayla anlaşmayı teklif etti?

– Hayır diye kestirip atamazdım. Sultan'ın benden böyle bir fedakârlık isteyemeyeceğini bu tavrımla anlayacağını düşünmüştüm. Sana bunu açıkça söyleyebilirim, öteki sultanların ister Türk, ister Acem olsun hiçbiri, bir halifeye asla böyle bir şey dayatmadı. Şerefimi korumak zorundayım!

– Bundan birkaç ay önce cevabın olumsuz gelebileceğini hissettiğimde Sultan'ı bu redde hazırlamaya çalıştım; daha önce kimsenin böyle bir talep dile getirmediğini, bunun geleneklere uygun düşmediğini, insanların şaşıracağını açıkladım. Ama bana verdiği cevabı tekrarlamayı asla göze alamam.

– Konuş, hiçbir şeyden çekinme!

– Emirülmüminin hazretleri beni bağışlasın, o sözler asla benim dudaklarımdan dökülmeyecek.

Halife sabrını yitiriyordu.

– Konuş, emrediyorum sana, hiçbir şey gizleme!

– Sultan önce bana sövüp saymaya, kendisine karşı Emirülmümininin tarafını tutmakla suçlamaya başladı. Beni prangaya vurdurmakla tehdit etti...

Vezir lafı bilerek dolaştırıyordu.

– Sadede gel, konuş, Tuğrul Bey ne dedi?

– Sultan şöyle gürledi: "Şu Abbasiler de gülünç bir aşiret! Ataları bir zamanlar yeryüzünün en iyi yarısını fethetmiş, en zengin şehirleri kurmuşlar, bir de bugünkü hallerine bak! Ellerinden imparatorluklarını alıyorum, razı oluyorlar. Başkentlerini alıyorum, mutlu oluyorlar, beni armağanlara boğuyorlar ve Emirülmüminin bana diyor ki: 'Allah'ın bana bahşettiği ülkelerin hepsini sana veriyorum, kaderini bana emanet ettiği tüm müminleri senin ellerine bırakıyorum.' Sarayını, kendi şahsını, haremini kanatlarımın altına, himayeme almam için yalvarıyor bana. Ama kızını istediğimde isyan edip şerefini savunmaya kalkışıyor. Uğruna savaşmaya hâlâ hazır olduğu tek toprak parçası, bir bakirenin apış arası mı yani?"

Halife'nin soluğu kesilmişti, kelimeler bir nefes bulup da çıkamıyorlardı ağzından. Bu fırsattan yararlanan Vezir, mesajın sonunu bağladı:

– Sultan şunu da ekledi: "Git onlara de ki, bu imparatorluğu nasıl aldıysam, Bağdat'ı nasıl aldıysam, o kızı da alacağım!"

VIII

Cihan, bu dünyanın büyüklerinin evlilik maceralarında başlarına gelen belaları sırayla ve biraz da suçluluk duygusuyla karışık bir hazla ballandıra ballandıra anlatıyordu; şimdi Ömer de onu ayıplamaktan vazgeçmiş, her mimiğine canı gönülden katılıyordu. Hınzırlığı tutan Cihan, artık sustum, konuşmuyorum dediğinde ise, Ömer hikâyenin nasıl biteceğini gayet iyi bilmesine rağmen, devam etmesi için ona yalvarıyor, bu da yetmezse okşayışlarla yola getirmeye çalışıyordu onu.

Emirülmüminin bağrına taş basıp "evet" demek zorunda kalmıştı. Cevap kendisine ulaşır ulaşmaz Bağdat yoluna düşen Tuğrul, ne gibi düğün hazırlıkları yapıldığını görmek için sabırsızlandığından, daha şehre varmadan vezirini önden gönderdi.

Sultan'ın elçisi halifelik sarayına vardığında, çok özenle seçilmiş sözcüklerle, nikâh akdi imzalanmış olsa da iki eşin birleşmesinin söz konusu bile olamayacağı, "çünkü asıl önemli olanın birleşme değil, evliliğin sağlayacağı şeref" olduğu kendisine anlatıldı.

Vezir'in sabrı taşmaya başlamıştı, ama yine de kendini tuttu.

– Tuğrul Bey'i tanıdığım kadarıyla, diye açıkladı, birleşmeye de şeref kadar önem verdiğini size temin edebilirim, yanılmadığıma emin olabilirsiniz.

Zaten Sultan da, ne kadar ateşli bir arzuyla dolup taştığını göstermek için hiç duraksamadan birliklerini savaş haline geçirmiş, askerlerini tüm şehre yayıp hilafet sarayını da kuşatmıştı. O zaman Halife mücadeleye bir son vermek zorunda kaldı ve meşhur "buluşma" da gerçekleşti. Prenses, altın sırmalı bir döşeğe oturdu, Tuğrul Bey odaya girdi, kızın önünde yeri öptü ve vakanüvislerin anlattıklarına göre, "peçesini bile açmadan, hiçbir şey demeden, sanki orada hiç yokmuş gibi, kızı şereflendirdi." Sonra her gün, elleri kolları zengin armağanlarla dolu olarak, kızı görmeye geldi, onu her gün şereflendirdi, ama kız bir kez olsun yüzünü göstermedi. Tuğrul Bey ne zaman bir "buluşma"nın ardından saraydan çıksa, bir kalabalık yolunu gözlüyordu, çünkü o sırada neşesi öyle yerinde oluyordu ki her isteği yerine getiriyor ve hesapsızca ihsan dağıtıyordu.

Bu çökkünlük ve kibir evliliğinden hiçbir çocuk doğmadı. Altı ay sonra Tuğrul öldü. Aslında kısır olan kendisiydi, ama rahatsızlığından sorumlu tuttuğu ilk iki karısını boşamıştı. Ama kadınları, eşleri, cariyeleri sıraya dizdikçe, gerçeği kabullenmek zorunda kalmıştı: Eğer bu bir kusursa, kusurlu olan kendisiydi. Müneccimlere, şifacılara ve şamanlara başvurulmuş, her dolunayda yeni sünnet edilmiş bir çocuğun kesilen derisini yutması salık verilmişti. Bundan da bir sonuç alınamadı. Ve durumunu sineye çekmek zorunda kaldı. Ama bu kusurun adamlarının gözünde itibarını düşürmemesi için, cinsel açıdan doymak nedir bilmeyen bir âşık diye ün salmaya özen göstermiş, en küçük seyahat için bile aşırı kalabalık bir haremi beraberinde sürüklemeyi âdet edinmişti. Yatak başarıları, çevresindeki zorunlu sohbet konularından biriydi; yaverleri, hatta yabancı ziyaretçileri bu marifetleri hakkında sık sık bilgi edinmeye çalışır, geceleri sergilediği enerjiyi över, ondan reçeteler ve kuvvet şurupları isterlerdi.

Seyyide sonunda dul kaldı. Altın sırmalı döşeği boşalmıştı, prensesin de bundan yakınacak hali yoktu doğrusu. Asıl tehlike, iktidar boşluğuydu; yeni doğan imparatorluk, kimliği bir sis perdesi ardında kalan atanın adından hareketle "Selçuklu" diye anılsa da, gerçek kurucusu Tuğrul'du. Onun ardında hiç çocuk bırakmadan ölmesi, Müslüman Doğu'yu anarşi içine sürüklemeyecek miydi? Geride sürüyle kardeş, yeğen, amca çocuğu kalmıştı. Türklerde ne soyun en yaşlısının tahta çıkması kuralı ne de herhangi bir saltanat veraseti usulü vardı.

Bununla birlikte bir adam hızla öne çıkmayı başardı: Çağrı'nın oğlu Alparslan. Birkaç ay içinde, kimilerini öldürüp kimilerinin bağlılığını satın alarak aşiret üyelerine üstünlüğünü kabul ettirdi. Bir süre sonra uyruklarının gözünde kararlı, adil ve büyük bir hükümdar olacaktı. Ama hasımlarının fısıltı halinde yaydığı bir söylenti peşini hiç bırakmayacaktı: Kısır Tuğrul'un doymak bilmez bir erkekliği olduğu rivayet edilirken dokuz çocuk babası Alparslan'ın, cins-i lâtifle pek ilgilenmeyen bir adam olduğu anlatılırdı. Düşmanları ona "karı kılıklı" lakabını takmışlardı; maiyetindekiler de konuşmaların böyle baş ağrıtıcı bir konuya doğru kaymamasına hep özen gösterirlerdi. Kendisine haklı veya haksız olarak yakıştırılan bu san, onun ölümüne de neden olacak, başarı basamaklarını yıldırım gibi tırmanacağı belli olan bir saltanata çok vakitsiz son verecekti.

Ama Ömer ve Cihan henüz bunu bilmiyorlardı. Onlar Ebu Tahir'in bahçesindeki cihannümada sohbet ederlerken, otuz sekiz yaşındaki Alparslan dünyanın en güçlü adamıydı. İmparatorluğu Kâbil'den Akdeniz'e kadar uzanıyordu; iktidarı kimseyle paylaşmıyordu, ordusu ona bağlıydı, devrin en becerikli devlet adamı olan Nizamülmülk onun veziriydi. En önemlisi de, Alparslan Anadolu'daki küçük Malazgirt köyünün yakınlarında Bizans İmparatorluğu'na karşı büyük yankı uyandıran bir zafer kazanmış, Bizans ordusu kılıçtan geçirilmiş, Basileus ise tutsak edilmişti. Her camide vaizler onun başarılarını övüyor, savaş vakti geldiğinde nasıl beyaz bir kefen giyip tahnitçilere kokular sürdürdüğünü, atının kuyruğuna nasıl kendi eliyle düğüm attığını, ordugâhının yakınında Bizanslıların gönderdiği Rus keşif koluna nasıl bizzat baskın verdiğini, onların burunlarını nasıl kestirdiğini, ama diğer yandan tutsak olan Basileus'u da nasıl azat ettiğini anlatıyorlardı.

İslam âlemi açısından büyük bir gündü kuşkusuz, ama Semerkant için korkulu günler başlamıştı. Alparslan bu şehre uzun süredir göz koymuş, hatta geçmişte ele geçirmeye de çalışmıştı. Sırf Bizanslılarla savaşa tutuştuğu için bir ateşkes yapmak zorunda kalmış, bu amaçla da iki hanedan arasında evlilik akitleri oluşturulmuştu: Sultan'ın büyük oğlu Melikşah, Nâsır'ın kız kardeşi Terken Hatun'la, bizzat Han da, Alparslan'ın kızıyla evlenmişti.

Ama kimse bu düzenlemelere kanacak kadar enayi değildi. Semerkant'ın efendisi, kayınpederinin Hıristiyanlara karşı kazandığı zaferi duyduğundan beri, kentinin başına çökecek felaketin korkusuyla yaşıyordu. Haksız da sayılmazdı, olaylar giderek hızlanıyordu.

İki yüz bin Selçuklu süvarisi, o sırada Ceyhun diye bilinen, eskilerin Oxus dedikleri, ileride Amu Derya adını alacak nehri geçmeye hazırlanıyordu. Bu ordunun en son askerine varıncaya dek, birbirine bağlanmış sallardan yapılma eğreti köprüden geçmesi tam yirmi gün alacaktı.

Semerkant'ta taht salonu genellikle dolu oluyor, ama ölü çıkmış bir ev gibi yere iğne düşse sesi duyuluyordu. İçinden geçilen zor dönem Han'ı bile uslandırmıştı sanki, ne öfke patlamaları sergiliyor ne de bağırıp çağırıyordu. Maiyetindekiler bu durumdan bunalmıştı. Eskiden takındığı kibirli tavır, canlarını yaksa da onlara güven veriyordu. Şimdiyse sükûneti karşısında endişeye kapılıyor, onu kaderine razı olmuş gibi görüyor, yenildiği kanısına varıyorlardı; herkes kendi başının çaresine bakmayı düşünüyordu. Acaba şimdiden kaçıp ihanet etmek mi daha iyiydi, yoksa bekleyip dua etmek mi?

Han günde iki kez yerinden doğruluyor, yakınları da tören alayı halinde peşine takılıyordu. Gidip surların bir yerini teftiş ediyor, askerlerin ve ahalinin alkışını alıyordu. Bu teftiş gezilerinden birinde, şehrin gençleri hükümdara yaklaşmaya çalıştılar. Muhafızlar onları fazla yaklaştırmayınca da, askerlerin yanında savaşmaya, şehri, Han'ı ve hanedanı korumak için ölmeye hazır olduklarını haykırdılar. Bu girişimden hoşnut kalmadığı gibi öfkelenen Nâsır Han, ziyaretini yarıda kesip geri dönerken, askerlere de gençleri gözlerinin yaşına bakmadan dağıtmalarını emretmişti.

Saraya döndüklerinde subaylarını toplayıp nasihat verdi:

– Dedem, Allah onun bilgeliğinin anısını bizde saklı tutsun, Belh şehrini ele geçirmek istediğinde, hükümdarları başlarında olmayan şehir ahalisi silaha sarılıp bizim pek çok askerimizi öldürmüş, ordumuzu geri çekilmek zorunda bırakmıştı. O zaman dedem Belh emiri Mahmud'a bir sitem mektubu gönderdi: "Ordularımız kapışsın ve Allah zaferi kime isterse ona bahşetsin, razıyım, ama avamdan insanlar bizim kavgalarımıza karışmaya başlarsa sonra ne ederiz?" Mahmud ona hak vermiş, uyruklarını cezalandırmış, silah taşımalarını yasaklamış, çatışmanın yol açtığı hasar karşılığında vergi salıp altın toplamış. Belhliler için doğru olan, yaradılışları gereği itaatsiz olan Semerkantlılar için haydi haydi geçerlidir ve ben selametimi bu şehrin ahalisine borçlu olacağıma, Alparslan'ın yanına tek başıma ve silahsız gitmeyi tercih ederim.

Subayların hepsi onun bu görüşünü kabul ettiler, halktan gelecek her türlü gözü pek girişimi bastırmaya söz verdiler, biat tazelediler, yaralanmış yırtıcı hayvanlar gibi savaşmaya yemin ettiler. Bunlar, öylesine söylenmiş sözler değildi. Maveraünnehir askerleri yiğitlikte Selçuklulardan geride kalmazdı. Alparslan'ın artılar hanesinde ise, ordusunun sayısal üstünlüğü ve gençlik vardı. Kendisinin değil, hanedanının gençliği. Henüz ikinci kuşaktı o, ruhuna hâlâ kurucuların hırsı yön veriyordu. Nâsır ise soyunun beşinci ismiydi; artık genişlemekten çok eldekileri korumaya bakıyordu.

Bu kaynaşma günleri boyunca Hayyam şehirden uzak kalmak istedi. Tabii ki zaman zaman sarayda veya Kadı efendinin konağında şöyle bir boy göstermekten vazgeçemezdi, yoksa zor zamanlarında onları bırakıp kaçmış gibi gözükürdü. Ama çoğunlukla cihannümasına kapanıp kalıyor, kendi işlerine veya bir sır gibi sakladığı kitabına gömülüyor, beyaz sayfalarını büyük bir hırsla dolduruyordu. Sanki savaşın onun için tek anlamı, esin kaynağı olduğu o mesafeli bilgelikti.

Onu çevresinde hüküm süren dramın gerçekliklerine bağlayan tek şey Cihan'dı; her akşam cepheden gelen haberleri, saraydaki insanların havasını naklediyor, Ömer ise onu hiçbir heyecan belirtisi göstermeden dinliyordu.

Savaş alanında Alparslan yavaş ilerliyordu. Çok kalabalık bir ordunun ağırlığı, disiplin azlığı, hastalıklar, bataklıklar. Zaman zaman amansız bir hal alan direniş de söz konusuydu. Özellikle bir adam, nehre fazla uzak sayılamayacak bir kalenin kumandanı Sultan'a hayatı zindan etmişti. Ordu kalenin çevresinden dolaşıp yoluna devam edebilirdi, ama o zaman da arkasını emniyete alamayacak, yıpratma savaşı hız kazanacak ve herhangi bir terslik olduğunda geri çekilme harekâtı çok tehlikeli bir hal alacaktı. Bu nedenle kalenin işini bitirmek gerekiyordu; Alparslan bu konudaki emrini on gün önce vermiş, saldırılar birbirini izlemeye başlamıştı.

Savaş, Semerkant'ta da yakından takip ediliyordu. Her üç günde bir kaleyi savunanların yolladıkları bir güvercin geliyordu. Asla bir imdat çağrısı olmuyordu bu; erzağın ve insanların tükendiğinden hiç söz etmiyor, sadece düşmanların verdiği kayıpları, şehri kuşatanların arasında salgın çıktığı söylentilerini anlatıyordu. Kale kumandanı Harezmli Yusuf bir anda Maveraünnehir'in kahramanı olmuştu.

Bununla birlikte sonunda vakit geldi çattı, kaleyi savunan bir avuç asker sayıca çok üstün düşmanla artık başa çıkamaz oldu, kalenin temellerinin altına lağımlar döşenip surlar aşıldı. Yusuf soluğu tükeninceye kadar savaştı, ama sonunda yaralanıp esir düştü. Başına bela olan bu adamı yakından tanımak isteyen Sultan'ın huzuruna çıkardılar onu. Karşısında duran kara kuru, ufak tefek, yabanıl, üstü başı kir toz içinde bir adamdı. Kollarına sıkı sıkıya yapışmış çam yarması gibi iki muhafızın ortasında, başı dimdik, ayakta duruyordu. Alparslan ise üzeri minderlerle kaplı, ahşap bir sekinin üzerinde, bağdaş kurmuş oturuyordu. İki adam karşılıklı meydan okuyarak uzun uzun bakıştılar, sonra galip emretti:

– Yere dört kazık çakın, bunu kollarından bacaklarından bağlayın, sonra da bedenini dört parçaya ayırın!

Yusuf karşısındakini tepeden tırnağa süzdü aşağılayarak ve haykırdı:

– Erkek gibi savaşmış birine böyle muamele reva görülür mü?

Alparslan cevap bile vermedi, başını çevirdi. Tutsak onu azarlar gibi seslendi:

– Hey karı kılıklı, sana söylüyorum!

Sultan bir anda sanki akrep sokmuş gibi yerinden sıçradı. Yanında duran yayını kaptı, bir ok çekip taktı ve fırlatmadan önce muhafızlara tutsağı bırakmalarını emretti. Yoksa onları da yaralayabilirdi. Zaten korkusu da yoktu, o güne dek hedefini asla ıskalamamıştı.

Aşırı sinirlendiği için mi, aceleden mi, çok kısa mesafeye ok atmanın zorluğundan mı, nedendir bilinmez, Yusuf'u vuramadı ve Sultan daha ikinci bir oka uzanmaya fırsat bulamadan, tutsak üzerine atıldı. Sekinin üzerinde tünemiş vaziyette savunmasız kalan Alparslan oradan kurtulmaya çalışırken ayağı bir mindere takılıp sendeledi ve yere devrildi. Yusuf üzerine çökmüştü bile, elinde de giysilerinin içine sakladığı bir hançer vardı. Kafasına bir gürz inmeden önce Sultan'ın böğrünü deşecek zamanı buldu yine de. Askerler cansız bedeni üzerine üşüşüp lime lime ettiler. Ama ölümün dudaklarında dondurduğu o alaycı gülümseyişi silemediler. Öcünü almıştı, Sultan'ın da günleri sayılıydı artık.

Nitekim Alparslan dört gün dört gece can çekiştikten sonra öldü. Canı ağır ağır çekilirken acı bir muhasebeyle geçen dört gün. Dönemin vakanüvisleri sözlerini şöyle naklettiler: "Daha dün bir tepenin üstünden birliklerimi teftiş ediyordum, onların adımlarının altında yerin sarsıldığını hissettim ve kendi kendime, 'Şu cihanın hâkimiyim! Benimle kim boy ölçüşebilir?' dedim. Allah bu kibrime, bu böbürlenmeme karşı, insanların en sefilini, yenilmiş, esir düşmüş bir adamı, bir idam mahkûmunu saldı üzerime; o benden daha güçlü çıktı, vurdu devirdi beni tahtımdan, aldı canımı."

Ömer Hayyam belki de bu dramın ardından kitabına şu rubaiyi kaydetmişti:

Her gün biri çıkar, başlar, benim ben demeye,
Altınları, gümüşleriyle övünmeye.
Tam işleri dilediği düzene girer,
Ecel çıkıverir pusudan: Benim ben, diye.

IX

Şenlikler yapan Semerkant'ta ağlamaya cesaret eden bir kadın vardı: Zaferi kazanan Han'ın eşi olduğu kadar, belki ondan da çok hançerlenen Sultan'ın kızıydı. Gerçi kocası taziyetlerini sunmuştu ona, haremdeki kadınların hepsine yas tutmalarını buyurmuş, fazla sevinç gösterisinde bulunan bir hadımağayı eşinin önünde kırbaçlatmıştı. Ama divanına geri döndüğünde etrafındakilere, "Allah, Semerkantlıların dualarına kulak verdi" demekten de geri kalmamıştı.

O devirde bir şehrin sakinlerinin, şu veya bu Türk hükümdarını bir diğerine tercih etmeleri için hiçbir neden bulunmadığı düşünülebilir. Yine de dua ediyorlardı, çünkü en çok başlarındaki efendinin değişmesinden ürküyorlardı. Her değişim, katliamları, ıstırapları, kaçınılmaz yağmaları ve yıkımları beraberinde getiriyordu. Ancak çok ölçüsüz, halkı aşırı vergilerle boğan, sürekli aşağılayıp ezen bir hakan söz konusu olduğunda, şehirlerini bir başkasının fethetmesini dileme noktasına geliyorlardı. Ama Nâsır böyle bir hükümdar değildi. Emirlerin en iyisi sayılamazdı belki, ama en kötüsü de değildi kesinlikle; alışmışlardı ona ve aşırılıklarını sınırlaması için de Yüce Yaratan'a yalvarıyorlardı.

Bu nedenle savaştan kaçınılabilmesi Semerkant'ta şenliklerle karşılanmıştı. Muazzam Re'sü't-Tak Meydanı, haykırışlar ve dumanlarla dolup taşıyordu. Her duvar dibine bir seyyar satıcının tezgâhı kurulmuştu. Her sokak lambasının altında bir kadın hanende, bir udi hünerlerini sergiliyorlardı. Hikâye anlatıcılarının, falcıların, yılan oynatıcılarının etrafında binbir meraklı halkası kurulup çözülüyordu. Meydanın tam ortasında, alelacele kurulmuş derme çatma bir yükseltinin üzerinde halk ozanları arasında geleneksel atışmalar yapılıyor, eşsiz, benzersiz Semerkant'a, ele geçirilmez Semerkant'a övgüler düzülüyordu. Atışmayı izleyenler hükümlerini ânında veriyor, bazılarının yıldızı yükselirken bazılarınınki inişe geçiyordu. Hemen her yerde tutuşturulmuş odun yığınlarından alevler yükseliyordu. Aylardan aralıktı. Geceleri buz gibi olmaya başlamıştı. Sarayda şarap küpleri boşalıyor, testiler kırılıyor, körkütük sarhoş olan Han şen şakrak ve gürültü patırtı içinde zaferin tadını çıkarıyordu.

Ertesi gün ulu camide sala verdirdi, sonra kayınpederinin ölümü için taziyetleri kabul etti. Bir gün önce onu kazandığı zaferden ötürü kutlamaya koşanlar, yüzleri matem içinde üzüntülerini bildirmeye geldiler. Duruma uygun birkaç ayet okuyan kadı, Ömer'den de aynı şeyi isterken kulağına fısıldamayı da ihmal etmedi:

– Hiçbir şeye şaşırma, hakikatin de insanların da iki yüzü vardır.

Aynı akşam Ebu Tahir, Nâsır Han tarafından çağrıldı ve merhum Sultan'a Semerkant'ın saygılarını bildirmek üzere yola çıkacak heyete katılması istendi. Ömer de, diğer yüz yirmi kişiyle birlikte bu kafilede yer aldı.

Taziyet yeri, Selçuklu ordusunun nehrin hemen kuzeyinde kurulmuş eski bir ordugâhıydı. Çevrede binlerce çadır ve yurt yükseliyordu; geçici olarak kurulmuş bu şehirde, Maveraünnehir'in saygın temsilcileri örgülü, uzun saçlarıyla aşiretlerinin biatını yenilemeye gelmiş göçebe savaşçıları kuşkuyla izliyorlardı. Çocuk yüzlü bir dev olan on yedi yaşındaki Melikşah, bol bir karakul kürkü içine gömülmüş, bir sekinin üzerinde oturuyordu. Babası Alparslan'ın üzerinden devrildiği sekiydi bu. Birkaç adım uzağında, elli beş yaşındaki veziri ayakta duruyordu; imparatorluğun güçlü adamını Melikşah büyük bir hürmet ifadesi olarak "ata" diye çağırıyor, ötekiler ise unvanıyla anıyorlardı: Nizamülmülk. Böylesine hak edilmiş bir lakap az bulunurdu. Ne zaman şöhretli bir ziyaretçi yanına yaklaşsa, genç Sultan gözleriyle vezirine danışıyor, o da belli belirsiz bir işaretle ziyaretçiyi sıcak mı karşılaması uzak mı durması, içten mi kuşkucu mu, dikkatli mi dalgın mı davranması gerektiğini belirtiyordu.

Semerkant heyetinin tamamı Melikşah'ın ayaklarının dibinde secdeye vardı; hükümdar tepeden bakan bir baş işaretiyle bu davranışı kabul ettiğini belirtti, sonra ileri gelenlerin bir bölümü onun yanından ayrılıp Nizamülmülk'e doğru yöneldi. Vezir'in kılı bile kıpırdamıyordu; mesai arkadaşları etrafında dört dönüyor, ama o hiç tepki göstermeden onlara bakıp dinliyordu. Sarayın bağırıp çağıran efendisi gibi değildi. Her yerde hazır ve nazır olmayı daha çok gizli dokunuşlarla ipleri idare eden, başkalarına kendi istediği hareketleri yaptıran bir kuklacı kılığında başarıyordu. Suskunlukları dillere destandı. Kimi zaman bir ziyaretçi, karşılama ve vedalaşma sözleri dışında hiçbir şey konuşulmadan bir saat otururdu huzurunda. Çünkü insanlar Nizamülmülk'ü mutlaka kendisiyle görüşmek için değil, iman tazelemek, kuşkuları dağıtmak, unutulmamak için de ziyaret ederlerdi.

Böylece Semerkant heyetinden on iki kişi imparatorluk dümenini tutan eli sıkma ayrıcalığına erişti. Ömer, Kadı efendinin hemen arkasındaydı. Ebu Tahir beylik bir nezaket cümlesi geveledi ağzında, Nizam başını salladı, Ebu Tahir'in elini birkaç saniye avcunda tutup onu onurlandırdı. Sıra Ömer'e geldiğinde Vezir onun kulağına eğilip mırıldandı:

– Gelecek sene bu vakitte Isfahan'da ol, konuşuruz.

Hayyam doğru işitip işitmediğinden emin değildi, aklı gidip geliyordu. Adamın şahsiyeti onu ürkütmüş, tören havasından etkilenmiş, uğultudan sarhoş gibi olmuştu. Dövünen kadınların haykırışları kulaklarını sağır ediyordu. Duyularına güvenemiyor, bir sağlama yapmak, bir açıklama almak istiyordu, ama arkadan gelenlerin dalgası onu itiyordu, Vezir bakışlarını başka bir yana çevirmiş, yeniden sessizce başını sallamaya koyulmuştu.

Geri dönerlerken Hayyam bu hadiseyi kafasında evirip çeviriyordu. Vezir sadece ona mı bu sözleri söylemişti, onu başka birisiyle karıştırmış olamaz mıydı ve niye hem zaman hem de mekân içinde böylesine uzak bir randevu veriyordu?

Kadıya bundan bahsetmeye karar verdi. Mademki hemen önündeydi, bir şeyler duymuş, hissetmiş, anlamış olabilirdi. Ebu Tahir önce onu dinledi, sonra da kurnaz bir edayla şu itirafta bulundu:

– Vezir'in sana bir şeyler fısıldadığını fark ettim; ne dediğini duymadım, ama seni bir başkasıyla karıştırmadığını söyleyebilirim. Etrafında dönüp duran adamlarını fark ettin mi? Onların görevi her heyetin kimlerden oluştuğunu öğrenip Vezir'e gelenlerin adlarını ve vasıflarını bildirmek. Bana da senin adını sordular, senin gerçekten âlim, müneccim Nişapurlu Hayyam olduğuna emin oldular, kimliğin konusunda hiçbir karışıklık yaşanmadı. Zaten Nizamülmülk'ün çevresinde, kendisi istemedikçe, hiçbir karmaşa yaşanmaz.

Yol düz ve çakıllıydı. Sağda, çok uzakta yüksek bir dağ sırası, Pamir dağının yamaçları görülüyordu. Hayyam ve Ebu Tahir yan yana at sürüyor, bineklerinin sağrıları durmadan birbirine sürtünüyordu.

– Peki, benden ne istiyor acaba?

– Bunu öğrenmek için bir yıl sabretmen gerekecek. Sana tavsiyem o zamana kadar o muydu bu muydu diye fazla yorma aklını, çünkü epey uzun bir bekleyiş söz konusu, kendini yıpratırsın. En önemlisi de bundan kimseye söz etme!

– Yani çok mu gevezeyim ben?

Sesinde bir sitem vardı. Kadı hiç aldırmadı:

– Daha açık konuşayım: O kadına bundan söz etme!

Ömer'in kuşkulanması gerekirdi, Cihan'ın ziyaretleri kimseye fark ettirmeden sürüp gidemezdi zaten. Ebu Tahir sözüne devam etti:

– Daha ilk buluştuğunuzda muhafızlar gelip beni durumdan haberdar ettiler. Ben de bu ziyaretlere bir bahane bulmak için karmaşık bir hikâye uydurdum, kadını görmezden gelmelerini istedim ve senin de her sabah uyandırılmanı yasakladım. Sakın aklından bir şüphe geçmesin, o köşk senin evindir, hem bugün hem de yarın evin bil orayı. Ama sana o kadından söz etmeliyim biraz.

Ömer zor durumda kalmıştı. Dostunun "o kadın" deyiş biçiminden hiç hoşlanmıyordu, aşklarını tartışmak niyetinde değildi. Kadı efendinin yaşına hürmeten bir şey demedi, ama suratı gözle görülür biçimde asıldı.

– Sözlerimin seni kızdırdığını biliyorum, ama ne söylemem gerekiyorsa hepsini söyleyeceğim. Gerçi aramızdaki ahbaplık hukuku henüz çok yeni, ama gerek yaşım gerekse mevkiim buna izin verir. Sen bu kadını sarayda ilk gördüğünde ona arzuyla baktın. Genç ve güzel bir kadın, şiiri de hoşuna gitti belki, gözü pekliği kanını kaynattı. Bununla birlikte altın karşısında farklı tavırlar takındınız. Seni iğrendiren şeyi o ağzına doldurdu. O bir saray şairesi, sense bir arif gibi davrandın. Daha sonra bu konudan hiç söz ettin mi ona?

Cevap "hayır"dı ve Ömer hiçbir şey demese de Ebu Tahir bunu pekâlâ anlamıştı. Söze devam etti:

– Bir ilişkinin başlangıç dönemlerinde hassas sorunlardan kaçılır genellikle, binbir itinayla henüz kurulan o kırılgan yapının yıkılacağından korkulur, ama bana sorarsan seninle bu kadın arasında derin, temelden bir fark var. Hayata bakışınız aynı değil.

– O bir kadın, üstelik de dul. Bir efendiye bağımlı kalmadan ayakta durmaya çabalıyor ve ben onun bu cesaretine hayranım. Mısralarının ödülü olan altınları aldığı için nasıl suçlayabilirim ki onu?

– Anlıyorum, dedi kadı; sonunda dostunu da tartışmanın içine çekebildiği için memnundu. Ama en azından bu kadının saray dışında başka bir hayatı düşünemeyeceğini kabul ediyor musun?

– Olabilir.

– Senin için saray hayatının nefret edilecek, tahammül edilmez bir hayat olduğunu ve gerekenden bir saniye bile daha fazla orada kalmak istemediğini de kabul ediyor musun?

Bu sözleri sıkıntılı bir sessizlik izledi. Sonunda Ebu Tahir kesin, kararlı bir sesle sözü bağladı:

– Ben sana gerçek bir dosttan duyabileceğin şeyleri söyledim. Bir daha, sen açmadığın sürece, bu konuyu ağzıma bile almayacağım.

X

Semerkant'a vardıklarında, soğuktan, bineklerinin sarsıntısından, aralarına yerleşen rahatsızlık hissinden ötürü bitkin düşmüşlerdi. Ömer, akşam yemeğiyle bile oyalanmadan, hemen köşküne çekildi. Yolculuk sırasında zihninde oluşturduğu üç rubaiyi yüksek sesle on kez, yirmi kez tekrarlayıp, şurada bir kelimeyi, orada bir dizimi değiştirdikten sonra yazmasının esrarı içine kaydetmeye başladı.

Her zamankinden daha erken çıkagelen Cihan, aralık kalmış kapıdan içeri süzülmüş, yün şalını hiç gürültü yapmadan üzerinden çıkarmıştı. Ayaklarının ucuna basarak arkadan yaklaştı. Ömer işine gömülmüştü, birden adamın boynunu çıplak kollarıyla sardı, yüzünü onun yüzüne yapıştırdı, güzel kokulu saçlarını gözlerinin üzerine döktü.

Hayyam'ın mest olması gerekirdi – bir âşık için bundan daha tatlı bir saldırı olabilir mi? İlk sürpriz ânı geçtikten sonra, onun da dönüp sevgilisine sarılması, onu kollarında sıkması, hasretin tüm ıstırabını, buluşmanın tüm sıcaklığını onun bedenine bastırması gerekmez miydi? Ama bu habersiz, ani ziyaret Ömer'i rahatsız etmişti. Kitabı hâlâ önünde açık duruyordu, onu bir ortadan kaldırabilseydi... İlk tepkisi, kadının kollarından sıyrılma çabası oldu ve bu yaptığına anında pişman olsa da, duraksaması sadece kısacık bir an sürse de bu dalgalanmayı ve soğukluğu hissediveren Cihan, bu davranışın nedenini de anlamakta gecikmedi. Kitaba, sanki bir rakibesiymiş gibi kuşku dolu gözlerle baktı.

– Affet beni! Seni görmek için öylesine sabırsızlanıyordum ki, gelişimin seni rahatsız edebileceğini düşünemedim!

Aralarına ağır bir sessizlik girmişti, Hayyam bunu kırmaya gayret etti.

– Bu kitap rahatsız etti seni değil mi? Onu sana göstermeyi hiç düşünmemiştim. Sen ne zaman gelsen sakladım onu. Ama bana bunu armağan eden kişi onu bir sır olarak saklayacağıma yemin ettirmişti.

Kitabı uzattı kadına. Sayfaları şöyle bir karıştırdı, onlarca boş yaprağın arasındaki mısralarla siyahlaşmış birkaç sayfaya umursamadan baktı. Suratının asıldığını gizlemeye hiç uğraşmadan geri verdi defteri.

– Bunu bana niye gösteriyorsun ki? Hiçbir şey sormadım sana. Zaten ben okuma yazma da bilmem. Her şeyi başkalarını dinleyerek öğrendim.

Bu duydukları Ömer'i şaşırtmadı. O devirde iyi şairlerin okuryazar olmaması pek rastlanmadık bir şey değildi. Zaten kadınların tamamına yakınının okuma yazması yoktu.

– Peki, bu kitapta böylesine gizli ne var? Simya formülleri mi?

– Ara sıra yazdığım şiirler var.

– Yasak ve sapkın şiirler mi? Bozguncu şiirler mi?

Kadın onu kuşkulu bakışlarla süzüyordu, ama Ömer gülerek savundu kendini:

– Nereden çıkarıyorsun bunları? Ben de hiç fesat kuracak bir adam hali var mı? Şarap, yaşamın güzelliği ve boşluğu üzerine rubailer bunlar, hepsi bu.

– Rubai mi? Sen mi?

Ağzından istemeden dökülen bu çığlıkta hem şaşkınlık hem de küçümseme gizliydi. *Rubaiyat,* sadece kenar mahallelerin şairlerine layık, önemsiz, hafif, hatta bayağı bir edebi türdü. Ömer Hayyam gibi bir âlimin zaman zaman bir rubai yazması bir gönül eğlencesi, küçük bir günah, hatta züppelik diye kabul edilebilirdi; ama mısralarını böyle köşe bucak gizlenerek, gizem dolu bir kitaba ciddi ciddi kaydetme zahmetine katlanması, işte bu, belâgat kurallarına sıkı sıkıya bağlı bir kadın şairi şaşırtıp endişelendiriyordu. Ömer utanmış gibiydi, Cihan ise meraklanmıştı:

– Bana birkaç mısra okuyabilir misin?

Hayyam daha fazla açık vermek istemiyordu.

– Okunmaya hazır olduklarına karar verdiğim gün, hepsini birden okurum sana.

Cihan ısrar etmedi, onu daha fazla sorguya çekmekten de vazgeçti, ama şaka yapmadığını belli eden bir sesle şunu hatırlatmaktan da geri kalmadı:

– Bu kitabın yapraklarını doldurduğunda, sakın ola onu Nâsır Han'a armağan etme, rubaiyat yazarlarına pek değer vermez; sonra seni bir daha asla tahtına, kendi yanında oturmaya çağırmaz.

– Bu kitabı kimseye armağan etmeye niyetim yok, ondan herhangi bir kazanç sağlamayı ummuyorum, bir saray şairinin hırslarını bende bulamazsın.

Cihan onu yaralamıştı, şimdi Hayyam da onu yaralıyordu. Onları saran sessizliğin içinde fazla ileri gidip gitmediklerini soruyorlardı kendi kendilerine, bir toparlanıp hâlâ kurtarılabilecek olanı kurtarmanın vakti gelmemiş miydi daha? İşte o anda Hayyam, Cihan'a değil, kadıya kızdı. Konuşmasına izin verdiği için pişman olmuştu ve o sözlerin sevgilisine yönelik bakışını geri dönülmez bir biçimde bozup bozmadıklarını tartıp biçiyordu. O zamana dek yürekleri dupduru ve kuşkusuzdu, ayrılmalarına neden olabilecek hiçbir şeyi anmama konusunda ortak bir isteğe uyuyorlardı. "Kadı gözlerimi açıp gerçeği görmemi mi sağladı, yoksa mutluluğumu mu gölgeledi?" diye düşündü Ömer.

– Sen değişmişsin Ömer; neyin değiştiğini söyleyemem, ama bana bakışında, konuşmanda tanımlayamayacağım bir şey var. Sanki herhangi bir kötü işten dolayı benden kuşkulanıyormuş veya bir sebepten ötürü bana kızıyormuşsun gibi... Seni anlamıyorum, ama birdenbire keder çöktü içime.

Ömer onu kendine çekmeye çalıştı, kadın hemen sıyrıldı kollarından

– İçimi böyle rahatlatamazsın benim! Bedenlerimiz kelimelerimizin uzantıları olabilirler ancak, onların ne yerini alabilir ne de çürütebilirler onları. Ne oldu? Söyle bana.

– Cihan! Yarına kadar hiçbir şeyden söz etmemeye karar veremez miyiz?

– Yarın ben burada olmayacağım, Han şafakla birlikte Semerkant'tan ayrılıyor.

– Nereye gidiyor?

– Kiş, Buhara, Tirmiz, ne bileyim işte... Tüm saray peşinden gidecek, ben de onlarla birlikte.

– Semerkant'taki amca kızında kalamaz mısın?

– Keşke tek sorun bahane yaratmak olsaydı! Benim yerim sarayda. O yeri kazanmak için on erkeğin gücünü harcayarak mücadele ettim ben. Şimdi, Ebu Tahir'in bahçesindeki cihannümada dalga geçmek için o yerden vazgeçecek değilim.

O zaman Hayyam ne dediğini pek de düşünmeden konuşuverdi:

– Dalga geçmekten bahseden yok. Hayatımı paylaşmak istemez misin?

– Hayatını paylaşmak mı? Paylaşacak hiçbir şey yok!

Hiç hırçınlaşmadan söylemişti bunu. Sadece bir saptamaydı dile getirdiği, üstelik belli bir şefkatten de yoksun değildi. Ama Ömer'in dehşet içindeki yüzünü görünce, hıçkırıklara boğulup kendisini affetmesini istedi.

– Bu akşam ağlayacağımı biliyordum, ama böyle acı gözyaşları dökeceğimi düşünmemiştim; uzun bir süre için, belki de ebediyen ayrılacağımızı biliyordum, ama böyle sözlerle bu bakışlarla ayrılacağımızı düşünmemiştim. Hayatımda yaşadığım en güzel aşktan geriye bu yabancı gözlerin anısı kalsın istemem doğrusu. Bak bana Ömer, son bir kez! Unutma, ben senin sevgilinim, beni sevdin, ben de seni sevdim. Tanıdın mı beni?

Hayyam şefkatle sarıldı ona. İç geçirdi:

– En azından neler düşündüğümüzü açıklamaya vaktimiz olsaydı bu aptalca kavga unutulup giderdi, biliyorum, ama zaman sıkıştırıyor bizi, bu boz bulanık dakikalara tüm istikbalimizi yatırmaya zorluyor bizi.

O da bir damla gözyaşının aktığını duydu yüzünden aşağı. Gözyaşını gizlemek istedi, ama Cihan deli gibi sarıldı ona, yüzünü yüzüne yapıştırdı.

– Benden yazılarını gizleyebilirsin, gözyaşlarını değil. Onları görmek, onlara dokunmak, benimkilere karıştırmak istiyorum, yanaklarımda izleri, dilimde tuzlu tatları kalsın istiyorum.

Sanki birbirlerini parçalamaya, boğmaya, yok etmeye uğraşıyorlardı. Elleri telaş içindeydi, giysileri sağa sola saçılıyordu. Yakıcı gözyaşlarının alazına tutulmuş o iki beden eşsiz ve unutulmaz bir aşk gecesi yaşadı. Ateş yayıldı, ikisini de sardı, sarmaladı, sarhoş etti, tutuşturdu, tenleri kaynaşıp hazzın doruklarında eridi. Masanın üstünde bir kum saati damla damla akıtıyordu vakti, ateş yatıştı, alevler titrek titrek dalgalandı son bir kez, sonra söndü. Uzun uzun soludular birbirlerini. Ömer ona veya meydan okudukları kadere mırıldandı:

– Kavgamız daha yeni başlıyor.

Cihan, gözleri kapalı, sımsıkı sarıldı ona.

– Şafak sökene kadar uyutma beni!

Ertesi gün yazmada iki yeni mısra. Titrek, tereddüt dolu ve işkence çeken bir el yazısı:

Sevgilinin yanında yapayalnızdın Hayyam!
Şimdi sığınabilirsin ona, artık gitti madem.

XI

Kâşan, İpek Yolu üzerinde, Tuz Çölü'nün sınırında, basık evlerden oluşan bir vaha. Kervanlar oraya sığınır, Isfahan civarını haraca kesen eşkıyanın yatağı olan Kargas Kuh, yani uğursuz Akbabalar Dağı boyunca yola koyulmadan önce orada bir soluklanırlardı.

Kerpiç ve balçıktan inşa edilmiş Kâşan. Yolu oraya düşen seyyahın gözleri, şenlikli bir duvarı, bezemeli bir cepheyi boşu boşuna arar dururdu. Semerkant'tan Bağdat'a kadar binbir camiyi, sarayı veya medreseyi güzelleştiren o ünlü ve itibarlı çiniler burada imal edilirdi oysa ki. Müslüman Doğu'nun tamamında çiniye *kâşî* veya *kâşanî* denir, nasıl ki "porselen" sözcüğü hem Farsçada hem İngilizcede Çin'in adını da içinde taşırsa, *kâşî* de Kâşan'ı hatırlatırdı.

Şehrin dışında, hurma ağaçlarının gölgesinde bir kervansaray. Dikdörtgen planlı bir dış duvar, gözetleme kuleleri, hayvanlar ve mallar için bir dış avlu, çevresine göz göz odaların dizildiği bir iç avlu. Ömer de bir oda kiralamak istiyordu, ama hancı özür diledi: Hiç boş odası yoktu, yeni gelen zengin Isfahanlı tüccarlar oğulları ve hizmetçileriyle kervansarayı doldurmuşlardı. Söylediklerini doğrulamak için kayıt defterine falan bakmaya gerek yoktu. Avlu gürültücü uşaklar ve bakımlı binek hayvanlarıyla kaynıyordu. Kış mevsimi başlasa da Ömer yıldızların altında uyumayı düşünebilirdi, ama Kâşan'ın akrepleri de en az çinileri kadar namlıydı.

– Gerçekten şafak sökene kadar hasırımı serebileceğim hiçbir köşe yok mu?

Hancı kafasını kaşıdı. Karanlık bastırıyordu, bir Müslüman'dan başını sokacak bir dam altını esirgeyemezdi:

– Tam köşede küçük bir odam var, ama bir softa kalıyor, belki sorarsak sana da bir yer açar.

Odaya doğru yöneldiler, kapı kapalıydı. Hancı hiç çalmadan açıverdi kapıyı, bir mumun alevi dalgalandı, bir kitap aceleyle kapatıldı.

– Bu soylu seyyah üç ay önce Semerkant'tan yola çıkmış, belki odanı onunla paylaşırsın diye düşündüm.

Genç adamın canı sıkılsa da bunu belli etmedi ve yerinden kalkmakta hiç acele etmese de nezaketini bozmadı.

Hayyam içeri girdi, selam verdi, temkinli davranıp kimliğini tam açıklamadı:

– Nişapurlu Ömer.

Oda arkadaşının gözlerinde bir ilgi kıvılcımı yanıp söndü. O da kendini tanıttı:

– Kum şehrinden Hasan bin Ali Sabbah, Rey'de talebe. Isfahan'a gidiyorum.

Bu ayrıntılı tanıtım Hayyam'ı müşkül durumda bıraktı. Karşısındaki bir anlamda onu daha açık konuşmaya, kendisi, işi, seyahat amacı hakkında daha ayrıntılı bilgi vermeye çağırıyordu. Hayyam bunun nedenini anlayamadı ve bu yaklaşımdan kuşkulandı. Suskunluğunu korudu; ağır hareketlerle oturup sırtını duvara dayayarak zaman kazandı ve karşısındaki çok çelimsiz, kupkuru, ufak tefek adamın sert ve köşeli yüzüne dikti gözlerini. Yedi günlük sakalı, siyah ve sımsıkı sarığı, patlak gözleri keyfini kaçırdı.

Softa gülümseyerek sıkıştırdı onu:

– İnsanın adı Ömer olunca, Kâşan taraflarına gelmek pek akıl kârı değildir.

Hayyam çok şaşırmış gibi yaptı. Halbuki imayı gayet iyi anlamıştı. Peygamber'in ikinci halifesi olan Hz. Ömer'in adını taşıyordu; Şiiler Hz. Ali'nin bu inatçı rakibinden tiksinirlerdi. O sırada İran nüfusunun büyük çoğunluğu Sünni'ydi gerçi, yine de birkaç Şii bölgesi belirmeye başlamıştı. Tuhaf geleneklerin sürüp gittiği vaha kentleri, Kum ve Kâşan bunlardandı. Halife Ömer'in ölüm yıldönümü her yıl gülünç bir karnavalla kutlanırdı. O gün kadınlar allanıp pullanır, tatlılar pişirir, şam fıstığı kavurur, çocuklar taraçalara yerleşir ve yoldan geçenlerin üzerine kova kova su boşaltıp neşeyle haykırırlardı: "Allah Ömer'in belasını versin!" Halife'nin temsili bir kuklası yapılır, kuklanın eline ipe dizili tezeklerden yapılma bir tespih tutuşturulur, şarkılar eşliğinde mahalle mahalle dolaştırılırdı: "Mademki adın Ömer'dir, mekânın cehennemdir, seni şerir başı seni, seni alçak gasıp seni!" Kum ve Kâşan kunduracıları ürettikleri kunduraların köselelerine "Ömer" yazmayı âdet edinmişlerdi; katırcılar bu adı hayvanlarına koyuyor, ne zaman değneği indirecek olsalar onlara "Ömer" diye seslenmekten ayrı bir zevk alıyorlardı ve avcılar tek bir okları kaldığında "Bu da Ömer'in kalbine!" diye mırıldanarak takıyorlardı onu yaya.

Hasan belli belirsiz birkaç kelimeyle bu uygulamaları anlattı, ama çiğlik edip ayrıntılara girmedi. Ama Ömer hiç de cana yakın olmayan bir bakışla onu süzdükten sonra bıkkın ve konuyu kestirip atan bir sesle: "Ne adımdan dolayı yolumu ne de yolumdan dolayı adımı değiştiririm" dedi.

Bu sözleri uzun ve buz gibi bir sessizlik izledi. İkisi de bakışlarını birbirlerinden kaçırıyorlardı. Ömer ayakkabılarını çıkarıp uykusu gelir umuduyla uzandı. Konuşmayı yeniden başlatan Hasan oldu:

– Bu âdetleri hatırlatarak incittim belki de seni, buralarda adını söylerken biraz tedbirli olmanı istemiştim sadece. Yanlış anlama niyetimi. Çocukken Kum'da bu tür şenliklere katıldığım oldu tabii, ama ergenliğe geçtikten sonra başka bir gözle bakmaya başladım onlara, bu tür aşırılıkların bir ilim adamına göre olmadığını anladım. Peygamber'in öğretisine de uygun değil. Bununla birlikte, insan Semerkant'ta veya başka bir yerde Kâşan'ın Şii zanaatkârlarının ellerinden çıkmış çinilerle bezenmiş bir caminin önünde büyülenirken aynı caminin imamı minberden "Lanet olası zındık Ali yandaşları"na, "lanet olası Şiiler"e karşı sövüp saymaya başlarsa, bu da Peygamber'in öğrettiklerine uymaz.

Ömer yerinden hafifçe doğruldu:

– İşte aklı başında bir adam böyle konuşur.

– Aklı başında olmayı da bilirim, delirmeyi de. Sevimli de olabilirim iğrenç biri de. Ama kendini tanıtmaya bile tenezzül etmeden odanı paylaşmaya gelen birine nasıl cana yakın davranabilirsin ki?

– Sadece adımı verdim, demediğini bırakmadın, tam kimliğimi açıklasam kim bilir neler söylerdin?

– Belki de bunların hiçbirini söylemezdim. İnsan Halife Ömer'den nefret edip hendeseci Ömer'e, cebirci Ömer'e, gökbilimci Ömer'e, hatta feylosof Ömer'e hayranlık ve takdirden başka bir his beslemiyor olabilir.

Hayyam yerinde doğruldu. Hasan zaferinin tadını çıkarıyordu:

–İnsanların kim oldukları sadece adlarından mı anlaşılır sanıyorsun? Bakışlarından, yürüyüşünden, görüntüsünden, kullandıkları ses tonundan tanırsın onları. Sen içeri adım attığın anda hem şana şöhrete alışkın hem de şana şöhrete metelik vermeyen bir ilim adamı olduğunu, yol sormaya hiç ihtiyaç duymadığını bildim. Adının başını söyler söylemez anladım kim olduğunu: Benim kulaklarım tek bir Nişapurlu Ömer bilir.

– Eğer beni etkilemeye çalıştıysan, bunu başardığını kabul etmeliyim. Kimsin sen?

– Adımı söyledim, ama bu ad hiçbir şey çağrıştırmadı sende. Ben Kum şehrinden Hasan Sabbah'ım. Gurur duyabileceğim hiçbir şeyim yok, on yedi yaşımda din, felsefe, tarih ve gök cisimleri hakkında okunabilecek her şeyi okuyup bitirmiş olmaktan başka.

– İnsan asla her şeyi okuyamaz, her gün edinilecek o kadar çok bilgi var ki!

– Sına beni istiyorsan.

Ömer oyun olsun diye karşısındakine Eflatun, Euklides, Porfirios, Ptolemaios hakkında; Dioskurides'in, Galenus'un, Râzî'nin, İbn Sina'nın tıp bilgileri, sonra şeriat yorumları hakkında birkaç soru sormaya koyuldu. Cevaplar hep kesin, kusursuz ve emin bir şekilde geliyordu. Şafak sökerken hiç uyumamışlardı daha ve zamanın nasıl akıp geçtiğini anlamamışlardı. Hasan gerçek bir tatmin hissiyle doluydu. Ömer ise büyülenmiş gibiydi, sözcükler kendiliğinden döküldü dudaklarından:

– Bu kadar çok şey öğrenmiş birisiyle hayatımda karşılaşmadım. Biriktirdiğin tüm bu bilgiyle ne yapmayı düşünüyorsun?

Hasan bir an bu sorudan şüphelenmiş gibi baktı ona, sanki ruhunun gizli bir köşesine ayak basılmıştı, ama kendini toparladı, gözlerini yere eğdi:

– Nizamülmülk'ün yanına girmek isterdim, belki bana göre bir işi vardır.

Hayyam oda arkadaşından öylesine etkilenmişti ki az daha kendisinin de Vezir'in yanına gittiğini açıklayacaktı. Ama son anda kendini tuttu. İçindeki o bir nebze kuşku epey gerilere itilse de henüz tamamen yok olmamıştı.

İki gün sonra bir tüccar kervanına katılmış, yan yana yürüyorlar, hayran oldukları yazarların en güzel sayfalarını Farsça veya Arapça ezbere okuyorlardı birbirlerine. Zaman zaman bir tartışma çıkar gibi oluyor, ama hemen duruluyordu. Hasan kesin kanaatlerden söz edip, sesini yükseltip, "tartışılmaz gerçekler"i ilan eder ve yol arkadaşını da bunları kabul etmesi için zorlarken Ömer kuşkuculuğunu koruyor, çeşitli görüşleri evirip çeviriyor, nadiren bir seçimde bulunuyor, bilmediğini açıklamaktan hiç çekinmiyordu. Şu kelimeler pelesenk olmuştu ağzına: "Ne diyebilirim ki sana, varlığın sırları saklı senden, benden; bir düğüm ki ne sen çözebilirsin, ne ben. Bizimki perde arkasında dedikodu; bir indi mi perde, ne sen kalırsın, ne ben."*

Bir haftalık yolculuğun ardından Isfahan'a vardılar.

* Çev. Sabahattin Eyuboğlu.

XII

İranlılar bugün, "Isfahan, nısf-ı cihan", "Isfahan, cihanın yarısı" derler. Bu deyim Hayyam'ın devrinden çok sonra ortaya çıkmıştır gerçi, ama 1074'te de şehri övmek için neler söylenirdi neler: "Taşları kurşun, sinekleri birer arı, otu safran"; "havası öyle temiz öyle sağlıklı ki kilerlerinde hurma kurdunun esamesi okunmaz, koyduğun hiçbir et bozulmaz." Gerçi şehrin rakımı beş bin kademdi [yaklaşık 1600 m]. Yine de Isfahan'da altmış kervansaray, iki yüz sarraf, göz alabildiğine uzanan kapalıçarşılar vardı. Tezgâhlarında ipekliler ve pamuklular dokunurdu. Halıları, kumaşları, kilitli çekmeceleri en uzak diyarlara ihraç edilirdi. Binbir çeşit gül biterdi bahçelerinde. Zenginliği dillere destandı. Acem dünyasının bu en kalabalık şehri iktidar, servet veya bilgi peşindeki herkesi kendine çekerdi.

"Bu şehir" diyorum, ama aslında tam anlamıyla bir şehir söz konusu değildi. Zaten Rey'den gelen genç bir seyyahın hikâyesi hâlâ dillerde dolaşıyordu. Genç adam Isfahan'ın harikalarını görmek için öylesine sabırsızlanıyormuş ki, son gün kervandan ayrılıp tek başına dörtnala ilerlemiş. Birkaç saat sonra Zende Rud'un ("hayat veren nehir") kıyısına gelince nehir boyunca ilerlemiş ve topraktan yapılmış bir şehir suru çıkmış karşısına. Bu yerleşimin boyutları da fena sayılmazmış, ama doğrusu kendi geldiği Rey şehrinin yanında epey küçük kalıyormuş. Kapıya varıp muhafızlara sormuş.

– Burası Cay şehri, diye cevap vermişler.

İçeri girmeye tenezzül etmemiş hiç, şehrin çevresini dolaşıp batıya doğru at sürmeye devam etmiş. Atı bitkinlikten yıkılacak hale gelmiş ama o yine de hayvanı kırbaçlayıp duruyormuş. Bir müddet sonra soluk soluğa başka bir şehrin kapısına varmış; bir öncekinden daha heybetliymiş gerçi, ama Rey'den de fazla büyük sayılmazmış. Yoldan geçen bir ihtiyarı çevirmiş.

– Burası Yahudiye.

– Yahudi o kadar çok mu bu memlekette?

– Birkaç Yahudi var, ama ahalinin çoğu senin benim gibi Müslüman. Buraya Yahudiye diyorlar, çünkü rivayete göre Nabukodonosor Kudüs'ten sürdüğü Yahudileri buraya yerleştirmiş; bazıları da, bir İran şahının Yahudi karısının, İslam devrinden önce kendi cemaatinden insanları buraya getirttiğini iddia ediyorlar. Allah bilir artık!

Genç seyyah gerisin geri dönmüş, atı altında yere yıkılacak bile olsa yola devam etmeye kararlıymış; o sırada ihtiyar seslenmiş:

– Evladım sen nereye böyle acele acele?

– Isfahan'a!

Yaşlı adam kahkahayı patlatmış.

– Isfahan diye bir yerin olmadığını kimse söylemedi mi sana?

– Ne diyorsun sen? İran şehirlerinin en büyüğü, en güzeli değil mi Isfahan? En eski çağlarda bile Parthların kralı Artaban'ın gururlu başşehri değil miydi? Kitaplar onun harikalarını övüp durmuyor mu?

– Kitaplar ne der bilmem ama, ben yetmiş yıl önce doğdum burada ve sadece yabancıların sözünü edip durduğu şu Isfahan şehrini bir kez olsun göremedim daha.

İhtiyar abartmıyordu. Isfahan adı uzun süre bir şehri değil bir vahayı ifade etmek için kullanılmıştı; bu vahada birbirlerine bir saatlik uzaklıkta apayrı iki şehir, Cay ve Yahudiye yükseliyordu. Bu şehirlerin çevrelerindeki köylerle birlikte gerçek bir site halinde bütünleşip kaynaşması için 16. yüzyılı beklemek gerekecekti. Hayyam'ın zamanında ortada böyle bir şehir yoktu henüz, ama vahanın tamamını koruyan yaklaşık on iki millik bir sur inşa edilmişti.

Ömer ile Hasan akşam geç vakit vardılar şehre. Cay'da, Tirah Kapısı'na yakın bir kervansarayda yer buldular kendilerine. Yataklarına uzanır uzanmaz da bir çift laf bile edemeden koro halinde horlamaya başladılar.

Ertesi gün Hayyam Vezir'in huzuruna çıktı. Sarraflar Meydanı'nda her milletten seyyahlar ve satıcılar, Endülüslüler, Rumlar ve Çinliler sarrafların çevresine birikmişti; onlar da hassas terazileri ellerinde, tırnaklarıyla bir Kirman, Nişapur veya Sevilla dinarının üzerini kazıyor, bir Delhi *tanka*'sını dişliyor, bir Buhara dirhemini ellerinde okkalıyor veya yeni ayarı düşürülmüş bir Konstantinopolis *numisma*'sına burun kıvırıyorlardı.

Hükümet merkezi ve Nizamülmülk'ün resmi konutu olan Divan'ın cümle kapısı uzakta değildi. Nevbet boruları günde üç kez kapının önünde vezirin şerefine çalardı. Bu şatafat işaretlerine karşın, herkes içeri girebilir ve çok yoksul bir dul kadın bile imparatorluğun en güçlü adamının yanına sokulup gözyaşlarını ve şikâyetlerini onunla paylaşmak amacıyla Divan'ın geniş kabul salonunda şansını deneyebilirdi. Ancak bu salonun içinde Nizam'ın çevresinde koruyucu bir çember oluşturuluyor, ziyaretçileri sorguya çeken muhafızlar ve mabeyinciler, münasebetsizleri uzaklaştırıyorlardı.

Ömer kapının eşiğinde durdu. Gözleriyle salonu, çıplak duvarlarını, yere üç kat serilmiş halıları taradı. Vezir'in çevresinde alacalı bulacalı ama saygılı bir halka oluşturanları çekingen bir hareketle selamladı; o sırada Vezir bir Türk subayıyla sohbet ediyordu. Nizam göz ucuyla yeni geleni fark etmişti; ona dostça gülümseyip oturmasını işaret etti. Beş dakika sonra yanına gelip önce iki yanağından sonra da alnından öptü.

– Seni bekliyordum, vaktinde geleceğini biliyordum, anlatacağım o kadar çok şey var ki...

Onu elinden tutup salona bitişik, baş başa kalabilecekleri küçük bir odaya götürdü sürüklercesine. Kocaman bir deri minder üzerine yan yana oturdular.

– Bazı sözlerim seni şaşırtabilir, ama umarım sonuçta davetime uyduğun için pişman olmazsın.

– Nizamülmülk'ün eşiğinden içeri adım atıp da pişman olan çıkmış mı ki bugüne kadar?

– Çıktı, diye mırıldandı Vezir kıyıcı bir gülümseyişle. Bazı insanları arş-ı âlâya yükselttim, bazılarını da yerin dibine soktum, her gün ölüm ve hayat dağıtıyorum, Allah da benim niyetlerimi yargılayacak, her kudretin kaynağı O'dur. Rabbim en yüce iktidarı Arap halifesine vermiş, o da bunu Türk sultanına bırakmış; Sultan da kulunuza, bir Acem vezirin ellerine emanet etti iktidarı. Başkalarının bu iktidara saygı göstermesini şart koşarım; ama Hoca Ömer senden, düşlerime saygı göstermeni beklerim. Evet, benim payıma düşen bu uçsuz bucaksız memlekette kâinatın en güçlü, en zengin, en istikrarlı, en iyi yönetilen, en güvenli devletini kurmayı düşlüyorum. Her eyaletin, her şehrin kulağı en zayıf uyruğunun bile şikâyetlerine açık, içinde Allah korkusu olan, adil bir adam tarafından idare edileceği bir imparatorluk düşlüyorum. Kurdun ve kuzunun aynı dereden huzur içinde birlikte su içeceği bir devlet düşlüyorum. Ama düş kurmakla da yetinmiyor, düşlerimi hayata geçiriyorum. Yarın Isfahan mahallelerinde bir dolaş, her yeri kazan, yapılar diken işçi ordularını, arı gibi çalışıp duran zanaatkârları bir gör. Her yerde hanlar, camiler, kervansaraylar, kaleler, hükümet konakları, saraylar yükseliyor. Yakında her büyük şehrin benim adımı taşıyan kendi medresesi olacak: "Nizamiye medreseleri." Bağdat'taki açıldı bile, planını ellerimle çizdim, müfredatı ben hazırladım, en iyi müderrisleri topladım, her talebeye burs bağladım. Bu imparatorluk kocaman bir şantiye, yükseliyor, gelişiyor, zenginleşiyor, Yüce Rabbim bize kutsanmış bir çağ bahşetti yaşamamız için."

Kumral bir hizmetkâr girdi. Elindeki işlemeli gümüş tepside taşıdığı iki kadeh buzlu gül şerbetini eğilerek ikram etti. Ömer, buğulanmış serin kadehlerden birini aldı; tadını çıkara çıkara içmeye kararlı olduğu için bir yudum aldı sadece. Nizam ise kendi kadehini bir dikişte boşaltıp kaldığı yerden devam etti:

– Senin buradaki varlığın benim için bir sevinç ve şeref kaynağı!

Hayyam bu konukseverliğin altında kalmayıp bir cevap vermek istedi. Nizam bir el hareketiyle engelledi onu:

– Seni pohpohlamaya çalıştığımı sanma. Hüda'dan başkasına övgü düzmeyecek kadar güçlüyüm. Ama Hoca Ömer, bir imparatorluk ne kadar geniş, ne kadar kalabalık, ne kadar bolluk bereket içinde olursa olsun, hep adam kıtlığı çeker! Dışarıdan baktığında kuldan, karınca yuvası gibi kaynayan meydanlardan, yoğun kalabalıklardan başka bir şey göremezsin. Ama ben zaman zaman savaş nizamında ilerleyen ordumu, namaz saatinde bir camiyi, çarşıyı, hatta kendi divanımı seyreder ve şunu sorarım kendi kendime: Şu adamlardan bir marifet, bir bilgi, bir sadakat örneği, bir şahsiyet belirtisi istesem, her saydığım vasıfla birlikte çevremdeki kitlenin seyreldiğini, eridiğini ve giderek kaybolduğunu görmez miyim? Yalnızım ben Hoca Ömer, iflah olmaz bir yalnızlık bu. Divanım da boş, sarayım da. Bu şehir, bu imparatorluk ıssız. Sanki bir elimi hep arkamda gizleyerek alkış tutmak zorundaymışım gibi geliyor. Senin gibi adamları bırak Semerkant'tan getirtmeyi, böyle adamları bulmak için Semerkant'a kadar bizzat yürüyerek gitmeye razıyım.

Çok mahcup olan Hayyam ağzının içinde "Estağfurullah" gibi bir şeyler geveledi, ama Vezir hiç aldırmadı.

– İşte benim düşlerim ve kaygılarım bunlar. Bıraksan günlerce gecelerce konuşurum bu konuda, ama ben daha çok seni dinlemek istiyorum. Bu düş seni de bir biçimde etkiliyor mu, yanımda sana layık bir yer almaya hazır mısın değil misin, bir an önce öğrenmek için sabırsızlanıyorum.

– Projelerin coşku veriyor, gösterdiğin güven de beni onurlandırıyor!

– Benimle birlikte çalışmak için ne istersin? Ben nasıl açıkça konuştuysam, sen de hiçbir şey gizlemeden söyle bana. Ne istersen olacak. Sakın pısırıklık yapma, bu çılgın cömertlik ânımı boşa harcama, bir daha bulamazsın!

Güldü. Hayyam'ın aklı öyle karışmıştı ki belli belirsiz gülümseyebildi ancak.

– Herhangi bir yokluk çekmeden mütevazı çalışmalarımı sürdürmekten başka bir dileğim yok. Yiyeceğim içeceğim, başımı sokacak bir dam, sırtıma bir giysi olsun yeter, fazlasında gözüm yok.

– Başını sokman için sana Isfahan'ın en güzel evlerinden birini hediye ediyorum. Bu saray yapılırken ben de orada kalmıştım. Bağları, bahçeleri, hizmetkârları ve cariyeleriyle birlikte senindir artık. Masrafların için sana on bin sultanî dinar tahsisat bağlıyorum. Ben yaşadığım sürece her yılın başında bu miktar sana ödenecektir. Yeter mi?

– Çok fazla, bu kadar parayı ne yapacağımı bilemem ben.

Hayyam içten konuşuyordu, ama Nizam öfkelenmiş göründü.

– Bulduğun tüm kitapları satın alıp şarap küplerinin hepsini doldurduktan ve tüm sevgililerini mücevherlere boğduktan sonra, geri kalanını muhtaç durumdakilere sadaka diye dağıtır, Mekke kervanının masraflarını karşılar, bir de adına cami yaptırırsın!

Mala mülke ilgisizliğinin ve gösterdiği tevazunun ev sahibinin pek de hoşuna gitmediğini anlayan Ömer gözünü iyice kararttı:

– Hep bir rasathane inşa etmeyi dilemiştim; taştan büyük bir sekstanı, bir usturlabı ve çeşitli aletleri olan bir rasathane. Güneş yılının tam uzunluğunu ölçmek istiyorum.

– Dileğini olmuş bil! Önümüzdeki hafta sana bu konuda tahsisat veririz, yeri sen seçersin, rasathanen de birkaç ay içinde yapılıp bitirilir. Peki ama, istediğin başka bir şey yok mu?

– Allah şahidim olsun başka hiçbir şey istemiyorum, cömertliğinin altında ezildim.

– O halde ben de senden bir şey isteyebilirim belki?

– Bana verdiklerinden sonra, sınırsız minnetimin küçücük bir parçasını olsun sana gösterebilmek erişilmez bir mutluluk olur.

Nizam sözü ikiletmedi.

– Seni ketum biri diye biliyorum, fazla konuşmazsın, bilge, adil, hakkaniyetli, her konuda eğriyi doğrudan ayırabilir bir adam diye tanıyorum, güvenilecek biri olduğunu biliyorum: Bu yüzden çok zor ve hassas bir görevi senin ellerine emanet etmek istiyorum.

Ömer en kötüsüne hazırlıklıydı, zaten onu bekleyen de en kötüsüydü.

– Seni *sahib-haber* yapıyorum.

– *Sahib-haber* mi? Ben mi? Hafiyelerin başı yani?

- İmparatorluğun istihbarat başı olacaksın. Hemen cevap verme; senden beklenen iyi insanların peşinde hafiyelik yapman, müminlerin evlerine sızman değil, herkesin huzur içinde yaşamasını sağlaman. Bir devlette yapılan en ufak haksızlığın, en küçük adaletsizliğin bile hükümdar tarafından bilinmesi ve suçlu kim olursa olsun herkese ibret olacak biçimde cezalandırılması gerekir. Şu kadı veya bu vali görevini kötüye kullanıp yoksulların sırtından kesesini dolduruyorsa, biz bunu nereden bileceğiz? Kurbanlar şikâyetçi olmayı göze alamadığına göre, hafiyelerimiz sayesinde!

- Tabii, bu hafiyelerin de kadılar, valiler veya emirler tarafından satın alınmaması, onların suçortağı haline gelmemesi şart!

- Zaten senin, yani *sahib-haber*'in işi de, bu görevlere yerleştirmek üzere, satın alınamayacak adamları bulmak.

- Böyle satın alınamayacak adamlar varsa, onları vali veya kadı yapmak daha basit bir çözüm olmaz mı?

Safça yapılmış bir gözlemdi bu aslında, ama Nizam'ın kulağına hafif bir alay içeriyormuş gibi çalındı. Sabırsızlanıp ayağa kalktı:

- Tartışmak istemiyorum. Sana ne sunduğumu ve senden ne beklediğimi söyledim. Git, önerimi düşün, tart biç, doluya koy boşa koy, yarın da gelip bana cevabını bildir.

XIII

Düşünmek, tartmak, biçmek... Hayyam o gün bunları yapabilecek halde değildi. Divan'dan çıkınca çarşıdaki en dar sokağa daldı, insanların ve hayvanların arasından sağa sola kıvrılarak ilerledi, baharat tepecikleri üzerinde yükselen yalancımermerden tonozların altından yürüdü. Sokak her adımla biraz daha loş bir görünüm alıyor, kalabalık sanki yavaş hareket ediyor, bağırış çağırışlar mırıltıya, satıcılar ve müşteriler maskeli oyunculara, uyurgezer dansçılara dönüyordu. Ömer sağa sola yalpalayarak körlemesine yürüyor, düşeceğinden veya bayılacağından korkuyordu. Birdenbire, tam manasıyla cengelin ortasında bir açıklığı andıran, ışığa boğulmuş küçük bir meydana çıktı. Çiğ güneş ışığı kırbaç gibi indi yüzüne; şöyle bir dikildi, soluk aldı. Neler gelmişti başına? Teklif edilen, cehenneme zincirlenmiş bir cennetti, buna nasıl evet veya hayır denebilirdi? Vezir'in karşısına hangi yüzle çıkacak ya da şehri hangi yüzle terk edecekti?

Sağında bir meyhanenin yarı aralık kapısını gördü, itti, birkaç basamak indi, basamaklar kuma gömülmüştü, basık tavanlı, izbe bir yere girdi. Nemli toprak zeminin üstüne, şekilsiz sıralar ve rengi atmış masalar dizilmişti. Sek Kum şarabı ısmarladı. Kenarı çentikli bir testide geldi şarap. Gözlerini yumup başına dikti testiyi.

Geçip gidiyor o asude gençlik çağı
Unutmak için dikiyorum kafama şarabı.

Acı mı geldi? Böylesi gider hoşuma
Ömrümün ağızda bıraktığı tat da acı.

Birden zihninde bir ışık çaktı. Herhalde bu fikri bulmak için bu izbe meyhanenin ta dibine kadar gömülmesi gerekiyordu; fikir onu orada, bu masanın üstünde, dördüncü kadehin üçüncü yudumunda bekliyordu. Hesabı ödedi, yüklüce bir bahşiş bıraktı, yeniden yeryüzüne çıktı. Gece olmuş, meydan boşalmıştı; çarşının her sokağının ucu ağır bir kapıyla örtülmüştü. Ömer kaldığı kervansaraya ulaşmak için yolu uzatıp civardan dolaşmak zorunda kaldı.

Ayaklarının ucuna basa basa odasına girdiğinde, Hasan çoktan uyumuştu; ciddi yüzünde ıstırap çeken bir ifade vardı. Ömer onu uzun uzun seyretti. Zihnine binbir soru üşüşüyor, ama cevaplarını hiç aramadan defediyordu onları. Kararını vermişti bir kez, geri dönmeyecekti.

Kitaplarda bir efsane dolaşır. İçinde bulunduğumuz binyılın başına her biri kendince damgasını vurmuş üç İranlı arkadaştan söz eder bu efsane: Dünyayı gözlemleyen Ömer Hayyam, o dünyayı yöneten Nizamülmülk ve aynı dünyaya dehşet saçan Hasan Sabbah. Birlikte Nişapur'da öğrenim gördükleri rivayet edilir. Tabii ki bu doğru olamaz, çünkü Nizam, Ömer'den 30 yaş daha büyüktür ve Hasan eğitimini Rey'de yapmış, belki doğduğu şehir olan Kum'da da biraz ders almış, ama kesinlikle Nişapur'da mektebe, medreseye gitmemiştir.

Acaba hakikat *Semerkant Yazması*'nda mıydı? Derkenarları dolduran vakayinameye göre, üç adam ilk kez Isfahan'da, feleğin elinde kör bir oyuncak olan Hayyam'ın girişimiyle Vezir'in divanında buluşmuşlardı.

Nizam, birkaç kâğıdın, evrağın arasında sarayın küçük odasına çekilmişti. Kapının aralığından Ömer'in yüzünü görür görmez cevabın olumsuz olacağını anladı.

– Demek böyle, projelerim seni ilgilendirmiyor.

Hayyam sıkıntılı ama kararlı bir sesle cevap verdi:

– Projelerin çok görkemli ve ben onların gerçekleşmesini canı gönülden diliyorum, ama bana teklif ettiğin katkıyı yapmam olanaksız. Sırlarla onları ortaya çıkaranlar arasında kalınca, hep sırlardan yana taraf olurum ben. Bir hafiye yanıma gelip de bir konuşmayı rapor etse, bu işlerin ne onu, ne beni ilgilendirdiğini söyleyip ağzını mühürlemesini buyurur, bir daha eşiğimden içeri adım atmasını yasaklarım. Benim insanlar ve olaylar hakkındaki merakım bambaşka biçimlerde ifade ediyor kendini.

– Kararına saygı duyuyorum, insanların kendilerini olduğu gibi ilme vakfetmelerini imparatorluk için hiç de yararsız bulmuyorum. Söz verdiğim her şey, yıllık tahsisat, ev, rasathane, hepsi hakkın, gönlümden koparak verdiğim hiçbir şeyi geri almam ben. Seni icraatıma daha yakından ortak etmek isterdim, olmadı; şimdi vakanüvislerin gelecek nesillere şu satırları bırakacaklarını düşünerek teselli buluyorum: Ömer Hayyam Nizamülmülk'ün devrinde yaşadı, itibar gördü, hayatın sıkıntıları ona ulaşamadı ve gözden düşme tehlikesiyle karşılaşmadan "hayır" diyebildi Vezir'e.

– Bu yüce gönüllülüğün hak ettiği tüm şükranı bir gün gösterebilecek miyim acaba?

Ömer sustu. Söze devam etmeden önce biraz duraksadı:

– Belki de yeni tanıştığım bir adamı sana takdim ederek teklifini reddetmemi unutturabilirim. Çok zeki bir adam, muazzam bilgili ve çok becerikli. Bu *sahib-haber* mevkii için biçilmiş kaftan ve senin teklifine çok memnun olacağına da eminim. Rey'den Isfahan'a senin yanına kapılanma umuduyla geldiğini çıtlattı bana.

– Demek ki hırslı biri, diye söylendi Nizam dişlerinin arasından. Kaderim böyle benim. Ne zaman güvenilebilecek birini bulsam, hırsı yeterli olmuyor ve iktidara ilişkin şeylerden kuşku duyuyor. Ve ne zaman bir adam önüne sunduğum her işin üzerine atlamaya hazır gözükse, bu telaş beni kuşkulandırıyor.

Bıkkın ve kaderine razı bir hali vardı.

– Adı ne bu adamın?

– Hasan bin Ali Sabbah. Ama seni uyarmalıyım, Kum doğumlu.

– İmamî bir Şii, öyle mi? Her türlü sapkınlığa ve her türlü sapmaya karşı olsam da, benim için sorun değil. En iyi mesai arkadaşlarımdan bazıları Şii, en iyi askerlerim Ermeni, hazinedarlarım Yahudi; yine de hepsine güveniyor ve hepsini koruyorum. Sadece İsmailîlerden kuşkulanırım. Dostun da bu mezhepten değildir herhalde?

– Bilmiyorum. Ama Hasan yanımda geldi zaten. Dışarıda bekliyor. İzninle içeri çağırayım, dilediğin gibi sorguya çek.

Ömer birkaç saniye gözden kayboldu. Sonra ahbabıyla birlikte göründü; Hasan'da çekingenlikten eser yoktu, ama sakalının altında kasılıp seyiren iki adaleyi fark etti Hayyam.

– Sana Hasan Sabbah'ı takdim edeyim; bu kadar sıkı bir sarığın altına hiçbir zaman bu kadar çok bilgi sığmamıştır.

Nizam gülümsedi:

– Ulemanın arasına düştüm tam manasıyla. Emirlerin en makbulü âlimlerle yarenlik edendir, demezler mi?

Cevap Hasan'dan geldi:

– Âlimlerin en kötüsü emirlerle yarenlik edendir, de derler.

Bir ağızdan atılan içten, ama kısa kahkaha onları birbirine yaklaştırdı. Sonra Nizam hemen kaşlarını çatıp, meşhur Acem palavracılığının kaçınılmaz laf cambazlığını kısa kesip Hasan'dan ne beklediğini anlattı. Daha ilk cümlelerle birlikte çok iyi anlaştıklarını gördüler ve Ömer'e de sessizce çekilmekten başka yapacak bir şey kalmadı.

Böylece Hasan Sabbah hızla Vezir'in vazgeçilmez yardımcılarından biri oldu. Sahte satıcılardan, sahte dervişlerden, sahte hacılardan oluşan bir hafiye ordusu, muazzam bir istihbarat ağı kurmayı başardı. Tüm imparatorluk sathına yayılan bu hafiyelerin her yerde kulağı vardı; dinlenmedik saray, ev, çarşı köşesi bucağı kalmamıştı. Komplolar, dedikodular, iftiralar; hepsi rapor ediliyor, açığa çıkarılıyor, kurulan düzenler örtülü bir biçimde veya herkese ibret olacak şekilde bozuluyordu.

İlk başlarda Nizam çok mutluydu, ürkütücü mekanizma kendi elindeydi. Melikşah'ın yanında eseriyle övünüyordu. Hükümdar o zamana dek bu işe uzak durmuştu. Babası Alparslan bu tarz siyasete karşı çıkmasını nasihat etmemiş miydi? "Her yere hafiye yerleştirirsen" diye uyarmıştı onu, "gerçek dostların, kendi sadakatlerini bildikleri için, bu yapılandan kuşku duymazlar. Oysa ki hainler hemen dikkat kesilir. Hafiyeleri satın almaya bakarlar. Yavaş yavaş gerçek dostlarının aleyhine, düşmanlarının ise lehine raporlar almaya başlarsın. Sözler, ister iyi, ister kem olsunlar, oklara benzerler; sürüyle atarsın içlerinden biri hedefi vurur. Giderek gönlün dostlarına kapanır, hainler yanına yörene yerleşir, o zaman gücünden ne kalır geriye?"

Ama haremde kendisini zehirlemek isteyen bir kadın ortaya çıkarılınca, sahib-haberin yararı hakkında Sultan'ın şüpheleri silindi. Hasan Sabbah bir gün içinde Sultan'ın yakın çevresine girdi. O zaman Hasan ile Melikşah arasında kurulan dostluğa bozulma sırası Nizam'a geldi. İkisi de gençti ve kimi zaman, özellikle de cuma günleri Sultan'ın yakınlarına verdiği geleneksel şölenlerde, bir olup ihtiyar Vezir'le eğleniyorlardı.

Şenliğin ilk bölümü son derece resmi ve ağırbaşlı geçerdi. Nizam, Melikşah'ın hemen sağında otururdu. Edibler ve âlimler çevrelerini sarar, Hint ve Yemen kılıçlarının üstünlüklerinin karşılaştırılmasından farklı Aristoteles yorumlarına kadar akla gelebilecek her konuda tartışmalar yapılırdı. Sultan bu tür atışmaları bir müddet merakla izler, sonra dikkati dağılır, bakışları dalgınlaşırdı. O zaman Vezir kalkma vaktinin geldiğini anlar, saygıdeğer konuklar da onu izlerdi. Onların yerini derhal sazendeler ve rakkaseler alır, şarap testileri dolup boşalır, hükümdarın ruh haline göre ağır aksak veya çılgınca bir havada seyreden içki âlemi sabahlara dek sürerdi. Hanendeler, rübab, ud veya tar eşliğinde, en gözde temaları olan Nizamülmülk konusunda doğaçlamalara girişirlerdi. Sultan bir türlü vazgeçemediği güçlü vezirinden öcünü gülerek alırdı. Onun nasıl çocukça bir taşkınlıkla el çırptığını görünce, bir gün bu ellerin "ata"sına da vuracağını kestirmek güç değildi.

Hasan, Sultan'ın vezirine karşı gösterdiği en ufak hınç işaretini besleyip büyütmekten geri kalmıyordu. Nizam nesine güveniyordu, bilgeliğine mi, bilgisine mi? Hasan'da her ikisi de bol bol vardı ve bunları ustaca sergiliyordu. Tahtı ve imparatorluğu savunma yeteneğiyle mi övünüyordu? Hasan da kısa sürede ona denk bir yetkinliğe sahip olduğunu kanıtlamıştı. Sadakat deseniz, onu oynamaktan daha kolay ne vardı? Yalancı ağızlardan dökülen sadakat sözleri kadar kandırıcısı bulunmazdı.

Her şeyden önemlisi Hasan, Melikşah'ın dillere destan cimriliğini kışkırtmayı biliyordu. Onu Vezir'in harcamalarından sürekli haberdar ediyor, Nizam'ın ve yakınlarının yeni giysilerini fark etmesi için elinden geleni yapıyordu. Nizam iktidarı ve şatafatı seviyordu, Hasan'ın gözü ise sadece iktidardaydı. Bu yüzden egemenlik katında bir zahit gibi oturmayı biliyordu.

Sonunda Melikşah'ı yeterince işlediği, hıncını akıl hocasına son darbeyi indirecek kadar olgunlaştırdığı kanısına varan Hasan hadiseyi çıkardı. Olay bir cumartesi günü taht salonunda cereyan etti. Sultan öğlene doğru tatsız bir baş ağrısıyla uyandı. Canı çok sıkkındı. Üstüne üstlük Vezir'in Ermeni muhafızlarına altmış bin altın dinar dağıtıldığını öğrenince iyice çileden çıkmıştı. Haberin Hasan'dan ve onun şebekesinden geldiğine kuşku yoktu. Nizam, hiçbir itaatsizlik hevesine fırsat vermemek için orduyu beslemek gerektiğini, yoksa en küçük bir isyanın hakkından gelmek için on kat fazla masraf edilmek zorunda kalınacağını sabırla açıkladı. Ama Melikşah, Avuç avuç altın saçarsak sonunda maaşları verecek para bulamayız, o zaman da gerçekten isyan çıkar işte," diye cevapladı onu. İyi bir hükümetin altınlarını zor günlere saklamayı bilmesi gerekmez miydi?

Nizam'ın bu sahneyi izleyen on iki oğlundan biri söze karışmasının akıllıca olacağını düşündü:

– İslam'ın ilk zamanlarında Halife Ömer, kendisini fetihlerde toplanan tüm altını harcamakla suçlayanlara şunu sormuştu: "Bu altın bize Yüce Allah'ın bir lütfu değil mi? Eğer siz Allah'ın elinden bundan fazlasının gelmeyeceği kanısındaysanız, hiçbir şey harcamayın. Ben ise Rabbimin sonsuz comertliğine iman etmişim, Müslümanların iyiliği için harcayabileceğim tek meteliği bile hazinemde tutmam."

Ama Melikşah'ın bu örneği izlemeye hiç niyeti yoktu; Hasan'ın aklına soktuğu bir fikrin peşinde, buyruğunu bildirdi:

– Hazineme giren her kuruşun ve nasıl harcandığının ayrıntılı bir dökümünün çıkarılıp önüme getirilmesini emrediyorum. Ne zaman alabilirim bunu?

Nizam afallamıştı.

– Böyle bir döküm verebilirim, ama zaman gerek.

– Ne kadar zaman, hoca?

Ata değil *hoca* demişti; bu da son derece saygılı bir hitaptı, ama ağızdan öyle mesafeli çıkmıştı ki bir yadsımayı, gözden düşmenin ilk adımını çağrıştırıyordu.

Ne söyleyeceğini bilemeyen Nizam durumu açıkladı:

– Her eyalete bir temsilci göndermek, uzun uzadıya hesap kitap yapmak gerek. Allah'ın inayetiyle imparatorluk da öyle uçsuz bucaksız ki, böyle bir raporu iki seneden önce tamamlamak çok zor olur.

Ama Hasan saygılı bir biçimde yaklaştı:

– Efendimiz bana gerekli imkânları sağlar, Divan'daki tüm evrakların bana teslim edilmesini buyurursa, kırk gün içinde eksiksiz bir rapor sunacağıma söz veririm.

Vezir cevap vermek istedi, ama Melikşah ayağa kalkmıştı bile. Büyük adımlarla çıkışa doğru yürürken kararını bildirdi:

– İyi o zaman, Hasan Divan'a yerleşsin. Divan kaleminin tamamı onun emrinde olacak. Kimse ondan izin almadan içeri girmeyecek. Ben de kırk gün sonra hükmümü vereceğim.

XIV

İmparatorluk birbirine girdi, idare felç oldu; ordu birliklerinin harekete geçtiği bildiriliyor, iç savaştan söz ediliyordu. Nizam'ın Isfahan'ın bazı mahallelerinde halka silah dağıttığı söyleniyordu. Çarşıda mallar depolara kaldırılmıştı. Bellibaşlı çarşıların, özellikle de kuyumcular çarşısının giriş kapıları akşamüstüne doğru kapatılıyordu. Divan civarında da gerilim had safhadaydı. Vezir, makamını Hasan'a bırakmak zorunda kalmıştı, ama konutu hemen oraya bitişikti ve rakibinin genel karargâhı haline gelen yerle arasında küçük bir bahçeden başka bir şey yoktu. Bu bahçe de tam bir kışlaya dönüşmüştü, Nizam'ın kişisel muhafızları tepeden tırnağa silahlı vaziyette, sinirli sinirli devriye geziyorlardı bahçede.

Kendini en zor durumda hisseden de Ömer'di. Herkesi yatıştırmak, iki hasım arasında bir uzlaşma sağlamak için müdahale etmek istiyordu. Ama Nizam onu huzuruna hâlâ kabul etse de, verdiği "ağılı hediye"den dolayı sitem etmek için hiçbir fırsatı kaçırmıyordu. Hasan ise tamamen evrakların arasına gömülmüştü; Sultan'a sunması gereken raporla uğraşıyordu. Sadece geceleri, çevresinde bir avuç sadık adamı olduğu halde, Divan'ın büyük halısı üzerine uzanıp kestiriyordu biraz.

Yine de kader gününe üç gün kala Hayyam son bir arabuluculuk girişiminde bulunmak istedi. Divan'a gidip Hasan'ı görmek için ısrar etti, ama *sahib-haber* hazinedarlarla toplantıda olduğu için bir saat sonra gelmesi bildirildi. O zaman Ömer de dışarıda biraz yürüyüş yapmaya karar verdi. Cümle kapısından dışarı adımını atmıştı ki, Sultan'ın baştan ayağa kırmızılar giymiş bir hadımağası ona seslendi:

– Hoca Ömer bekleniyorsunuz. Beni izlemek lütfunda bulunur musunuz?

Adam onu dehlizlerden ve merdivenlerden oluşan bir labirentten geçirdikten sonra, Hayyam, varlığını hayal bile edemeyeceği bir bahçede buldu kendini. Etrafta tavus kuşları özgürce kabarıyordu, kayısı ağaçları çiçeğe durmuştu, bir şadırvanın şırıltısı işitiliyordu. Şadırvanın arkasındaki, sedef kakmalı alçak bir kapının önüne geldiler. Hadımağa kapıyı açtı. Ömer'den ilerlemesini istedi.

Duvarları brokar kaplı geniş bir salondu girdiği yer; dip tarafta önü bir perdeyle örtülü, üstü tonozlu küçük bir girinti vardı. Perde titredi, ardında birisinin durduğu belliydi. Hayyam daha içeri adımını atmıştı ki, kapı ardından boğuk bir gürültüyle kapandı. Afallamış bir halde bekledi bir süre, sonra bir kadın sesi işitildi. Sesi tanıyamadı, ama bir Türk lehçesinde konuşulduğunu çıkarır gibi oldu. Pes bir sesle yapılan akıcı bir konuşmaydı; selin içinde beliriveren kaya parçaları gibi ara sıra birkaç bildik kelime çalınıyordu kulağına. Ne dendiğini anlamadığı için konuşmayı kesmek, karşısındakinden Farsça ya da Arapça konuşmasını veya biraz daha ağırdan almasını istemek geçiyordu içinden, ama bir kadına perdenin ardından seslenmek de o kadar kolay değildi. Sözü bitinceye kadar beklemeye razı oldu. Birden başka bir ses girdi araya:

– Hanımım Terken Hatun, Sultan'ın eşi, bu buluşmaya geldiğin için sana teşekkür ediyor.

Bu kez Farsça konuşuluyordu ve Hayyam bu sesi mahşer günü en kalabalık çarşının ortasında olsa bile tanırdı. Haykıracaktı, ama çığlığı birden hem neşeli, hem sitemkâr bir mırıltıya dönüştü:

– Cihan!

Kadın perdenin kenarını kaldırdı, peçesini açıp gülümsedi, ama aynı anda da elini kaldırıp Ömer'in yaklaşmasını engelledi.

– Divan'da cereyan eden mücadele Terken Hatun'u kaygılandırıyor. Rahatsızlık yayılıyor, kan dökülecek. Sultan da bu işten çok etkilendi, barut gibi, harem onun öfke patlamalarıyla yankılanıyor. Bu iş böyle devam edemez. Hanımım, bu olayın taraflarını barıştırmak için imkânsızı bile denemeye hazır olduğunu biliyor ve başarılı olmanı diliyor, ama bu ihtimal biraz uzak görünüyor ona.

Hayyam başını tevekkülle sallayarak söylenenleri onayladı. Cihan söze devam etti:

– Terken Hatun, işlerin bugün geldiği noktada iki rakibi de safdışı bırakıp vezirliği ortalığı yatıştırabilecek, iyi bir adama emanet etmenin daha yerinde olacağı kanısında. Ona göre kocasının, efendimizin çevresindeki entrikacılara ihtiyacı yok; ona tek gereken, adi hırslardan arınmış, sağduyulu, akıllı ve bilge bir adamın kusursuz danışmanlığı. Sultan sana çok değer verdiği için, hanımım seni vezirliğe önermek istiyor, bu göreve sen atanırsan bütün saray rahatlayacak. Yine de böyle bir teklifi ileri sürmeden önce, senin de rızanı almak istedi.

Ömer kendisinden ne istendiğini hemen anlayamadı, ama bir an sonra haykırdı:

– Allah aşkına Cihan sen beni mahvetmeye mi çalışıyorsun? Beni imparatorluk ordularına komuta ederken, bir emirin boynunu vurdururken, bir köle ayaklanmasını bastırırken düşünebiliyor musun? Beni yıldızlarımla baş başa bırak!

– Dinle beni Ömer. İşleri eline alıp yönetmek istemediğini biliyorum, senin rolün sadece ortalıkta görünmek olacak. Kararları başkaları alıp uygulayacak!

– Başka bir deyişle, sen gerçek vezir, hanımın da gerçek sultan olacak, istediğin bu aslında, değil mi?

– Seni rahatsız edecek ne var ki bunda? Tasalara hiç karışmadan tüm şan şöhreti sahipleneceksin, bundan iyi teklif olur mu?

Terken Hatun havayı yumuşatmak için söze karıştı. Cihan söylediklerini çevirdi:

– Hanımım şöyle diyor: Senin gibi adamlar siyasetten yüz çevirdikleri için bu kadar kötü yönetiliyoruz. Sende mükemmel bir vezir olmak için gereken tüm vasıfların bulunduğu kanısında.

– Yönetmek için gereken vasıflarla iktidara gelmek için gerekenlerin aynı olmadıklarını söyle ona. İşlerin iyi idaresi insanın kendini unutup sadece başkalarıyla, özellikle de en muhtaç durumdakilerle ilgilenmesini gerektirir; oysa iktidara gelmek için insanların en açgözlüsü olup kendinden başka hiçbir şeyi düşünmemek, en yakın dostlarını bile ezmeye hazır olmak lazım. Ben kimseyi ezmem, asla!

İki kadının tasarıları daha ileri gitmeyecek, Ömer onların dayatmalarına boyun eğmeyi reddedecekti. Zaten onlara boyun eğse de bir işe yaramazdı, çünkü Nizam ile Hasan arasında çatışma kaçınılmaz bir hal almıştı.

O gün Divan, durgun bir arena gibiydi; içerideki on beş kişi birbirlerini sessizce gözlemekle yetiniyorlardı. Her zaman taşkın bir mizacı olan Melikşah bile bıyığının ucunu parmaklarının arasında çevirip dururken –tikiydi bu– mabeyincisiyle kısık sesle konuşuyordu. Zaman zaman kaçamak bir bakışla iki gladyatörü süzüyordu. Buruşuk kara bir cüppe giymiş, siyah sarık sarmış Hasan ayakta duruyordu. Sakalı her zamankinden daha uzundu, yüzü çökmüştü. Ateşli gözleri Nizam'ınkilerle boy ölçüşmeye hazırdı, ama yine de yorgunluk ve uykusuzluktan kıpkırmızı olmuşlardı. Arkasında duran kâtip, genişçe bir meşin şeritle bağlanmış bir tomar kâğıdı kucağında taşıyordu.

Veziri ise kıdeminin ona verdiği ayrıcalıktan yararlanıp oturmuştu. Külrengi cüppesi, kırçıllaşmış sakalı, kırış kırış alnıyla o da çökük vaziyetteydi, ama bakışları genç ve alesta, hatta ışıl ışıldı. Yanında iki oğlu vardı, etrafa kin dolu veya meydan okuyan bakışlar fırlatıyorlardı.

Ömer, hem bitkin hem de karanlık bir yüzle Sultan'ın yanı başında duruyordu. Kafasından herhalde söyleme fırsatını hiç bulamayacağı uzlaştırıcı sözler geçirip duruyordu.

– Hazinemizin durumu hakkında bize bugün ayrıntılı bir rapor sunulacağına söz verilmişti, rapor hazır mı? diye sordu Melikşah.

Hasan eğildi.

– Sözümü tuttum, rapor burada.

Kâtibine doğru döndü, o da hemen yanına geldi, meşin bağı çözüp kâğıt tomarını uzattı. Sabbah okumaya başladı. İlk sayfalar, devrin âdetleri gereğince, şükran ve hayır duaları, bilgece sözler, özdeyişler, belagat örnekleriyle doluydu, ama dinleyiciler daha fazlasını bekliyorlardı, ona da sıra geldi:

– Her eyaletin, her ünlü şehrin sultanlık hazinesine kaç para aktardığını kesin bir biçimde hesaplayabildim, dedi. Düşmandan kazanılmış ganimete de değer biçtim ve bu paranın ne şekilde harcandığını artık biliyorum...

Çok ciddi ve yapmacıklı bir edayla boğazını temizledi, okuyup bitirdiği sayfayı kâtibine uzattı, bir sonrakini alıp göz hizasına getirdi. Dudakları aralandı, sonra hırsla büzüldü. Bir sessizlik oldu. Kâğıdı geri verdi, bir sonrakine baktı, onu da öfkeli bir hareketle yerine koydu. Sessizlik sürüyordu.

Sonunda Sultan yerinde şöyle bir kımıldanıp sabırsızlığını belli etti:

– Neler oluyor? Seni dinliyoruz.

– Efendim, devamını bulamıyorum. Kâğıtlarımı çok düzenli bir biçimde sıraya koymuştum, aradığım kâğıt düşmüş olmalı, şimdi bulacağım onu.

Hasan acınılacak bir halde kâğıtları karıştırmaya devam etti. Nizam bu fırsattan yararlanıp yüce gönüllü ve merhametli olmaya özen gösteren bir sesle araya girdi:

– Herkes bir kâğıt kaybedebilir, bundan dolayı genç dostumuza yüklenmemeliyiz. Ama böyle bekleyeceğimize raporun devamına geçelim derim.

– Haklısın *ata*, devamına geçelim.

Sultan'ın vezirine yeniden "ata" dediğini herkes fark etmişti. Acaba yeniden göze girdiğinin bir işareti miydi bu? Hasan yürekler acısı bir karmaşa içinde boğuşurken Vezir üstünlüğünü iyice pekiştirdi:

– Şu kayıp kâğıdı bırakalım bir kenara. Sultan'ı bekleteceğimize, Hasan biraderimiz bize bazı önemli eyaletlere veya şehirlere dair rakamları sunsun.

Sultan bu teklifi hemen onayladı. Nizam sözünü sürdürdü:

– Örneğin burada hazır bulunan Ömer Hayyam'ın memleketi olan Nişapur şehrini ele alalım. Bu şehrin ve eyaletinin hazineye ne verdiğini öğrenebilir miyiz acaba?

Kedi gibi dört ayağı üstüne düşmeye çalışan Hasan, "Derhal" diye cevap verdi.

Ne yaptığını bilen bir el hareketiyle kâğıt tomarını ikiye ayırdı, Nişapur hakkındaki her şeyi yazdığını gayet iyi bildiği otuz dördüncü sayfayı çekip çıkarmak istedi. Ama yoktu yerinde.

– O sayfa yok burada, dedi, kaybolmuş... Çalınmış... Kâğıtlarımı karıştırmışlar...

Nizam ayağa kalktı. Melikşah'ın yanına gelip kulağına fısıldadı:

– Efendimiz, işlerin güçlüklerini bilip oluru olmazdan ayırt edebilen en yetkin hizmetkârlarına güvenmezse, işte böyle bir delinin, şarlatanın veya cahilin elinde, her türlü hakarete maruz kalır.

Melikşah, dâhiyane bir oyuna getirildiğine emindi. Vakanüvislerin de naklettikleri gibi, Hasan'ın kâtibini satın almayı başaran Nizamülmülk, ona bazı sayfaları aşırıp ötekilerin de yerlerini karıştırmasını emretmiş, böylece hasmının yaptığı sabırlı çalışmayı bir kalemde silip atmıştı. Hasan tuzağa düşürüldüğünü ne kadar anlatmaya çalışırsa çalışsın, çıkan kargaşa onun sesini bastırıyor ve oyuna getirildiği için hayal kırıklığına uğrayan Sultan, en çok vezirinin vesayetinden kurtulma girişiminin boşa çıkarılmasına içerliyor ve tüm kabahati Hasan'da buluyordu. Muhafızlara onu yakalamalarını emrettikten sonra, oracıkta idam hükmünü verdi.

Ömer ilk kez söz aldı:

– Efendimiz, merhamet edin. Hasan Sabbah belki kusur etmiştir; aşırı gayretkeşlik veya fazla atılganlıkla günah da işlemiş olabilir ve bu hataları yüzünden cezalandırılması da gerekebilir, ama senin şahsına karşı hiçbir ağır suç işlemedi.

– O zaman mil çekilsin gözlerine! Kurşun getirin, demiri kızdırın.

Hasan'dan hiç ses çıkmadı, yine Ömer konuştu. Kendisinin işe aldırdığı bir adamın öldürülmesine veya kör edilmesine seyirci kalamazdı.

– Sultanım, diye yalvardı, gözden düşmenin acısını ancak okuyup yazarak avutabilecek genç bir adama böyle bir cezayı reva görme.

O zaman Melikşah şöyle dedi:

– Hoca Ömer, insanların en bilgesi, en temiz yüreklisi, sadece senin hatırına kararımı bir kez daha değiştirmeyi kabul ediyorum. Hasan Sabbah'ın cezası sürgün olacak. Ömrünün sonuna dek uzak bir diyara sürülecek. İmparatorluk topraklarına bir daha ayak basmayacak.

Ama Kum'dan gelen adam, dillere destan olacak bir intikam almak üzere geri dönecekti.

İKİNCİ KİTAP

HAŞŞAŞİYÛN CENNETİ*

Cennet de sende, cehennem de.

Ömer Hayyam

* Hasan Sabbah'ın müritlerine, uyuşturucu madde kullandıklarını ifade ederek kötülemek üzere, "haşşaşin" veya "haşşaşiyûn" denirdi. Bu terim –bir varsayıma göre– Ortadoğu'daki Haçlılar kanalıyla Batı dillerine geçmiş (Fransızcada *Assassin*, İtalyancada *Assassino*), zaman içinde de "katil", "kiralık katil" manasında kullanılmaya başlanmıştır. Yazar, romanın 19. bölümünde bu varsayımı eleştirip kendi yorumunu dile getirmektedir. Sonuçta her iki terime de (*haşşaşin* ve *assassin*) kötüleyici bir mana yüklendiğinden, bu işlevsel benzerliği dikkate alarak, kitabın devamında "*assassin*"i doğrudan "haşşaşin" veya "haşşaşiyûn" diye karşıladık. (ÇN)

XV

Yedi yıl geçmişti. Hem Hayyam hem de imparatorluk açısından görkemli, uğurlu yedi yıl. Barış devrinin son yılları.

Bir çardak altına kurulmuş sofra, uzun boyunlu bir sürahi içinde Şiraz'ın en iyi, rayihası tam kıvamında beyaz şarabı, yüzlerce küçük kâseye bölünmüş bir ziyafet. Ömer'in taraçasında haziran akşamlarının vazgeçilmez alışkanlığı. Hep en hafifinden başlamalı, diye salık verirdi; önce şarap, meyveler, sonra daha karmaşık yemekler, sarıçalılı pilav ve ayva dolması.

Sarı Dağlar'dan çıkıp, çiçeklenmiş meyve bahçelerinden geçen tatlı bir meltem geldi. Cihan udunu aldı, önce bir teli tutup bıraktı, sonra bir diğerini. Ağır ağır havaya yayılan musiki rüzgâra eşlik etti. Ömer kadehini kaldırdı, kokusunu uzun uzun içine çekti. Cihan ona bakıyordu. Sofradaki en kocaman, en kırmızı, derisi en pürüzsüz hünnabı seçip erkeğine sundu; bu, meyvelerin dilinde, "derhal bir öpücük" manasına geliyordu. Hayyam ona eğildi, dudakları birbirini aradı, sürtündü, uzaklaştı, tekrar dokundu, ayrıldı ve birleşti. Parmakları kenetlendi, bir hizmetçi kız geldi yanlarına, telaş etmeden ayrıldılar, her biri kendi kadehini aldı eline. Cihan gülümseyip mırıldandı:

– Yedi ömrüm olsaydı eğer, her akşam şu taraçada, şu rahat divana uzanıp yatmak için birini feda ederdim seve seve; bu şarabı içmek, parmaklarımı şu kâseye daldırıp yemek için... Mutluluk tekdüze bir yaşamda gizli.

Ömer cevap verdi:

– Bir, üç veya yedi, ben ömürlerimin hepsini şimdiki gibi, şu taraçaya uzanıp elimi saçlarında gezdirerek geçirirdim.

Hem birlikteydiler, hem farklıydılar. Dokuz yıldır sevgili, dört yıldır da evliydiler, ama düşleri hâlâ aynı çatı altında değildi. Cihan zamanı oburca yiyip tüketiyor, Ömer ağır ağır yudumluyordu. Cihan dünyaya hükmetmek istiyordu; onun Terken Hatun'a sözü geçiyordu, Terken'in de Melikşah'a. Gündüzleri haremde entrika çeviriyor, gidip gelen mesajları, yatak dedikodularını, mücevher vaatlerini yakalıyor, zehir kuşkularının izini sürüyordu. Sinirleniyor, heyecanlanıyor, ateşleniyordu. Akşamları ise kendini sevilmenin mutluluğuna terk ediyordu. Ömer için yaşam çok farklıydı, ilmin zevkine ve zevkin ilmine varmaktı. Yataktan geç kalkıyor, aç karnına geleneksel "sabah kadehi"ni dikiyor, sonra çalışma masasına oturup yazıyor, çiziyor, hesap yapıyor, yine yazıyor, şekiller çiziyor ve gizli kitabına birkaç şiir kaydediyordu.

Gece olunca, evine yakın bir tepenin üstüne inşa edilmiş rasathaneye gidiyordu. Arada sadece bir bahçe vardı ve onu geçip o bayıldığı aletlerin arasına giriyor, onları okşuyor, kendi elleriyle yağlayıp parlatıyordu. Sık sık yanında, o sırada şehre uğramış bir başka gökbilimci de oluyordu. Isfahan'daki ilk üç yılını rasathaneye hasretmiş, inşaatı, malzemenin imalatını denetlemiş, en önemlisi de Favardin 458'in ilk günü, yani 21 Mart 1079'da törenlerle başlatılan yeni Celali takvimini hazırlamıştı. O yıl, Hayyam'ın hesapları sayesinde, kutsal Nevruz bayramının yerinin değiştiğini, Balık burcunun tam ortasına denk düşmesi gereken yeni yıl başlangıcının Koç burcunun ilk gününe kaydırıldığını, İranî ayların o zamandan beri burçlarla örtüştüğünü, Favardin'in Koç, Esfand'ın da Balık ayı olduğunu hangi İranlı unutabilirdi? Haziran 1081'de Isfahan sakinleri ve tüm imparatorluk, yeni takvimin üçüncü yılındaydı. Takvim resmen Sultan'ın adıyla anılsa da, sokakta ve hatta bazı evraklarda "Ömer Hayyam takviminin şu yılı" denip geçiliyordu. Böyle bir şerefe yaşarken nail olabilmiş kaç kişi çıkardı? Kısacası Hayyam otuz üç yaşına geldiğinde, ünlü ve saygı duyulan bir insan olmuştu. Şiddetten ve hükmetmekten nasıl tiksindiğini bilmeyenlerin ondan çekindikleri bile düşünülebilir.

Cihan'la aralarında her şeye rağmen bir benzerlik var mıydı? Bir ayrıntı, ama devasa bir ayrıntı: İkisi de çocuk istemiyordu. Cihan, bir döl taşıyıp karnını şişiremeyeceğine karar vermiş ve bu konuyu kestirip atmıştı. Hayyam da, taptığı bir Suriyeli şairin, Ebülâla'nın vecizesini benimsemişti: "Beni dünyaya getirenin günahını çekiyorum, ben bu acıyı kimseye çektirmeyeceğim."

Bu tavır bizi yanıltmamalı, Hayyam hiç öyle insan kaçkını birisi değildi. Şu sözler onun değil miydi zaten: "Istıraptan belin büküldüğünde, dünyanın üzerine ebedi bir gece çöksün istediğinde, yağmurun ardından ışıldayan yeşilliği düşün, düşün bir çocuğun uykudan uyanışını." Soyunu sürdürmeyi reddetmesinin nedeni, varoluşun ona taşınamayacak kadar ağır bir yük olarak gözükmesiydi. "Ne mutlu dünyaya hiç gelmemiş olana" deyip dururdu.

Görüldüğü gibi ikisinin bir can yaratmayı istememe nedenleri farklıydı. Cihan aşırı hırslı, Hayyam ise aşırı ilgisiz olduğu için böyle davranıyordu. Ama kadınla erkeğin, İran'ın tüm kadınları ve erkekleri tarafından mahkûm edilen bir tavırda buluşmaları, sağda solda ya birinin ya da ötekinin kısır olduğu yolunda çıkan söylentilere hiç kulak asmamaları, cevap vermeye tenezzül bile etmemeleri o devir için görkemli sayılabilecek bir suçortaklığı oluşturuyordu.

Tabii bu suçortaklığının da belli sınırları vardı. Cihan zaman zaman Ömer'e danışıp hiçbir şeyde gözü olmayan bir adamın değerli görüşlerini alıyor, ama faaliyetleri hakkında ona bilgi vermek nadiren aklına geliyordu. Ömer'in bu faaliyetleri onaylamayacağını biliyordu. Sonu gelmeyecek kavgalara yol açmanın ne faydası vardı? Gerçi Hayyam hiçbir zaman saraya çok uzak değildi. Oraya postu sermekten ne kadar kaçınsa, her türlü entrikadan, özellikle de ezelden beri saray hekimleriyle müneccimlerini karşı karşıya getiren çatışmalardan iğrenip uzak dursa da, sırtından atamayacağı yükümlülükleri vardı: Zaman zaman bir cuma şölenine katılmak, hasta bir emiri muayene etmek, en önemlisi de Melikşah'a takvimini, yani her gün neleri yapıp neleri yapmaması gerektiği konusunda danışacağı aylık burç falını bildirmek. "Ayın 5'inde yolunu bekleyen bir gök cismi var, saraydan ayrılma. Ayın 7'sinde sakın kan aldırma, ilaç içme. Ayın 10'unda sarığını tersten dola. 13'ünde kadınlarının hepsinden uzak dur..." Bu talimatlara uymamak Sultan'ın aklından bile geçmezdi. Nizam bile ay sonunda takvimini Ömer'in elinden alıp, yutarcasına okur ve yazılanlara harfiyen uyardı. Yavaş yavaş başmabeyinci, Isfahan'ın kadısı, hazinedarlar, bazı komutanlar gibi devlet ricali ve bazı zengin tüccarlar da bu ayrıcalıktan yararlanmaya başlamıştı ki, bu da Ömer açısından her ayın son on gecesini işgal eden hatırı sayılır bir iş yükü anlamına geliyordu. İnsanlar fala öyle hevesliydi ki! En zenginleri Ömer'e başvuruyor, ötekiler itibar sıralamasında biraz daha geride kalan bir müneccim buluyor ya da alınacak her önemli kararda bir din adamına başvuruyor, o da gözlerini yumup Kuran'ın rastgele bir sayfasını açıyor, parmağını rastgele bir ayetin üzerine koyup bunu okuyordu. Merak edilen sorunun cevabının böyle bulunacağına inanılıyordu. Bazı yoksul kadınlar acil bir karar almak zorunda kaldıklarında doğruca şehir meydanına gidip işittikleri ilk cümleyi ilahi bir hüküm olarak yorumluyorlardı.

Cihan o akşam, "Terken Hatun Tîr ayının takviminin hazır olup olmadığını sordu bugün" dedi.

Ömer bakışlarını uzaklara dikti:

– Bu gece hazırlarım. Gökyüzü çok berrak, hiçbir yıldız gizlenmiyor, rasathaneye gitmenin zamanı geldi.

Acele etmeden kalkmaya hazırlanıyordu ki, bir hizmetçi içeri girdi:

– Kapıda bir derviş var, konukseverliğinize sığınıp bir gecelik barınak istiyor, diye haber verdi.

– İçeri al, dedi Ömer. Merdiven altındaki küçük odayı ver ona ve söyle, gelip bizimle birlikte yemek yesin.

Cihan yabancı içeri girecek diye peçesini yüzüne örttü, ama hizmetçi tek başına döndü geriye.

– Odasında kalıp dua etmeyi yeğliyor, şu pusulayı yazıp verdi.

Ömer kâğıdı okudu. Beti benzi attı, robot gibi ayağa kalktı. Cihan endişelendi:

– Kim bu adam?

– Geliyorum şimdi.

Pusulayı küçücük parçalara ayıran Ömer koşar adımlarla küçük odaya gidip kapıyı ardından örttü. Bir an durdu, gözlerine inanamıyordu. El sıkıştılar, sonra suçladı karşısındakini:

– Isfahan'da ne arıyorsun sen? Nizamülmülk'ün ne kadar adamı varsa hepsi senin peşinde.

– Seni inancıma kazandırmaya geldim.

Ömer şöyle bir süzdü karşısındakini. Aklını kaçırmadığından emin olmak istiyordu, ama Hasan, Hayyam'ın ilk kez Kâşan'daki kervansarayda karşılaştığı o boğuk gülüşüyle güldü.

– Merak etme, sen yanıma çekmeyi düşüneceğim en son kişi olursun, ama bir sığınağa ihtiyacım var. Sultan'ın sofra arkadaşı, Vezir'in dostu Ömer Hayyam'dan daha iyi bir koruyucu olur mu?

– Sana duydukları kin bana olan dostluklarından çok daha fazla. Evime hoş geldin, ama burada bulunduğundan kuşkulanırlarsa ilişkilerimin seni kurtarabileceğini aklından bile geçirme.

– Yarın uzaklarda olacağım.

Ömer'in kuşkusu sürüyordu:

– Öcünü almaya mı geldin?

Ama beriki bu soruyu izzetinefsine bir hakaret olarak karşıladı.

– Ben kendi sefil nefsimin öcünü almak peşinde değilim, amacım Türk devletini yok etmek.

Ömer dostunu gözlemliyordu: Başında artık siyah değil beyaz sarık vardı, ama kumaşı yer yer lekelenmişti, sırtına kaba yünden eski elbiseler giymişti.

– Ne kadar da kendinden emin konuşuyorsun! Bense karşımda sürgün edilmiş, kovalanan, evden eve kaçıp gizlenen, şu küçük denkten ve şu sarıktan başka bir eşyası olmayan bir adam görüyorum; hepsi bu. Sen de kalkmış şu halinle, Şam'dan Herat'a kadar tüm Doğu'yu kaplayan bir imparatorlukla boy ölçüşebileceğini iddia ediyorsun!

– Sen bugün neler olduğunu söylüyorsun, ben yarın neler olacağını haber veriyorum. Yakında Selçuklu İmparatorluğu'nun karşısına en ufak ayrıntılarına varıncaya dek büyük bir titizlikle örgütlenmiş, güçlü, ürkütücü bir teşkilat olarak dikilecek Yeni Vahiy. Daha düne kadar Isfahan hem İranlı, hem Şii bir hanedana aitti ve bu hanedan Bağdat halifesine de sözünü geçiriyordu. Bugün ise İranlılar Türklerin uşakları haline geldiler ve senin dostun Nizamülmülk de bu davetsiz misafirlerin en aşağılık kulu. Dün için doğru olanın yarın için tasavvur bile edilemeyeceğini nasıl söylersin?

– Devir değişti Hasan, kudret Türklerin elinde, İranlılar yenildi. Bazıları, Nizam gibi olanlar galiplerle bir uzlaşma yolu arıyor, benim gibiler ise kitaplara sığınıyor.

– Bir de savaşanlar var. Bugün belki bir avuç, ama yarın sayıları binlere çıkacak, kalabalık, kararlı, yenilmez bir ordu olacaklar. Yeni Vahiy'in havarisiyim ben, ikna yeteneğimi bir güç olarak kullanacak ve Allah'ın da yardımıyla bu çürümüş iktidarı devireceğim. Sen bir gün benim canımı kurtarmıştın Ömer, onun için söylüyorum bunu sana: Dünya yakında, çok az insanın manasını kavrayabileceği olaylara tanık olacak. Ama sen anlayacaksın, neler olup bittiğini bileceksin, bu yeryüzünü neyin sarstığını ve bu kargaşanın nasıl sona ereceğini bileceksin.

– İnançlarını veya içindeki coşkuyu sorgulamaya niyetim yok, ama Melikşah'ın sarayında Türk sultanın gözüne girmek için Nizamülmülk'le nasıl kapıştığını da gördüm.

– Yanılıyorsun, sandığın kadar alçak değilim ben.

– Bir şey sandığım yok, sadece bazı tutarsızlıkları göze batırıyorum.

– Geçmişim hakkında hiçbir şey bilmiyorsun da ondan. Olayların dış görünüşüne bakarak beni yargıladığın için sana kızamam, ama gerçek hikâyemi anlattığımda beni farklı bir gözle göreceksin. Geleneksel bir Şii ailesinden geliyorum. İsmailîler zındıktır, diye öğretildi hep bana. Ta ki bir İsmailî dâisiyle karşılaşıncaya dek... Bu derviş benimle uzun uzun tartıştı ve imanımı sarstı. Boyun eğeceğim korkusuyla onunla konuşmamaya karar verince yatağa düştüm. Öyle ağır hastalandım ki, son saatimin geldiğini sandım. Bunu bir alamet, Yüce Rabbim'in bir işareti olarak gördüm ve hayatta kalırsam İsmailî inancını benimseyeceğim diye adak verdim. Ertesi gün iyileşmiştim. Ailemden kimse bu kadar hızlı iyileştiğime inanamıyordu.

Tabii ki sözümü tuttum, mezhebe bağlılık yemini ettim ve iki yıl sonra bana bir görev verdiler: Nizamülmülk'ün yanına gidecek ve zor durumdaki İsmailî kardeşlerimizi koruyabilmek için onun Divan'ına sızacaktım. Rey'den ayrılıp Isfahan'a doğru hareket ettim ve yolda da Kâşan kervansarayında mola verdim. Küçük odamda yalnız kaldığımda Vezir'in yanına hangi yolla sokulacağımı düşünüyordum ki kapı açılıverdi. Kim girdi içeri dersin? Hayyam, Allah'ın görevimi kolaylaştırmak üzere oraya, yanıma gönderdiği büyük Hayyam.

Ömer'in şaşkınlıktan ağzı açık kalmıştı.

– Bir de Nizamülmülk bana senin İsmailî olup olmadığını sorduğunda, sanmam, demiştim!

– Yalan değildi ki söylediğin, İsmailî olduğumu bilmiyordun. Şimdi biliyorsun.

Bir an sustu.

– Beni yemeğe davet etmemiş miydin?

Ömer kapıyı açtı, hizmetçiyi çağırdı, birkaç kap yemek getirmesini istedi, sonra sorguya kaldığı yerden devam etti.

– Peki, yedi yıldır böyle derviş giysileri içinde dolaşıp duruyor musun?

– Çok dolaştım. Isfahan'dan ayrılırken Nizam'ın adamları peşimdeydi, canımı almak istiyorlardı. Beni gizleyen dostlarım sayesinde onları Kum'da atlattım. Sonra yeniden yola düşüp Rey'e gittim; orada bir İsmailî bana Mısır'a gidip kendisinin de bir zamanlar devam ettiği dâiler okuluna girmemi öğütledi. Önce Azerbaycan'a uğradım, sonra Şam'a yöneldim. Kahire'ye doğru giden iç yolu takip etmek niyetindeydim, ama Türklerle Mağribîler Kudüs civarında savaşıyorlardı ve yolumu değiştirip, Beyrut, Sayda, Sur ve Akkâ üzerinden sahil yolunu izlemek zorunda kaldım. Akkâ'da bir gemide yer buldum. İskenderiye'ye vardığımda yüksek rütbeli bir emir gibi karşılandım, dâilerin başı olan Ebu Davut başkanlığında bir karşılama heyeti beni bekliyordu.

Hizmetçi kız içeri girdi. Yerdeki kilimin üzerine birkaç kap yemek bıraktı. Mırıl mırıl dua okumaya başlayan Hasan, kız çıkar çıkmaz duayı kesti.

– Kahire'de iki yıl kaldım. Dâiler okulunda düzinelerce talebe vardı, ama sadece bir avucu Fatımî toprakları dışında faaliyet göstermek için hazırlanıyordu.

Fazla ayrıntıya girmekten kaçınıyordu. Gerçi çeşitli kaynaklar bu derslerin iki farklı yerde verildiğini bildiriyordu: İlm-i kelam ve akaid dersleri el-Ezher Medresesi'nde ulema tarafından verilirken bu kaideleri yayma yöntemleri hilafet sarayının içinde öğretiliyordu. Talebelere ikna yöntemlerini, ispat geliştirme ve gönle olduğu kadar akla da seslenme sanatını bizzat dâilerin başı öğretiyordu. İletişimde kullanmaları gereken gizli şifreleri belleten de yine Fatımî sarayının bu önemli şahsiyetiydi. Her dersin sonunda talebeler teker teker onun önünde diz çöküyor, o da başlarının üstünden İmam'ın mührünü taşıyan bir evrak geçiriyordu. Daha sonra kadınlar için daha kısa bir ders yapılıyordu.

– İhtiyacım olan tüm eğitimi Mısır'da aldım.

– Daha on yedi yaşındayken her şeyi bildiğini söylememiş miydin bir gün bana? diye acı acı alay etti Hayyam.

– On yedi yaşıma kadar bilgileri biriktirdim, sonra inanmayı öğrendim. Kahire'de ise insanları kendi inançlarıma ikna etmeyi.

– İkna etmeye çalıştıklarına ne diyorsun?

– İnsana el verecek bir mürşit olmadan imanın bir hiç olduğunu. "La ilahe illallah, Allah'tan başka tapacak ilah yoktur" dedikten sonra hemen ekleriz: "Muhammed de O'nun Resulüdür." Niye? Çünkü kaynağı, yani bize böyle bir hakikati öğreten kişinin adını zikretmediğimiz sürece, tek bir Allah olduğunu beyan etmenin hiçbir anlamı kalmaz. Ama bu adam, bu Resul, bu Peygamber öleli çok oldu, onun gerçekten var olduğunu ve bize nakledildiği gibi konuştuğunu nereden bileceğiz? Ben de senin gibi Eflatun'u ve Aristo'yu okudum, bana delil lazım.

– Ne delili? Bu konularda gerçekten delil var mı ki?

– Siz Sünniler için delil diye bir şey yoktur, doğru. Muhammed'in ardında bir halife bırakmadan öldüğüne, Müslümanları kaderleriyle baş başa bıraktığına ve onların da en güçlünün ya da en kurnazın yönetimine girmeyi kabul ettiğine inanırsınız. Bu çok saçma. Biz ise Allah'ın Resulü'nün, sırlarını emanet ettiği bir halife bıraktığına inanırız: Damadı, amca oğlu, neredeyse kardeşi gibi olan İmam Ali. Ali de vakti geldiğinde bir vâris bıraktı. Böylece meşru imamlar soyu devam etti ve bu soy aracılığıyla Muhammed'in tebliğinin ve tek Allah'ın varlığının delili de kuşaktan kuşağa aktarıldı.

– Bu söylediklerinin diğer Şiilerin görüşlerinden farkı ne, onu anlayamadım.

– Ana babamın imanıyla benim imanım arasında büyük fark var. Onlar hep, Saklı İmam'ın zuhur edip yeryüzünde adaleti hâkim kılıncaya, gerçek müminleri ödüllendirinceye kadar düşmanlarımızın iktidarına tevekkülle katlanmayı öğrettiler bana. Oysa ben, şimdiden eyleme geçmek, her yolu deneyerek imamımızın bu memlekette iktidara geliş koşullarını hazırlamak gerektiğine inanıyorum. Ben Haberci'yim, Zaman'ın İmamı'nı karşılamaya hazırlansın diye toprağı düzleyenim ben. Peygamber'in benden bahsettiğini inkâr mı edeceksin?

– Senden, yani Kum'lu Hasan bin Ali Sabbah'tan, öyle mi?

– Şöyle buyurmadı mı: "Kum'dan bir adam gelecek, insanları hak yoluna çağıracak, insanlar onun etrafında mızrak uçları gibi toplanacak, fırtınalar bile onları dağıtamayacak, savaşmaktan usanmayacaklar, yılmayacaklar ve Allah'tan güç alacaklar."

– Bu hadisi bilmiyorum. Oysa sahih hadis derlemelerinin hepsini okudum.

– Kendi istediğin derlemeleri okumuşsun sen, Şiilerin başka derlemeleri vardır.

– Yani o hadiste sözü geçen kişi sen misin?

– Yakında bu konuda hiçbir şüphen kalmayacak.

XVI

Patlak gözlü adam gezgin derviş hayatına atıldı yeniden. Yorulmak nedir bilmeyen bir dâi olarak, Müslüman Doğu'yu, Belh, Merv, Kâşgar, Semerkant'ı dolaştı. Gittiği her yerde vaaz verdi, delilleri ileri sürdü, insanları inançlarına ikna etti, örgütledi. Hiçbir şehri veya köyü, bir temsilci seçip onun etrafına bir mürit halkası toplamadan terk etmiyordu. Sürekli bekleyip her şeye katlanmaktan usanmış Şiiler, Türk egemenliğinden gına gelmiş İranlı veya Arap Sünniler, yolunu bulamayan gençler, saf dini arayan müminler ona katılıyordu. Hasan'ın ordusu her gün büyüyordu. Onlara "Batıniler" deniyor, zındıklıkla, mülhitlikle suçlanıyorlardı. Ulema fetva üzerine fetva veriyordu: "Vay onlara katılanın haline, vay sofralarında lokma yiyip onlarla evlenenin haline! Onların kanını dökmek, insanın bahçesini sulaması kadar meşrudur ve caizdir!"

Gerginlik giderek artıyordu, şiddet sonunda kelimelerin dışına taştı. Savah şehrinde bir caminin vaizi namaz saatlerinde öteki Müslümanlardan ayrı bir yerde toplanan bazı kişileri kınadı. Kolluk kuvvetlerini göreve çağırdı. On sekiz "zındık" tutuklandı. Birkaç gün sonra ihbarcı vaizin ölüsü bulundu: Hançerlenmişti. Nizamülmülk herkese ibret olacak bir ceza verilmesini buyurdu: İsmailî bir marangoz cinayetle suçlandı, işkence edildi, çarmıha gerildi, sonra da cesedi çarşının içinde yerlerde sürüklendi.

Bir vakanüvis, "O vaiz İsmailîlerin ilk kurbanı, o marangoz da ilk şehitleri oldu" diye yazdı ve ilk büyük başarılarını da Nişapur'un güneyindeki Kain şehri yakınında kazandıklarını ekledi. Kirman'dan gelen bir kervanda altı yüzden fazla tüccar ve hacının yanı sıra önemli miktarda antimon yükü vardı. Kain'e yarım günlük mesafede silahlı ve maskeli adamlar kervanın yolunu kesti. Kervanbaşı karşısındakileri haydut sandı ve fidye pazarlığına girmek istedi, bu işlere alışkındı. Ama bu kez durum farklıydı. Yolcular tahkim edilmiş bir köye götürülüp günlerce orada tutuldular; sürekli vaazlarla mezhep değiştirmeye davet edildiler. Bazıları bunu kabul etti, birkaçı salıverildi, ama geri kalan çoğunluk sonunda katledildi.

Yine de yolundan alıkonan bu kervan, giderek gelişen ve devasa boyutlar alsa da sinsice yürütülen kuvvet gösterisi içinde önemsiz bir hadise olarak kalacaktı. Cinayetler ve misillemeler birbirini izledi, hiçbir şehir, hiçbir eyalet, hiçbir yol bu dalgadan kendini kurtaramadı; "Selçuklu barışı" dağılmaya başlamıştı.

Unutulmaz Semerkant krizi böyle bir ortamda patlak verdi. Bir vakanüvis, "hadiseyi çıkaran Kadı Ebu Tahir'di" diye belirtmiş kısaca. Hayır, iş o kadar basit değildi.

Gerçi bir Kasım günü, akşama doğru, Hayyam'ın eski koruyucusu yanında karıları ve yükleriyle, sövüp sayarak, beddualar yağdırarak ansızın Isfahan'a gelmişti gerçekten. Tirah kapısından içeri girdikten sonra hemen dostunun evine gitmiş, nihayet ona olan şükranını gösterebileceğine çok sevinen Hayyam da hemen kapısını açmış, onu evine yerleştirmişti. Karşılıklı iltifat faslı hızla geçildi. Gözleri dolu dolu olan Ebu Tahir isteğini dile getirdi:

– Derhal Nizamülmülk'le görüşmem gerek.

Hayyam kadıyı daha önce hiç bu halde görmemişti. Onu yatıştırmaya çalıştı:

– Gider bu gece görürüz Vezir'i. Durum bu kadar ciddi mi?

– Semerkant'tan kaçmak zorunda kaldım.

Daha fazla devam edemedi, sesi düğümlendi, yanaklarından aşağı yaşlar süzüldü. Son karşılaşmalarından beri yaşlanmış, derisi pörsümüştü; sakalı bembeyazdı, sadece kaşları, heyecanlandığında titremeye başlayan simsiyah bir çalı yığını gibi dimdik duruyordu. Ömer birkaç teselli cümlesi söyledi. Kadı hemen toparlandı, sarığını düzeltti, sonra açıkladı:

– Lakabı, Façalı Suratlı Softa olan adamı hatırlıyor musun?

– Beni ölümün kıyısına kadar getireni unutmak ne mümkün!

– En ufak bir zındıklık şüphesine karşı nasıl zincirlerini koparırcasına saldırıyordu, hatırında mı? Evet, işte bu adam üç yıldır İsmailî oldu ve dün Gerçek İman'ı nasıl bağnazca savunduysa, bugün de günahları aynı bağnazlıkla vaaz ediyor. Yüzlerce, binlerce şehirliyi taktı peşine. Sokağa o hâkim, çarşı esnafına o hükmediyor. Birçok kez Han'ı ziyaret ettim. Sen Nâsır Han'ı tanımıştın, Allah rahmet eylesin, her ettiğim duada anıyorum adını, onun şiddet veya cömertlik nöbetlerini, nasıl esip gürlediğini, sonra öfkesinin nasıl aynı hızla yatıştığını görmüştün. İktidar bugün yeğeni Ahmed'in elinde; toy, kararsız, günü gününe uymayan bir genç, ona nasıl yaklaşacağımı şaşırdım. Zındıkların çevirdiği dolapları defalarca şikâyet ettim, durumun ne kadar tehlikeli olduğunu serdim gözlerinin önüne, anlattıklarım bir kulağından girip diğerinden çıkıyordu. Bir türlü harekete geçmeye karar veremediğini görünce, şehir muhafızlarının komutanlarını ve bana bağlı birkaç yüksek memuru çağırdım ve İsmailî toplantılarını göz hapsine almalarını istedim. Güvendiğim üç adam da Façalı Surat'ı nöbetleşe takip ediyordu. Amacım, onların faaliyetleri hakkında Han'ın gözünü açabilecek ayrıntılı bir rapor sunmaktı. Ta ki bir gün adamlarımdan baş zındığın Semerkant'a geldiğini haber alıncaya dek...

– Hasan Sabbah mı?

– Ta kendisi. Adamlarım, İsmailî toplantısının yapıldığı Getfar mahallesindeki Abdak sokağının iki başını tuttular. Sufî kılığına girmiş Sabbah, toplantıdan çıktığında üzerine atlayıp başına bir çuval geçirdiler ve adamı bana getirdiler. Ben de onu ânında saraya götürdüm, yaptığım tutuklamayı Han'a gururla haber verdim. İlk kez ilgilenmiş göründü ve tutukluyu görmek istedi. Ama Sabbah huzuruna getirilince bağlarının çözülmesini ve onu tutukluyla baş başa bırakmamızı emretti. Bu tehlikeli zındığa karşı onu ne kadar uyarmaya, yaptığı kötülükleri hatırlatmaya çalıştıysam da hiç kulak asmadı. Adamı yeniden hak yoluna döndürmek istediğini söyledi. Aralarındaki görüşme uzadıkça uzadı. Han'ın yakınlarından biri zaman zaman kapıyı araladığında, içeride hâlâ tartıştıkları görülüyordu. Şafak söker-ken ikisinin yan yana namaza durdukları, dudaklarından aynı sözlerin döküldüğü görüldü. Danışmanlar bu manzarayı daha iyi seyredebilmek için itişip kakışıyorlardı.

Bir yudum arpa suyu şerbeti içen Ebu Tahir, şükredip sözlerini sürdürdü:

– Gerçeği kabul etmek gerekiyordu; Semerkant'ın hâkimi, Maveraünnehir'in hükümdarı, Karahanlar hanedanının vârisi zındıklara katılmıştı. Tabii ki bunu açıklamaktan kaçındı, Hak Yolu'na bağlıymış gibi davranmaya devam etti, ama bir daha hiçbir şey eskisi gibi olmadı. Han'ın danışmanlarının yerini İsmailîler aldı. Sabbah'ı yakalayan muhafız komutanları birbiri peşi sıra öldürüldü. Benim korumalarımın yerine Façalı Surat'ın adamları kondu. Elimden başka ne gelirdi ki? İlk hacı kervanıyla yola çıkıp, İslam'ın kılıcını elinde tutanlara, Nizamülmülk ve Melikşah'a durumu anlatmaya koştum ben de.

Hayyam o akşam Ebu Tahir'i Vezir'in yanına götürdü ve ikisini baş başa bıraktı. Nizam ziyaretçisini dalgın dalgın dinledi, yüzünü giderek endişeli bir ifade kapladı. Kadı susunca şöyle dedi ona:

– Semerkant'ın başındaki belaların, tüm belalarımızın gerçek sorumlusu kimdir biliyor musun? Seni buraya getiren adam!

– Ömer Hayyam mı?

– Başka kim olacak? O gün Hasan Sabbah'ın canını alabilirdim, ama araya giren Hoca Ömer onu öldürmemizi engelledi. Peki, şimdi de onun bizi öldürmesini engelleyebilecek mi bakalım?

Kadı ne diyeceğini bilemiyordu. Nizam iç geçirdi. Bunu kısa ve sıkıntılı bir sessizlik izledi.

– Ne yapalım dersin?

Soruyu soran Nizam'dı. Ebu Tahir cevabını çoktan hazırlamıştı. Fetva verir gibi tane tane söyledi fikrini:

– Semerkant surlarında Selçuklu sancağının dalgalanma vakti gelmiştir.

Vezir'in yüzü önce aydınlandı, sonra yeniden karardı.

– Sözlerin ağırlığınca altın değerinde. Yıllardır Sultan'a imparatorluğun Maveraünnehir'e doğru genişlemesi gerektiğini, Semerkant ve Buhara gibi saygın ve zengin şehirlerin egemenliğimiz dışında kalamayacağını anlatmaya çalışıyorum. Dilimde tüy bitti, ama Melikşah oralı bile olmuyor.

– Halbuki hanlık ordusu çok zayıfladı, emirler paralarını alamıyor, kaleler harabeye döndü.

– Bunları biliyoruz.

– Melikşah nehri geçerse babası Alparslan'ın akıbetine uğramaktan mı korkuyor?

– Hiç ilgisi yok.

Kadı soru sormayı bırakıp açıklamayı bekledi.

– Sultan ne nehirden çekiniyor ne de karşısına çıkacak ordudan, dedi Nizam. O bir kadından korkuyor!

– Terken Hatun'dan mı?

– Melikşah nehri geçerse onu bir daha asla yatağına almayacağına ve haremini cehenneme çevireceğine yemin etti. Unutmayalım ki Semerkant onun şehri. Nâsır Han ağabeyiydi. Ahmed Han da yeğeni. Maveraünnehir onun ailesine ait. Atalarının kurduğu hanlık yıkılırsa, saray kadınları arasında sahip olduğu yeri yitirir ve oğlunun bir gün Melikşah'ın yerine tahta çıkma olasılığını zayıflatmış olur.

– Ama oğlu daha iki yaşında!

– Sorun da bu ya! Oğlan ne kadar küçükse, annesi de elindeki kozları korumak için o kadar fazla savaşmak zorunda kalıyor.

– Eğer yanlış anlamadıysam, diye sözü bağladı kadı, Sultan Semerkant'ı almayı asla kabul etmeyecek.

– Ben böyle bir şey söylemedim, ama fikrini değiştirmek gerek. Hatun'un sahip olduklarından daha ikna edici silahlar bulmak da kolay değil.

Kadı efendinin yüzü kızardı. Terbiyeli bir biçimde gülümsedi, ama sözün mecrasını da değiştirmedi.

– Size anlattıklarımı Sultan'ın huzurunda da tekrarlasam, Hasan Sabbah'ın ördüğü çorabı açıklasam yeterli olmaz mı?

– Hayır, diye kestirip attı Nizam.

O sırada nedenini niçinini açıklamayacak kadar dalmıştı.

Kafasında bir plan şekilleniyordu. Konuğu da onun bir karara varmasını bekledi.

– Şöyle yapacağız, diye buyurdu Vezir. Yarın sabah Sultan'ın hareminin kapısına gidecek ve baş hadımağayı görmek istediğini söyleyeceksin. Semerkant'tan geldiğini ve Terken Hatun'a ailesinden haber getirdiğini bildireceksin. Söz konusu kişi doğduğu şehrin kadısı, hanedanının eski bir kulu olduğu için seni kabul etmemezlik edemez.

Kadı başını sallamaya bile fırsat bulamadan Nizam sözüne devam etti:

– Perdeli odaya girince, Semerkant'ın zındıklar yüzünden nasıl bir sefalet içine düştüğünü anlatacak, ama Ahmed'in de onların safına geçtiğini ağzına bile almayacaksın. Tam tersine Hasan Sabbah'ın onun tahtına göz koyduğunu, hayatının tehlikede olduğunu ve sadece gökten inecek bir mucizenin onu kurtarabileceğini ima edeceksin. Ayrıca beni görmeye geldiğini, ama benim bu söylediklerine pek kulak asmadığımı, hatta seni Sultan'la görüşmekten caydırdığımı ekleyeceksin.

Ertesi gün bu savaş hilesi hiçbir engelle karşılaşmadan başarıya ulaştı. Terken Hatun, Semerkant hanını kurtarma gereği konusunda Sultan'ı ikna etme işini üstlenirken sözde buna muhalif gözüken Nizamülmülk soluk bile almadan sefer hazırlıklarıyla uğraşmaya başladı. Bu aldatmaca savaşında Nizam'ın amacı sadece Maveraünnehir'i topraklarına katmak değildi, Semerkant'ı kurtarmayı da çok önemsemiyordu; onun asıl niyeti, İsmailî karışıklığının zedelediği itibarını kurtarmaktı. Bunun için de açık ve yankı uyandıracak bir zafere ihtiyacı vardı. Hafiyeleri yıllardır her gün Hasan'ın yerinin tespit edildiğini, yakalanmasının an meselesi olduğunu yeminler ederek haber veriyor, ama asi bir türlü ele geçmiyor, birlikleri ilk sıcak temasta buhar olup gözden yitiyordu. Dolayısıyla Nizam onunla yüz yüze, orduların karşı karşıya geleceği savaşta kozunu paylaşmak istiyordu. Semerkant hiç beklenmedik bir anda bu fırsatı vermişti.

1089'un ilkbaharında iki yüz bin kişilik bir ordu filleri ve kuşatma makineleriyle birlikte yürüyordu. Bu ordunun ne tür entrikalar ve yalanlarla toplandığının hiçbir önemi yoktu, çünkü sonuçta her ordunun yerine getirmesi gereken işi gerçekleştirecekti. Önce hiçbir direnişle karşılaşmadan Buhara'yı aldı, sonra da Semerkant'a yöneldi. Şehir kapıları önüne gelince, Melikşah gönderdiği dokunaklı mesajda, Ahmed Han'a, nihayet seni zındıkların boyunduruğundan kurtarmaya geldim, diyordu. "Ben haşmetli biraderimden hiçbir şey istemedim" diye soğuk bir cevap geldi handan. Melikşah şaşırıp Nizam'a ne olup bittiğini sorunca, berikinin kılı bile kıpırdamadı: "Han özgürce hareket edemiyor, sanki o hiç yokmuş gibi davranmalıyız." Zaten ordu yüz geri edip dönemezdi, emirler ganimetten pay istiyorlardı ve elleri boş dönmeyi asla kabullenmezlerdi.

Daha ilk günlerde bir burç muhafızının ihaneti, şehri kuşatanların içeri sızmasına olanak verdi. Batıda, Manastır Kapısı yakınında mevzilendiler. Savunmacılar ise Kiş Kapısı civarındaki güney çarşılarına doğru çekildiler. Ahalinin bir bölümü Sultan'ın askerlerini desteklemeye karar verdi, onları besleyip yüreklendirdi; diğer bir bölüm ise Ahmed Han'a katıldı, herkes inancına göre davrandı. İki hafta boyunca kan gövdeyi götürdü, ama savaşın akıbeti baştan belliydi. Kubbeler mahallesinde bir dostunun evine sığınan Han, kısa bir müddet sonra tüm İsmailî şefleriyle birlikte tutsak edildi; sadece Hasan, gece olunca bir yeraltı su yolundan kaçmayı başardı.

Nizam savaşı kazanmıştı gerçi, ama hem Sultan'ı hem de Terken Hatun'u oyuna getirdiği için, sarayla ilişkileri iflah olmaz biçimde bozulmuştu. Melikşah, Maveraünnehir'in en saygın şehirlerini böyle az bedel ödeyerek fethettiği için hiç pişman değildi gerçi, ama aldatılmak izzetinefsini yaralamıştı. Ordu için geleneksel zafer şölenini vermeyi bile reddetti. Nizam, "cimriliğinden böyle yapıyor!" diye söylenti yaydı.

Hasan Sabbah'a gelince, uğradığı bozgundan değerli bir ders çıkardı. Hükümdarları kendi inancına çekmeye çalışacağına, ürkütücü bir savaş aygıtı oluşturacaktı. İnsanlık o güne dek böylesini ne işitmiş ne de görmüştü: Haşşaşiyûn/*Assassins* Tarikatı.

XVII

Alamut. Yüksekliği altı bin kademi (yaklaşık iki bin metre) bulan bir kayalık üstüne kurulu bir kale. Çıplak tepelerden, unutulmuş göllerden, sarp yarlardan, dar boğazlardan oluşan bir manzara. En kalabalık ordu bile oraya ancak tek sıra halinde ulaşabilirdi. En güçlü mancınıklardan atılan taşlar bile surlarına değemezdi.

Dağların arasında "çılgın nehir" lakaplı Şahrud'un hükmü yürürdü; ilkbaharda Elburz'un karları eriyince kabaran ve hızlanan sular yollarının üstündeki ağaçları ve taşları da sürükleyip götürürlerdi. Nehre yaklaşmaya, kıyısında ordugâh kurmaya kalkanın vay haline!

Nehirden, göllerden her akşam kalın, pamuk gibi bir sis yükselir, yardan yukarıya doğru tırmanır, sonra yolun yarısında öylece kalırdı. O zaman yukarıdakiler için Alamut kalesi bulut ummanı ortasındaki bir adaya dönüşürdü. Aşağıdan bakıldığında ise "burası bir cin yatağı" dedirtirdi.

Yerel ağızda Alamut, "kartal meseli" anlamına geliyordu. Rivayete göre, bu dağları denetimi altına alacak bir hisar inşa etmek isteyen bir hakan eğitimli kartalını salıvermişti. Kartal gökyüzünde epey süzüldükten sonra gelip bu kayanın üstüne konmuştu. Efendisi de buradan daha iyi bir yer olamayacağını anlamıştı.

Hasan Sabbah da kartala uydu. Tüm İran'ı dolaşıp müritlerini bir araya toplayabileceği, onları eğitip örgütleyebileceği bir yer aradı. Semerkant'ta başına gelen tatsız maceradan sonra, büyük bir şehri ele geçirme niyetinin boşuna olacağını, Selçuklular ile hemen çatışmanın kaçınılmaz bir hale geleceğini ve böyle bir çatışmanın da mutlaka imparatorluk lehine sonuçlanacağını anlamıştı. Demek ki ona başka bir şey lazımdı; dağların tepesinde, kuş uçmaz kervan geçmez, erişilemez, zapt edilemez bir inziva yeri... Faaliyetlerini her yönde yürütebileceği bir dergâh...

Maveraünnehir'de ele geçirilen sancakları Isfahan sokaklarında sergilenirken Hasan, Alamut civarına gelmişti. Bu mekânı görünce gözlerinin önünde bir perde kalktı sanki. Orayı uzaktan görür görmez gezginliğinin başka hiçbir yerde değil burada sona ereceğini ve krallığının burada kurulacağını bilmişti. Alamut o sırada daha pek çok benzeri gibi müstahkem bir köydü; aileleriyle birlikte yaşayan birkaç asker, birkaç zanaatkâr, üç beş çiftçi ve Nizamülmülk tarafından atanmış bir dizdardan başka kimse yoktu içeride. Alevi Mehdi adındaki bu yiğit kale komutanı sulama için kullandığı suyu getirtmek, ceviz, üzüm ve nar mahsulünü toplamaktan başka bir işle uğraşmıyordu. İmparatorlukta yaşanan çalkantılar onun uykularını kaçırmıyordu hiç.

Hasan önce bölgenin çocukları olan birkaç adamını gönderdi; bunlar askerlerin arasına karışıp onlara inançlarını aşıladılar ve kendi yanlarına çektiler. Birkaç ay sonra liderlerine haber gönderip zeminin hazır olduğunu ve gelebileceğini bildirdiler. Hasan her zamanki gibi sufî derviş kılığında çıkageldi. Etrafta dolaştı, durumu kolaçan etti, bilgi aldı. Kale komutanı da veliyi kabul etti. Kendisini nasıl memnun edebileceğini sordu.

– Bana bu kale lazım, dedi Hasan.

Komutan gülümsedi, bu derviş de nüktedan bir adammış, dedi kendi kendine. Ama konuğu hiç gülümsemiyordu.

– Ben burayı devralmaya geldim, kaledeki askerlerin hepsi benim safıma geçti!

Bu konuşma, kabul etmek gerek ki, hem inanılmaz hem de hiç işitilmemiş bir biçimde sonuçlandı. Dönemin vakayinamelerini, özellikle de İsmailîler tarafından kayda geçirilmiş anlatıları tarayan doğubilimciler, bir yanlış anlamaya kurban gitmediklerinden emin olmak için metinleri tekrar tekrar okumak zorunda kaldılar.

Şimdi bu sahneyi gözümüzün önünde canlandırmaya çalışalım.

11. yüzyılın sonunda, tam olarak 6 Eylül 1090 tarihindeyiz. Haşşaşinlerin dâhi piri Hasan Sabbah, 166 yıl boyunca tarihin en korkunç tarikatına ev sahipliği yapacak kaleyi ele geçirmek üzere. Ve orada, dizdarın karşısında bağdaş kurmuş oturuyor; sesini hiç yükseltmeden bir daha tekrar ediyor:

– Alamut'u teslim almaya geldim.

– Bu kale bana Sultan adına verildi, diye cevap veriyor beriki. Burayı almak için para ödedim ben!

– Kaç para?

– Üç bin altın dinar!

Hasan Sabbah bir kâğıt alıp yazıyor üstüne: "Alamut kalesinin bedeli olarak Alevi Mehdi'ye üç bin altın dinar ödeyin. Allah bize kâfi. O en iyi koruyucudur."

Dizdar endişeliydi, sırtına aba giymiş bir adamın imzasının böyle bir miktarın ödenmesi için yeterli olacağına inanmıyordu. Ama Damgan şehrine varır varmaz altınlarını hiç beklemeden tahsil edebildi.

XVIII

Alamut'un alındığı haberi Isfahan'a ulaştığında fazla bir yankı uyandırmadı. Şehir şimdi Nizam ile saray arasında şiddetlenen çatışmaya kilitlenmişti. Terken Hatun, ailesinin topraklarına karşı Vezir'in yürüttüğü harekâtı affetmemişti. Fazlasıyla güçlü vezirinden bir an önce kurtulması için Melikşah'a baskı yapıyordu. Babası öldüğünde Sultan'ın bir vasisi bulunmasından doğal bir şey yoktu, daha on yedisindeydi çünkü; bugün otuz beşine geldi, kemale ermiş bir erkek oldu, işlerin yönetimini sonsuza dek *ata*'sının eline bırakamaz; imparatorluğun gerçek hâkiminin kim olduğunu anlamanın vakti geldi, diyordu. Semerkant hadisesi, Nizam'ın kendi iradesini dayatmaya çalıştığını, efendisini oyuna getirdiğini ve ona tüm dünyanın gözleri önünde henüz reşit olmamış bir çocuk gibi davrandığını göstermemiş miydi?

Melikşah bu adımı atmakta duraksıyordu, ama bir olay onu bu yöne itti. Nizam kendi torununu Merv şehrinin valiliğine atamıştı. Bu kendini beğenmiş yeni yetme, dedesinin gücünün her şeye yeteceğine de güvenip yaşlı bir Türk komutana herkesin içinde hakaret etme cüretini göstermişti. İhtiyar gözyaşları içinde Melikşah'a gelip olup biteni şikâyet etti, çileden çıkan hükümdar hemen o anda Nizam'a şöyle bir mektup yazdırttı: "Eğer sen benim yardımcımsan bana itaat etmeli ve yakınlarının benim adamlarıma saldırmasını yasaklamalısın; eğer kendini benimle eşit, benim iktidar ortağım olarak görüyorsan, o zaman ben de gereken kararları alırım."

Devlet ricalinden oluşan bir heyetin getirdiği mesajı alan Nizam cevabını gönderdi: "Mademki bugüne dek anlayamamış, gidin Sultan'a söyleyin, ben tabii ki onun iktidar ortağıyım ve ben olmadan böyle bir gücü ve devleti asla inşa edemezdi! Babası öldüğünde her işini elime aldığımı, taht üzerinde hak iddia eden diğerlerini benim saf dışı bıraktığımı ve tüm asilere boyun eğdirdiğimi unuttu mu? Dünyanın bir ucundan diğerine kendisine gösterilen itaat ve saygıyı bana borçlu olduğunu unuttu mu? Gidin, söyleyin ona, evet, külahının kaderi benim mürekkep hokkamın kaderine bağlıdır!"

Heyet üyelerinin ağızları şaşkınlıktan açık kalmıştı. Nizamülmülk kadar bilge bir insan Sultan'a hitap ederken gözden düşmesine ve kuşkusuz ölümüne sebep olacak bu sözleri niye kullanıyordu? Kibri çılgınlık noktasına mı varmıştı?

O gün, böyle bir kararlılığın gerçek sebebini bilen tek insan Hayyam'dı. Nizam, geceleri gözüne uyku sokmayan ve gündüzleri de işine yoğunlaşmasını engelleyen korkunç acılarından dert yanmıştı. Onu uzun uzun muayene eden, sağını solunu yoklayıp sorular soran Ömer, bağdokusunda bir ur teşhis etmiş, Nizam'ın günlerinin sayılı olduğunu anlamıştı.

Dostuna sağlık durumu hakkındaki gerçeği açıklamak zorunda kaldığı gece Hayyam için çok zor geçmişti.

– Ne kadar vaktim kaldı?

– Birkaç ay.

– Istırabım sürecek mi?

– Acılarını azaltmak için afyon verebilirim sana, ama o zaman da bilincin sürekli uyuşur ve çalışamazsın.

– Peki, yazamaz mıyım?

– Uzun uzadıya sohbet bile edemezsin.

– O zaman ıstırap çekmeyi tercih ederim.

Sorularla cevapların arasına uzun suskunluklar ve vakarla bastırılan ıstırap giriyordu.

– Ahiretten korkuyor musun Hayyam?

– Niye korkayım ki? Ölümden sonrası ya hiçlik ya da mağfiret.

– Peki, ya kötülük ettiysem?

– Günahların ne kadar büyükse, Allah'ın merhameti de o oranda artar.

Nizam'ın içi biraz rahatlamış gibiydi.

– Sevap da işledim, camiler, medreseler inşa ettim, zındıklıkla savaştım.

Hayyam karşı çıkmayınca devam etti:

– Yüz yıl, bin yıl sonra beni hatırlayacaklar mı?

– Bunu nereden bilebiliriz ki?

Nizam inanmayan gözlerle süzdü onu, sonra devam etti:

– Şunu sen söylememiş miydin bir gün: "Hayat yangın gibidir. Yoldan geçenin unuttuğu alevler, rüzgârın önüne katıp savurduğu küller; işte, bir insan ömrü gelip geçmiştir." Nizamülmülk'ün kaderi de bu mu olacak sence?

Soluk soluğa kalmıştı. Ömer'in ağzından hiçbir söz çıkmamıştı henüz.

– Arkadaşın Hasan Sabbah, benim alçak bir Türk uşağı olduğumu etrafa yayarak dolaşıp duruyor memleketi. Hakkımda yarın böyle mi diyecekler gerçekten? Arilerin yüz karası olarak mı anılacağım? Otuz yıl boyunca sultanlara kafa tutup onlara kendi iradesini dayatabilmiş benden başka kimsenin çıkmadığı unutulacak mı? Türk orduları zaferi kazandıktan sonra elimden başka ne gelirdi? Hiç konuşmuyorsun.

Dalgınlaşmıştı.

– Yetmiş dört yıl, tam yetmiş dört yıl geçiyor yeniden gözlerimin önünden. Hayal kırıklıkları, pişmanlıklar, başka türlü yaşamak isteyeceğim bir sürü olayla dolu yıllar!

Gözleri yarı yarıya kapanmış, dudakları büzülmüştü:

– Yazıklar olsun sana Hayyam! Hasan Sabbah bugün tüm kötülüklerini sürdürebiliyorsa, senin suçun bu.

Ömer cevap vermek istedi: "Hasan ile senin ne çok ortak noktanız var! Gönlünüzü kaptırdığınız dava için, bir imparatorluk kurmak veya dünyayı imamın saltanatına hazırlamak adına, adam öldürmekten çekinmiyorsunuz. Benim gözümdeyse, adam öldüren her dava cazibesini yitiriyor. Ne denli güzel olursa olsun, çirkinleşiyor, bozulup alçalıyor. Ölümle ittifak yapan hiçbir dava haklı olamaz." Bunları haykırmak geçti içinden, ama tuttu kendini, sustu, bıraktı dostu kaderine doğru huzur içinde sürüklensin.

O dayanılması güç gecenin ardından, Nizam sonunda kaderine razı oldu. Bu dünyada artık olmayacağı düşüncesine alıştı. Ama o günden tezi yok devlet işlerinden elini ayağını çekti ve kalan tüm zamanını *Siyasetnâme* adındaki kitabına hasretmeye karar verdi. Dört yüzyıl sonra Macchiavelli'nin *Prens*'i Batı için ne anlama gelecekse, Müslüman Doğu için aşağı yukarı aynı şeyi ifade eden çarpıcı bir eserdi bu. Ama aralarında hatırı sayılır bir farklılık vardı yine de: *Prens*, siyasette hayal kırıklığına uğramış, her türlü iktidardan yoksun kalmış birinin eseriydi. *Siyasetnâme* ise bir imparatorluk banisinin yeri doldurulmaz tecrübesinin ürünüydü.

Yani Hasan Sabbah uzun süredir düşünü kurduğu, silah zoruyla ele geçirilemez o tapınağı fethettiğinde, imparatorluğun güçlü adamı tarihteki yerinden başka bir şey düşünemeyecek durumdaydı. Gerçek sözleri hoşa gidecek sözlere yeğliyordu ve Sultan'a sonuna dek meydan okumaya hazırdı. Hatta kendi çapına uygun, dillere destan olacak bir ölümü istediği bile söylenebilirdi.

Bu isteği yerine gelecekti.

Melikşah, Nizam'ı ziyarete giden heyeti kabul ettiğinde, nakledilenlere inanamadı.

– Bana ortak, bana denk olduğunu mu söyledi gerçekten?

Elçiler ezik bir vaziyette bunu onaylayınca, Sultan'ın öfkesi kabından taşıp patlayıverdi. Vasisini kazığa oturtmaktan, canlı canlı parçalatmaktan, kalesinin surlarında çarmıha gerdirmekten söz ediyordu. Sonra Nizamülmülk'ü tüm görevlerinden almaya ve öldürtmeye nihayet karar verdiğini Terken Hatun'a bildirmeye koştu. Artık iş, bu idamın Nizam'a bağlılıklarını koruyan çok sayıda askeri birlikte bir tepkiye yol açmayacak şekilde nasıl gerçekleştirilebileceğini bulmaya kalıyordu. Ama Terken ve Cihan'ın aklında başka bir fikir vardı: Mademki Hasan da Nizam'ın öldürülmesini istiyordu, o zaman onun işi biraz kolaylaştırılsa ve böylece Melikşah da üzerine hiç şüphe çekmese daha iyi olmaz mıydı?

Alamut'a Sultan'a bağlı bir adamın komutasında bir ordu gönderildi. Görünürdeki amaç İsmailîlerin kalesini kuşatmaktı; aslında, kuşku uyandırmadan pazarlık masasına oturmak için bir sis perdesi yaratmak söz konusuydu. Olayların nasıl cereyan edeceği en küçük ayrıntısına varıncaya dek ayarlandı: Sultan, Nizam'ı Nihavend'e, Isfahan ile Alamut'un ortasında kalan bir şehre çekecekti. Orada da Haşşaşinler devreye girecekti.

Dönemin metinlerine göre Hasan Sabbah adamlarını toplamış: "Hanginiz bu memleketi Nizamülmülk'ün şerrinden kurtaracak?" diye sormuş. Arrani lakaplı bir adam elini göğsüne koyarak gönüllü olduğunu belirtince, Alamut hâkimi görevi ona vermiş ve eklemiş: "Bu iblisin öldürülmesi ahiret mutluluğunun başlangıcıdır."

Bu sırada Nizam evine kapanmıştı. Divan'ından hiç ayrılmayanlar gözden düştüğünü öğrenince yanından uzaklaşmıştı; Hayyam'dan ve Nizamiye muhafız alayının subaylarından başka evine uğrayan yoktu. Vaktinin büyük bölümünü yazarak geçiriyordu. Kendinden geçercesine bir tutkuyla yazıyor ve zaman zaman Ömer'den yazdıklarını okumasını istiyordu.

Hayyam'ın gözleri satırları dolaşırken yüzünde kâh bir gülümseme beliriyor, kâh yüz hatları birden geriliyordu. Başka birçok büyük adam gibi Nizam da ömrünün bu son demlerinde oklarını sağa sola fırlatmaktan, bazılarıyla hesabını görmekten kendini alamamıştı. Bunlardan biri de Terken Hatun'du. Kitabının kırk üçüncü faslına şöyle bir başlık koymuştu: "Perdelerin arkasında yaşayan kadınlar."* "Bir zamanlar bir melikin kendisine hâkim olmuş bir karısı vardı. Bunun sonucu ihtilaf ve kargaşadan başka bir şey olmadı. Bu konuda daha fazla konuşacak değilim, çünkü herkes başka dönemlerde de benzer olayların yaşandığını gözlemleyebilir." Bunları yazdıktan sonra ekliyordu: "Bir işin başarılı olması için, kadınların dediğinin aksini yapınız."

Sonraki altı bölüm İsmailîlere ayrılmıştı ve şöyle sona eriyorlardı: "Onların mezhebi Hüdavend-i Âlemi uyarmak için anlatıldı. Bendelerinden bir kısmı dünya malına aşırı düşkünler. Hak sahiplerinin haklarından bir bölümünü geri alarak bu kısmın fazla olduğunu iddia ediyorlar. Eteği yırtıp kola eklemekle

* *Siyasetnâme*'nin Türkçe çevirisinde "Tesettür ehli" diye geçer, ama eserin Fransızca çevirisinde kullanılan deyim, daha önceki Hayyam-Terken Hatun buluşmasında anlatılan sahneye uygun düştüğü için biz de bunu tercih ettik. (ÇN)

asla gömlek yapılamaz. Bendenize öyle geliyor ki bu gibiler ulu ve büyük kişileri makamlarından etmek istiyorlar. Davulların sesi kulaklara ulaşıyor, sırları ortaya çıkıyor. Bu hususta kulunuz hangi konuda konuştuysa, doğru söyleyip şefkat ve nasihat etme vazifesini yerine getirdi. Allah, onun düşmanları kahreden gücünü ve devletini kem gözlerden uzak tutsun."

Gelen bir ulağın onu Bağdat'a yapılacak bir yolculukta Sultan'a eşlik etmeye çağırdığı gün, Vezir kendisini neyin beklediğini gayet iyi biliyordu. Vedalaşmak için Hayyam'ı çağırttı.

– Bu halinle bu kadar uzun yola çıkmamalısın, dedi Hayyam.

– Bu halde hiçbir şeyin önemi kalmaz ve zaten ölümüm de yoldan olmaz.

Ömer ne diyeceğini bilemedi. Nizam onu kucaklayıp dostça uğurladıktan sonra hakkındaki fermanı verenin huzuruna gidip önünde eğildi. Zarafetin, düşüncesizliğin ve pervasızlığın en uç noktasıydı bu: Hem Sultan hem de Vezir bile bile ölümle oynuyorlardı.

İnfazın yapılacağı yere doğru yolda giderlerken Melikşah "atası"na sordu:

– Sence daha ne kadar yaşarsın?

Cevap verirken Nizam'ın kılı bile kıpırdamadı:

– Uzun, çok uzun süre.

Sultan ne diyeceğini şaşırdı:

– Haydi bana karşı kibirli davranıyorsun diyelim, ama Allah'a karşı bu kibir de ne oluyor? Ağzından böyle laflar çıkacağına, Allah ne derse o olur, herkesin vadesini o bilir, desene!

– Öyle dedim, çünkü geçen gece bir rüya gördüm. Peygamber efendimiz, Allah'ın selamı üzerine olsun, bana göründü, ona ne zaman öleceğimi sordum ve içimi rahatlatan bir cevap aldım.

Melikşah sabırsızlandı:

– Neymiş o cevap?

– Resullullah bana şöyle dedi: "Sen İslam'ın temel direklerinden birisin, etrafına hep iyilik yapıyorsun, varlığın müminler için çok değerli, bu yüzden sana, ne zaman öleceğine karar verme ayrıcalığını tanıyorum." Ben de şu cevabı verdim: "Allah korusun, hangi insan böyle bir günü seçebilir ki? İnsan hep biraz daha yaşamak ister ve mümkün olan en uzak tarihi seçsem bile sürekli olarak o günün giderek yaklaştığı saplantısı ile yaşarım ve ister bir ay ister yüz yıl sonra olsun, o günün arifesinde, korkudan tir tir titrerim. Ben tarih seçmek istemiyorum. İstediğim tek lütuf, sevgili Peygamberim, efendim Sultan Melikşah'dan daha fazla yaşamamaktır. Elimde büyüdü, bana 'ata' dediğini işittim, bu yüzden onun ölümünü görmek gibi bir utanca ve ıstıraba katlanmak istemem." "Dileğin olacak" dedi Resulullah, "Sultan'dan kırk gün önce öleceksin.

Melikşah'ın beti benzi atmıştı, tir tir titriyordu, neredeyse kendini ele verecekti. Nizam gülümsedi:

– Görüyorsun hiç de kibirli değilim, uzun süre yaşayacağıma eminim dediysem bir sebebi var.

Acaba o sırada Sultan'ın aklından vezirini öldürtmek fikrinden vazgeçmek geçmiş miydi? Vazgeçse iyi ederdi. Çünkü rüya hikâyesi sadece bir teşbih olsa da, Nizam gerçekten ürkütücü tedbirler almıştı. Yola çıkmadan bir gün önce yanında toplanan muhafız subayları, şayet Nizam öldürülürse düşmanlarından hiçbirinin sağ kalmayacağına Kuran'a el basarak yemin etmişlerdi.

XIX

Selçuklu İmparatorluğu'nun dünyanın en güçlü devleti olduğu zamanlarda, bir kadın iktidarı kendi eline almaya cüret etmişti. Perdenin arkasında oturduğu yerden orduları Asya'nın bir ucundan diğer ucuna gönderiyor, melikleri ve vezirleri, valileri ve kadıları atıyor, Halife'ye mektuplar yazdırıp Alamut hâkimine elçiler gönderiyordu. Ordulara emirler yağdırdığını işitip homurdanan komutanlara şu cevabı veriyordu: "Bizde erkekler savaşır, ama onlara kiminle savaşacaklarını kadınlar söyler."

Sultan'ın hareminde lakabı "Çinli"ydi. Semerkant'ta doğmuştu, Kâşgarlı bir ailenin kızıydı ve tıpkı ağabeyi Nâsır Han gibi yüzünde hiçbir kan karışıklığının izi yoktu. Ne Arapların Sami çizgileri ne de İranlıların Ari yüz hatları seziliyordu.

Melikşah'ın karıları içinde kıdemi kimseyle kıyaslanamazdı. Evlendiklerinde Sultan dokuz, o ise on bir yaşındaydı. Sultan'ın büyüyüp olgunlaşmasını sabırla beklemişti. Yeni terleyen bıyıklarını parmaklarıyla okşamış, bedenindeki ilk arzu şahlanışına tanık olmuş, kollarının bacaklarının uzadığını, kaslarının şiştiğini görmüş, bu heybetli şaşkını kısa sürede evcilleştirip kendine bağlamayı bilmişti. Sultan'ın evvel ezel gözdesiydi. Pohpohlanır, gönlü okşanır, onurlandırılır, ama en önemlisi sözü dinlenir ve ona itaat edilirdi. Gün bittiğinde aslan avından, bir turnuvadan, kanlı bir kavgadan, fırtınalı bir emirler meclisinden veya en kötüsü Nizam'la yapılan yorucu bir çalışmadan dönen Melikşah, Terken'in kollarında huzur bulurdu. Onun bedenini örten o akışkan ipekleri sıyırır, tenine yapışır, oynaşır, kükrer, kahramanlıklarını ve bıkkınlıklarını anlatırdı. "Çinli", bu kızışmış yırtıcı hayvanı sarar, bağrına çeker, kahramanı olarak gövdesinin içine alır, uzun süre orada tutar, içinde sıkar, bir an bırakıp, soluklandırıp hemen yeniden üstüne çekerdi; soluk soluğa kalan, nefesi kesilen fatih büyülenmiş ve boyun eğmiş bir halde tüm ağırlığıyla yayılır, "Çinli" onu zevkin en üst doruklarına çıkarmayı bilirdi.

Sonra yavaş yavaş ince parmakları adamın kaşlarında, gözkapaklarında, dudaklarında, kulak memelerinde, terli boynunda dolaşmaya başlardı; yırtıcı hayvan olduğu yere yığılır kalır, karnı tıka basa doymuş iri bir kedi gibi mırıldanmaya başlar, gerinir, gülümserdi. O zaman Terken'in sözleri ruhunun en derinlerine doğru akar, kadın ondan, kendisinden, çocuklarından söz eder, duyduğu hikâyeleri nakleder, şiirler okur, zengin hisseler çıkartılabilecek kıssalar anlatırdı; Melikşah onun kollarında bir an bile sıkılmaz, her akşam onun yanına gelip kalmaya söz verirdi. Kendince, asık suratlı, kaba, çocuksu, hayvani bir biçimde seviyordu kadını ve son nefesine kadar sevmeye devam edecekti. Terken bir dediğinin iki edilmeyeceğini biliyor, kişisel ve o gece hangi cariyeyle yatacağından ertesi gün hangi eyaleti alacağına kadar siyasal tüm fetihlerin yönünü o belirliyordu. Tüm imparatorluk sathında Nizam'dan başka rakibi yoktu ve içinde bulundukları 1092 yılında bu rakibi de yere sermek üzereydi.

"Çinli" kadın hayatından memnun muydu? Nasıl olabilirdi ki? Yalnız veya sırdaşı Cihan'la baş başa kaldığında ağlamaya başlıyor, bir annenin, bir hatunun gözyaşlarına boğuluyor, hiçbir adaleti olmayan feleği lanetliyor ve bu söylediklerinden ötürü onu ayıplamak hiç kimsenin aklından geçmiyordu. Melikşah onun en büyük oğlunu veliaht olarak seçmişti; çıktığı her yolculuğa, katıldığı tüm törenlere onu da yanında götürüyordu. Baba, oğlundan öyle gurur duyuyordu ki, onu herkese gösteriyor, teker teker eyaletleri dolaştırıp halka tanıtıyor, kendi yerini alıp tahta çıkacağı günden söz ediyordu. "Hiçbir sultan oğluna bu kadar büyük bir imparatorluk miras bırakmamıştır!" diyordu. Evet, o sıralarda Terken mutluluktan uçuyordu, hiçbir ıstırap yüzündeki gülümsemeyi gölgeleyemiyordu.

Sonra veliaht öldü. Ani, yıldırım gibi, amansız, acımasız bir humma. Hekimler yakı üstüne yakı, hacamat üstüne hacamat yapsalar da sonuç değişmedi, çocuk iki gecede mum gibi eriyip söndü. Nazar değdi, dediler, hatta izi bulunamayan bir zehirden söz edenler bile oldu. İki gözü iki çeşme olan Terken yine de kendini toparlamayı bildi. Yas süresi sona erdikten sonra, ikinci oğlunu veliaht yaptırdı. Melikşah bu çocuğa da hemen bağlandı, onu yaşına hiç uymayan unvanlarla donattı, ama devir şaşaa, şatafat devriydi: "Melikler meliki, Devletin temel direği, Emirülmüminin'in koruyucusu" ilan edildi dokuz yaşındaki şehzade...

Ama sanki bir lanet, bir kem göz vardı üstlerinde, yeni vâris de çok geçmeden öldü. Ağabeyi gibi ansızın. Onunki kadar şüpheli bir hummaya tutularak.

"Çinli"nin bir oğlu kalmıştı geride, Sultan'dan onu da veliaht yapmasını istedi. Ama bu defa işi o kadar kolay değildi, çocuk henüz bir buçuk yaşındaydı ve Melikşah'ın üç oğlu daha vardı, üçü de daha büyüktü. Haydi ikisi bir cariyeden olmaydı, ama Berkyaruk adındaki en büyüğü Sultan'ın öz amca kızından doğma oğluydu. Onu hangi bahaneyle saf dışı edecekti? Veliahtlık için, hem ana hem de baba yanından Selçuklu olan bu şehzadeden daha uygunu bulunabilir miydi? Nizam'ın fikri buydu. Türklerin arasındaki kavgaları bir düzene sokmaya çalışan, oldum olası bir saltanat veraset kuralı yerleştirme kaygısı taşıyan Nizam, en sağlam gerekçeleri göstererek soyun en büyük üyesinin veliaht yapılmasında ısrar etmişti. Ama sonuç alamadı. Melikşah, Terken'in sözünden çıkmaya cesaret edemiyordu. Mademki onun oğlunu veliaht yapamıyordu, o zaman başka bir aday da açıklanmayacaktı. Babası ve tüm ceddi gibi mirasçı bırakmadan ölme tehlikesini göze almayı yeğliyordu.

Terken tatmin olmamıştı, ancak kendi soyunun sürmesini hakkıyla güvence altına alabilirse içi rahat edecekti. Yani ihtiraslarının önündeki tek engel olan Nizam'ın gözden düşmesini herkesten çok o istemişti. Onun idam fermanını elde edebilmek için her şeye, her türlü entrika ve tehdide hazırdı; Haşşaşinlerle sürdürülen pazarlıkları günbegün izlemişti. Bağdat yolculuğunda o da Sultan'a ve Vezir'e eşlik ediyordu. Hüküm infaz edilirken orada bulunmak istemişti.

Nizam'ın son yemeği bir iftardı. Ramazanın onuncu günüydü. Devlet ricali, saray erkânı, komutanlar, bu kutsal aya gösterilen saygı gereği, alışılmamış bir sadelik içindeydi. İftar sofrası muazzam bir yurtta kurulmuştu. Birkaç köle herkes ne seçtiğini görsün diye ellerinde meşaleler tutuyordu. Geniş gümüş tepsilere, en yağlı deve veya kuzu parçasına, en semiz keklik buduna doğru altmış aç el uzanıyor, etlerin ve sosların arasında dolanıyordu. Etler paylaşılıyor, parçalanıyor, yenilip yutuluyordu. Eline iyi bir parça geçiren, onu iltifat etmek istediği komşusuna sunuyordu.

Nizam az yiyordu. O akşam ıstırabı her zamankinden fazlaydı, böğrü yanıyor, iç organları gözle görülmez bir devin pençesine düşmüş gibi buruldukça buruluyordu. Dik durmak için çaba harcadı. Sofrada komşularının sunduğu her lokmayı çiğneyip yutan Melikşah yanında oturuyordu. Zaman zaman yan yan süzüyordu vezirini, herhalde korktuğunu düşünüyordu. Birden elini kara incirlerle dolu bir tepsiye uzattı, en olmuşunu seçti, Nizam'a ikram etti. Sunulan yemişi terbiyeli bir hareketle alan Nizam kenarından bir parça ısırıp bıraktı. İnsan, hem Tanrı, hem Sultan hem de Haşşaşinler tarafından ölüme mahkûm edildiğini bile bile incirden tat alabilir miydi?

Nihayet iftar sona erdi, gece olmuştu. Melikşah bir sıçrayışta kalktı ayağa, Çinli'sine koşup Vezir'in yüzündeki sıkıntılı ifadeyi yetiştirmek için sabırsızlanıyordu. Nizam ise önce dirseklerine dayanıp güç aldı, sonra büyük zorlukla doğrulup ayağa kalkabildi. Harem çadırları uzakta değildi, yaşlı amca kızı ona acılarını biraz dindirecek etkili bir çay hazırlayacaktı. Gideceği yer en fazla yüz adım uzaktaydı. Çevresinde imparatorluk ordugâhlarının o kaçınılmaz hayhuyu ve gürültüsü hüküm sürüyordu. Zaman zaman bir cariyenin boğuk kahkahası işitiliyordu. Yol bitmek bilmiyor, Nizam tek başına adımlarını sürüklemeye çalışıyordu. Her zaman çevresinde bir sürü yardımcı koşuştururdu, ama gözden düşmüş biriyle kim birlikte gözükmek isterdi ki artık? Dilenciler bile yollarını değiştirmişlerdi, gözden düşmüş bir ihtiyardan ne koparılabilirdi?

Yine de birisi yaklaştı yanına, sırtına yamalı bir aba geçirmiş bir yiğit. Hayır dualar mırıldanıp duruyordu. Nizam elini kesesine atıp üç altın çıkardı. Hâlâ yanına gelmeye cesaret eden bu yabancıyı ödüllendirmek lazımdı.

Şimşek gibi bir parıltı, havada şimşek gibi çakan bir bıçak. Her şey çok çabuk olup bitti. Nizam'ın elin havaya kalktığını görmesiyle hançerin giysisini, tenini delip kaburgalarının arasına saplanması bir olmuştu. Bağırmadı bile. Sadece şaşkınlığını belirten bir hareket yaptı, ciğerlerine son kez bir soluk çekti. Karanlıkta şimşek gibi çakan hançer, o kalkıp inen el ve tükürür gibi "Al bakalım bu armağanı, ta Alamut'tan geliyor sana!" diyen o gerilmiş ağız, yere devrilirken ağır ağır akan görüntüler halinde gözlerinin önünden bir kez daha geçti belki.

O zaman haykırışlar yükseldi. Haşşaşin koşmaya başladı, çadırdan çadıra kovaladılar adamı ve sonunda buldular. Derhal gırtlağı kesildi, sonra da ayaklarından sürüklenip ortalıkta yanan büyük ateşlerden birinin içine atıldı.

Sonraki yıllarda Alamut'tan yola çıkan sayısız haberci aynı ölüm biçimiyle tanışacak, ama artık kaçmaya kalkışmayacaklardı. Hasan şunu öğretiyordu onlara: "Düşmanlarımızı öldürmek yetmez. Biz cani değiliz, verilmiş bir hükmü infaz eden görevlileriz. Eylemlerimizi ibret olsun diye halka açık yerlerde, herkesin içinde gerçekleştirmeliyiz. Böylece bir kişiyi öldürürken yüz bin kişiye de dehşet saçarız. Bununla birlikte infaz edip dehşet saçmak da yetmez, ölmeyi de bilmek gerek; çünkü öldürerek düşmanlarımıza korku salıp aleyhimize işlere girişmekten caydırırken, en cesur biçimde ölerek de kalabalığın hayranlığını kazanırız. Ve bu kalabalıklardan çıkan insanlar gelip bize katılır. Ölmek, öldürmekten daha önemlidir. Kendimizi savunmak için öldürüyor, ama insanları ikna etmek, kazanmak için ölüyoruz. İnsan kazanmak bir amaç, kendini savunmak ise sadece bir araçtır."

Bundan böyle cinayetler genellikle cuma günleri, öğle namazı vaktinde camilerde ve cemaatin gözleri önünde işlenecekti.

Seçilen kurban, yani Vezir, emir veya ulema çevresinde görkemli bir muhafız ordusuyla birlikte gelirdi. Kalabalık bu gösteriden etkilenip uysal ve hayran bakışlarla izlerdi geleni. Alamut'tan gönderilen fedai de orada bir yerlerde, en beklenmedik kılığa girmiş halde bulunurdu. Muhafızlardan biri olurdu mesela. Tüm bakışlar gelen önemli şahsa toplanınca darbesini indirirdi. Kurban yere serilir, cellat kımıldamadan bekler, ezberlediği bir sloganı haykırır, dudaklarına meydan okuyan bir gülümseme yerleşir, çılgına dönen muhafızlar tarafından öldürülmeyi, korkuya kapılan kalabalık tarafından da linç edilip parçalanmayı beklerdi. Mesaj iletilmişti; öldürülen şahsın ardılı Alamut'a karşı daha uzlaşmacı bir tavır takınır ve olayı izleyen kalabalık içinden on, yirmi, hatta kırk mürit kazanılırdı.

Gerçekdışı gibi gelen bu sahneler yüzünden, sık sık Hasan'ın adamlarının uyuşturucu kullandıkları ileri sürülmüştü. Ölüme gülümseyerek gitmeleri başka nasıl açıklanabilirdi? Afyonun etkisiyle böyle davrandıkları savına itibar ediliyordu. Bu fikri Batı'da yaygınlaştıran Marco Polo'ydu. İslam âlemindeki düşmanları, Hasan Sabbah ve adamlarını gözden düşürmek için kimi zaman *Haşşaşiyûn,* "afyon içenler" diye anmışlardı. Bazı doğubilimciler daha ileriki bir tarihte birçok Avrupa dilinde "katil" manasına gelecek *"assassin"* sözcüğünün buradan türediğini düşünmüşler, bu durum da "Haşşaşinler/*Assassins*" efsanesine iyice ürkütücü bir renk kazandırmıştı.

Oysa gerçek farklıydı. Alamut'tan günümüze ulaşan metinlere göre Hasan müritlerine dinin "esasları"na bağlı kalanlar manasında, *Esasiyun* demekten hoşlanırdı ve yabancı seyyahların yanlış anladıkları bu terim "haşhaş", afyon kuşkularının ortaya çıkmasına neden oldu.

Hasan Sabbah'ın bitkilere büyük bir tutku duyduğu, onların şifalı etkilerini olduğu kadar, yatıştırıcı veya uyarıcı özelliklerini de inanılmayacak kadar iyi bildiği doğruydu. Kendisi de binbir çeşit ot yetiştiriyor ve hastalanan müritlerini tedavi ediyor, sağlıklarını düzeltecek şuruplar hazırlıyordu. Müritlerinin beynini etkinleştirip öğrenmeye daha açık kılmak için hazırladığı bir reçetesi de biliniyordu. Havanda dövülmüş cevizi bal ve kişnişle karıştırarak hazırlanan bir macundu bu. Bir tür alternatif tıptı söz konusu olan. Rivayetlerin tüm inatçılığına ve cazibesine karşın, gerçekleri kabullenmek gerek: Haşşaşinlerin başvurduğu tek uyuşturucu, son derece bağnaz bir imandı. Öğretilerin en katısı, örgütlerin en etkilisi, görev dağılımlarının en sıkısı tarafından sürekli pekiştirilen bir iman.

Hiyerarşinin en tepesinde Şeyh, İmam, her türlü sırrın sahibi Hasan Sabbah vardı. Yakın çevresinde bir avuç propagandacı derviş, yani *dâi*ler bulunuyordu, bunlardan üçü Şeyhin yardımcılarıydı. Biri Doğu İran, Horasan, Kuhistan ve Maveraünnehir'den; diğeri Batı İran ve Irak'tan; üçüncüsü de Suriye'den sorumluydu. Onların bir basamak altında hareketin kadroları, yani *refik*ler bulunuyordu. Gerekli eğitimi aldıkları için bir kaleye komuta etme, bir kent veya eyalet örgütünü yönetme yetkileri vardı. En yeteneklileri zamanı geldiğinde *dâi* yapılıyordu.

Hiyerarşinin daha aşağısında ise *lesik*ler, yani örgüte bağlı olanlar yer alıyordu. Bunlar ilme veya şiddet eylemlerine özel bir yeteneği olmayan, tabandaki müritlerdi. Aralarında Alamut civarından pek çok çoban, ayrıca çok sayıda kadın ve ihtiyar vardı.

Daha sonra sıra *mücib*lere, "icabet edenler"e, "teklife cevap verenler"e, yani örgüt üyeliğine aday olanlara geliyordu. Bunlar aldıkları ilk eğitimin ardından yeteneklerine göre ya refik olmak üzere daha ileri eğitim aşamalarına, ya müritler kitlesine ya da o dönemde yaşayan Müslümanların gözünde Hasan Sabbah'ın gerçek gücünü oluşturan kategoriye, *fedai*ler sınıfına doğru yönlendirilirdi. Şeyh onları imanı çok sağlam, çok becerikli ve dayanıklı, ama ilme, eğitime fazla yeteneği olmayan müritlerin arasından seçerdi. Dâi olabilecek çapta birini asla fedai yapmazdı.

Fedainin eğitimi, Hasan'ın tutkuyla ve incelikle uğraştığı hassas bir görevdi. Hançerini gizlemeyi, hiç belli etmeden çıkarmayı, kurbanın tam kalbine veya göğüs bir zırhla korunuyorsa boynuna saplamayı öğrenmek; Alamut'la hızlı ve gizli haberleşmenin araçları olan posta güvercinlerine alışmak, şifreli alfabeleri ezberlemek; kimi zaman yerel bir lehçeyi, bir ağzı öğrenmek, yabancı ve düşman bir ortama sızmayı becermek, orada haftalarca, aylarca kendini belli etmeden yaşamak, infaz için en uygun ânı kollarken her türlü kuşkuyu yatıştırmayı bilmek; avını bir avcı gibi izlemek, nasıl yürüdüğünü, neler giydiğini, alışkanlıklarını, dışarıya hangi saatlerde çıktığını inceden inceye araştırmak; bazen, çok iyi korunan biri söz konusuysa, yanına kapılanmanın, ona yaklaşmanın, bazı yakınlarıyla dostluk kurmanın yolunu bulmak. İki fedainin, kurbanlardan birinin canını alabilmek için, iki ay boyunca bir Hıristiyan manastırında keşiş kılığında yaşadıkları rivayet edilir. Afyon, esrar kullanan birinden böyle çarpıcı bir bukalemunluk yeteneği sergilemesi beklenemez. Ama hepsinden önemlisi, müridin ölüme meydan okuyabilmek için gerekli inancı kazanması; taşkın kalabalık tarafından canı alındığı anda şehitlik mertebesi sayesinde önünde kapıları derhal ve ardına kadar açılacak bir cennete iman etmesidir.

Hasan Sabbah tarihin gördüğü en ürkütücü cinayet aygıtını kurmayı başarmıştı; buna kimse itiraz edemez. Ama 11. yüzyılın kana gömülen o son yıllarında bu aygıtın karşısına bir başka örgüt dikilmişti. Katledilen Vezir'e duydukları sadakatin harekete geçirdiği Nizamiyeciler, farklı ve belki de biraz daha sinsi yöntemlerle, asla Hasan Sabbah'ın adamları kadar yankı uyandırmayan, ama en az onlar kadar yıkıcı sonuçlar veren yollarla ölüm saçacaklardı.

XX

Kalabalık, Haşşaşin fedaisinden geriye kalanlardan hıncını alırken beş subay Nizam'ın hâlâ sıcak cesedinin başında ağlayarak toplandılar, beş sağ el ileri doğru uzandı, beş ağız koro halinde tekrarladı: "Huzur içinde uyu efendimiz, düşmanlarından hiçbiri sağ kalmayacak!"

Kimden başlayacaklardı? Ellerindeki kara liste uzun, ama Nizam'ın talimatları çok açıktı. Beş adamın durumu yeniden istişare etmelerine bile gerek yoktu. Ağızlarından mırıltı halinde bir isim döküldü. Elleri yeniden öne uzandı, sonra diz çöktüler. Hastalıktan zayıflamış da olsa ölüm ağırlığının çöktüğü bedeni birlikte yerden kaldırdılar ve tören adımlarıyla karargâhına taşıdılar. Kadınlar haykırıp ağlamak ve dövünmek üzere toplanmışlardı bile, cesedi görünce zılgıtları yükseldi hemen, ama subaylardan biri buna sinirlendi: "Öcü alınmadıkça ağlamayın!" dedi. Korkuya kapılan kadınlar seslerini kesip adama baktılar. Adam uzaklaşmıştı bile. Kadınlar yeniden dövünmeye ve haykırmaya koyuldular.

Sultan çıkageldi İlk çığlıkları işittiğinde Terken'in yanındaydı. Bir hadımağa ne olup bittiğine bakmaya gitti ve bacakları titreyerek döndü: "Nizamülmülk, efendimiz! Bir katil saldırmış üzerine! Ömrünün geri kalanını sana vermiş!" Sultan ve eşi bakıştılar, sonra Melikşah ayağa kalktı. Uzun karakul hilatını sırtına geçirdi ve karısının aynasının karşısında yüzünü tokatladı, daha sonra da çok şaşırmış ve omuzlarına büyük bir keder çökmüş pozunda ölünün başucuna koştu.

Kadınlar açılıp, "atası"nın cesedine yaklaşması için yol verdiler. Eğildi, bir dua okudu, duruma uygun birkaç beylik laf etti, sonra da gizli gizli sevinmek üzere Terken'in yanına döndü.

Melikşah çok tuhaf davranıyordu. Vasisinin ölümünden yararlanıp imparatorluğun dizginlerini sonunda eline alacağı beklenirdi. Ama hiç de öyle olmadı. Yakıcı isteklerine ket vuran adamdan nihayet kurtulduğuna çok sevinen Sultan, tek kelimeyle, çocuklar gibi eğleniyordu. Tüm iş toplantıları, elçi kabulleri iptal edilmiş, gündüzler cirit ve av partilerine, geceler ise içki âlemlerine ayrılmıştı.

Daha da kötüsü Bağdat'a gelir gelmez Halife'ye haber göndermişti: "Bu şehri kış payitahtım yapmaya niyetliyim, Emirülmüminin en kısa sürede kendine başka bir yer bulup taşınsın." Ataları üç buçuk yüzyıldır Bağdat'ta yaşamış Halife, işlerini düzene sokmak için bir ay mühlet istedi.

Terken, dünyanın yarısına hâkim olan otuz yedi yaşındaki bir hükümdara hiç yakışmayan bu hoppalıktan kaygılanıyordu, ama onun Melikşah'ı böyleydi işte. O da Sultan'ın gülüp eğlenmesine göz yumup kendi otoritesini kurmak için bu durumdan yararlandı. Emirler ve devlet ricali Terken'e başvuruyor, Nizam'a sadık adamların yerini onun güvendikleri alıyordu. Sultan da iki gezi veya iki içki âlemi arasında bu kararları onaylıyordu.

18 Kasım 1092'de Melikşah Bağdat'ın kuzeyindeydi, ormanlık ve bataklık bir bölgede yabaneşeği avlıyordu. Son on iki okundan sadece birini isabet ettirememişti, yanındakiler ona övgüler düzüyor, hiç kimsenin onunla boy ölçüşemeyeceğini söylüyorlardı. Dolaşmak karnını acıktırmıştı, sövüp sayarak ifade etti bunu. Köleler koşuştu. Bir düzine adam yaban hayvanlarını kesip, derilerini yüzüp, içlerini temizleyip şişe geçirdiler. Bir süre sonra açıklık bir alanda etler kızarmaya başladı. En yağlı but hükümdara sunuldu, o da eti büyük bir iştahla dişleyip bir yandan da mayalı bir içkiyi kafasına dikerek zevkle karnını doyurmaya koyuldu. Ara sıra da turşu atıştırıyordu; bu onun en sevdiği yiyecekti ve aşçısı asla tedbirsiz yakalanmamak için gittiği her yere küp küp turşu taşırdı.

Birden bağırsakları yırtılıyormuş gibi bir ağrı saplandı karnına. Melikşah acıyla böğürdü, yanındakilerin dizlerinin bağı çözüldü. Sinirle elindeki kadehi fırlatıp attı, ağzındakileri tükürdü. İki büklüm oldu, içi boşaldı, sayıklamaya başladı, sonra da bayıldı. Çevresindeki onlarca musahip, asker ve hizmetkâr titriyor, birbirlerini kuşkuyla süzüyorlardı. İçkiye zehri kimin karıştırdığı hiç öğrenilemeyecekti. Belki de turşuya katılmıştı. Yoksa av etine mi? Ama herkes aklından hesap yaptı: Nizam öleli otuz beş gün olmuştu. Vezir "kırkını göremeyecek" demişti. Öcünü alanlar verilen mühlete uymuşlardı.

Terken Hatun, acı olayın yaşandığı yere bir saat mesafedeki ordugâhtaydı. Sultan'ın hareketsiz yatan, ama hâlâ yaşayan bedenini onun yanına taşıdılar. Terken meraklı kalabalığını hemen uzaklaştırıp yanında sadece Cihan'ı ve iki üç sadık adamını, bir de Melikşah'ın nabzını sürekli kontrol eden hekimbaşını tuttu.

– Efendi toparlanabilecek mi? diye sordu "Çinli".

– Nabzı zayıflıyor, Allah kandilini üflemiş, alev titreşip duruyor, ama sönecek. Dua etmekten başka bir şey gelmez elden.

– Yüce Rabbim'in takdiri buysa, söyleyeceklerimi iyi dinleyin.

Konuşan, bir dul kadın adayı değil de imparatoriçeydi sanki.

– Bu yurdun dışında hiç kimse Sultan'ın bizi terk ettiğini bilmeyecek. Yavaş yavaş iyileştiğini, dinlenmeye ihtiyacı olduğunu, kimseyle görüşemeyeceğini yaymakla yetinin.

Terken Hatun'unki gelip geçici ve kanlı bir destandı. Daha Melikşah'ın kalbi durmadan, bir avuç sadık adamını henüz dört buçuk yaşındaki oğlu Sultan Mahmud'a biat ettirdi. Sonra Halife'ye haberci gönderip eşinin öldüğünü bildirdi ve oğlunun tahta çıkışını onaylamasını istedi; buna karşılık Emirülmüminin bundan böyle başşehrinde rahatsız edilmeyecek ve imparatorluğun tüm camilerinde onun adına hutbe okutulacaktı.

Sultan'ın maiyeti yeniden Isfahan yoluna düştüğünde Melikşah öleli birkaç gün olmuştu, ama "Çinli" bu haberi ordudan gizlemeye devam ediyordu. Ceset altı atın çektiği ve üzerine tente gerilmiş büyük bir arabaya yatırıldı. Ama bu oyun çok süremez, tahnit edilmemiş bir ceset, yaşayanlar arasında kalırsa çürümesi varlığını ele verirdi. Terken cesetten kurtulma yolunu seçti. Böylece "çok muhterem Sultan, büyük Şehinşah, Şark'ın ve Garp'ın meliki, İslam'ın ve Müslümanların temel direği, cihanın ve dinin gururu, fetihlerin babası, Halife'nin tek dayanağı" gece vakti, kimseler görmeden, pazardan mal kaçırır gibi bir yol kenarına gömülüverdi. Mezarı bir daha asla bulunamadı. Vakanüvisler, "Bu kadar güçlü bir hükümdarın cenaze namazı kılınmadan, fatihası okunmadan, cesedine kapanıp ağlanılmadan, dövünülmeden ölüp gitmesi görülmüş, işitilmiş şey değildi" dediler.

Sultan'ın öldüğü sonunda kulaktan kulağa yayıldı, ama Terken tereyağından kıl çeker gibi sıyrıldı bu işten: Ordu ve saray erkânı payitahttan uzaktayken haberi düşmandan gizleyebilmek kaygısıyla böyle davranmıştı. Aslında "Çinli", oğlunu tahta çıkarıp iktidarın dizginlerini kendi ellerine alabilmek için zaman kazanmaya bakmıştı.

Zaten dönemin vakanüvisleri iktidarın kimin elinde olduğu konusunda yanılmadılar. İmparatorluk askerinden söz ederken. "Terken Hatun'un orduları" diyorlardı artık. Laf Isfahan'a geldi mi, Hatun'un payitahtı deniyordu. Çocuk Sultan'ın ise adı sanı unutulacak, "Çinli kadının oğlu" diye anılacaktı.

Yine de Nizamiye subayları hanım Sultan'ın karşısına dikiliverdiler. Onların kara listesinde Terken Hatun, Melikşah'ın hemen ardından, ikinci sıradaydı. Nizamiyeciler, Melikşah'ın on bir yaşındaki büyük oğlu Berkyaruk'u desteklediklerini ilan ettiler. Onun çevresini aldılar, danışmanlığını üstlendiler ve savaş açtırdılar. İlk çatışmalar lehlerine sonuçlandı ve Terken Hatun Isfahan'a çekilmek zorunda kaldı, şehir de bir süre sonra kuşatıldı. Ama Terken kolay pes edecek bir kadın değildi, kendini savunmak için başvurduğu hileler dillere destan olacaktı.

Örneğin birçok eyalet valisine şu şekilde kaleme alınmış mektuplar gönderdi: "Dul bir kadınım, henüz reşit olmamış bir çocuğun sorumluluğunu taşıyorum. Bu çocuğun adımlarına yön verecek, imparatorluğu onun adına idare edecek bir babaya ihtiyacı var. Bu rolü senden daha iyi kim üstlenebilir ki? Birliklerinin başına geçip derhal buraya gel, Isfahan'ı çemberden kurtar ve muzaffer bir komutan olarak şehre gir. Seninle evleneceğim, bütün iktidar senin elinde olacak." Bu taktik tuttu, Azerbaycan'dan Suriye'ye kadar her yerden emirler askerleriyle birlikte çıkıp geldiler ve başkentin etrafındaki kuşatmayı kıramasalar bile, Terken Hatun'a aylarca rahat nefes aldırdılar.

Hatun, Hasan Sabbah'la da yeniden temas kurdu. "Sana Nizamülmülk'ün başını vaat etmemiş miydim? Sözümü tuttum. Bugün de sana Isfahan'ı, imparatorluğun payitahtını sunuyorum. Bu şehirde çok adamın olduğunu biliyorum, niye gölgede yaşıyorlar? Emret, açığa çıksınlar; onlara altın ve silah verilecek, inançlarını güpegündüz vazedebilecekler." Nitekim yıllarca süren baskıların ardından yüzlerce İsmailî açığa çıktı. İsmailî mezhebine katılanların sayısı arttı. Bazı mahallelerde Terken Hatun adına silahlı milis kuvvetleri oluşturdular.

Bununla birlikte Terken'in son hilesi muhtemelen en ustaca ve en gözü pek olanıydı: Çevresindeki emirler bir gün düşman ordugâhına gittiler ve Terken'i bırakmaya karar verdiklerini Berkyaruk'a bildirdiler; askerlerinin isyan etmeye hazır olduğunu ve yanlarında gelip ani bir baskınla şehre girmeyi kabul ederse ayaklanma işaretini verebileceklerini söylediler. Böylece Terken ve oğlu öldürülecek, Berkyaruk da sağlam bir biçimde tahta yerleşebilecekti. Yıl 1094'tü, tahtta hak iddia eden çocuk henüz on üç yaşındaydı ve bu teklif ona çok cazip geldi. Komutanlarının bir yıldır kuşatıp sonuç alamadıkları şehri, bizzat ele geçirecekti! Hiç duraksamadı. Ertesi gece yakınlarının haberi olmadan ordugâhından gizlice çıktı, Terken'in temsilcileriyle birlikte Kahab Kapısı'nın önüne geldi, kapı sanki bir sihir yapılmış gibi önünde açılıverdi. Onun gözüne girmek için abartılı bir neşe sergileyen yanındaki adamlarla birlikte şehre kararlı adımlarla girdi. Bu neşenin, gösterdiği kahramanlığın kusursuz bir başarı kazanmasından kaynaklandığını sanıyordu. Adamların sesleri fazla yükselince onlara sakinleşmelerini emretti; berikiler de yerlere kadar eğilip selamlar verdikten sonra yeniden kahkahayı patlattılar.

Bu neşenin epey kuşkulu bir vaziyet aldığını sezdiğinde ne yazık ki artık çok geçti. Berkyaruk'u kıskıvrak yakaladılar, ellerini ayaklarını, ağzını ve gözlerini bağladılar, sonra durmadan alay ederek harem kapısına götürdüler. Uyandırılan başhadımağa hemen Terken'e haber vermeye koştu. Oğlunun rakibinin kaderine o karar verecek, ya boğun ya da gözlerine mil çekin diyecekti. Hadımağa tam uzun ve loş koridora dalmıştı ki birdenbire içeriden feryatlar, imdat sesleri ve hıçkırıklar yükseldi. Ne olduğunu merak edip endişelenen subaylar yasak bölgeye girmeme kuralını çiğneyip içeri daldılar ve karşılarına yaşlı, geveze bir hizmetçi kadın çıktı: Terken Hatun yatağında ölü bulunmuştu. Yanında cinayet aleti olarak kullanılan ve yüzüne bastırılıp onu boğan geniş yastık duruyordu. Epey güçlü kolları olan bir hadımağa da sırra kadem basmıştı; hizmetçi kadın onun hareme birkaç yıl önce, Nizamülmülk'ün tavsiyesiyle alındığını hatırlıyordu.

XXI

Terken taraftarları tuhaf bir ikilemle karşı karşıya kalmışlardı: Hanım sultanları ölmüştü, ama başlıca rakipleri de ellerindeydi. Payitaht kuşatılmıştı, ama onları kuşatan ellerinde tutsaktı. Onu ne yapacaklardı? Çocuk Sultan'ın koruyucusu olarak Terken'in yerini Cihan almıştı ve bir karara varması için konuyu ona açtılar. O âna dek Cihan her şeye bir çare bulmuş, ama hanımının ölümü üzerine ayakları yere sağlam basmaz olmuştu. Kime başvurmalı, kime danışmalıydı? Tabii ki Ömer'e!

Ömer geldiğinde onu Terken'in divanına, açık duran perdenin dibine oturmuş bir halde buldu; başı yerdeydi, çözülen saçları omuzlarına dökülmüştü. İpekler giydirilip küçük başına bir de sarık kondurulmuş minik Sultan yanındaydı. Minderi üzerinde hiç hareketsiz duruyordu; yüzü kırmızı ve sivilceli, gözleri yarı kapalıydı, sıkılmış görünüyordu.

Ömer, Cihan'a yaklaştı. Elini şefkatle avcuna aldı, yüzünü yavaşça okşadı. Fısıldadı:

– Terken Hatun'u yeni duydum. Beni çağırtmakla iyi ettin.

Cihan saçlarını okşayan adamı itti.

– Seni buraya beni teselli edesin diye çağırtmadım. Çok ciddi bir konuda fikrini almalıyım.

Ömer bir adım geri attı, kollarını kavuşturup dinledi.

– Berkyaruk bir tuzağa düşürüldü, bu sarayda tutsak olarak bulunuyor, adamlar da ona ne yapmak gerektiğine bir türlü karar veremiyorlar. Bazıları, özellikle de tuzağı kuranlar öldürülmesini istiyor, yarın öbür gün kendilerinden hesap sorar diye korkuyorlar. Ama bazıları da onunla anlaşmaktan, onu tahta çıkarıp gözüne girmekten yana; böylece başına gelen tatsız olayı unutacağını umuyorlar. Bir de onu rehin olarak alıkoyup şehri kuşatanlarla pazarlık masasına oturmayı teklif edenler var. Sence hangi yolu izlemeliyiz?

– Şimdi sen bunu sormak için mi beni kitaplarımdan ayırıp buraya getirttin?

Çileden çıkan Cihan ayağa kalktı.

– Bu iş sana göre yeterince önemli değil mi? Hayatım buna bağlı. Binlerce insanın, bu şehrin, imparatorluğun kaderi bu karara bağlı olabilir. Ve sen Ömer Hayyam, bu kadarcık bir şey için rahatsız edilmek istemiyorsun, öyle mi?

– Aynen öyle, bu kadarcık bir şey için rahatsız edilmek istemiyorum!

Kapıya doğru hareketlendi, tam kapıyı açacakken dönüp Cihan'ın yanına geldi.

– Benim fikrimi nedense hep cinayet işlendikten sonra alıyorlar. Şimdi senin dostlarına ne dememi bekliyorsun ki? Çocuğu serbest bırakmalarını salık versem yarın onları boğazlatmak istemeyeceğinin güvencesini nasıl vereceğim? Rehin olarak alıkoymalarını veya öldürmelerini tavsiye etsem, o zaman da suça ortak olacağım. Beni bu kavgalara karıştırma Cihan, sen de uzak dur bu işlerden.

Acıyan gözlerini dikti kadının yüzüne.

– Türk sultanın bir dölü diğerinin yerini alıyor, bir Vezir bir diğerini saf dışı bırakıyor, Allah aşkına Cihan, ömrünün en güzel yıllarını bu yırtıcı hayvan kafesinde geçirmeye değer mi? Bırak, birbirlerini boğazlasınlar, ölüp öldürsünler. Onlar bu işlere kalkıştılar diye güneşin pırıltısı mı azalacak, şarabın lezzeti mi bozulacak?

– Sesini alçalt Ömer, çocuğu ürkütüyorsun. Yan odalarda da kulaklarını dikip bizi dinleyenler var.

Ömer diklendi:

– Sen beni görüşümü almak için çağırtmadın mı? Lafı hiç dolandırmadan söyleyeceğim sana görüşümü: Bu salondan çık, bu saraydan ayrıl, arkana hiç dönüp bakma, kimseyle vedalaşma, eşyanı bile toplama, gel, bana elini ver, evimize dönelim, sen şiirlerini yaz, ben yıldızlarımı gözlemleyim. Her akşam çırılçıplak gir koynuma, mis kokulu şarapların eşliğinde söyleyelim şarkımızı, dünya dursun bizim için, görmeden, duymadan geçelim içinden, ne kanı, ne çamuru bulaşsın ayaklarımıza.

Cihan'ın gözleri buğulanmıştı.

– O masumiyet çağına geri dönebilsem bir an olsun durur muydum sanıyorsun? Ama çok geç, artık geri dönemem ben, çok ileri gittim çünkü. Yarın Nizamülmülk'e bağlı adamlar Isfahan'ı ele geçirirlerse beni sağ bırakmazlar, adım kara listede.

– Ben Nizam'ın en iyi dostuydum, seni korurum, benim evime gelip karımı alıp götürecek halleri yok ya!

– Aç gözünü Ömer, sen bu adamları tanımıyorsun, onların aklı fikri intikam almakta. Dün seni Hasan Sabbah'ın başını kurtarmakla suçlamışlardı; yarın Cihan'ı sakladığın için suçlayacaklar ve seni de benimle birlikte öldürecekler.

– Peki o zaman, birlikte evimizde kalacağız ve kaderimde seninle birlikte ölmek varsa, ben de buna razı olacağım.

Kadın birden dikildi.

– Ben razı olmuyorum! Bu saraydayım, etrafımda bana bağlı askerler ve artık bana ait olan bir şehir var. Sonuna kadar savaşacağım ve ölürsem de bir sultan gibi öleceğim.

– Sultanlar nasıl ölüyor acaba? Zehirlenerek, boğularak, boyunlarına yağlı urgan dolanarak! Veya loğusa yatağında! İstediğin kadar şatafata gömül, insanlık halinin sefaletinden kurtulamazsın.

Uzunca bir süre ses çıkarmadan bakıştılar. Cihan yaklaştı, Ömer'in dudaklarına yakıcı olması için uğraştığı bir buse kondurdu, bir an erkeğin kollarına bıraktı kendini. Ama Hayyam geri çekildi, bu vedalaşmalara katlanamıyordu. Son kez yalvardı.

– Aşkımızın senin gözünde hâlâ azıcık bir değeri varsa benimle gel Cihan, taraçada sofra kurulmuştur, Sarı dağlardan tatlı bir meltem esiyordur, iki saat sonra sarhoş olur yatmaya gideriz. Hizmetçi kadınlara tembih ederim, Isfahan el değiştirirken bizi uyandırmazlar.

XXII

O akşam Isfahan rüzgârı taze bir kayısı kokusu taşıyordu. Ama sokaklar ne kadar ıssızdı! Hayyam rasathanesine sığındı. Bu dünyanın kaygılarının silinip kaybolması için oraya girdikten sonra bakışlarını göğe çevirip usturlabının dereceli çemberlerini parmaklarının arasında hissetmesi yeterli olurdu her zaman. Bu kez öyle olmadı. Yıldızlar suskundu, ne bir musiki, ne bir mırıltı, ne paylaştıkları bir sır vardı. Ömer fazla hırpalamadı onları, susuyorlarsa herhalde bir bildikleri vardı. Eve dönmeye razı oldu, eline aldığı kamışa dayanarak ağır ağır yürüdü. Kamışın ucu kâh bir tutam ota, kâh isyankâr bir dala takılıyordu ara sıra.

Şimdi karanlık odasında uzanmış yatıyordu; kolları hayalindeki Cihan'ı kucakladı umutsuzca, gözleri ağlamaktan ve şaraptan kan çanağına dönmüştü. Solunda, yerde bir şarap sürahisi ve gümüş bir kupa duruyor, zaman zaman bıkkın bir el hareketiyle kupayı alıp uzun uzun yudumluyordu, dalgın ama artık gerçeklere aymış gözlerle. Kıpırdayıp duran dudakları kendisiyle, Cihan'la, Nizam'la kurulmuş bir söyleşiyi sürdürüyordu. Ama en çok Allah'la. Çözülüp dağılan bu kâinatı başka kim ayakta tutabilirdi ki?

Ömer ancak şafak sökerken bitkin ve başı dumanlı bir halde uykuya daldı. Kaç saat uyumuştu? Onu uyandıran düzenli ayak sesleriydi, yükselmiş güneşin perdedeki bir aralıktan içeri sızan ışınları gözünü alıyordu, elini siper etti ve ancak o zaman gürültülü adımlarıyla kendisini uyandırmış adamı kapının eşiğinde gördü. İri yarı, bıyıklı bir adamdı; eli anaç bir hareketle kılıcının kabzasını okşuyordu. Başına parlak yeşil bir sarık dolamıştı. Omuzlarında ise Nizamiye subaylarının kısa kadife pelerini vardı.

– Kimsin sen? diye sordu Hayyam uykulu bir sesle. Ne hakla uykumu bölüyorsun?

– Efendi beni Nizamülmülk'ün yanında hiç görmedi mi? Ben onun gölgesiydim, yakın korumasıydım. Ermeni Vartan derler bana.

Ömer şimdi adamı hatırlamış, hatırlayınca da iyice huzursuzlanmıştı. Gırtlağından bağırsaklarına kadar her yerinin bir urganla sıkıldığını hissediyordu. Ama korksa bile hiçbir şey belli etmek istemedi.

– Yakın koruması ve gölgesi mi dedin? Yani onu katilden korumak senin işindi, öyle mi?

– Uzak durmamı emretmişti. Onun bu şekilde ölmek istediğini herkes biliyor. Zaten ben bir katili öldürsem, sonra başka biri çıkardı. Ben kimim ki efendimle kaderi arasına girebileyim?

– Peki, benden ne istiyorsun?

– Dün gece birliklerimiz Isfahan'a sızdı. Kale bize katıldı. Sultan Berkyaruk kurtarıldı. Artık bu şehir ona ait.

Hayyam bir anda fırlayıp kalktı.

– Cihan!

Aynı zamanda endişe yüklü bir soruydu ağzından dökülen çığlık. Vartan hiçbir şey demedi. Kaygılı yüzü asker tavrıyla çelişiyordu. Ömer onun gözlerinde korkunç bir itiraf okur gibi oldu. Subay mırıldandı:

– Ne kadar çok isterdim onu kurtarmayı, meşhur Hayyam'ın evine yanımda karısını da sağ salim getirerek varabilsem ne kadar gurur duyardım bundan! Ama geç kaldım. Saraydaki herkes askerler tarafından öldürülmüştü.

Ömer subayın üzerine yürüdü, var gücüyle yakasına yapıştı, yine de adamı sarsmayı başaramadı.

– Bunu haber vermeye mi geldin buraya?

Ötekinin eli hâlâ kılıcının kabzasındaydı. Ama kınından sıyırmamıştı silahını. Düz bir sesle konuştu.

– Ben başka bir şey için geldim. Nizamiye subayları senin de ölmen gerektiğine karar verdiler. Tedbirli davranıp yaralı aslanın işini bitirmek gerek, dediler. Seni öldürme görevi de bana düştü.

Hayyam birden sakinleşti. En son anda vakarını korumak. Birçok arif insanlık durumunun bu doruk noktasına ulaşmak için ömürlerini vermişlerdi. Hayatını korumak için tek kelime etmedi. Tam tersine korkusunun giderek yatıştığını hissediyor, özellikle de Cihan hiç aklından çıkmıyordu. Onun da vakur kalmayı başardığına emindi.

– Karımı öldürenleri asla affetmezdim, ömrüm boyunca düşmanları olarak kalırdım, ömrüm boyunca bir gün gelip kazığa oturtulduklarını görmeyi düşlerdim! Benden kurtulmak istemekte çok haklısınız!

– Ben öyle düşünmüyorum efendim. Karar vermek için beş subay toplandık. Arkadaşlarımın hepsi senin ölümünü istedi, tek karşı çıkan bendim.

– Hata etmişsin. Bence arkadaşların senden daha akıllı davranmış.

– Seni sık sık Nizamülmülk'le birlikte görürdüm. Baba oğul gibi oturur, yarenlik ederdiniz. Karının tüm faaliyetlerine rağmen seni sevmekten hiç vazgeçmedi. Aramızda olsaydı seni mahkûm etmezdi. Üstelik senin hatırına karını da bağışlardı.

Hayyam adamın burnunun dibine kadar sokulup yüzüne dikkatle baktı, sanki odadaki varlığını yeni keşfetmişti.

– Mademki benim öldürülmeme karşıydın, niye hükmü infaz etmek üzere seni seçtiler?

– Ben aday oldum. Ötekiler gelse seni öldürürlerdi. Benim niyetim canını bağışlamak. Yoksa lafı böyle uzatır mıydım sanıyorsun?

– Arkadaşlarına ne diyeceksin peki?

– Hiçbir şey. Çekip gideceğim buradan. Adımlarım seninkileri izleyecek.

– Bunu o kadar sakin sakin açıklıyorsun ki, kafanda uzun süredir olgunlaştırdığın bir fikir gibi çalınıyor kulağıma.

– Gerçek de bu zaten. Aklıma estiği gibi davranmıyorum. Ben Nizamülmülk'ün en sadık kuluydum, ona inanmıştım.

Allah isteseydi onu korumak için canımı verirdim. Ama çok uzun zamandır aldığım bir karar vardı: Efendime bir şey olursa ne oğullarına, ne onun yerine geçeceklere hizmet edecektim; üstelik askerliği de bırakacaktım. Ama ölüm biçimi ona son kez hizmet etmek zorunda bıraktı beni. Melikşah cinayetinde benim de parmağım var ve bundan ötürü pişman değilim: Vasisine, atasına, onu en tepeye çıkaran adama ihanet etmiş, bu yüzden ölmeyi de hak etmişti. Öldürmek zorunda kaldım, ama kiralık katil de olmadım. Asla bir kadının kanını dökmezdim. Arkadaşlarım Hayyam'ı da kara listeye aldıklarında, artık vakit geldi dedim, çekip gitme, hayatımı değiştirme, derviş veya kam olma vakti geldi. Şimdi lütfen efendim birkaç parça eşyanı toparla da şu şehirden bir an önce gidelim.

– Peki, nereye gideceğiz?

– Senin istediğin yola düşeriz, nereye gitsen bir mürit gibi seni izleyeceğim ve kılıcım seni koruyacak. Şu kargaşa dinince geri döneriz.

Subay binekleri hazırlarken Ömer yazmasını, yazı takımını, matarasını ve altın dolu bir keseyi alelacele toparladı. Isfahan vahasını bir ucundan diğerine katedip batıdaki surdışı Marbin mahallesine vardılar. Etrafta dolanan çok sayıda askerin hiçbiri yollarını kesmedi. Vartan'ın bir sözüyle tüm kapılar açılıyor ve nöbetçiler saygıyla yollarından çekiliyorlardı. Bu işbirliği Ömer'in aklını kurcalasa da, yol arkadaşına soru sormaktan kaçındı. Şimdilik ona güvenmekten başka seçeneği yoktu.

Onlar yola çıkalı daha bir saat olmamıştı ki, zincirlerinden boşanmış bir kalabalık Hayyam'ın evini yağmalayıp ateşe verdi. Akşama doğru rasathane talan edildi. Aynı anda Cihan'ın cansız bedeni saray bahçesini çevreleyen duvarın dibinde toprağa verildi.

Sonraki kuşaklara mezarının yerini belirtecek hiçbir taş, nişane konmadı.

Semerkant Yazması'ndan alınmış bir mesel:

"Üç arkadaş İran'ın yüksek yaylalarında gezintiye çıkmış. Karşılarına bir pars çıkmış, dünyanın en yırtıcı yaratığıymış.

Pars üç adamı uzun uzun süzmüş, sonra üzerlerine doğru koşmaya başlamış.

Birincisi, en yaşlı, en zengin, en güçlüleriymiş. Haykırmış: 'Ben buraların hâkimiyim, bana ait olan bu toprakları bir hayvanın mahvetmesine asla izin vermem.' Yanındaki iki av köpeğini parsın üzerine salmış. Köpekler parsı ısırmayı başarmışlar gerçi, ama bu yaptıkları yırtıcı hayvanı iyice azdırmış, köpekleri öldürdükten sonra efendilerinin üzerine atlamış ve karnını deşmiş.

Nizamülmülk'ün payına bu düşmüş.

İkincisi şöyle demiş kendi kendine: 'Ben bir ilim adamıyım, herkes bana saygı duyup itibar ediyor, niye kaderimi köpeklerle parsın arasındaki kavganın sonucuna bağlayım?' Dövüşün sonunu beklemeden sırtını dönüp kaçmış. O zamandan beri yırtıcı hayvanın kendi izinde olduğunu düşünüyor ve mağaradan mağaraya, kulübeden kulübeye dolanıp duruyormuş.

Ömer Hayyam'ın payına bu düşmüş.

Üçüncüsü bir inanç adamıymış. Ellerini açıp, hâkim bakışlarını üzerine dikip, güzel sözler söyleyerek parsa doğru ilerlemiş. 'Bu topraklara hoş geldin' demiş. 'Arkadaşlarım benden daha zengindi, onları soydun, benden daha gururluydular, onları alçalttın.' Hayvan büyülenmiş, uysallaşmış bir halde dinliyormuş. Adam onun üzerinde egemenliğini kurmuş, onu evcilleştirmeyi başarmış. O zamandan beri hiçbir pars adama yaklaşmaya cesaret edememiş, insanlar da ondan uzak durmuşlar."

Yazma, anlattığı kıssadan şu hisseyi çıkarır: "Kargaşa devri gelip çatınca kimse onun seyrini durduramaz, kimse ondan kaçamaz, ama bazıları onu kullanmayı becerir. Bu dünyanın yırtıcılığını, şiddetini Hasan Sabbah'dan daha iyi evcilleştirecek birisi çıkmadı. Alamut'ta çekildiği inde kendine küçücük bir huzur alanı yaratabilmek için dört bir yana korku saçtı."

Hasan Sabbah kaleyi ele geçirir geçirmez onu dış dünyadan tamamen yalıtacak çalışmalara girişti. En önemlisi de her türlü düşman sızıntısını engellemekti. Bölgenin zaten olağanüstü olan savunma özelliklerini ustaca inşaatlarla pekiştirdi, iki tepe arasındaki en dar geçidi bile surlarla tıkadı.

Ama Hasan'a bu tahkimat çalışmaları da yeterli gelmedi. Belki saldırı olanaksızdı, ama kaleyi kuşatanlar onu aç veya susuz bırakarak hakkından gelebilirlerdi. Kuşatmaların çoğu bu şekilde sonuca erdirilirdi. Bu noktada da Alamut çok zayıftı, çünkü içme suyu kaynakları son derece kısıtlıydı. Ama Şeyh bunun çaresini buldu. Suyunu yakındaki derelerde arayacağına, dağın içine görkemli bir sarnıçlar ve su yolları şebekesi kazdırıp yağmur ve kar suyunu toplamaya yöneldi. Bugün kalenin harabelerini ziyaret edenler, Hasan'ın yaşadığı büyük odadaki "mucizevi havuz"u hâlâ hayranlıkla seyrederler. Bu havuz, suyu boşaltıldıkça kendiliğinden dolar ve ustalığın şahikası olarak dolan su asla dışarı taşmaz.

Şeyh, erzak sorununu da derin kuyular kazdırarak çözdü; kiler olarak kullanılan bu kuyularda zeytinyağı, sirke ve bal saklanıyordu. Ayrıca hatırı sayılır miktarda arpa, kuzu yağı ve kuruyemiş istif ettirmişti. Mutlak bir ablukaya yaklaşık bir yıl dayanabilirdi. Bu süre, o devirdeki kuşatmacıların tahammül sınırının çok üstündeydi. Özellikle de kışın çok sert geçtiği bir bölgede.

Kısacası, Hasan en ufak çatlağı olmayan bir kalkan imal etmiş, deyim yerindeyse, kusursuz savunma silahını eline geçirmişti. Kendine bağlı katilleriyle de kusursuz bir saldırı silahına sahipti. Gerçekten de, ölmeye kararlı bir adama karşı nasıl tedbir alınabilirdi ki? Her türlü koruma çabası caydırma gücüne dayanır; önemli şahsiyetleri çevreleyen koruma ordularının dehşet saçan görüntüsü, bilindiği gibi, ölümden kurtulamayacaklarını hissettirerek olası saldırganların gözünü korkutmayı amaçlar. Ama ya saldırgan ölümden korkmuyorsa? Ya şehitliğin cennete giden en kestirme yol olduğuna inanmışsa? Ya Imam'ın sözleri aklından hiç çıkmıyorsa: "Sizler bu dünya için değil ahret için yaratıldınız. Denize atılmakla tehdit edilen bir balık korkar mı hiç?" Üstüne üstlük cani kurbanın yakın çevresine de sızmayı başarmışsa? O zaman onu durdurabilecek hiçbir şey kalmamış demektir. Hasan bir gün bir eyalet valisine şöyle yazmıştı: "Ben Sultan kadar güçlü değilim, ama onun verebileceğinden çok daha büyük zarar veririm sana."

Böylece hayal edilebilecek en mükemmel savaş araçlarını imal eden Hasan Sabbah, kalesine yerleşti ve bir daha da oradan hiç ayrılmadı. Hatta yaşamöyküsünü yazanlara göre, ömrünün son otuz yılında evinden dışarı sadece iki kez, onda da sadece evin damına çıkmak için adım atmıştı. Sabah akşam oradaydı, oturula oturula yıpransa da hiç değiştirmediği ve onartmadığı bir hasırın üzerine bağdaş kurardı. Orada ders verir, yazıp çizer, düşmanlarının peşine katillerini salardı. Ve günde beş vakit aynı hasırın üzerinde, o sırada yanında bulunanlarla birlikte namaz kılardı.

Alamut harabelerini ziyaret etme fırsatını hiç bulamamış olanlar açısından şunu belirtmekte yarar var: Eğer burasının tek elverişli yanı erişilmezliği olsaydı, tarihte böylesine önemli bir yer edinemezdi. Ama o kayalık tepenin en üstünde bir şehri, en azından bir kasabayı alabilecek genişlikte bir düzlük de vardı. Haşşaşinler devrinde bu düzlüğe doğu tarafına düşen dar bir dehlizden ulaşılıyor, bu dehlizin ucu daracık, dolambaçlı sokaklardan, surların ardındaki basık toprak evlerden oluşan aşağı kaleye çıkıyordu. Tüm cemaatin toplanabileceği tek yer olan meydanı geçtikten sonra yukarı kaleye varılıyordu. Burası, geniş tabanı doğuda duran, dar boynu ise batıya doğru uzanan yatık bir şişe biçimindeydi. Kaleye, çok sıkı korunan dar bir geçitten giriliyordu. Bu geçidin en ucunda Hasan'ın evi vardı. Evin tek penceresi uçuruma bakıyordu. Kale içinde ayrı bir kaleydi burası.

Emrettiği ses getiren cinayetlerle, kendisinin, tarikatının ve kalesinin çevresinde örülen efsanelerle, Haşşaşinlerin Büyük Şeyhi Doğu'ya ve Batı'ya uzun süre dehşet saçtı. Her Müslüman şehrinde birkaç yüksek görevli öldürülmüş, Haçlılar da iki veya üç meşhur kurban vermişlerdi. Ama asıl dehşetin Alamut'ta hüküm sürdüğü, nedense sık sık unutulur.

Militanlık erdemini baştacı eden bir yönetimden daha feci bir saltanat düşünülebilir mi? İmam, müritlerinin hayatlarının her ânını zapturapt altına almak istiyordu. Her türlü musiki aletini yasakladı; küçücük bir kaval bile bulsa herkesin huzurunda kırıp ateşe atıyordu; suçlu prangaya vuruluyor, adamakıllı değneklendikten sonra cemaatten kovuluyordu. İçki içenler ise daha da sert cezalara çarptırılıyordu. Hasan bir akşam kendi öz oğlunu çakırkeyif halde yakalamış, ânında idama mahkûm etmişti. Annesinin tüm yalvarıp yakarmalarına karşın, ertesi gün şafakla oğlanın boynu vuruldu. İbret olsun diye. Bir daha kimse ağzına şarap koyamadı.

Alamut'ta adalet, en hafif deyimiyle, çok hızlı ve baştan kara işletilirdi. Rivayete göre bir gün kalede bir cinayet işlenmişti. Bir tanık Hasan'ın ikinci oğlunu suçladı. Hasan, iddiaların ispatına bile gerek duymadan geri kalan son erkek çocuğunun da başını vurdurdu. Birkaç gün sonra gerçek suçlu suçunu itiraf etti; onun da kellesi gitti.

Şeyh'in yaşamöyküsünü yazanlar, onun dürüstlüğünü ve tarafsızlığını göstermek için oğullarını öldürmesini örnek verirler. Bu ibretlik cezaların yardımıyla, Alamut cemaatinin bir fazilet ve ahlak limanı haline geldiğini yazarlar; oysa çeşitli kaynaklardan öğrendiklerimize dayanarak bu idamların ertesinde Hasan'ın tek karısıyla kızlarının onun otoritesine başkaldırdıklarını, Şeyh'in onların Alamut'tan kovulmalarını buyurduğunu ve kendinden sonrakilere de, kadınların etkisiyle doğru karar almaktan şaşmamaları için gelecekte de aynı şekilde davranmayı salık verdiğini biliyoruz.

Dünyadan el etek çekmek, kendi çevresini boşaltmak, taştan ve korkudan örülmüş surların içine kapanmak... Hasan Sabbah'ın anlamsız rüyasının vardığı sonuç buydu.

Ama bu boşluk onu boğmaya başlamıştı. En güçlü kralların bile onları sarıp sarmalayan o soluk alınmaz katı havayı yumuşatacak delileri, soytarıları vardı. Patlak gözlü adam etrafına surlar ördüğü kalesinde, kapandığı evinde, gömüldüğü nefsinde iflah olmaz bir yalnızlık çekiyordu. Sohbet edebileceği kimsesi yoktu; uysal kullardan, dilsiz hizmetkârlardan, büyülenmiş müritlerden başka kimse yoktu çevresinde.

Tanıdığı tüm canlılar içinde, arkadaşça olmasa bile erkek erkeğe hâlâ konuşabileceğini bildiği bir kişi vardı: Hayyam. O da oturup Hayyam'a bir mektup yazdı. Gururdan örülmüş kalın cephe duvarının ardında umutsuzluğun gizlendiği bir mektup:

"Bir kaçak gibi yaşayacağına niye kalkıp Alamut'a gelmiyorsun? Ben de senin gibi baskıya uğradım; ama şimdi baskıyı ben yapıyorum. Burada korunursun, bakılırsın, itibar görürsün ve yeryüzünün tüm emirleri bir araya gelse yine de saçının tek teline dokunamazlar. Muazzam bir kitaplık kurdum, en nadir eserleri bulabilir, istediğin kadar okuyup yazabilirsin. Burada huzura kavuşacaksın."

XXIII

Hayyam, Isfahan'dan ayrıldığından beri tam bir kaçak ve parya yaşamı sürüyordu. Bağdat'a gittiğinde, halk içinde konuşması veya kapısına biriken çok sayıda hayranını kabul etmesi Halife tarafından yasaklandı. Mekke'yi ziyaret ettiğinde, onu eleştirenler hep bir ağızdan alay ettiler: "Hacca gidip yaltaklanıyor!" Geri dönüş yolunda Basra'ya uğrayınca, şehrin kadısının oğlu son derece nazik bir ifadeyle molayı fazla uzatmamasını rica etti.

Çok şaşırtıcı bir alın yazısı olmuştu. Kimse onun dehasına veya derin bilgisine karşı çıkmıyor; nereye gitse okumuş yazmış kişilerden oluşan koca kalabalıklar toplanıyordu etrafında; astroloji, cebir, tıp, hatta din konusunda sorular yöneltiyorlardı. Ama her seferinde şehre gelişinden birkaç gün veya birkaç hafta sonra mutlaka bir entrika örülüyor, hakkında olmadık iftiralar yayılıyordu. Zındıklık veya mülhitlikle suçlanıyor, Hasan Sabbah'la olan dostluğu hatırlatılıyor, sohbet toplantılarını bozan ateşli muarızlar gönderiliyor, onu misafir etme cesaretini gösterenlerin gözü misilleme tehditleriyle korkutuluyordu. Genellikle ısrarcı olmuyordu. Ortamın gerginleşmeye başladığını sezer sezmez, bir hastalık bahanesi uydurup halk arasına çıkmaktan vazgeçiyor ve çok geçmeden de oradan ayrılıyordu. Kısa sürede sona erecek ve yine tehlikelerle dolu olacak yeni bir menzile doğru yola koyuluyordu.

Hem hürmet edilen, hem lanetlenen, Vartan'dan başka arkadaşı olmayan Hayyam, bir dam, bir koruyucu, aynı zamanda bir sanat ve ilim destekçisi arayışındaydı sürekli olarak. Nizam'ın ona bağladığı cömert tahsisatı da, Vezir'in ölümünden beri alamadığı için, emirleri, valileri ziyaret etmek, onlara aylık yıldız falları hazırlamak zorunda kalıyordu. Ama çoğunlukla muhtaç bir durumda olmasına karşın, fazla boyun bükmeden para koparmayı da beceriyordu.

Rivayete göre, Ömer'in kendisinden beş bin altın dinar istediğini duyunca şaşkına dönen bir vezir şöyle demiş:

– Ben bile o kadar para almıyorum, biliyor musun?

– Gayet doğal, diye yanıtlamış Hayyam.

– Niyeymiş?

– Çünkü koca bir asırda benim çapımda bir avuç âlim çıkar taş çatlasa. Ama her sene senin gibi beş yüz vezir bulunup göreve getirilebilir.

Vakanüvislerin naklettiğine göre, söz konusu vezir bu cevaba gönül dolusu gülmeyi, sonra da Hayyam'ın her dileğini yerine getirmeyi bilmiş, böylesine kibirli bir denklemin yine de doğru olduğunu nezaketle kabullenmiş.

Ömer, "hiçbir sultan benim kadar mutlu, hiçbir dilenci benim kadar mutsuz değil" diye yazmıştı o dönemde.

Yıllar akıp geçti ve Ömer Hayyam Merv şehrinde yeniden karşımıza çıktığında, yıl 1114'tü. Horasan'ın bu kadim başkenti ipekli kumaşları ve on kütüphanesiyle hâlâ ünlüydü, ama bir süredir her türlü siyasal işlevini yitirmişti. Şehrin emiri, pırıltısını yitiren sarayını eski görkemine yeniden kavuşturmak için, dönemin meşhurlarını yanına çekmeye bakıyordu. Büyük Hayyam'ın aklını nasıl çeleceğini biliyordu: Ona, her bakımdan Isfahan'dakine benzeyecek bir rasathane kurmayı teklif etti. Altmış altı yaşına gelmiş Ömer'in tek düşü hâlâ buydu ve teklifi bir yeniyetmenin coşkusuyla kabul edip proje üzerinde canla başla çalışmaya koyuldu. Kısa sürede Bab Sincan mahallesindeki bir tepenin üstünde, dut ağaçları ve fulyalarla dolu bir bahçenin ortasında, rasathane binası yükseldi.

Ömer iki yıl boyunca nefes almadan çalışıp mutlu oldu. Nakledildiğine göre, hava durumu tahminlerinde şaşırtıcı deneyler yapıyor, gökyüzü hakkındaki bilgisi sayesinde beş gün boyunca iklimin nasıl seyredeceğini büyük bir kesinlikle betimleyebiliyordu. Matematik alanında da öncü kuramlarını geliştiriyordu. 19. yüzyıla gelindiğinde Avrupalı araştırmacılar onu, Eukleidesçi olmayan geometrinin dâhi bir habercisi olarak kabul edeceklerdi. Söylenenlere bakılırsa, Merv bağlarının olağanüstü kalitesinin verdiği esinle rubailer yazmayı da sürdürüyordu.

Madalyonun bir de ters yüzü vardı kaçınılmaz olarak. Ömer sonu gelmez saray merasimlerine katılmak, her bayramda, her sünnet düğününde, her av veya sefer dönüşünde teşrifat kuralları çerçevesinde hükümdara saygılarını sunmak ve sık sık onun Divan'ında bulunup her an bir nükte yapmaya, duruma uygun bir dize veya bir parça söylemeye hazır vaziyette beklemek zorundaydı. Bu tarz oturumlar onu tüketiyordu. Kendini, gösteriye çıkmış hünerli bir ayı gibi hissetmenin ötesinde, kendi çalışma masasında çok daha yararlı kullanabileceği değerli bir vakti sarayda boşuna harcadığı duygusu da yakasını hiç bırakmıyordu. Sarayda çok iğrenç kişilerle tanışma tehlikesi de işin cabasıydı.

Örneğin o soğuk şubat günü, kim bilir hangi kıskanç kulaklara çalınmış bir gençlik rubaisi yüzünden unutulmaz bir kavga çıkarmışlardı Hayyam'la. O gün Divan sarıklı ulema takımıyla dolup taşıyordu, hükümdar mutluluktan uçuyor, hoşnut gözlerle maiyetini süzüyordu.

Ömer geldiğinde o dönemde din adamlarının en bayıldığı sorun hakkındaki tartışma çoktan başlamıştı: "Kâinat daha iyi yaratılabilir miydi?" "Evet" diyenler, Allah'ın eserine yeterince özen göstermediğini ima ettikleri için, dinsizlikle suçlanıyorlardı. "Hayır" diyenler de, Yüce Yaratan'ın elinden daha iyisinin gelmeyeceğini kastettikleri için dinsizlikle suçlanıyorlardı.

Hararetli bir tartışma sürüyor, el kol hareketleri konuşmalara eşlik ediyordu. Hayyam herkesin mimiklerini dalgın dalgın izlemekle yetiniyordu. Ama bir konuşmacı onun adını zikretti, bilgisini övdü ve görüşünü sordu. Ömer gırtlağını temizledi. Daha ağzından bir hece bile çıkmamıştı ki, Hayyam'ın varlığından, ona gösterilen sürekli ilgi ve saygıdan hiç hoşnut olmayan Merv kadısı bir sıçrayışta yerinden kalktı, işaretparmağını suçlayıcı bir ifadeyle Hayyam'a doğrulttu.

– Bir mülhidin dinimize ilişkin konularda görüş belirtebileceğini bilmiyordum!

Ömer bıkkın, ama kaygılı bir ifadeyle gülümsedi.

– Bana mülhit deme hakkını nereden alıyorsun? En azından önce ne söyleyeceğimi bir dinle!

– Dinlememe gerek yok. "Bana kötü deyip kötülük edeceksen, Ya Hüda, ne farkın kalır benden, söyle." Bu dizeler sana ait değil mi? Ağzından böyle sözler çıkan biri mülhit değil de nedir?

Ömer omuz silkti.

– Allah'ın varlığına inanmasam, O'na seslenmezdim!

– Bu üslupla mı? diye alay etti kadı.

– Dolaylı üsluplara sultanlarla ve kadılarla konuşurken başvurmak gerekir. Rab'le konuşurken değil. Allah büyüktür, bizim o küçük pozlarımız ve laf cambazlıklarımızla işi olmaz O'nun. Beni düşündüren O'dur, o halde ben de düşünüyorum ve düşüncemin ürününü hiç gizlemeye çalışmadan sunuyorum O'na.

Tartışmayı izleyenlerin onaylayıcı mırıltıları karşısında, ağzının içinde tehditler geveleyen Kadı geri adım attı. Hükümdar önce gülse de sonra kaygılandı, bu olayın bazı mahallelerde tepkilere yol açabileceğinden korktu. Onun yüzünün asıldığını gören konuklar ellerini çabuk tutup huzurdan ayrıldılar.

Yanında Vartan'la eve dönen Ömer saray hayatına, onun tuzaklarına, boş sözlerine karşı sövüp sayıyor, en kısa zamanda Merv'den ayrılacağına yemin ediyordu. Müridi fazla aldırmadı bu sözlere; efendisi en azından yedinci defadır çekip gitme tehditleri savuruyor, ama her defasında ertesi gün yatışıp yeniden araştırmalarına kendini kaptırıyordu.

O akşam Ömer odasına girince defterine kızgın bir rubai yazdı. Dörtlük şöyle sona eriyordu:

Sarığını ver de şarap al karşılığında
Pişman olmazsın, geçir yün takkeyi başına!

Sonra yazmasını her zaman sakladığı yerine, yatağı ile duvar arasına sokuşturdu. Uyandığında rubaisini gözden geçirmek istedi, bir kelime pek yerine oturmamış gibi geliyordu. El yordamıyla defterini arayıp buldu. Ve defteri açınca, o uyurken iki yaprağın arasına sıkıştırılmış Hasan Sabbah'ın mektubunu buldu.

Ömer yazıyı ve tam kırk yıl önce aralarında kararlaştırılmış imzayı hemen tanıdı: "Kâşan'daki kervansarayda tanıştığın dost." Okudukça kendini gülmekten alıkoyamadı. Yan odada henüz uyanan Vartan, bir gün öncesinin can sıkıntısından sonra efendisini neyin böyle eğlendirdiğini merak edip geldi.

– Cömert bir davet aldık: Ömrümüzün sonuna kadar bakımımız, tutumumuz ve can güvenliğimiz sağlanacak.

– Davet hangi büyük emirden?

– Alamut hâkiminden.

Vartan yerinden sıçradı. Kendini suçluyordu.

– Bu mektup nasıl gelebildi buraya kadar? Yatmadan önce tüm giriş çıkışları denetlemiştim.

– Bulmaya uğraşma. Sultanlar ve halifeler bile kendilerini korumaya çalışmaktan vazgeçti. Hasan sana bir mektup veya bir hançer göndermeye karar vermişse, ister kapılarını ardına kadar açık bırak, ister kilit üstüne kilit vur, gönderilenin gelip seni bulacağından emin olabilirsin.

Müridi mektubu burnuna doğru yaklaştırdı, gürültüyle kokladı, sonra okudu, bir daha okudu.

– Bu iblis çok da haksız sayılmaz, dedi sonunda. En sağlam can güvenliğini gerçekten de Alamut'ta bulursun. Sonuçta Hasan senin en eski dostun.

– Şimdilik benim eski dostum taze Merv şarabı!

Ömer çocukça bir zevkle mektubu binbir parçaya ayırıp havaya savurdu; kâğıt parçalarının havada döne dolaşa düşüşlerini izlerken yeniden konuşmaya başladı:

– Bu adamla benim aramda ortak ne var? Ben hayata taparım, o ölüme. Ben, "Sevmeyi bilmiyorsan şayet, neye yarar güneşin doğması ve batması?" diye sorarım, Hasan adamlarının aşktan, musikiden, şiirden, şaraptan, güneşten uzak durmasını şart koşar. Allah'ın yarattığı en güzel şeyleri hor görür ve Yaratan'ın adını ağzına almaya cüret eder yine de. Ve cenneti vaat eder üstüne üstlük! İnan bana, onun kalesi cennetin kapısı olsaydı, ben cennetten vazgeçerdim! O sahte sofu inine ayağımı atmam!

Vartan yere oturdu, hızlı hızlı ensesini kaşıdı, sonra da çok ezik bir sesle konuştu:

– Mademki cevabın bu, çok eski bir sırrı sana açmanın da vakti gelmiş demektir. Isfahan'dan kaçarken nasıl olup da askerlerin bizim tabanları yağlamamıza o kadar safça göz yumduklarını hiç sormadın mı kendine?

– Bu iş kafamı kurcalayıp durdu. Ama yıllardır senden yana sadakatten, fedakârlıktan ve bir evlat sevgisinden başka bir şey görmediğim için, geçmişi karıştırmak istemedim hiç.

– O gün Nizamiye subayları seni kaçıracağımı ve seninle birlikte gideceğimi biliyorlardı. Bu, benim tasarladığım planın bir parçasıydı.

Lafa devam etmeden önce, hem efendisine hem de kendisine birer kupa nar rengi şarap doldurdu, ikisinin de buna ihtiyacı vardı.

– Nizamülmülk'ün kendi eliyle hazırladığı kara listede, asla erişmeyi başaramadığımız bir isim olduğunu biliyorsun: Hasan Sabbah. Cinayetin baş sorumlusu o değil miydi? Benim planım basitti: Alamut'a sığınmayı düşüneceğin umuduyla, seninle birlikte yollara düşmek. Kimliğimi açıklamamanı rica ederek oraya da gelecektim yanında ve hem Müslümanları hem de dünyayı bu iblisten kurtarmanın fırsatını bulacaktım. Ama sen bu meşum kaleye adım atmamaya yeminliydin sanki.

– Ama yine de yanımda kaldın.

– Başında biraz sabredersem muradıma ereceğimi, ardı ardına on beş şehirden kovulduktan sonra Alamut'a gitmeye razı olacağını düşünmüştüm. Sonra yıllar geçti, sana bağlandım, silah arkadaşlarım imparatorluğun dört köşesine dağıldı, kararlılığım zayıfladı. İşte Ömer Hayyam, Hasan Sabbah'ın hayatını ikinci kez böyle kurtarmış oldu.

– Yakınmayı bırak, belki de senin hayatını kurtarmışımdır.

– Doğru, ininde çok iyi korunuyordur herhalde.

Vartan'ın sesinde gizleyemediği bir üzüntü vardı, Hayyam eğlendi onunla.

– Bütün bunlar bir yana, bana başından planını açıklasaydın seni mutlaka Alamut'a götürürdüm.

Müridi yerinden sıçrayıp doğruldu:

– Doğru mu bu dediğin?

– Hayır. Otur yerine! Seni üzmek için söyledim. Hasan ne kadar kötülük yapmış olursa olsun, şu anda onu Murgab ırmağında boğulurken görsem, imdadına yetişmek için elimi uzatırım.

– Bense kafasını batırıveririm suyun altına! Yine de bu tavrın içimi rahatlattı. Böyle sözler söyleyip konuştuğu gibi davranabilen bir adam olduğun için yanında kalmayı seçtim zaten. Ve hiç pişman değilim buna.

Hayyam müridini sıkı sıkı kucakladı.

– Hakkındaki kuşkularım dağıldığı için sevindim. Artık yaşlandım, yanımda güvenilecek bir adam olduğunu bilmeye ihtiyacım var. Şu yazma yüzünden. Sahip olduğum en değerli şey bu. Hasan Sabbah dünyaya meydan okuyabilmek için Alamut'u inşa etti, ben bu minik kâğıttan şatodan başka bir şey inşa edemedim gerçi, ama iddia ediyorum o Alamut'tan daha uzun yaşayacak. Benim iddiam, benim gururum da bu işte. Öldüğümde yazmamın hoppa veya kötü niyetli ellere geçebileceğini düşünmek en büyük korkum.

Biraz törensel bir hareketle gizli kitabı Vartan'a uzattı:

– Bekçiliğini sen üstleneceğine göre açıp okuyabilirsin.

Müridi çok heyecanlanmıştı.

– Benden önce bu ayrıcalığa erişen kimse oldu mu?

– İki kişi. Semerkant'ta ettiğimiz bir kavganın ardından Cihan. Ve Isfahan'a geldiğimizde aynı odada kaldığımız Hasan.

– Ona bu denli güveniyor muydun?

– Gerçeği söylemek gerekirse hayır. Ama sık sık yazma ihtiyacı duyuyordum ve o da sonunda defteri fark etti. Benim rızam dışında da rahatça okuyabileceği için, ona bizzat açıp göstermeyi tercih ettim. Üstelik sır saklayabileceğini düşünüyordum.

– Sır saklamayı iyi bilir. Ama sonra da bu sırrı sana karşı kullanır.

Bundan böyle yazma gecelerini Vartan'ın odasında geçirecekti. Eski subay, en küçük bir gürültü duyduğunda, kılıcını çekip kulağı kirişte dikiliyordu; evin her odasını kolaçan edip sonra bahçede de bir tur atıyordu. Geri döndüğünde yine uyuyamıyor, o zaman masasının üzerindeki kandili yakıyor, bir rubai okuyup ezberliyor, sonra onun en derindeki manasına vâkıf olabilmek için kafasının içinde bıkıp usanmadan evirip çeviriyordu. Efendisinin onu hangi koşullarda yazmış olabileceğini tahmin etmeye de uğraşıyordu.

Huzursuz geçen birkaç gecenin sonunda, zihninde bir fikir şekillendi ve Ömer de bunu hemen kabullendi: *Rubaiyat*'ın derkenarına yazmanın ve dolayısıyla bizzat Hayyam'ın tarihini, Nişapur'daki çocukluğunu, Semerkant'taki gençliğini, Isfahan'da ünlenmesini, Ebu Tahir, Cihan, Hasan, Nizam ve daha bir sürü insanla tanışmalarını kaydetmek. Tarihçenin ilk sayfaları doğrudan Hayyam'ın denetiminde yazıldı, hatta bazı bölümleri o söyledi, Vartan yazdı. Vartan özenle çalışıyor, her cümleyi bir müsvedde kâğıdında on kez on beş kez yeniden yazıyor, neden sonra köşeli, ince, işlek bir el yazısıyla deftere geçiriyordu. Bu çalışma bir gün bir cümlenin tam ortasında ansızın kesiliverdi.

O sabah Ömer erkenden uyanmıştı. Vartan'a seslendi, cevap alamadı. Yine bütün gece yazı yazmış, dedi kendi kendine babaca bir şefkatle. Dinlensin diye bıraktı, sabah şarabını koydu, kupayı eline alıp bahçede gezintiye çıktı. Bir tur attı, çiçeklerin üzerindeki çiy damlalarını üfleyerek eğlendi, sonra topladığı olmuş dutları teker teker dilinin üzerine koyup her yudum şarapla birlikte damağında ezdi.

Öyle ki geri dönmeye karar verdiğinde bir saat geçmişti. Vartan'ın uyanmasının vakti gelmişti. Yeniden seslenmedi, doğrudan odasına girdi. Onu yerde, gırtlağı kan içinde, ağzı ve gözleri açık, son çığlığı donmuş bir halde buldu.

Masasının üzerinde kandil ile yazı takımının arasında cinayette kullanılmış hançer kıvrılmış bir kâğıda saplanmış halde duruyordu. Ömer kâğıdın kenarlarını açıp okudu:

"Yazman senden önce Alamut'un yolunu tuttu bile."

XXIV

Ömer Hayyam müridinin ardından, öteki dostları için de yaptığı gibi, aynı vakar, aynı tevekkül, aynı edepli üzüntüyle gözyaşı döktü. "Yan yana oturmuştuk hayat sofrasına, bizden birkaç kadeh önce sızıp gittiler."* Ama onu asıl kedere boğan yazmasının kaybolmasıydı. Gerçi şiirlerin hepsini yeniden yazabilirdi, en ufak vurguyu bile hatırlıyordu. Ama anlaşılan bunu istememişti; diyelim ki böyle bir ikinci nüsha hazırladı, ondan bugüne hiçbir iz kalmamıştır. Hayyam, yazmasının kaçırılmasından bilgece bir ders çıkarmış gibi görünüyor: Bir daha ne kendisi ne de şiirleri adına geleceğe ipotek koymaya kalkıştı.

Kısa bir süre sonra Merv'den ayrıldı. Alamut'a değil -bir kez bile oraya gitmek geçmedi aklından!- doğduğu şehre gidiyordu. "Bu gezgin hayata son vermenin vakti geldi. Nişapur hayata ilk adım attığım yerdi, son merhalenin de orası olması eşyanın tabiatına uygun düşmez mi?" Bundan böyle etrafında birkaç yakını, kız kardeşi, dikkatli bir enişte, yeğenleri, özellikle de ömrünün sonbaharında tüm şefkatini verdiği bir kız yeğeniyle birlikte orada yaşayacaktı. Ve de kitaplarıyla çevrili olarak. Artık hiç yazmasa da, hocalarının eserlerini bıkıp usanmadan yeniden yeniden okuyordu.

Bir gün âdeti olduğu üzere dizlerinin üstünde İbn Sina'nın *Kitabü'ş-Şifa*'sının "Bir ve Çok" faslı açık olduğu halde odasında otururken ta içinde bir acının yükseldiğini hissetti. Elinde tuttuğu altın kürdanı yerini kaybetmemek için yaprakların arasına koydu, kitabı kapattı, vasiyetini yazdırmak üzere yakınlarını yanına çağırdı. Sonra şu sözlerle sona eren bir dua etti: "Allahım, elimden geldiğince Seni algılamaya çalıştığımı biliyorsun.

* Çev. Sabahattin Eyuboğlu.

Sana doğru izlediğim tek yol Senin hakkındaki bilgim oldu. Bu yüzden bağışla beni!"

Bir daha gözlerini açmadı. Tarih, 4 Aralık 1131'di. Ömer Hayyam seksen dört yaşındaydı, 18 Haziran 1048'de şafakla doğmuştu. O uzak devirde yaşamış bir insanın doğum tarihinin bu kadar kesin bir biçimde bilinmesi olağandışı bir durumdur. Ama Hayyam bu konuda bir müneccim titizliği göstermişti. Anlaşıldığı kadarıyla yükselen burcunu (İkizler) bilmek ve dünyaya geldiği saatte Güneş, Merkür ve Jüpiter'in konumlarını belirlemek için annesini sorguya çekmişti. Böylece astral güzergâhını saptayıp bunu vakanüvis Beyhaki'ye bildirmeyi de ihmal etmemişti.

Onunla aynı devirde yaşamış yazar Nizami Aruzî şunu anlatır: "Ömer Hayyam'la ölümünden yirmi yıl önce, Belh şehrinde tanıştım. Köle tacirleri sokağında oturan eşraftan birinin evine gelmişti ve ben de onun ününü duyduğum için hiçbir sözünü kaçırmamak gayesiyle gölgesi gibi peşinden ayrılmıyordum. Bu sayede şöyle dediğini duydum: 'Mezarım öyle bir yerde olacak ki, her ilkbaharda kuzey rüzgârı üzerine çiçekler saçacak.' O sırada bu sözlere bir anlam verememiştim; ama onun gibi birinin boş yere konuşmayacağını biliyordum."

Tanık devam eder: "Hayyam öldükten dört yıl sonra yolum Nişapur'a düştü. Ona karşı bir ilim üstadına karşı borçlu olunan türden bir saygı beslediğim için, son istirahatgâhını ziyaret ettim. Bir rehber beni mezarlığa götürdü. Girişten sonra sola dönünce bir bahçenin duvarına yaslanmış mezarı gördüm. Armut ve şeftali ağaçlarının dalları üzerini örtmüş, çiçeklerini kabrin üzerine yaymışlardı, taçyaprakların altında toprak görünmez olmuştu."

Denize düşüp kaybolan su damlası
Toprağa karışan toz zerresi
Nedir bu dünyaya gelip gidişimizin manası?
Fena bir böcek işte, bugün var yarın yok.

Ömer Hayyam haksızdı. Çünkü bırakın söylediği kadar gelip geçici olmayı, asıl ömrü daha yeni başlıyordu. En azından rubailerinin ömrü. Zaten şair de kendisi için beklemediği ölümsüzlüğü onlar için dilememiş miydi?

Alamut'ta Hasan Sabbah'ın huzuruna girebilmek kadar korkunç bir ayrıcalığa sahip olanlar, duvara oyulmuş ve önüne kalın bir parmaklık konmuş bir gözde bir kitap durduğunu fark ediyorlardı. Kitabın ne olduğunu kimse bilmiyor, İmam'a sormaya da cesaret edemiyorlardı. Onu, en ağza alınmayacak hakikatleri içeren kitapların bile bulunduğu büyük kütüphaneye koymuyorsa, herhalde bunun bir nedeni vardır, diye düşünüyorlardı.

Hasan yaklaşık seksen yaşında öldüğünde yerini almak için seçtiği halifesi şeyhinin inine yerleşmeye cesaret edemedi; hele o esrarengiz parmaklığı açmaya hiç yanaşmadı. Pirleri öldükten çok sonra bile, sadece onu barındırmış duvarları görmek Alamut sakinlerini dehşet içinde bırakmaya yetiyordu. Onun hayaletine rastlarlar korkusuyla, kalenin artık kimsenin oturmadığı bu kanadında dolaşmaktan bile kaçınıyorlardı. Tarikat yaşamı hâlâ Hasan'ın koyduğu kurallara göre sürüyordu; cemaat üyelerinin payına düşen en koyu riyazetti. Hiçbir sapmaya, hiçbir zevke yer yoktu. Ve şefin ölümünün müritlerinin kararlılığını hiç sarsmadığını kanıtlamak için, dış dünyaya karşı hiç olmadıkları kadar kıyıcıydılar ve daha önce görülmemiş miktarda cinayet işliyorlardı.

Müritler bu sert kuralları gönül rızasıyla mı kabulleniyorlardı? Gönüllülük giderek azalıyordu aslında. Yer yer itirazlar duyuluyordu. Gerçi Alamut'a Hasan hayattayken gelen eskilerin arasından pek çıkmıyordu böyleleri; onlar hâlâ kendi memleketlerinde katlandıkları baskıların hatırasıyla yaşıyor, en küçük bir gevşemenin savunmalarını çökerteceğinden korkuyorlardı. Ama bu adamların sayısı her gün biraz daha azalıyor, kale giderek onların oğullarının ve torunlarının eline geçiyordu. Gerçi hepsinin beyni beşikten itibaren sıkı bir şekilde yıkanmış, Hasan'ın ağır talimatlarını Allah kelamı gibi ezberleyip uymaları şart koşulmuştu. Ama kuralları ihlal edenlerin sayısı artıyor, hayatın kanunları yeniden öne çıkıyordu.

Bir gün içlerinden bazıları, niye bütün gençliklerini hiçbir sevince yaşam hakkı tanınmayan bu manastır-kışla karışımı yerde geçirmeye zorlandıklarını sorma cesaretini gösterdiler. Öyle ağır cezalara çarptırıldılar ki bir daha en küçük bir aykırı fikir çıkmadı ağızlarından. Tabii herkesin içinde, yoksa evlerde gizli gizli toplantılar yapılmaya başlandı. Bir gün bir oğlunun, bir kardeşinin veya kocasının gizli bir göreve gidip bir daha asla geri dönmediğine şahit olmuş kadınların hepsi bu genç komplocuları yüreklendirdi.

Bu bastırılmış, alttan alta işleyen, gizli özlemlerin sözcülüğünü bir adam üstlendi. Zaten ondan başka kimse böyle bir işe yeltenemezdi: O, Hasan'ın yerine halife olarak bıraktığı adamın torunuydu; babası ölünce tarikatın dördüncü şeyhi olmaya adaydı.

Seleflerine göre önemli bir üstünlüğü vardı: Hasan öldükten kısa bir süre sonra doğduğu için, onun terörünü yaşamak zorunda kalmamıştı. Onun yaşadığı evi merakla inceliyor, bir ölçüde o da korkuyor, ama kendinden öncekileri felç eden o uğursuz büyülenme hissine kapılmıyordu.

Hatta bir seferinde on yedi yaşındayken yasak odaya girmiş, dolaşmış, sihirli havuza yaklaşmış, buz gibi suyuna elini daldırmış, sonra yazmanın kapatıldığı gözün önünde durmuştu. Az kalsın parmaklığı açacaktı, ama son anda vazgeçmiş, geriye doğru bir adım atmış, sonra geri geri giderek odadan çıkmıştı. İlk ziyaretinde daha ileri gitmek istememişti.

İktidarın vârisi düşünceli bir şekilde Alamut sokaklarını arşınlarken geçtiği yerlere insanlar toplanıyor, ama yanına da fazla yaklaşmıyorlardı; onu kutsamak için tuhaf sözler söylüyorlardı. Onun da adı Hasan'dı, ama başka bir lakap takılmıştı bile: "Mehdi! Ezelden beri beklediğimiz o işte!" Tek bir şeyden korkuluyordu: Onun duygularını yakından bilen ve mevcut katı atmosferi tedbirsizce eleştirdiğini işitmiş olan eski Haşşaşin kadroları onun iktidara gelmesini engellemek için ellerinden geleni yapabilirlerdi. Bu yüzden babası da onu susturmaya çalışıyor, hatta mülhitlikle ve İmam'ın öğretilerine ihanet etmekle suçluyordu. Hatta rivayete göre, oğlunun yandaşlarından iki yüz ellisini öldürtüp diğer iki yüz ellisini de idam edilmiş arkadaşlarının cesetlerini sırtlarında dağın eteğine kadar indirmek zorunda bıraktıktan sonra kovmuştu. Ama içinde kalmış bir nebze babalık duygusu Hasan Sabbah'ın evlat katli geleneğini sürdürmesini engellemişti.

1162'de baba ölünce, isyankâr oğul hiçbir güçlükle karşılaşmadan onun yerine geçti. Alamut'un külrengi sokakçıklarında ilk kez gerçek bir sevinç dalgası yaşandı.

Ama gerçekten de beklenen Mehdi o mu? diye soruyordu müritler. Istıraplarımıza son verecek adam o mu? O hiçbir şey demiyordu. Alamut sokaklarında dalgın dalgın dolaşmaya devam ediyor veya kütüphanede, buranın sorumluluğunu üstlenmiş Kirmanlı yazıcının koruyucu bakışları altında saatlerce kalıyordu.

Bir gün kararlı adımlarla Hasan Sabbah'ın eski evine ilerlediği görüldü, sert bir hareketle kapıyı açtı, duvardaki göze gitti, parmaklığa iki eliyle yapışıp öyle büyük bir güçle asıldı ki yere dökülen kumların ve çakılların arasında parmaklık duvardan söküldü verdi. Hayyam'ın yazmasını aldı, birkaç kez üstüne vurup tozlarını silkeledi, sonra koltuğunun altına sıkıştırıp dışarı çıktı.

Rivayete göre, sonra evine kapanmış, yazmayı okumuş, yeniden okumuş, uzun uzun murakabeye dalmış, bu durum yedi gün sürmüştü. Sonunda yedinci gün erkek, kadın ve çocuk tüm Alamutluların hepsini alabilecek tek yer olan meydanda toplanmalarını buyurdu.

Tarih, 8 Ağustos 1164'tü. Yakıcı Alamut güneşi başları ve yüzleri kavuruyor, ama kimse kendini kollamayı düşünmüyordu. Meydanın batı tarafına ahşap bir yükselti kurulmuş, dört köşesine dört muazzam sancak dikilmişti: Bir kırmızı, bir yeşil, bir sarı ve bir beyaz. Tüm gözler bu yükseltideydi.

Birdenbire o belirdi. Parlak beyaz kumaşlara bürünmüştü, hemen arkasından genç ve incecik karısı geliyordu. Yüzü açık, gözleri yere dikili ve yanakları utançtan al aldı. Bu görünüş kalabalıktaki son kuşkuları da eritip yok etti sanki; hiç çekinmeden mırıldandılar: "Bu O, Mehdi!"

Vakur adımlarla kürsünün basamaklarını çıktı, müritlerini geniş bir el hareketiyle selamlayıp fısıldaşmaları da susturdu.

Sonra da gezegenimizin bugüne kadar işittiği en şaşırtıcı nutuklardan birini atmaya başladı:

– Tüm dünyalılar, cinler, insanlar ve melekler! dedi, Zamanın İmamı sizi kutsuyor ve geçmiş, gelecek tüm günahlarınızı affediyor.

Kutsal Yasa'nın artık iptal edildiğini, çünkü Mahşer gününün geldiğini bildiriyor. Allah cennete girmeyi hak edin diye koymuştu bu yasayı. Bunu hak ettiniz. Bu günden itibaren cennet sizindir. Yasanın boyunduruğundan azat edildiniz.

Bugüne kadar yasak olan her şey serbest, şart olan her şey de yasaktır!

Günde beş vakit namaz yasaklanmıştır! Mademki şimdi cennetteyiz, Rabbim'le sürekli iletişim halindeyiz, belirli saatlerde ona seslenmemize gerek kalmamıştır; günde beş vakit namaz kılmakta ayak direyenler, Mahşer gününe inanmayanlardır. Bundan böyle namaz kılmak inançsızlık belirtisidir."

Buna karşılık Kuran'da da cennet içkisi olarak belirtilen şaraba izin veriliyordu; hatta şarap içmemek iman eksikliğinin belirgin işareti olarak kabul ediliyordu.

Dönemin Acem tarihçilerinden birine göre, "bunlar ilan edilince, mecliste kanun ve ney çalınmaya ve kürsünün basamaklarında şarap içilmeye başlandı."

Hasan Sabbah'ın şeriat adına yaptığı uygulamalar ne kadar aşırıysa, bunun tepkisi de o ölçüde aşırı boyutta olmuştu. Kısa bir süre sonra Mehdi'nin ardılları onun mesihçi coşkusunu hafifletmeye çalışacaklar, ama Alamut bir daha asla Kurucu İmam'ın tasarladığı şehit ambarı haline geri dönemeyecekti. Orada daha tatlı bir hayat hüküm sürecek ve İslam şehirlerine dehşet saçan uzun cinayetler dizisi sona erecekti. Köktenci bir tarikat olan İsmailîler, hoşgörüleriyle örnek gösterilen bir cemaate dönüşeceklerdi.

Nitekim müjdeyi Alamutlulara ve Alamut civarına verdikten sonra İmam, Asya'daki ve Mısır'daki öteki İsmailî cemaatlerine de kendi imzasını taşıyan belgelerle birlikte elçiler gönderdi. Bu belgelerde, herkesten bundan böyle Kurtuluş gününün kutlanması isteniyor ve bu günün tarihi üç farklı tarihe göre belirtiliyordu: Hicri takvim, İskender takvimi ve "iki dünyanın en saygın şahsiyeti, Nişapurlu Ömer Hayyam" takvimi.

Alamut'ta Mehdi, *Semerkant Yazması*'na büyük bir irfan kitabı olarak hürmet edilmesini buyurdu. Sanatçılar kitabı süslemekle görevlendirildi: Minyatürler, tezhipler, mücevher kakmalı altın mahfaza. Kimsenin kitabı kopya etmesine izin verilmiyor, ama kitap kütüphanecinin çalıştığı içerideki küçük salonda, sedir ağacından alçak bir rahlenin üstünde duruyordu sürekli olarak. Orada kütüphanecinin asık suratlı gözetimi altında, birkaç ayrıcalıklı kişi ara sıra gelip kitaba başvuruyordu.

O zamana dek Hayyam'ın tedbirsiz gençliğinde yazdığı birkaç rubaisi biliniyordu sadece; artık birçok başka rubaisi ezberlendi, alıntılandı, tekrarlandı, hatta bazıları tekrarlana tekrarlanana bayağı değiştirildi. Yine bu dönemde çok tuhaf bir hadiseye bile tanık olundu: Ne zaman bir şair başına bela açabilecek bir dörtlük yazsa, onu Ömer'e mal ediyordu; böylece kendisine ait olmayan yüzlerce rubai de Hayyam'ınkilerin arasına karıştı. Öyle ki yazma da ortada olmayınca gerçeği sahteden ayırmak imkânsızlaştı.

Acaba Alamut kütüphanecilerinin yazmanın tarihçesini Vartan'ın bıraktığı yerden sürdürme işini babadan oğla geçen bir gelenek gibi benimsemelerinin altında, Mehdi'nin isteği mi yatıyordu? Her ne olursa olsun, Haşşaşinlerin geçirdiği başkalaşım üzerinde Hayyam'ın ölümünden sonra oynadığı rolü ve yaptığı etkiyi ancak bu kaynak sayesinde öğrenebildik. Yaşanan olayların özlü ama paha biçilmez anlatımı böylelikle yaklaşık yüz yıl kadar sürdükten sonra yeniden ani bir kesinti geçirdi. Moğol istilaları devri başlamıştı.

Cengiz Han'ın başını çektiği ilk dalga hiç kuşkusuz Doğu'nun başına çöken en yıkıcı afetti. Pekin, Buhara veya Semerkant gibi itibarlı şehirler yeryüzünden kazındı ve tüm nüfusları yok edildi. Semerkant ahalisine hayvan muamelesi reva görülürken genç kadınlar muzaffer sürünün subaylarına ödül niyetine dağıtıldı, zanaatkârlar köle yapıldı, geri kalanlar katledildi. Sadece devrin kadısı elini çabuk tutup hemen Cengiz Han'a biat ettiği için onun çevresindeki küçük bir azınlık canını kurtardı.

Yaşanan kıyamete karşın Semerkant yine de neredeyse ayrıcalıklı bir şehir görünümündeydi, çünkü bir gün küllerinden doğup bir cihan imparatorluğunun, Timur imparatorluğunun payitahtı olacaktı. Başka birçok şehir, özellikle de uzun süre dünyanın bu bölümündeki tüm kültürel faaliyeti bünyesinde toplamış olan Horasan'ın üç büyük merkezi, Merv, Belh ve Nişapur ise bir daha bellerini doğrultamayacaklardı. Bunlara Doğu tıbbının başkenti sayılan ve adı bile belleklerden silinecek Rey'i de eklemek gerek; onun yakınındaki bir yerleşim alanında Tahran kentinin doğması için yüzyıllar geçecekti.

Alamut'u silip süpüren ikinci dalgaydı. Bu önceki kadar kanlı olmasa da, daha yaygın bir istilaydı. Moğol ordularının birkaç ay arayla Bağdat'ı, Şam'ı, Polonya'da Krakov kentini ve Çin'de Sezuan eyaletini yakıp yıkabildikleri düşünülürse, o çağda yaşayanların nasıl bir dehşete kapıldıkları kolayca anlaşılır!

Yüz altmış altı yıl boyunca her türlü istilacıya kafa tutmuş Haşşaşiyûn kalesi de teslim olmayı tercih etti! Cengiz Han'ın torunu olan Hulagû Han bu askeri inşaat mucizesini bizzat gelip gözleriyle gördü; efsaneye göre, orada Hasan Sabbah devrinden beri el sürülmeden duran ve hiç bozulmamış erzak depoları buldu.

Yaverleriyle birlikte kaleyi ve civarı teftiş ettikten sonra askerlerine her şeyi yıkmalarını ve taş üstünde taş bırakmamalarını emretti. Kütüphaneyi de esirgemedi. Bununla birlikte orayı ateşe vermeden önce, Cüveynî adındaki otuz yaşında bir tarihçinin içeri girmesine izin verdi. Cüveynî, Hulagû'nun isteğiyle, *Cihan Fatihi Tarihi*'ni yazmakla meşguldü. Bu eser bugün bile Moğol istilaları hakkında elimizde bulunan en değerli bilgi kaynağıdır. Cüveynî, on binlerce yazmanın raflara dizilmiş, paketlenmiş veya rulo yapılmış halde beklediği bu gizemli yere girebildi; dışarıda bir Moğol subayı ve el arabasına yapışmış bir asker bekliyordu. O el arabasına sığdırılabilen eserler kurtulacak, geri kalanlar alevlere yem olacaktı. Ne metinleri okumaya ne de başlıkların fihristini çıkarmaya vakit vardı.

Ateşli bir Sünni olan Cüveynî, birinci vazifesinin Allah kelamını ateşten kurtarmak olduğuna hükmetti. Kalın ciltleriyle kolayca ayırt edilen ve hepsi aynı yerde toplanmış mushafları telaşla toplamaya başladı. En az yirmi nüsha vardı; onları üç seferde el arabasına taşıdı ve el arabası hemen hemen doluverdi. Peki şimdi hangi kitapları seçecekti? Ciltlerin daha düzgün dizildiği bir duvara yöneldi ve orada Hasan Sabbah'ın otuz yıllık gönüllü inzivası sırasında yazdığı sayısız eseri buldu. Bunlardan birini, bir özyaşamöyküsünü kurtarmayı seçti. Daha sonra kendi eserinde buradan bazı bölümleri alıntılayacaktı. Yakın bir tarihte yazılmış ve belgelere dayandırıldığı anlaşılan ve Mehdi'nin öyküsünü ayrıntılarıyla nakleden bir Alamut tarihçesine de rastladı. Onu da hemen yanına aldı, çünkü İsmailî cemaatleri dışında bu hadiseyi bilen hiç kimse yoktu.

Tarihçi, *Semerkant Yazması*'nın varlığından haberdar mıydı? Herhalde değildi. Böyle bir eserden bahsedildiğini duymuş olsa onu arayıp bulur ve sayfalarını karıştırdıktan sonra kurtarır mıydı? Bilmiyoruz. Rivayet edilen o ki, gizli ilimlere hasredilmiş bir deste eserin önünde çakılıp kalmış ve onlara öyle dalmış ki saati unutmuş. Ona saatin geç olduğunu hatırlatmaya gelen Moğol subayının sırtında kırmızı şeritli kalın bir zırh varmış, başındaki miğferin arka tarafı da kabarık bir saç gibi genişliyormuş. Elinde bir meşale taşıyormuş. Acelesi olduğunu iyice göstermek için, ateşi tozlu bir rulo yığınına yaklaştırmış. Tarihçi daha fazla ısrar etmemiş, taşıyabileceği her şeyi hiç bakmadan ellerine kollarına ve koltuk altlarına sıkıştırmış, *Gökcisimlerinin ve Sayıların Ebedi Sırları* başlıklı yazma da elinden kayıp düşünce eğilip yerden alma zahmetine katlanmamış.

Haşşaşiyûn kütüphanesi yedi gün yedi gece boyunca yanmış, hiçbir yedek nüshası da bulunmayan sayısız eser kül olmuş. Bunların içinde kâinatın en iyi korunan sırlarının bulunduğu rivayet edilir.

Uzun süre *Semerkant Yazması*'nın da Alamut yangınında yok olup gittiği düşünülmüştü.

ÜÇÜNCÜ KİTAP
BİN YILIN SONU

Kalk haydi, ebediyen uyuyacağız zaten!

Ömer Hayyam

XXV

Bu sayfaya gelinceye dek kendimden pek söz etmedim; *Semerkant Yazması*'nın Hayyam, onun yaşadıkları, yanında yöresinde bulunduğu bazı hadiseler hakkında ortaya koyduğu gerçekleri en sadık biçimde sergilemeye önem verdim. Geriye, Moğollar devrinde kaybolan bu eserin çağımızın tam ortasında ne şekilde yeniden ortaya çıktığını, benim hangi maceraların ardından ona sahip olabildiğimi anlatmak kalıyor. Hangi gülünç rastlantı sonucunda onun varlığını öğrendiğimle başlasam iyi olacak.

Daha önce adımı belirtmiştim: Benjamin O. Lesage. XIV. Louis devrinde göç etmiş Huguenot* bir atanın mirası olarak adında taşıdığı Fransız tınısına karşın, ben Atlantik kıyısında küçük bir koy olan Chesapeake'deki Maryland'ın Annapolis kentinde doğmuş bir Amerikan yurttaşıyım. Ama Fransa ile ilişkilerim bu uzak akrabalıkla sınırlı kalmıyor, çünkü babam söz konusu bağları tazelemek için epey uğraştı. Kökenleri konusunda hep tatlı bir saplantı sergilemişti. Okul defterine şöyle kayıt düşmüş: "Demek soyağacımı kesip kaçaklar için bir sal inşa etmişler!" ve Fransızca öğrenmeye koyulmuştu. Sonra heyecan ve törensel bir bağlılık içinde, zaman akışının aksi yönünde Atlas Okyanusu'nu geçmişti.

Bu kutsal ziyaret yılını çok kötü veya çok iyi seçmişti. 9 Temmuz 1870'te *Scotia* gemisiyle New York'tan ayrılmış, ayın 18'inde Cherbourg'da karaya çıkmış ve 19'u akşamı Paris'e varmıştı – o

* Din savaşları sırasında Fransız Protestanlara verilen ad. (ÇN)

gün öğlen savaş ilan edilmişti. Ricat, bozgun, istila, açlık, Paris Komünü, katliamlar, babam hayatı boyunca bundan daha yoğun bir yıl yaşamamıştı ve o hep en güzel anısı olarak kalacaktı. İnkâr etmeye gerek yok; kuşatılmış bir kentte bulunmanın hastalıklı bir keyfi de vardır, bir yandan barikatlar yükselirken diğer yandan insanlar arasındaki engeller ortadan kalkar, erkekler ve kadınlar ilkel kabile hayatının zevklerine yeniden kavuşurlar. Annapolis'te vazgeçilmez yılbaşı hindisi etrafında toplandığımızda, annem ve babam Paris'te yeni yıla girerken paylaştıkları fil hortumu parçasını kim bilir kaç kez heyecanla anmışlardı. Hortumu, Haussman Bulvarı'ndaki İngiliz kasabı Roos'tan, yarım kilosu kırk franka satın almışlardı!

Yeni nişanlanmışlardı, bir yıl sonra evleneceklerdi, savaş onların mutluluğuna kol kanat germişti. "Paris'e gelir gelmez sabahları İtalyanlar Bulvarı'ndaki Kafe Rich'e gitmeyi âdet edinmiştim. Koltuğumun altında bir tomar gazeteyle, *Le Temps, Le Gaulois, Le Figaro, La Presse*'le, bir masaya çöküyor, gazeteleri satır satır okuyup *guêtre** veya *moblot*** gibi anlayamadığım kelimeleri otele döndüğümde bilge kapıcıya sormak üzere, usulca not defterime kaydediyordum" diye anlatıyordu babam.

"Üçüncü gün kırçıl bıyıklı bir adam yan masaya oturdu. Onun da elinde kendi gazete tomarı vardı, ama bir süre sonra gazetelerini bırakıp beni izlemeye başladı; sanki bir soru dilinin ucuna kadar geliyordu. Sonunda dayanamadı, bir eliyle bastonunun sapını sıkı sıkıya kavrar, diğerinin de parmaklarıyla ıslak mermer üzerinde sinirli sinirli piyano çalarken kısık bir sesle hitap etti bana. Görünürde herhangi bir sakatlığı da olmayan bu genç adamın vatanı savunmak üzere cephede bulunmamasının geçerli bir mazereti olup olmadığını öğrenmek istiyordu. Sesi kibar, ama kuşku doluydu ve bir taraftan da gizli kapaklı bir şeyler karaladığımı gördüğü not defterime de yan yan bakıyordu. Fazla izahat vermeme gerek kalmadı, konuşur konuşmaz fark edilen aksanım en veciz savunma silahı oldu. Adam erkekçe özür diledi, beni masasına davet etti, La Fayette'ten, Benjamin Franklin'den, Tocqueville'den ve Pierre l'Enfant'dan söz etti, sonra da

* guêtre: tozluk. (ÇN)
** moblot: gezici muhafız birliği. (ÇN)

gazetelerde okuduklarımı uzun uzun açıklamaya, bu savaşın 'bizim ordularımız için Berlin'e kadar yapılacak bir gezintiden başka bir şey olmayacağını' anlatmaya girişti."

Babam ona karşı çıkmak istemiş. Fransızlarla Prusyalıların gücünü kıyaslayabilecek durumda olmasa da, Amerikan İç Savaşı'na katılmış, Atlanta kuşatmasında yaralanmış çünkü. "Hiçbir savaşın bir gezinti olmadığına tanıklık edebilirdim" diyordu. "Ama uluslar öylesine unutkan, barut kokusu öylesine sarhoş edici oluyor ki, polemiğe girmekten kaçındım. Tartışmanın sırası değildi, adam da benim fikrimi sormuyordu zaten. Zaman zaman hiç soruyu andırmayan bir 'değil mi' çıkıyordu ağzından; ben de hemen başımı sallayarak cevap veriyordum.

Ama sevimli bir adamdı. Sonra her sabah buluşmaya başladık. Ben hep az konuşuyordum, o da bir Amerikalının kendi görüşlerini böyle eksiksiz paylaşmasından mutluluk duyduğunu söylüyordu. Aynı coşkuyla dolu dördüncü monologun ardından bu muhterem centilmen beni evine öğle yemeğine davet etti; bir kez daha ne dese kabul edeceğimden öylesine emindi ki, daha benim cevabımı beklemeden bir arabacıya seslenmişti bile. Buna hiçbir zaman pişman olmadığımı itiraf etmeliyim. Adamın adı Charles-Hubert de Luçay'di, Poissonnière Bulvarı'nda bir konakta oturuyordu. Duldu, iki oğlu askerdeydi, kızı da annen olacaktı."

O sırada annem on sekiz yaşındaymış, babam ise on yaş daha büyükmüş. Coşkun vatanseverlik nutukları arasında birbirlerini sessizce, uzun uzun gözlemişler. Art arda gelen üç bozgundan sonra, 7 Ağustos'tan itibaren savaşın kaybedildiği, ulusal toprakların tehdit altında olduğu açıkça ortaya çıkınca dedemin ağzını giderek bıçak açmaz olmuş. Kızı ve gelecekteki damadı onun kederini azaltmaya uğraşırlarken aralarında bir suçortaklığı oluşmaya başlamış. Kimin söze gireceğini ve yaşlı adamın acısını hangi kanıtlarla hafifleteceğini kararlaştırmaları için bir bakışmaları yetiyormuş.

"O koskoca salonda ilk kez baş başa kaldığımızda, ortalığı bir ölüm sessizliği kapladı. Bunu çılgınca bir kahkaha izledi. Masaya birlikte oturduğumuz sayısız yemekte birbirimize hiç doğrudan hitap etmediğimizi yeni keşfediyorduk. Taptaze, içten, rahat bir gülüştü bu ama fazla uzatmak da yersiz kaçacaktı. İlk sözü söylemek bana düşüyordu. Annenin elinde göğsüne bastırdığı bir kitap vardı, ben de ne okuduğunu sordum."

İşte tam o anda Ömer Hayyam hayatıma girdi. Beni o dünyaya getirdi, desem yeridir. Annem, İmparatorluk Matbaası tarafından 1867'de yayımlanan *les Quatrains de Khéyam, traduits du persan par J.-B. Nicolas, ex-premier drogman de l'Ambassade française en Perse* başlıklı kitabı edinmişti.* Babamın valizinde de Edward FitzGerald'ın 1868 baskısı, *The Rubaiyat of Omar Khayyam* vardı.

"Ne annen ne de ben memnuniyetimizi gizleyebildik, hayat çizgilerimizin buluştuğundan ikimiz de emindik, tesadüfen aynı kitabı okumak gibi sıradan bir kesişmenin söz konusu olduğunu bir an bile düşünmedik. Ömer o anda kaderin parolası gibi çıkıvermişti karşımıza, bunu görmezden gelmek küfür sayılırdı neredeyse. Tabii ki içimizdeki çalkantı hakkında hiçbir şey söylemedik, sohbet şiirler etrafında yoğunlaştı. Bu eserin yayımlanmasını bizzat III. Napoléon'un emrettiğini annenden öğrendim."

Avrupa o sırada Ömer'i yeni keşfetmişti. Gerçi yüzyılın daha evvelki yıllarında birkaç uzman da ondan söz etmiş, cebir kitabı 1851'de Paris'te yayımlanmış, uzmanlık dergilerinde birkaç makale çıkmıştı. Ama Batı kamuoyu henüz onu tanımıyordu ve zaten Doğu'da bile Hayyam'dan geriye ne kalmıştı ki? Bir isim, iki üç efsane, kimin kaleminden çıktığı kesin olmayan rubailer, bulanık bir müneccim ünü.

Adı sanı bilinmeyen bir İngiliz şair, FitzGerald, 1859'da yetmiş beş rubainin çevirisini yayımlamaya karar verdiğinde tam bir kayıtsızlıkla karşılanmıştı. Kitaptan iki yüz elli nüsha basılmış, yazar birkaçını eşine dostuna hediye etmiş, geri kalanlar kitapçı Bernard Quaritch'in deposunda küflenmeye terk edilmişti. FitzGerald Farsça öğretmenine, *"poor old Omar"*ın, o zavallı, yaşlı Ömer'in kimsenin ilgisini çekmediğini yazdı. İki yıl sonra yayıncı elindeki stoğu kelepir fiyatına satmaya karar verdi: Kapak fiyatı beş şilin olan *the Rubaiyat,* altmış kat aşağı inerek bir peniye düştü. Bu fiyata bile çok az sattı. İki edebiyat eleştirmeni onu

* Hayyam'ın Rubaiyatı, Farsça'dan çeviren: J.-B. Nicolas, İran'daki Fransız sefaretinin eski baştercümanı. (ÇN)

keşfedinceye kadar. Bu eleştirmenler kitabı okudular. Ve büyülendiler. Ertesi gün yine kitapçıya geldiler. Altı nüsha satın alıp kendi çevrelerine hediye ettiler. Kitaba belli bir ilgi doğduğunu anlayan yayıncı fiyatını artırıp iki peni yaptı.

İngiltere'ye son uğradığımda, aynı Quaritch'te (artık Piccadilly'de, son derece gösterişli bir dükkâna yerleşmiş) o ilk baskıdan kalmış bir nüshaya tam dört yüz sterlin ödemek zorunda kaldığımı belirtmeliyim!

Ama Londra'da satış başarısı hemen yakalanmadı. Başarının yolu Paris'ten geçiyordu; Bay Nicolas çevirisini yayımladı, Théophile Gautier *Moniteur universel*'deki köşesinde "Hayyam'ın rubailerini okudunuz mu?" diye çarpıcı bir tanıtım yazısı kaleme aldı ve "en gözü pek modern düşünürlerin bile kolay kolay boy ölçüşemeyeceği bu mutlak düşünce özgürlüğü"nü selamladı; Ernest Renan da koroya katılıp "İran'ın özgür yaratıcılığının Müslüman dogmatizminin cenderesinde ne hale geldiğini anlamak için incelenmesi gereken en ilginç adam belki de Hayyam'dır" dedi. Bütün bunların ardından, Anglosakson dünyada da FitzGerald ve onun *"poor old Omar"*'ı nihayet tanındılar. Uyanış müthiş oldu. Bir gün içinde Doğu'ya ilişkin tüm imgeler Hayyam adı çevresinde toparlandı, çeviriler birbirini izledi, önce İngiltere'de sonra Amerika'nın çeşitli kentlerinde ardı ardına baskılar yapıldı; "Omar" cemiyetleri kuruldu.

Bir kez daha tekrarlayalım, 1870 yılında Hayyam modası henüz yeni başlıyordu. Ömer hayranlarının sayısı gün geçtikçe artıyordu gerçi, ama henüz entelektüel sınıfın dışına taşamamışlardı. Aynı kitabı okumak annemi ve babamı birbirlerine yaklaştırınca, Ömer'in rubailerini okuyup anlamlarını tartışmaya başlamışlardı: Şarap ve meyhane Ömer'in kaleminde, Nicolas'nın öne sürdüğü gibi, salt mistik simgeler miydi? Yoksa, FitzGerald ve Renan'ın savundukları gibi, tam tersine bir zevku sefa yaşamının ifadesi miydiler? Bu tartışmalar annemin ve babamın dudaklarında yeni bir lezzete bürünmüştü. Babam, sevgilisinin güzel kokulu saçlarını okşayan Ömer'den söz açtığında annemin yüzü kızarıyordu. Ve iki aşk rubaisi arasında öpüştüler ilk kez. Evlilikten söz ettikleri gün, ilk oğullarının adını "Omar" koymaya söz verdiler.

1890'larda yüzlerce küçük Amerikalı bu adı aldı; ben 1 Mart 1873'te doğduğumda henüz yerleşmiş bir âdet değildi bu. Bu egzotik ismin ileride beni fazla uğraştırmaması için, ebeveynlerim onu ikinci sıraya itip eğer istersem ne olduğu tam anlaşılmayan bir "O." kullanma fırsatı tanıdılar. Okuldaki arkadaşlarım bu "O."nun Oliver, Oswald, Osborne veya Orville olduğunu tahmin ediyorlar, ben de kimseyi yalancı çıkarmıyordum.

Böylesine bir kalıtımın bu uzak ataya yönelik merakımı uyandıracağı belliydi. On beş yaşına geldiğimde onunla ilgili her şeyi okumaya koyulmuştum. Fars dili ve edebiyatı öğrenimi almayı, bu ülkeye uzun bir seyahat yapmayı planlıyordum. Ama ilk coşkunun ardından hevesim sönmeye yüz tuttu. Tüm eleştirmenler FitzGerald'ın dizelerinin İngiliz şiirinin başyapıtlarından biri olduğunda birleşseler de, Hayyam'ın yazdıklarıyla ancak çok uzak bir bağıntı söz konusuydu. Rubailere gelince, bazı yazarlar yaklaşık bin dörtlük sayarken Nicolas dört yüzden fazlasını çevirmişti, ama kesin kanıt arayan uzmanlar bunların sadece yüz kadarını "muhtemelen Hayyam'a ait" diye kabul ediyorlardı. Hatta bazı tanınmış doğubilimciler, kesinlikle Ömer'e atfedilebilecek bir tek rubai bile bulunmadığını öne sürüyorlardı.

Gerçek rubaileri sahtelerinden ayırt etmeyi sağlayacak bir ilk kitabın belki de bulunduğu varsayılıyor, ama böyle bir yazmanın yeniden ele geçirilebildiği konusunda hiçbir kanıt bulunmuyordu.

Sonunda hem Hayyam kişiliğinden hem de onun eserinden uzaklaştım, adımın tam ortasında yer alan "O."yu annemle babamın çocukluğunun silinmeyen bir izi olarak görmeyi öğrendim. Ta ki bir karşılaşma beni ilk aşklarıma geri götürüp hayatımı Hayyam'ın ayak izlerine doğru kesin bir biçimde yönlendirinceye kadar...

XXVI

1895'in yaz sonunda yaşlı kıtaya gitmek üzere gemiye bindim. Yetmiş altıncı doğum gününü kutlayan dedem, bana ve anneme ağlamaklı mektuplar yazmıştı. Ölmeden önce beni bir kez olsun görmek istiyordu. Okulumu, derslerimi bir kenara itip bu çağrıya koştum ve gemide bana düşen rolü oynamaya hazırlandım. Başucunda yere diz çökecek, giderek soğuyan elini tutup onun güçlükle mırıldandığı son isteklerini dinleyecektim.

Bütün bunlara hiç gerek kalmadı. Dedem beni Cherbourg'da bekliyordu. Caligny rıhtımında bastonundan daha dik duran, bıyıklarından esans kokuları saçan, neşeli neşeli yürüyen, kadınlar geçerken başındaki silindir şapka sanki kendiliğinden yükselip selam veren dedem hâlâ gözlerimin önünde. Amirallik lokantasında bir masaya oturduğumuzda, kolumu sıkı sıkıya tuttu. "Dostum" dedi teatral olmasına özen gösterdiği bir sesle, "içimde bir delikanlı yeniden doğdu ve onun bir arkadaşa ihtiyacı var."

Bu sözlerini hafife almakla hata etmiştim, çünkü Paris seyahatim fırtına gibi geçti. Brébant, Foyot veya Père Lathuile'de akşam yemeğini bitirir bitirmez soluğu Eugénie Buffet'nin sahneye çıktığı La Cigale'de, Aristide Bruant'ın saltanat sürdüğü Mirliton'da, Yvette Guilbert'in *les Vierges*'i [Bakireler], *le Fœtus*'ü [Cenin] ve *le Fiacre*'ı [Fayton] söylediği Scala'da alıyorduk. Biri beyaz diğeri siyah bıyıklı iki kardeş gibiydik: Yürüyüşümüz, şapkalarımız aynıydı ve kadınlar önce ona bakıyorlardı. Patlattığı her şampanya tıpasında, jestlerini, halini, tavrını kolluyordum, bir kez bile bir açığını yakalayamadım. Bir sıçrayışta ayağa kalkıyor, benim kadar hızlı yürüyordu; bastonu süsten başka bir şey değildi. Ömründeki bu gecikmiş ilkbaharın her gülünü dermek istiyordu. Neyse ki doksan üç yaşına kadar yaşadı sonra. Bu ikinci gençlik tam on yedi yıl daha sürdü.

Bir akşam beni Madeleine meydanındaki Durand lokantasında yemeğe götürdü. Lokantanın bir kanadında bir sürü masa yan yana getirilmiş, aktörler, aktrisler, gazeteciler ve politikacılardan oluşan bir topluluk oraya oturmuştu. Dedem, işitilebilecek bir sesle hepsinin adlarını teker teker saydı. Bu meşhurların ortasında bir iskemle boş duruyordu, ama çok geçmeden bir adam geldi ve boş yerin onun için ayrıldığını anladım. Hemen çevresi sarıldı, pohpohlandı, her sözü bir ünleme veya bir kahkahaya yol açtı. Dedem ayağa kalkıp kendisini izlememi işaret etti.

– Gel, seni kuzenim Henri ile tanıştırmalıyım!

Böyle diyerek beni o adama doğru sürükledi.

İki kuzen tokalaştı, sonra da bana doğru döndüler.

– Amerikalı torunum. Seninle tanışmaya can atıyor!

Şaşkınlığımı zor gizledim. Adam beni kuşkucu bakışlarla süzdü. Sonra da:

– Pazar sabahı gelsin bana, trisiklet gezintimi tamamladıktan sonra, dedi.

Ancak tekrar yerime dönerken kiminle tanıştırıldığımı idrak edebildim. Dedem onu mutlaka tanımamı istiyor, ondan sık sık ve kulak tırmalayıcı bir kabile gururuyla söz ediyordu.

Gerçekten de söz konusu kuzen, Atlantik'in diğer yakasında pek tanınmasa da, Fransa'da Sarah Bernhardt'tan bile daha ünlüydü; tam adı Victor-Henri de Rochefort-Luçay'di, demokrasiye geçilince kısaca Henri Rochefort olmuştu. Hem marki, hem Paris komüncüsü olan bu adam eski bir mebus, eski bir nazır ve eski bir kürek mahkûmuydu. Versailles'cılar [Kralcılar] tarafından Yeni Kaledonya'ya sürülmüş, 1874'te akıl almaz bir serüvenle oradan kaçmayı başarmış, bu kaçış o devirde yaşayanların imgeleminde fırtınalar koparmıştı. Hatta Edouard Manet, *Rochefort'un Kaçışı* diye bir tablo bile yapmıştı. Ama 1889'da General

Boulanger ile birlikte Cumhuriyet'e karşı komplo düzenlediği gerekçesiyle yeniden sürgün edilmiş ve dönemin etkili gazetesi olan *l'Intransigeant*'ı [Ödünsüz] Londra'dan idare etmişti. Şubat 1895'te bir aftan yararlanarak geri dönmüş, coşkudan kendilerinden geçmiş iki yüz bin Parisli tarafından karşılanmıştı. Hem Blanqui'ci hem Boulanger'ci, hem sağcı hem solcu, hem idealist hem demagog olan Rochefort, belki yüz çelişkili davanın sözcülüğünü üstlenmişti. Bütün bunları bilsem de işin asıl önemli tarafından henüz haberim yoktu.

Belirlenen günde Pergolèse sokağındaki konağına gittim. Dedemin en sevdiği kuzenine yapılan bu ziyaretin Doğu âleminde çıkacağım sonu gelmez yolculuğun ilk adımı olacağını hayal bile edemezdim tabii ki.

– Demek tatlı Geneviève'in oğlusunuz, diye girdi söze, Omar adını koyduğu sizdiniz değil mi?

– Evet. Benjamin Omar.

– Seni daha önce kucağıma almıştım ben, biliyor muydun bunu?

Bu durumda bana "sen" diye hitap etmesinden doğal bir şey yoktu. Ama bu senli benlilik tek yönlü kaldı.

– Annem anlatmıştı; siz kaçtıktan sonra San Fransisco'da karaya çıkıp doğu yakasına ulaşmak için trene binmişsiniz. Biz de sizi New York garında beklemişiz. Ben iki yaşımdaymışım.

– Dün gibi hatırlıyorum. Senden, Hayyam'dan, İran'dan söz etmiştik, hatta ben bir kehanette bulunup senin büyük bir doğubilimci olacağını söylemiştim.

Biraz sıkıntılı bir ifadeyle onun öngörülerinden epeyce uzaklaştığımı, ilgi alanımın değiştiğini, finans eğitimine yöneldiğimi, bir gün babamın kurduğu gemi yapım şirketinin başına geçmeyi düşündüğümü itiraf ettim. Bu tercihimin kendisini samimi olarak hayal kırıklığına uğrattığını gizlemeyen Rochefort, uzun bir savunmaya girişti. Montesquieu'nün *İran Mektupları*'yla meşhur "Nasıl İranlı olunur?" yazısının, kendisini XIV. Louis'nin elçisi diye yutturup İran şahı tarafından kabul edilen kumarbaz Marie Petit'nin serüveni ile Jean-Jacques Rousseau'nun ömrünü Isfahan'da saatçi olarak tamamlayan kuzeninin öyküsünün birbirine karıştığı bir söylevdi bu. Onu yarım yamalak dinliyordum. Kocaman, ölçüsüz kafasını, üstünde gür ve bukleli saçlardan oluşan bir sorgucun yükseldiği öne çıkık alnını gözlemliyordum daha çok. Tutkuyla konuşuyor, ama ateşli yazılarını bilenlerin ondan bekleyebileceği tumturaklı sözlere ve büyük el kol hareketlerine başvurmuyordu.

– Hiç ayak basmasam da İran beni heyecanlandırıyor, dedi. Bende seyyah ruhu yok aslında. Birkaç kere sürgün edilmesem veya kürek cezasına çarptırılmasam, Fransa'dan da hiç ayrılmazdım. Ama devir değişiyor, gezegenin öteki ucunu sarsan olaylar artık bizim hayatlarımızı da etkiliyor. Bugün altmış değil de yirmi yaşında olsam, Doğu'da bir maceraya atılmak isterdim doğrusu. Hele bir de adım Ömer'se!

Hayyam'a olan ilgimin niye azaldığını gerekçelendirmek zorunda hissettim kendimi. Bunu yapabilmek için de *Rubaiyat*'ı çevreleyen kuşkulardan, şiirlerin gerçekten Hayyam'a ait olduğunu ispatlayabilecek bir eser bulunmadığından dem vurdum. Ama ben konuştukça onun gözlerinde yoğun, taşkın ve mana veremediğim bir pırıltı beliriyordu. Sözlerimde böylesi bir heyecana yol açabilecek hiçbir şey yoktu. Aklım karışıp rahatsız olduğum için özet konuşmaya başladım, en sonunda da biraz ani bir biçimde sustum. Rochefort hararetle sordu bana:

– Peki, ya bu yazmanın varlığından emin olsaydın, Ömer Hayyam'a duyduğun ilgi yeniden canlanır mıydı?

– Hiç kuşkusuz, diye itiraf ettim.

– Peki ya ben sana Hayyam'ın bu yazmasını kendi gözlerimle, hem de Paris'te gördüğümü ve sayfalarını karıştırdığımı söylesem?

XXVII

Bu açıklamayı duyar duymaz hayatımın altüst olduğunu söylersem doğru olmaz. Sanırım Rochefort'un beklediği tepkiyi vermedim. Afallamıştım, kafam karmakarışık olmuştu, doğru, ama bir o kadar da şüpheyle yaklaşmıştım anlatılana. Karşımdaki adam bana sınırsız bir güven telkin etmiyordu. Sayfalarını karıştırdığı yazmanın gerçekten Hayyam'ın elinden çıktığına nasıl emin olabilirdi? Farsça bilmiyordu, kandırılmış olabilirdi. Hiçbir doğubilimcinin aklına bile gelmediği halde, bu kitap hangi saçma nedenle Paris'te bulunabilirdi? Bu nedenle kibarca, ama içtenlikle "İnanılmaz!" demekle yetindim, bu söz hem muhatabımın coşkusunu okşuyor hem de benim kafamdaki şüphelere uygun düşüyordu. İnanmak için bekliyordum.

Rochefort devam etti:

– Olağanüstü bir şahsiyetle, sonraki kuşaklara damgalarını vurma isteğiyle tarihin içinden geçenlerden biriyle tanışma şansı buldum. Osmanlı sultanı ondan korkar ve pohpohlar, ne zaman adı geçse İran şahı korkudan titrer. Muhammed soyundan gelmesine rağmen, ulemanın en önde gelenlerinin de huzurunda verdiği halka açık bir konferansta filozofluk mesleğinin insanlık açısından en az peygamberlik kadar vazgeçilmez olduğunu söylediği için İstanbul'dan kovuldu. Adı Cemaleddin.* Tanıyor musun onu?

Adını bile duymadığımı söyledim.

– Mısır'ın İngilizlere karşı ayaklanmasının altında, bu ada-

* Cemaleddin Afganî. (ÇN)

mın çağrısı vardı, diye sözüne devam etti Rochefort. Nil vadisindeki tüm okumuş yazmış kişiler onu sahiplenir, ona "Şeyh" der ve adını hürmetle anarlar. Halbuki Mısırlı değildir ve bu ülkede çok kısa süre kalmıştır. Hindistan'a sürgün edilince orada da harika bir fikir hareketi yaratmayı başardı. Onun etkisiyle gazeteler çıkarıldı, dernekler kuruldu. Kral Naibi hemen alarma geçti, Cemaleddin'i sınır dışı etti, o da Avrupa'ya yerleşti ve o inanılmaz faaliyetini önce Londra'dan, sonra da Paris'ten sürdürdü.

L'Intransigeant'a düzenli olarak yazı veriyordu, sık sık buluşuyorduk. Öğrencilerini de tanıştırdı benimle: Hindistan'dan Müslümanlar, Mısır Yahudileri, Suriye Marunîleri. Sanırım en yakın Fransız dostu bendim, ama tanıdığı tek Fransız değildim. Ernest Renan ve Georges Clemenceau ile görüşüyordu. İngiltere'de de Lord Salisbury, Randolph Churchill veya Wilfrid Blunt gibi insanlarla ahbaplık ediyordu. Victor Hugo da ölmeden kısa bir süre önce onunla tanışmıştı.

Daha bu sabah, onunla ilgili olarak Anılarım'da yer vermeyi düşündüğüm bazı notları gözden geçiriyordum."

Rochefort bir çekmeceyi açıp ufacık bir yazıyla doldurulmuş birkaç kâğıt çıkardı ve okudu: "Beni tüm İslam âleminde reformcu ve devrimci olarak isim yapmış bir sürgünle, havari görünümünde bir adam olan Şeyh Cemaleddin'le tanıştırdılar. Yumuşak ve ateşli, güzel kara gözleri, göğsüne kadar inen çok koyu pas rengindeki sakalı ona ayrı bir heybet kazandırıyordu. Tam kalabalıklara egemen olacak türde bir insandı. Fransızcayı şöyle böyle anlasa da ancak çat pat konuşuyor, ama işlek zekâsıyla bu dil eksiğini kolayca kapatıyordu. Dinç ve dingin görünümünün altında, içini kemiren bir ateş kaynıyordu. Hemen dost olduk, çünkü bende de içgüdüsel olarak devrimci bir ruh var ve her özgürlük savaşçısı beni kendine çeker."

Kâğıtlarını yeniden çekmeceye yerleştirip devam etti:

– Cemaleddin, Madeleine yakınındaki Sèze sokağında, bir otelin en üst katında küçük bir oda tutmuştu. Bu mütevazı yer, Hindistan'a veya Arabistan'a balyalar halinde gönderilen gazetesini basmaya yetiyordu. Oraya sadece bir kez gittim, neye benzediğini merak ediyordum. Cemaleddin'i Durand'da akşam yemeğine davet etmiş ve geçerken uğrayıp onu da alacağımı söylemiştim. Doğrudan odasına çıktım. Her yer, hatta yatağın üstü bile tavana kadar yükselen gazete ve kitap yığınlarıyla doluydu, öyle ki içeride zor yürünüyordu. Odada boğucu bir puro kokusu vardı.

O şahsa duyduğu hayranlığa rağmen bu son cümleyi tiksintiyle yüzünü buruşturarak söyleyince, ben de kendi elimdeki daha yeni yaktığım zarif Havana purosunu hemen söndürmek zorunda kaldım. Rochefort gülümseyerek teşekkür etti ve sözlerini sürdürdü:

– Cemaleddin, beni öyle bir kargaşa içinde ve asaletime hiç yakışmayan bir yerde karşıladığından ötürü özür diledikten sonra, hiç yanından ayırmadığı bazı kitapları gösterdi. Özellikle de Hayyam'ın muhteşem minyatürlerle süslenmiş kitabını. Bu esere *Semerkant Yazması* dendiğini, içinde şairin kendi eliyle yazdığı rubailerin bulunduğunu, derkenara da bir tarihçe eklendiğini açıkladı. Özellikle de yazmanın hangi dolambaçlı yollardan onun eline geçtiğini anlattı.

– *Good Lord!*

Ağzımdan gayri ihtiyari İngilizce olarak çıkan bu dindar ünlem, kuzen Henri'ye muhteşem bir kahkaha attırdı; o soğuk kuşkuculuğumun silindiğinin ve artık dudaklarından dökülecek her sözü sabırsızlıkla bekleyeceğimin işaretiydi bu. Bu durumdan istifade etmekte hiç gecikmedi.

– Cemaleddin'in anlattıklarından fazla bir şey kalmadı aklımda haliyle, diye ekledi zalimce. O akşam özellikle Sudan'dan söz etmiştik. Daha sonra da o yazmayı bir daha görmedim. Dolayısıyla varlığına tanıklık edebilirim, ama korkarım artık kaybolmuştur. Dostumun sahip olduğu her şey yandı, yok oldu veya sağa sola dağıldı

– Hayyam'ın *Yazması* bile mi?

Rochefort cevap olarak yüzünü insana pek de cesaret vermeyen bir şekilde buruşturmakla yetindi. Sonra da sık sık notlarına da başvurarak tutkulu bir açıklama yapmaya girişti:

– Şah 1889 Evrensel Sergisi'ni ziyaret etmek üzere Avrupa'ya geldiğinde, Cemaleddin'e "ömrünün geri kalanını kâfirlerin arasında geçirmek yerine" İran'a dönmesini teklif etti ve kendisini yüksek bir mevkie getireceğini de hissettirdi. Sürgün belli koşullar ileri sürdü: Bir Anayasa ilan edilecek, seçimler düzenlenecek, "medeni ülkelerdeki gibi" herkesin kanun karşısında eşitliği tanınacak ve yabancı devletlere verilmiş aşırı imtiyazlar kaldırılacaktı. İran'ın bu alandaki durumunun yıllardır karikatüristlerimiz için çok bereketli bir malzeme oluşturduğunu söylemek gerek: Yol inşaatlarının tekelini zaten ellerinde bulunduran Ruslar askeri eğitim görevini de üstlenmişlerdi. Kurdukları Kazak alayı İran ordusunun en modern teçhizata sahip birliğiydi ve doğrudan Çarlık subaylarının komutasındaydı. Buna karşılık İngilizler çok komik bir bedel karşılığında ülkenin tüm maden ve orman kaynaklarını işletip banka sistemini yönetme imtiyazını almışlar; Avusturyalılar ise postanelere el koymuşlardı. Cemaleddin, mutlakiyetçi sisteme ve yabancıların imtiyazlarına son verilmesini isterken Şah'ın kendisini kesinlikle reddedeceğinden emindi. Ama Şah onu çok şaşırtan bir kararla tüm koşulları kabul etti ve ülkeyi modernleştirmek için çalışacağına söz verdi.

O zaman Cemaleddin İran'a dönüp yerleşti ve Şah'ın yakın çevresi içine girdi. İlk zamanlar Şah ona saygıda kusur etmedi, hatta onu çok şaşaalı bir törenle haremindeki kadınlara bile takdim etti. Ama reformlar sürüncemede kaldı. Anayasa mı? Mollalar bunun şeriata aykırı olacağı konusunda Şah'ı ikna ettiler. Peki, ya seçimler? Saray erkânı, eğer bunu kabul ederse mutlak otoritesinin sorgulanacağı ve sonunun XVI. Louis'ye benzeyeceği konusunda Şah'ı uyardılar. Yabancıların imtiyazları? Şah, imtiyazları kaldırmak şöyle dursun, sürekli para sıkıntısı çektiği için, yenilerini tanımak zorunda kaldı: On beş bin sterlin gibi gülünç bir para karşılığında, İran tütünlerinin tekelini bir İngiliz şirketine verdi. Hem de sadece ihracatının değil, iç tüketiminin de tekelini. Her erkeğin, her kadının ve çok sayıda çocuğun ya sigara ya da nargile tüttürme keyfinden vazgeçmediği bir ülkede, en kazançlı işlerden biriydi bu.

Bu son ödün Tahran'da ilan edilmeden önce, bu kararı eleştiren ve Şah'ı kararını gözden geçirmeye çağıran bildiriler dağıtıldı gizlice. Hatta bir bildiri de Şah'ın yatak odasına bırakılmıştı. Hükümdar bu metnin Cemaleddin tarafından kaleme alındığından kuşkulandı. Kaygılanan reformcu, pasif direnişe geçmeye karar verdi. İran'da böyle bir âdet vardır: Bir insan can korkusuna düşer veya özgürlüğünü yitireceğinden endişe duyarsa, Tahran civarındaki eski bir türbeye çekilir, oraya kapanır ve kendisini ziyaret edenlere şikâyetini anlatır. Kimse parmaklığı geçip ona saldıramaz. Cemaleddin de bu yola başvurdu ve çekildiği yerde muazzam bir kalabalık toplandı. İran'ın her köşesinden binlerce kişi onu dinlemeye akın etti.

Çok öfkelenen Şah, Cemaleddin'in oradan çıkartılmasını buyurdu. Bu hainliğe girişmeden önce çok tereddüt ettiği, ama Cemaleddin'in zındık diye nam salmış bir filozofdan başka bir şey olmadığı için türbenin dokunulmazlığından yararlanamayacağını (hem de Avrupa'da tahsil görmesine karşın) ileri süren vezirinin onu ikna ettiği söylenir. O zaman silahlı askerler ibadethaneye girdiler, ziyaretçi kalabalığı arasında kendilerine yol açtılar ve Cemaleddin'i yakalayıp tüm eşyasına el koyduktan sonra yarı çıplak bir halde sınıra kadar sürükleye sürükleye götürdüler.

Semerkant Yazması o gün, türbede, Şah'ın askerlerinin postalları altında kayboldu.

Rochefort hiç sözünü kesmeden ayağa kalktı ve sevdiği bir pozu alarak sırtını duvara dayayıp kollarını kavuşturdu.

– Cemaleddin yaşıyordu, ama hastalanmıştı ve en önemlisi de onca ziyaretçinin, hem de kendisini coşkuyla dinlemelerine karşın, herkesin gözü önünde yaşanan o aşağılayıcı sahneyi hiç ses çıkarmadan izlemeleri karşısında çok öfkelenmişti. Bu durumdan tuhaf dersler çıkardı: Tüm ömrünü bazı din adamlarının taassubuyla mücadele etmeye adamış; Mısır, Fransa ve Türkiye'deki mason localarına girip çıkmış Cemaleddin, Şah'a boyun eğdirmek için elinde kalan son silaha başvurmayı seçti. Sonuçları ne olursa olsun.

İran mollalarının şefine uzun bir mektup yazarak Şah'ın Müslüman mallarını ve mülklerini kâfirlere peşkeş çekmesini engellemek için otoritesini kullanmasını istedi. Olayların sonra nasıl seyrettiğini gazetelerden takip etmiş olmalısın.

Şiilerin başındaki mollanın şaşırtıcı bir fetvasının Amerikan basınında da yer aldığını hatırlıyordum gerçekten: "Tütün içen herkes, Mehdi'ye, Allah onun gelişini çabuklaştırsın, isyan etmiş sayılacaktır" diyordu. Bir günde hiçbir İranlı sigara tüttürmez oldu. Meşhur *kalyan*lar* ya raflara kaldırıldı ya da parçalandı, tütüncüler kepenklerini indirdiler. Şahın eşleri arasında bile yasağa kesinlikle uyuldu. Şah çılgına döndü, yazdığı bir mektupla mollayı sorumsuzlukla suçladı, "çünkü tütünden yoksun kalmanın Müslümanların sağlığı üzerinde yapabileceği zararlı etkileri hiç dikkate almıyordu." Ama boykot sertleşerek sürdü, buna Tahran, Tebriz, Isfahan'daki patırtılı gürültülü gösteriler eklendi. Ve imtiyaz iptal edildi.

– Bu arada, dedi Rochefort, Cemaleddin İngiltere'ye giden bir gemiye binmişti. Orada buluştuk, onunla uzun uzun tartıştım; ne söyleyeceğini bilmez hale gelmişti sanki, "şahı devirmek lazım" diye tekrarlayıp duruyordu. Yaralı, aşağılanmış bir adamdı artık, öcünü almaktan başka bir şey düşünemiyordu. Tüm kindarlığıyla onun peşini bırakmayan Şah'ın Lord Salisbury'ye yazdığı öfkeli mektup da her şeyin üstüne tuz biber ekmişti: "Biz bu adamı İngiltere'nin çıkarlarına zarar vermeye uğraştığı için sınır dışı ediyoruz, peki o gidip nereye sığınıyor? Londra'ya." Şaha verilen resmi yanıtta İngiltere'nin özgür bir ülke olduğu ve hiçbir yasayla bir insanın fikirlerini açıklamasının engellenemeyeceği belirtildi. Yapılan özel görüşmelerde ise, Cemaleddin'in faaliyetlerinin kısıtlanması için gereken yasal yolların araştırılacağına söz verilmiş, bu arada reformcu İranlıdan da İngiltere'de kalış süresini kısaltması rica edilmişti. O zaman Cemaleddin istemeye istemeye İstanbul'a gitmek zorunda kaldı.

– Şu anda orada mı?

– Evet. Büyük bir hüzün içinde olduğunu söylüyorlar. Sultan ona güzel bir konak tahsis etmiş; dostlarını ve müritlerini kabul edebiliyormuş, ama ülkeden ayrılması yasaklanmış ve sürekli göz hapsinde yaşıyormuş.

* *kalyan:* nargile. (ÇN)

XXVIII

Kapıları ardına kadar açık duran görkemli bir zindan: Yıldız sırtlarında, sadrazamın konağının hemen yanına, ahşap ve mermerden inşa edilmiş saray. Yemekler saray mutfağından sıcak sıcak çıkıp geliyor, ziyaretçiler birbirini izliyor, parmaklığı geçip, bahçe yolu boyunca ilerleyip eşikte kunduralarını çıkarıyorlardı. Üst katta Şeyh'in sesi gürlüyor, kapalı sesli harfleriyle kulak tırmalayan heceler işitiliyordu. Şeyh, İran'ı ve Şah'ı eleştiriyor, gelecek belaları haber veriyordu.

Ben, Amerikalı yabancı, minicik yabancı şapkam, minicik yabancı adımlarım, yabancı kaygılarımla kendimi ufacık hissediyordum burada. Bir yazmanın peşinde Paris'ten trene atlayıp, yetmiş saatte üç imparatorluğun topraklarından geçip İstanbul'a gelmiştim. Doğu'nun çalkantıları arasında eski bir şiir kitabını, bir saman çöpü kadar değersiz bir kâğıt tomarını ele geçirmeye uğraşıyordum.

Beni bir hizmetkâr karşıladı. Osmanlı usulü bir temenna, Fransızca bir çift hoş geldin sözü, ama en küçük bir soru yok. Buraya herkes aynı nedenle geliyordu: Şeyh'le tanışmak, Şeyh'i dinlemek, Şeyh'i jurnallemek. Geniş bir salona alındım ve beklemem söylendi.

İçeri girer girmez bir kadın siluetinin varlığını fark ettim. Gözlerimi yere indirmek zorunda hissettim kendimi; ülkenin âdetleri hakkında kulağımı öyle doldurmuşlardı ki, memnun bir yüz, gülen gözlerle elimi uzatıp kadına doğru yürüyecek halim yoktu elbette. Ağzımda bir iki söz geveleyip şapkamı kaldırıp indirdim, hepsi o. Onun oturduğu yerin tam aksi yönünde içine gömülebileceğim İngiliz stili bir koltuk gözüme çarpmıştı zaten. Ama işte bakışlarım yerdeki halıyı süpürerek ilerlerken misafir hanımın iskarpinlerine takılıverdi, mavi ve altın rengi elbisesi boyunca dizlerine, oradan da göğsüne, boynuna doğru çıktı, peçesinin hizasına kadar geldi. Ama şu işe bakın, karşıma tülden bir engel değil açık bir yüz çıktı, kadının gözleri benimkilerle buluştu. Ve bir gülümseme. Bakışlarım hemen yere doğru kaçtı, yeniden halının üzerinde şöyle bir dalgalandı, yerdeki bir çininin kenarını süpürdü, sonra yeniden, engellenemez biçimde suyun yüzüne çıkan bir mantar gibi ona doğru yükseldi. Saçlarının üzerinde ipekten ince bir tülbent vardı, namahrem biri içeri girdiğinde indirilmeye hazır bekliyordu. Ama namahrem işte tam karşısında duruyordu ve o peçesini hâlâ indirmemişti.

Şimdi de bakışları uzaklara dalmıştı, yüzünü, dupduru ve yanık tenini seyretmem için profilini dönmüştü. Yumuşaklık sözü bir tene bürünse, bu onun teni olurdu. Yanaklarım terden nemlenmiş, ellerim buz kesmişti. Mutluluk şakaklarımı dövüyordu. Tanrım, ilk Doğu imgem ne güzeldi böyle! Sadece çöl şairlerinin türküsünü yakabileceği türden bir dilber: Onu görseler, yüzü güneş, saçları kuytu gölgeler, gözleri serin su pınarları, bedeni ince, uzun bir hurma ağacı, gülümseyişi bir serap, derlerdi.

Onunla konuşsam mı? Nasıl yani? Odanın bir ucundan diğer ucuna ellerimi boru gibi yapıp bağıracak mıyım? Ayağa kalkıp yanına mı yürüsem? Daha yakın bir koltuğa geçip gülümseyişinin silinmesi ve peçenin bir satır gibi aşağı inmesi tehlikesini göze alsam mı? Bakışlarımız sanki rastlantı eseri gibi yeniden karşılaştı, oyun oynar gibi kaçıştılar sonra. İçeri giren hizmetkâr bölmüştü oyunu. İlkinde bana çay ve sigara ikram etmek için. Bir süre sonra da onun önünde yerlere kadar eğilip Türkçe bir şeyler söylemek için. O zaman kadının ayağa kalktığını, yüzünü örttüğünü, hizmetkâra meşin bir kese verdiğini gördüm. Adam acele adımlarla çıkışa doğru yürüdü. Kadın onu takip etti.

Ama salonun kapısına gelince yavaşladı, adamın biraz uzaklaşmasını bekledi, bana doğru döndü, yüksek sesle ve benimkinden çok daha düzgün bir Fransızcayla:

– Kim bilir, belki de yollarımız yeniden kesişir! dedi.

Ya bir nezaket ya da vaat eseri, sözlerine muzip bir gülümseme eşlik ediyordu. Bu gülümsemede hem bir meydan okuma hem de tatlı bir sitem sezdim. Daha sonra tam bir sakarlık abidesi olarak koltuğumdan doğrulmaya çalışıp da bir türlü doğrulamazken, hem dengemi hem de sükûnetimi korumaya çalışırken orada öylece, kıpırdamadan durdu, bakışları neşeli bir iyi niyetle sarıp sarmaladı beni. Hiçbir kelime bir yol bulup da dudaklarımdan dökülemedi. Kadın gözden kayboldu.

Camın önünde ayakta durmuş, ağaçların arasında onu götüren faytonu seçmeye çalışıyordum ki, bir ses beni düşlerimden kopardı.

– Beklettiğim için özür dilerim.

Cemaleddin'di bu. Sol elinde sönmüş bir puro tutuyordu. Bana sağ elini uzattı, içtenlikle el sıkıştı, yumuşak ama güçlü bir tokalaşma...

– İsmim Benjamin Lesage, Henri Rochefort tarafından gönderildim.

– Henri Rochefort'un dostları benim de dostumdur, onlarla açıkyüreklilikle konuşurum.

Beni omzumdan tutup üst kata çıkan ahşap merdivene doğru götürdü.

– Dostum Henri iyidir umarım, sürgünden tam bir zafer havasında döndüğünü işittim. Kendi adını haykırarak yürüyen tüm o Parislileri görünce kim bilir nasıl mutlu olmuştur! Haberleri *L'Intransigeant*'da okudum. Gazeteyi düzenli olarak gönderiyor, ama ben gecikmeli alıyorum. Okuyunca Paris'in gürültüsü benim kulaklarıma kadar geliyor.

Cemaleddin biraz sıkıntı çekerek de olsa düzgün bir Fransızca konuşmaya uğraşıyor, kimi zaman bulamadığı bir kelimeyi ben hatırlatıyordum. Doğru kelimeyi söylemişsem teşekkür ediyor, değilse dudaklarını ve çenesini büzerek belleğini taramaya devam ediyordu. Söze devam etti:

– Paris'te karanlık bir odada yaşadım, ama pencereleri uçsuz bucaksız bir dünyaya açılıyordu. Bu evden yüz kat daha küçüktü, ama ben orada daha ferahtım. Halkımdan binlerce kilometre uzaktaydım, ama halkımın ilerlemesi uğruna burada veya İran'da yapabileceğimden daha verimli çalışıyordum. Sesim, Cezayir'den Kâbil'e kadar her yerden işitiliyordu; bugün ise sadece ziyaretleriyle beni onurlandıranlar söylediklerimi dinleyebiliyorlar. Tabii kapım onlara her zaman açık, hele Paris'ten geliyorlarsa.

– Paris'te yaşamıyorum. Annem Fransız, ismimde de bir Fransızlık var, ama ben Amerikalı'yım. Maryland'da oturuyorum.

Bu durum onu eğlendirmiş gibiydi.

– 1882'de Hindistan'dan sınır dışı edildiğimde ABD'ye de uğramıştım. Hatta Amerikan vatandaşlığına bile başvurdum. Gülüyorsunuz! Böyle bir şey gerçekleşse dindaşlarımdan pek çoğu öfkeden ayağa kalkarlardı! Seyyid Cemaleddin, İslam rönesansının havarisi, Peygamber soyundan bir şeyh bir Hıristiyan ülkesinin vatandaşı olacak ha? Ama ben hiç utanmıyorum bundan, zaten olayı dostum Wilfrid Blunt'a da anlattım, Anılar'ında bundan söz etmesi için izin de verdim. Basit bir gerekçem var: Darülislam'da zorbalıktan uzakta yaşayabileceğim hiçbir köşe yok. İran'da, geleneksel olarak insana mutlak dokunulmazlık sağlayan bir türbeye sığınmak istedim, Şah'ın askerleri içeri girip beni dinleyen yüzlerce ziyaretçinin gözleri önünde derdest edip götürdüler ve bir talihsiz istisna dışında, hiç kimse parmağını kıpırdatıp karşı çıkmaya cesaret edemedi. İnsanın kendisini keyfi idareden koruyabileceği bir tek ibadethane, bir tek üniversite, bir tek basit kulübe yok!

Sehpanın üzerinde duran ahşap yerküreyi titreyen elleriyle okşadı ve ekledi:

– Türkiye'de durum daha da kötü. Ben Sultan Halife Abdülhamid'in resmi davetlisi değil miyim? Tıpkı Şah'ın yaptığı gibi, o da bana mektup üstüne mektup göndererek ömrümü kâfirlerin arasında geçiriyorum diye suçlamamış mıydı beni? Aslında şu cevabı vermekle yetinmeliydim: Şu güzel memleketlerimizi birer zindana çevirmeseydiniz, gidip Avrupalıların yanına sığınma ihtiyacı duymazdık! Ama zayıf düştüm artık, aldatılmaya razı oldum. İstanbul'a geldim ve işte sonucunu görüyorsunuz. Tüm konukseverlik kurallarını çiğneyen bu yarı delinin elinde tutsağım. Son olarak şöyle bir haber ulaştırdım ona: "Ben sizin konuğunuz muyum? O zaman izin verin gideyim. Tutsağınız mıyım? O zaman ayağıma pranga vurup zindana atın beni!" Ama cevap vermeye tenezzül etmedi. Rusya veya İngiltere'yi hiç saymıyorum bile, şayet ABD, Fransa veya Avusturya-Macaristan vatandaşı olsaydım, konsolosum sadrazamın odasına kapıyı bile çalmadan girer ve yarım saat içinde serbest bırakılmamı sağlardı. Size söylüyorum işte, bu yüzyılda yaşayan Müslümanlar, bizler yetimiz.

Soluk soluğa kalmıştı, son bir çabayla ekledi:

– Sultan Abdülhamid'e yarı deli demem dışında, söylediğim her şeyi yazabilirsiniz. Bir gün bu kafesten uçup gitme umudumun tamamen yok olmasını istemiyorum. Zaten yarı deli demek yalan olur, adam zır deli ve tehlikeli bir cani, hastalık derecesinde kuşkucu, kendini de tamamen Halepli müneccimininin ellerine teslim etmiş.

– Hiç korkmayın, bu söylediklerinizin hiçbirini yazacak değilim.

Bu isteğinden yararlanıp aramızdaki yanlış anlaşılmayı gidermek istemiştim.

– Ben gazeteci değilim, bunu size söylemeliyim. Dedemin kuzeni olan Bay Rochefort sizi gelip görmemi tavsiye etti, ama bu ziyaretimin amacı İran veya sizin hakkınızda bir makale yazmak değil.

Hayyam'ın *Yazması*'na duyduğum ilgiyi, bir gün onun sayfalarını karıştırabilmeyi, içindekileri yakından inceleyebilmeyi ne kadar çok istediğimi açıkladım. Beni büyük bir dikkat ve belirgin bir sevinçle dinledi.

– Beni bir an için de olsa yorucu kaygılardan kurtardığınız için size minnettarım. Bu değindiğiniz konu beni hep heyecanlandırmıştır. Bay Nicolas'nın *Rubaiyat*'ın Fransızca çevirisine yazdığı girişte anlattığı üç arkadaşın, Nizamülmülk, Hasan Sabbah ve Ömer Hayyam'ın hikâyesini okudunuz mu? Kişilikleri çok farklıdır, ama her biri İran ruhunun ölümsüz bir yönünü temsil eder. İçimde üçünü birden bulurum kimi zaman. Nizamülmülk gibi, büyük bir İslam devleti kurma özlemi taşırım. İsterse tahammül edilmez bir Türk sultanı tarafından yönetilsin! Hasan Sabbah gibi İslam âleminin dört köşesine başkaldırı tohumları ekiyorum, beni ölümüne izleyecek müritlerim var...

Bir an kaygılı bir ifadeyle sustu, kendini toparladı, gülümseyerek sözün gerisini getirdi:

– Hayyam gibi şimdinin, içinde yaşanan ânın nadir keyiflerini kolluyor, şarap, sâki, meyhane, sevgili üzerine dizeler yazıyorum; sahte sofulara hiç güvenmiyorum, onun gibi. Bazı rubailerinde Ömer kendinden söz ederken, sanki çizdiği resim bana aitmiş gibi geliyor: "Şu alacalı bulacalı yeryüzünde bir adam dolaşır, ne zengin ne yoksul, ne mümin ne kâfir, yaltaklanmaz hiçbir hakikate, saygısı yok hiçbir kanuna... Şu alacalı bulacalı yeryüzünde, bu yiğit ve hüzünlü adam kim ola?"

Bu şiiri söylerken düşünceli bir ifadeyle purosunu yaktı yeniden. Küçük bir köz sakalına düştü, onu alışkın bir el hareketiyle silkeledi. Sözüne devam etti:

– Çocukluğumdan beri şair Hayyam'a olduğu kadar, hatta belki ondan da çok filozof, hür düşünür Hayyam'a muazzam bir hayranlık beslerim. Onun Avrupa ve Amerika'yı çok geç bir tarihte de olsa fethetmesi karşısında büyülenip kaldım. Dolayısıyla Hayyam'ın kendi kaleminden çıkmış özgün *Rubaiyat* nüshası elime geçtiğinde ne kadar büyük bir mutluluk yaşadığımı kestirebilirsiniz.

– Ne zaman geçti elinize?

– On dört yıl önce Hindistan'da, bütün o yolu sadece beni görebilmek için katetmiş genç bir İranlı tarafından hediye edilmişti bana. Kendini şu şekilde tanıtmıştı: "Kirmanlı Mirza Rıza, Tahran çarşısının eski esnaflarından, itaatkâr kulunuz." Gülümsemiş, "eski esnaf"ın ne manaya geldiğini sormuştum, o zaman hikâyesini anlattı bana. Bir kullanılmış giysi dükkânı açmış. Bir gün Şah'ın oğullarından biri gelip bin yüz tumanlık –yaklaşık bin dolar– mal almış: Kürkler, şallar, vb. Ama Mirza Rıza ertesi gün parasını almak için bu şehzadenin evine gidince hakarete uğrayıp dövülmüş, hatta alacağının peşinde koşmaya kalkarsa öldürülmekle tehdit edilmiş. İşte o zaman kalkıp bana gelmeye karar vermiş. Ben o sırada Kalküta'da ders veriyordum. "Keyfi idareye bırakılmış bir ülkede insanın hayatını dürüstçe kazanamayacağını anladım" demişti. "İran'a bir Anayasa ve bir meclis lazım diye yazan sen değil miydin? Beni bugünden itibaren müritlerinin en sadığı olarak kabul et. Senin peşine düşmek için dükkânı kapadım, karımı da terk ettim. Her emrine itaat edeceğim!"

Cemaleddin o adamdan söz ederken acı çekiyordu sanki.

– Duygulanmış ama bir yandan da zor durumda kalmıştım. Ben gezgin bir filozofum, ne evim var ne barkım, kimsenin sorumluluğunu üstlenmemek için evlenmedim, bu adamın Mesih veya Mehdi'ymişim gibi peşime takılmasını da istemiyordum. Onu bu kararından caydırmak için, "böyle iğrenç bir para meselesi yüzünden işini, aileni terk etmeye değer mi gerçekten?" dedim. O zaman yüzü karardı, bana hiç cevap vermeden çıkıp gitti.

Ancak altı ay sonra geri geldi. İç cebinden, üzerine değerli taşlar kakılmış küçük altın bir mahfaza çıkarıp açtıktan sonra bana uzattı.

– Şu yazmaya bir bak, sence kaç para eder bu? diye sordu.

Sayfalarını karıştırdım, sonra içinde ne olduğunu heyecandan titreyerek keşfettim.

– Bu Hayyam'ın asıl metni; bu minyatürler, bu tezhipler, paha biçilmez!

– Bin yüz tumandan daha çok eder değil mi?

– Bin yüz tuman devede kulak kalır bunun yanında!

– Al, sende kalsın, sana hediye ediyorum onu. Ona baktıkça, Mirza Rıza'nın senin yanına parasını geri almaya değil, yitirdiği gururunu kazanmaya geldiğini hatırlarsın.

Böylece yazma benim elime geçti ve ondan bir daha ayrılmadım, diye devam etti Cemaleddin. ABD'de, İngiltere'de, Fransa'da, Almanya'da, Rusya'da, sonra İran'da hep yanımdaydı. Şah Abdülazim türbesine kapandığımda da üstümdeydi. Zaten orada da yitirdim.

– Şimdi nerede olabileceğini bilmiyor musunuz?

– Size söylemiştim, yakalandığımda Şah'ın askerlerine karşı koymaya cesaret eden bir kişi çıkmıştı sadece, o da Mirza Rıza'ydı. Ayağa kalkmış, haykırmış, ağlamış, askerleri ve orada bulunanları kalleşlikle suçlamıştı. Tutuklandı, işkence gördü, dört yıldan uzun bir süreyi zindanlarda geçirdi. Serbest bırakıldığında beni görmek için İstanbul'a geldi. Sağlığı öylesine bozulmuştu ki İstanbul'daki Fransız hastanesine yatırdım onu, geçen kasım ayına kadar kaldı orada. Geri dönünce yine yakalanır korkusuyla tutmaya çalıştım yanımda. Ama reddetti. Hayyam'ın *Yazması*'nı geri almak istiyordu, artık başka bir şey umurumda değil, diyordu. Bazı insanlar vardır, bir saplantıdan diğerine dolaşırlar böyle.

– Siz ne hissediyorsunuz bu konuda? Yazma hâlâ mevcut mu?

– Bu konuda sadece Mirza Rıza bilgi verebilir size. Ben tutuklandığım sırada yazmayı aşıran askeri bulabileceğini iddia ediyor, ondan *Yazma*'yı geri alabileceğini umuyordu. Her ne olursa olsun gidip onu görmeye kararlıydı, olmazsa satın alırım diyordu, ama parayı nereden bulacağını Allah bilir.

–*Yazma*'yı geri almak söz konusuysa, paradan yana hiçbir sorun çıkmaz!

Ateşli bir şekilde konuşmuştum. Cemaleddin şöyle bir süzdü beni, kaşlarını çattı, sanki kulağını dayayıp göğsümü dinleyecekmiş gibi eğildi bana doğru.

– Bana öyle geliyor ki, siz de bu *Yazma*'ya en az zavallı Mirza kadar takmışsınız kafayı. O zaman tek çareniz, Tahran'a gitmek! Orada bu kitabı bulabileceğinizi garanti edemem, ama bakmayı biliyorsanız belki Hayyam'ın başka izlerini keşfedersiniz.

Ağzımdan bir anda, iradem dışında dökülüveren cevap onun teşhisini doğrular gibiydi:

– Vize alabilirsem hemen yarın yola çıkarım.

– Vizede sorun çıkmaz. Bakû'deki İran konsolosuna verilmek üzere bir pusula yazarım size, o gerekli işlemleri halledip Enzeli'ye kadar ulaşımınızı bile ayarlar.

Yüzümde herhalde bir kaygı ifadesi belirmişti. Cemaleddin takıldı bana.

– Herhalde şöyle diyorsunuz içinizden: Kaçak birisi İran hükümetinin bir temsilcisine benim için nasıl tavsiye mektubu yazabilir? Şunu bilin ki, benim her yerde, her şehirde, her çevrede, hatta Şah'ın yanı başında bile müritlerim var. Dört yıl önce Londra'dayken Ermeni bir arkadaşla birlikte bir gazete çıkarıyor, sonra da küçük paketler halinde gizlice İran'a gönderiyordum. Şah bunu haber aldı, Posta nazırını çağırtıp bu gazetenin ülkeye girmesine her ne pahasına engel olmasını emretti. Nazır da gümrükçülere bütün yasadışı kolilere sınırlarda el koyup kendi evine göndermelerini bildirdi.

Cemaleddin purosundan bir nefes çekti, duman bulutunu attığı kahkahayla dağıttı.

– Tabii, posta nazırının benim en sadık adamlarımdan biri olduğundan ve gazetenin iyi bir şekilde dağıtılması işini ona verdiğimden Şah'ın haberi yoktu!

Kan kırmızı fesler giymiş üç ziyaretçi geldiğinde Cemaleddin hâlâ gülmeye devam ediyordu. Ayağa kalktı, onları selamladı, kucakladı, oturmaları için yer gösterdi, Arapça bir şeyler konuştu. Benim kim olduğumu onlara açıkladığını ve biraz izin istediğini anladım. Tekrar yanıma geldi.

– Tahran'a gitmeye kararlıysanız size birkaç tavsiye mektubu vereceğim. Yarın gelin, hepsi hazır olacak. Ayrıca çekinmenize de hiç gerek yok, kimse bir Amerikalı'nın üstünü aramaz.

Ertesi gün üç kahverengi zarf beni bekliyordu. Onları bana açık olarak kendi eliyle teslim etti. Birincisi Bakû konsolosu, ikincisi de Mirza Rıza içindi. İkincisini uzatırken şu yorumu yaptı:

– Bu adamın dengesiz ve saplantılı biri olduğu hakkında sizi uyarmalıyım, onunla sadece gerektiği kadar görüşün. Rıza'yı çok severim, müritlerimin hepsinden daha içten, daha bağlı ve daha temizdir hiç kuşkusuz, ama en kötü çılgınlıklara da kalkışabilir.

İç geçirdi, uzun beyaz gömleğinin altına giydiği bol şayak pantolonun cebine elini soktu:

– Şu on altını benim adıma ona verin; elinde avcunda bir şey kalmadı artık, aç bile olabilir, ama dilenemeyecek kadar gururludur.

– Onu nerede bulabilirim?

– En ufak bir fikrim yok. Evi barkı yok, ailesi kalmadı, bir yerden diğerine dolaşıp duruyor. Bu yüzden size başka ve oldukça farklı bir gence verilmek üzere bu üçüncü mektubu teslim ediyorum. Tahranlı zengin bir tüccarın oğlu ve henüz yirmi yaşında olmasına, hepimizi yakan ateşin onun da gönlünü tutuşturmasına karşın hep dengelidir, en devrimci fikirleri bile karnı tok bir çocuk edasıyla anlatmaya hazırdır. Bazen onu hiç Doğulu olmamakla suçlarım. İran kıyafetlerine bürünmüş İngiliz soğukluğu, Fransız fikirleri, Clemenceau'yu bile geride bırakan bir din karşıtlığı göreceksiniz onda. Adı Fazıl. Sizi Mirza Rıza'ya o götürecek. Gözünü Rıza'dan ayırmamakla görevlendirmiştim onu, tabii mümkün olduğunca. Berikinin çılgınlıklarını engelleyebileceğini sanmam, ama en azından nerede bulunabileceğini bilir.

Gitmek üzere kalktım. Beni hararetle selamlayıp elimi avcunda tuttu:

– Rochefort mektubunda adınızın Benjamin Omar olduğunu yazmış. İran'da sadece Benjamin'i kullanın, "Ömer"i ağzınıza bile almayın.

– Ama Hayyam'ın adı da Ömer!

– 16. yüzyıldan, İran Şii olduğundan beri bu isim kara listeye alındı, başınıza bir sürü dert açabilir. İnsan kendini Doğu ile özdeşleşmiş sanırken bir anda onun kavgalarının içinde de bulabilir.

Pişmanlık ve teselli ifadesi, elden ne gelir, anlamında bir hareket. Verdiği öğütten ötürü teşekkür edip çıkmak için arkamı döndüm, ama beni yakaladı:

– Son bir şey. Dün burada genç bir kadınla karşılaştınız, o tam gitmek üzereydi. Konuştunuz mu hiç?

– Hayır, fırsat bulamadım.

– Şah'ın torunudur o, Prenses Şirin. Eğer herhangi bir nedenle tüm kapılar önünüzde kapanırsa, ona bir haber uçurun ve kendisini benim evimde gördüğünüzü hatırlatın. Onun bir sözüyle pek çok engel ortadan kalkacaktır.

XXIX

Trabzon'a kadar yelkenliyle gittim. Karadeniz sakindi, sütlimandı, çok hafif bir rüzgâr esiyor, saatlerce sahildeki aynı noktayı, aynı kayalığı, Anadolu'nun aynı koruluğunu seyretmek zorunda kalıyordu insan. Şikâyet etmeye hakkım yoktu, çünkü benim de önüme koyduğum zorlu görevi başarabilmek için böyle durgun bir havaya ihtiyacım vardı: Hayyam'ı da Fransızcaya çeviren Bay Nicolas'nın kaleme aldığı koca bir Farsça-Fransızca diyalog kitabını ezberlemek. Çünkü ev sahiplerime kendi dillerinde hitap etmeye kararlıydım. Türkiye'de olduğu gibi İran'da da birçok okumuş yazmış kişinin, tüccarların veya yüksek görevlilerin Fransızca bildiklerinden haberim vardı gerçi. Hatta bazıları İngilizce bile biliyordu. Ama sarayların ve elçiliklerin sınırlı çevresinin dışına çıkabilmek, büyük kentlerin dışında veya onların kenar mahallelerinde de dolaşabilmek için Farsça konuşmak şarttı.

Bu sınav beni hem heyecanlandırıyor hem de eğlendiriyor, gerek kendi dilimle gerekse çeşitli Latin dilleriyle olan yakınlıkları keşfettikçe mest oluyordum. Fransızcadaki *père, mère, frère, fille;* İngilizcedeki *father, mother, brother, daughter,* Farsçada peder, mâder, birader, duhter oluyordu. Hint-Avrupa dil akrabalığını bundan iyi yansıtan örnek zor bulunurdu. İranlı Müslümanların Tanrı'yı ifade etmek üzere kullandıkları "Hüda" da, Allah'tan çok İngilizcedeki *"God"* veya Almancadaki *"Gott"*'a yakındı. Bu örneğe karşın Arapçanın etkisi çok daha egemendi ve kendini tuhaf bir biçimde gösteriyordu: Birçok Farsça sözcüğün yerine keyfi olarak Arapça karşılıkları geçiriliyordu; hatta konuşmalarını Arapça terimler veya koca koca cümlelerle doldurmak, mürekkep yalamışların pek beğendikleri bir kültürel snobizm biçimiydi. Özellikle de Cemaleddin bu âdeti çok seviyordu.

Arapça öğrenmeyi daha sonraya bırakmaya karar verdim. Şimdilik Bay Nicolas'nın bana Farsça öğretmenin dışında ülke hakkında da faydalı bilgiler veren metinlerini akılda tutmaya çalışmak için epey uğraşıyordum zaten. Kitapta şu tür diyaloglar yer alıyordu:

– İran'dan ihraç edilebilecek ürünler hangileridir?

– Kirman şalları, inci, laciverttaşı, halı, Şiraz tütünü, Mazenderan ipeklileri, sülük ve kiraz ağacından yapılma nargile imameleri.

– Seyahate çıkınca yanında bir aşçı bulundurmak zorunlu mudur?

– Evet, insan yanında aşçısı, döşeği, kilimleri ve hizmetçileri olmadan İran'da adım atamaz.

– İran'da hangi yabancı paralar geçer?

– Rus çarlık rublesi ve Hollanda dukası. Fransız ve İngiliz paralarına çok az rastlanır.

– Şimdiki şahın adı nedir?

– Nâsıreddin Şah.

– Mükemmel bir şah olduğu söyleniyor.

– Evet, yabancılara karşı son derece iyi niyetli ve eli çok açıktır. Çok iyi eğitim almıştır, tarih, coğrafya, çizim bilir; Fransızca konuştuğu gibi Doğu dillerine, Arapça, Türkçe ve Farsçaya çok hâkimdir.

Trabzon'a geldiğimde, kentin tek oteli olan İtalya Oteli'ne yerleştim. Hemen her yemeği insanı çileden çıkaran sonu gelmez bir el kol sallamacaya çeviren sinek bulutlarına razı gelinirse, otelin rahat olduğu bile söylenebilirdi. Ben de öteki otel müşterilerine uyup birkaç metelik karşılığında beni yelpazeleyecek ve sinekleri kovalayacak bir çocuk tuttum. Ama onu sinekleri sadece kovmaya ikna edip gözlerimin önünde, dolmalarla kebapların arasında ezmekten vazgeçirinceye kadar akla karayı seçtim. Bir süre bana itaat ediyor, ama elindeki ürkütücü silahın menziline giren bir sinek görünce her şeyi unutup darbeyi indiriyordu.

Dördüncü gün, Marsilya-İstanbul-Trabzon-Batum güzergâhında çalışan bir *Messageries maritimes* gemisinde yer bulup Karadeniz'in en doğusundaki bu Rus limanına kadar gittikten sonra, oradan Transkafkasya trenine binip Hazar Denizi kıyısındaki Bakû'ya ulaştım. İran konsolosu beni öyle cana yakın bir şekilde karşıladı ki Cemaleddin'in mektubunu göstersem mi göstermesem mi diye tereddüt ettim. Adı sanı belirsiz bir yolcu olarak kalsam da kuşku çekmesem daha iyi olmaz mıydı? Ama farklı kuruntulara da kapıldım. Belki de mektup benimle ilgisi olmayan başka bir mesaj daha içeriyordu ve onu kendime saklamaya hakkım yoktu. Birdenbire kararımı verip esrarengiz bir sesle şöyle dedim:

– Belki de ortak bir dostumuz vardır.

Ve cebimden zarfı çıkardım. Konsolos zarfın mührünü derhal özenle açtı; masasının üzerindeki gümüş çerçeveli gözlüklerini almış ve mektubu okumaya koyulmuştu ki parmaklarının titremeye başladığını gördüm. Ayağa kalktı, gidip kapıyı kilitledi, dudaklarını bir an kâğıda bastırdı ve murakabeye dalmış gibi öylece kaldı. Sonra yanıma gelip deniz kazasından kurtulmuş bir kardeşiymişim gibi sıkı sıkı kucakladı beni.

Sonra kendini toparlar toparlamaz, odacılarını çağırdı, sandığımı evine taşımalarını, beni en güzel odaya yerleştirip o gece için bir şölen hazırlamalarını emretti. İşi gücü bir kenara bırakıp beni iki gün boyunca evinde ağırladı ve Şeyh, Şeyh'in sağlığı, ruh hali, özellikle de İran'daki durum üzerinde ne düşündüğü hakkında bir an bile soluk almadan sorular sorup durdu. Yola çıkma zamanı gelince Kafkasya-Merkür denizyollarına ait bir Rus gemisinde kamaramı tuttu. Sonra da beni arabacısına emanet edip adama Kazvin'e kadar benimle birlikte gelip ihtiyaç duyacağım sürece yanımda kalmasını emretti.

Kısa zamanda arabacının çok becerikli, hatta vazgeçilmez biri olduğu ortaya çıktı. Bıyıkları kibirle dikilen o gümrükçünün eline, nargilesinin marpucunu bir an olsun bırakmaya tenezzül edip benim kocaman Welseley sandığımı mühürlesin diye birkaç altın sıkıştırmayı ben katiyen beceremezdim. Yollar İdaresi'ndeki memur tepeden bakan tavrıyla bize ertesi gün gelmemizi söyler ve hempası olduğu besbelli uğursuz bir meyhaneci bize yardım edebileceğini belirtirken derhal dört atlı bir araba tahsis edilmesi için pazarlık masasına oturup karşısındakileri yola getiren de o oldu.

Benden önceki seyyahların çektikleri çileyi düşününce yolda çekilen bu zahmetlere katlanmam kolaylaştı. On üç yıl önce İran'a ancak eski deve kervanlarının yolundan gidilebiliyordu. Trabzon'dan başlayıp Erzurum'dan geçerek Tebriz'e uzanan bu yol yaklaşık kırk menzilden oluşuyor, insanın bedeninde derman, kesesinde para bırakmamacasına altı uzun hafta boyunca sürüyordu; sonu gelmez aşiret kavgaları yüzünden yaşanan tehlikeler de cabasıydı. Transkafkasya demiryolu bu düzeni altüst etmiş, İran'ı dünyaya açmıştı. Artık bu imparatorluğa büyük tehlikeleri veya sıkıntıları göze almadan ulaşmak mümkündü. Bakû'dan Enzeli limanına kadar gemiyle gidiliyor, oradan da araba trafiğine açık bir yoldan bir haftada Tahran'a varılıyordu.

Batı'da top, bir savaş veya askeri tören aracıdır; İran'da işkence aletine de dönüşebilir. Bu konuyu açmamın nedeni Tahran'ı çevreleyen sur halkasına ulaştığımızda gördüğüm manzaraydı: Karşımda akla gelebilecek en vahşi amaçla kullanılan bir top duruyordu; geniş namlunun içine elleri kolları sucuk gibi bağlanmış bir adam sokulmuştu, sadece usturaya vurulmuş kafası gözüküyordu. Orada, güneşin alnında aç susuz, ölümü bekleyecekti. Bana anlatıldığına göre, cesetler de uzun süre aynı yerde bırakılır, şehrin kapısını aşan herkese ibret olsun, ürküntü ve suskunluk telkin etsin diye teşhir edilirmiş.

Belki de ilk karşıma çıkan bu görüntü yüzünden İran'ın başkenti üzerimde pek büyüleyici bir etki bırakmadı. Doğu kentlerinde şimdiki zamanın renkleri ve geçmişin gölgeleri aranır. Tahran'da böyle bir şeyin kıyısından bile geçmedim. Ne gördüm orada? Kuzey mahallelerindeki zenginleri güney mahallelerindeki yoksullara bağlayan, fazlasıyla geniş anayollar; develer, katırlar ve alacalı bulacalı kumaşlarla dolup taşsa da Kahire, İstanbul, Isfahan veya Tebriz çarşılarıyla asla kıyaslanamayacak bir pazar yeri. Ve göz alabildiğine uzanan, sayısız külrengi bina.

Fazla yeni bir şehirdi Tahran, hiç tarihi yok gibiydi! Uzun süre saygıdeğer âlimler şehri Rey'e bağlı, adı sanı bilinmeyen bir yerleşim olarak kalmış, sonra Rey, Moğollar tarafından yerle bir edilmişti. Ancak 18. yüzyıl sonuna doğru burası bir Türkmen aşiretinin, Kaçarların eline geçmişti. Kılıç zoruyla İran'ın tamamına boyun eğdirmeyi başaran bu hanedan, kendi mütevazı barınağını payitaht konumuna yükseltmişti. O zamana dek ülkenin siyasi merkezi daha güneyde, Isfahan'da, Kirman veya Şiraz'daydı. Bu şehirlerin sakinleri, dillerini bile bilmedikleri halde kendilerini yöneten bu "kuzeyli yontulmamış köylüler" hakkında söylemediklerini bırakmıyorlardı. Şah, tahta çıkış töreninde tebaasına seslenebilmek için tercüman kullanmak zorunda kalmıştı. Ama o zamandan beri Farsçayı biraz daha iyi öğrenmiş gibiydi.

Bunun için de epey zamanı olmuştu aslında. Ben 1896'nın Nisan ayında Tahran'a geldiğimde bu hükümdar tahttaki ellinci yılını kutlamaya hazırlanıyordu. Bu vesileyle kent, aslan ve güneş işaretlerini taşıyan ulusal bayraklarla donatılmış, tüm eyaletlerin ileri gelenleri Tahran'a akın etmiş, birçok yabancı heyet gelmişti. Resmi konukların çoğu köşklerde ağırlansa da, Avrupalıların kullandığı iki otel, Albert ve Prévost hiç alışılmamış ölçüde doluydu. En sonunda Prévost'da bir oda bulabildim.

Doğrudan Fazıl'a gitmeyi, ona mektubu vermeyi, Mirza Rıza'ya nasıl ulaşabileceğimi sormayı düşünmüştüm, ama sabırsızlığımı bastırmayı bildim. Doğuluların âdetlerinden haberdar olduğum için, Cemaleddin'in müridinin beni evine davet edip orada ağırlamak isteyeceğinden emindim; ne bu teklifi reddedip onu incitmek ne de onun, hele Şeyh'inin siyasi faaliyetine bir şekilde bulaştırılma tehlikesini göze almak niyetindeydim.

Bu nedenle bir Cenevreli tarafından işletilen Prévost Oteli'ne yerleştim. Sabah Sefaretler bulvarındaki Amerikan sefaretine gitmek üzere –her zaman işe yarayan bir kibarlıktır bu– yaşlı bir kısrak kiraladım. Sefaretten sonra da Cemaleddin'in gözde müridine gittim. Fazıl, ince bıyıkları, uzun beyaz gömleği, soylu bir tavırla yukarda tuttuğu başı, bir nebze soğukluğuyla, İstanbul sürgününün çizdiği portreye tıpatıp uyuyordu.

İleride içtikleri su ayrı gitmeyen iki dost olacaktık onunla. Ama ilk temas biraz mesafeliydi; dobra dobra konuşması beni rahatsız edip kaygılandırmıştı. Örneğin Mirza Rıza'dan söz ettiğimizde söyledikleri...

– Size yardımcı olmak için elimden geleni yaparım, ama o deliye hiçbir şekilde bulaşmak istemem. Şeyh onun için yaşayan bir şehittir, demişti. Ben de cevap vermiştim: Valla bence ölse daha iyi olur! Öyle bakmayın, canavar değilim ben, ama bu adam öyle çok ıstırap çekmiş ki aklını kaçırmış iyiden iyiye; ne zaman ağzını açsa davamıza zarar veriyor.

– Şimdi nerededir?

– Haftalardır Şah Abdülazim türbesinde yaşıyor, ya bahçede, ya koridorlarda, binaların arasında dolanıyor, insanlara Cemaleddin'in tutuklanış hikâyesini anlatıp Şah'ı devirmeye çağırıyor onları, bağıra çağıra, el kol hareketleriyle kendi çektiklerini anlatıyor. Şeyh ona bu tür saçma sapan laflar etmeyi yasaklamış olsa da, Seyyid Cemaleddin'in Mehdi olduğunu söyleyip duruyor. Gerçekten onunla birlikte görülmek istemiyorum.

– Yazma hakkında bana bilgi verebilecek tek kişi o ama.

– Biliyorum, sizi ona götüreceğim, ama yanınızda hiç kalmayacağım.

O akşam Fazıl'ın, Tahran'ın en zengin adamlarından biri olan babası benim şerefime bir ziyafet verdi. Her türlü siyasal eylemin uzağında dursa da Cemaleddin'in yakın dostlarındandı ve benim aracılığımla Seyyid'e duyduğu saygıyı göstermek istemişti; ziyafette yaklaşık yüz davetli vardı. Sohbet Hayyam'ın etrafında döndü. Her ağızdan rubailer ve fıkralar dökülüyor, tartışmalar alevleniyor, sık sık siyasete de kayıyordu; konukların hepsi Farsça, Arapça ve Fransızcayı ustaca kullanıyor, bazıları biraz Türkçe, Rusça ve İngilizce de biliyordu. Hepsi de beni büyük bir doğubilimci ve *Rubaiyat* uzmanı olarak kabul ettikçe, kendimi tam bir kara cahil gibi hissetmeye başlamıştım. Bu abartılı, hatta çok aşırı takdir yaklaşımını yalanlamayı düşündüm önce, ama itirazlarımın bir tevazu işareti olarak algılandığını fark edince –herkesin bildiği gibi gerçek âlimlerin önemli göstergelerinden biri tevazudur– hemen bundan vazgeçtim.

Ziyafet güneş batarken başladı, ama ev sahibimiz benim daha erken gelmem için ısrar etmişti; bana bahçesinin renklerini göstermek istiyordu. Fazıl'ın babası gibi bir saray sahibi olan her İranlı, yapıyı nadiren ziyaret ettirir, onun yerine tek gurur kaynağı olan bahçeyi öne çıkarmayı tercih ederdi.

Davetliler geldikçe kadehlerini ellerine alıp kavak ağaçlarının arasından yılan gibi dolanan doğal veya yapay su yollarının yanına yerleşiyorlardı. Kimi zaman kilim, kimi zaman minder istiyorlar, uşaklar da hemen istediklerini koşturup gösterdikleri yere seriyorlardı; ama bazıları da bir kayaya veya toprağa oturmayı tercih ediyordu. İran bahçeleri çim nedir bilmezdi; bu da bir Amerikalı gözüyle, biraz çıplak görünmelerine neden oluyordu.

O akşam ölçüyü kaçırmadan içildi. En koyu dindarlar çayla yetindiler. Bu amaçla iki uşak tarafından dev bir semaver dolaştırılıyor, bir üçüncüsü de isteyenlere çay ikram ediyordu. Pek çok davetli arak [rakı], votka veya şarabı tercih ediyordu, ama hiçbir tatsız davranış gözlemlemedim. En çok çakırkeyif olanlar müzisyenlere kısık sesle eşlik etmekle yetiniyorlardı. Ev sahibi tarafından bu gece için bir tar bir de zarb çalgıcısı tutulmuştu. Sonra sıra köçeklere geldi. Davet süresince ortalıkta hiçbir kadın gözükmedi.

Yemeğe ancak gece yarısına doğru geçildi. Bütün gece boyunca şamfıstıkları, bademler, tuzlu çekirdek ve şekerlemelerle yetinilmiş, yemek bu törene son noktayı koymuştu. Ev sahibinin görevi yemeği mümkün olduğunca geciktirmekti, çünkü ana yemek gelir gelmez –o geceki ana yemek cevahir pilavıydı– her davetli tabağını on dakikada silip süpürür, ellerini yıkar ve giderdi. Dışarı çıktığımızda, her biri efendisini almak için bekleyen arabacılar ve fener tutucular kapının önüne yığılmıştı.

Ertesi gün şafakla birlikte Fazıl beni bir faytona bindirip Şah Abdülazim türbesinin kapısına kadar götürdü. İçeri tek başına girip pek tekin gözükmeyen bir adamla dışarı çıktı: Uzun boylu, hastalık derecesinde zayıf adamın saçı sakalı birbirine karışmıştı, elleri de hiç durmadan titriyordu. Uzun, beyaz, dar ve yamalı bir libas giymişti; bu dünyadaki tüm malını mülkünü içine doldurduğu renksiz ve şekilsiz bir çuval taşıyordu. Gözlerinde tüm Doğu'nun çilesini okumak mümkündü.

Cemaleddin'in yanından geldiğimi öğrenince dizlerinin üstüne düştü, elime sarıldı, her yerini öptü. Rahatsız olan Fazıl bir özür mırıldanarak uzaklaştı.

Şeyh'in mektubunu Mirza Rıza'ya uzattım. Elimden koparırcasına aldığı mektubu, sayfalarca sürmesine karşın, baştan sona hiç acele etmeden okudu, benim orada durduğumu unutmuştu sanki.

Neyin peşinde olduğumu anlatmak için mektubu bitirmesini bekledim. O zaman anlamakta biraz güçlük çektiğim, Farsça ile Fransızcanın birbirine karıştığı bir dille, şöyle dedi bana:

– Kitap Kirmanlı bir askerde, Kirman benim de memleketim. Yarın değil öbürsü gün, yani cuma günü beni görmeye geleceğine söz verdi. Ona biraz para vermek gerek. Kitabı satın almak için değil de, adama onu iade ettiğinden ötürü teşekkür etmek için. Ama üzerimde metelik kalmadı.

Hiç duraksamadan Cemaleddin'in ona gönderdiği altınları cebimden çıkardım; ben de üstüne bir o kadar ekledim; memnun oldu.

– Cumartesi gel. Allah'ın izniyle sana *Yazma*'yı veririm, sen de İstanbul'da Şeyh'ime teslim edersin.

XXX

Uyuşmuş kentten tembel gürültüler yükseliyordu, tozlar bile ısınmıştı, güneşte yakamozlanıyorlardı. Aylaklığa batmış bir İran günüydü tam anlamıyla. Kayısılı tavuk, taze Şiraz şarabı ile mükellef bir yemeğin ardından otel odamın balkonunda, rengi atmış bir şemsiyenin altında, yüzüme ıslak bir havlu örterek öğlen uykumu çekmiştim.

Ama o 1 Mayıs 1896 günü güneş batarken bir yaşam sona erip bir yenisi başlayacaktı.

Kapım vuruluyordu öfkeli öfkeli. Neden sonra işitip fırladım yataktan, yalınayak koşturdum, saçlarım terden başıma yapışmış, bıyıklarım aşağı sarkmıştı. Üstümde bir gün önce satın aldığım bol gömlek vardı. Güçsüz parmaklarımla sürgüyü çekmekte zorlandım. Fazıl kapıyı açtı, beni geriye doğru itip kapıyı yeniden örttü, omuzlarımdan yakalayıp sarstı.

– Uyan haydi, yoksa on beş dakika içinde ölü bir adam olacaksın!

Benim Fazıl'dan bölük pörçük birkaç cümlede öğrenebildiğim şeyi, telgraf denen sihirli icat sayesinde ertesi gün bütün dünya haber alacaktı.

Şah öğlen cuma namazını kılmak için Şah Abdülazim türbesine gitmiş. Üzerinde kutlama için dikilmiş bir merasim üniforması varmış: Altın sırmalar, lacivert taşı ve zümrütten şeritler; üzeri tuğlu bir kasket takmış. Türbenin ana sahnında namaz kılacağı yeri seçmiş, ayaklarının dibine bir seccade serilmiş. Diz çökmeden önce gözleriyle kadınlarını aramış, arkasında saf tutmalarını işaret etmiş, mavi mavi menevişlenen beyaz posbıyıklarını burmuş. Bu arada müminler ve mollalardan oluşan bir kalabalık da arkasında birikmeye başlamış, muhafızlar onların önünü kesmeye çalışıyormuş. Dış avludan alkışlar yükselmiş. Şahın eşleri ilerlemişler. Aralarına bir de adam karışmış. Dervişler gibi sof giymiş, elinde tuttuğu kâğıdı uzatıyormuş. Şah kâğıdı okumak için kelebek gözlüklerini takmış. Birden bir silah sesi. Meğer kâğıdın altına bir tabanca gizliymiş. Şah tam kalbinden vurulmuş. Yere devrilmeden önce, "Beni tutun" diye mırıldanabilmiş ancak.

Çıkan genel kargaşada ilk aklını başına toplayan Vezir olmuş, hemen haykırmış: "Bir şeyi yok, hafif yaralandı!" İçeriyi boşalttırmış, Şah'ı arabasına taşıtmış. Ve Tahran'a varıncaya kadar arka koltuğa oturttuğu cesedi sanki hâlâ nefes alıyormuş gibi yelpazelemiş. Bu arada da veliaht şehzadeyi valiliğini yürüttüğü Tebriz'den çağırtmış.

Türbede Şah'ın eşleri katilin çevresini sarmışlar; bir yandan küfrediyor bir yandan da tartaklıyorlarmış. Kalabalık üstünü başını lime lime etmiş, tam linç edeceklerken Kazak alayının komutanı olan Albay Kassakovski adamı kurtarmak, daha doğrusu ilk sorgudan geçirmek üzere araya girmiş. Ne tuhaftır ki cinayet silahı kaybolmuş. Bir kadının onu yerden aldığı, çarşafının altına sakladığı söyleniyormuş; nitekim silah hiç bulunamayacaktı. Buna karşılık silahı gizlemek için kullanılan kâğıt parçası bulunmuş.

Tabii ki Fazıl bu ayrıntıların hiçbirine girmeden çok daha kestirme bir özet yapmıştı:

– Bu Mirza Rıza delisi Şah'ı öldürdü. Cemaleddin'in mektubu da üstünde bulundu. Mektupta senin adın da geçiyor. İranlı kıyafetini sakın çıkarma, paranı ve pasaportunu al. Başka hiçbir şey alma. Koş, Amerikan sefaretine sığın.

İlk aklıma gelen şey *Yazma* oldu. Acaba Mirza Rıza bu sabah onu ele geçirebilmiş miydi? Henüz durumumun ne kadar ciddi olduğunu idrak edememiştim: Şairlerin Şark'ına geldiğini düşünen ben, bir devlet reisine karşı girişilen suikastın suç ortağı durumuna düşmüştüm! Dış görünüş, ne denli aldatıcı, yalan, saçma olursa olsun yine de aleyhimdeydi. Hangi kadı, hangi polis komiseri kuşku duymazdı ki?

Fazıl balkonu da kolluyordu; birden yere doğru eğilip kısık bir sesle bağırdı:

– Kazaklar geldi bile, oteli çeviriyorlar!

Merdivenden aşağı uçarcasına indik. Lobiye gelince daha vakur ve daha az kuşku çekecek bir yürüyüşe geçtik. Sarı sakallı, kepini gözlerine kadar indirmiş, köşe bucağı bakışlarıyla tarayan bir subay girdi. Fazıl kulağıma "Doğru sefarete!" diye fısıldayacak zamanı ancak bulup benden ayrıldı ve subaya doğru yürüdü. "*Palkovnik!* –Albay!" dediğini duydum ve resmi bir tavırla tokalaştıklarını, karşılıklı olarak başsağlığı dileyen birkaç söz ettiklerini gördüm. Kassakovski'nin dostumun babasının evinde sık sık akşam yemeğine davet edilmesi bana birkaç saniye boşluk kazandırmıştı. Bundan istifade edip abama iyice sarınarak çıkışa doğru adımları sıklaştırdım ve Kazakların kamp kurduğu bahçeye çıktım. Bana hiç aldırmadılar. İçeriden geldiğim için komutanlarının çıkmama izin verdiğini düşünmüşlerdi. Parmaklıktan da geçtim ve sağa saptım; bu küçük sokak Sefaretler bulvarına bağlanacak ve beni on dakika içinde Amerikan sefaretine ulaştıracaktı.

Ama sokağın ağzını üç asker tutmuştu. Önlerinden mi geçecektim? Solda bir başka sokakçık gördüm. Ona sapsam daha iyi olur, ileriden tekrar sağa saparım, diye düşündüm. Askerlere doğru bakmamaya çalışarak ilerledim. Birkaç adım sonra onlar benim, ben de onların görüş alanından çıkacaktık.

– Dur!

Ne yapmalı? Dursa mıydım? Sorulacak ilk soruda Farsçayı ancak kem küm konuşabildiğim fark edilecek, kimliğim sorulacak ve tutuklanacaktım. Kaçsa mıydım? Herhalde beni zorlanmadan yakalayacaklardı; bir suçlu gibi davranmış olacak, iyi niyetli olduğumu bile savunamayacaktım. Karar vermek için sadece bir saniyem vardı.

Hiç acele etmeden, sanki duymamışım gibi yoluma devam etmeyi seçtim. Ama yeni bir haykırış yükseldi, karabinaların namlusuna mermi sürüldü, adım sesleri geldi. Daha fazla düşünemedim, sokaklar boyunca hiç ardıma bakmadan koşmaya başladım, en dar, en karanlık geçitlere dalıyordum. Güneş batmıştı, yarım saat sonra ortalık zifiri karanlık olacaktı.

Aklımdan okunacak bir dua bulmaya çalışıyordum; sadece "Tanrım! Tanrım! Tanrım!" diye yineleyebiliyordum. Sanki ölmüşüm de cennetin kapısını bu sözlerle dövüyormuşum gibi dökülüyordu bu ısrarlı yakarı dudaklarımdan.

Ve kapı açıldı. Cennetin kapısı. Çamur ve kir pas içinde bir duvara gömülü duran, gizli, küçük bir kapıydı açılan. Bir sokağın köşesinde açılıverdi, bir el benimkine dokundu, yapıştım ona, beni kendine doğru çekti, kapıyı ardımdan kapattı. Korkudan, şaşkınlıktan, mutluluktan açamıyordum gözlerimi bir türlü; soluk soluğaydım. Dışarıda koşuşturmaca sürüyordu.

Üç çift alaycı göz beni süzüyordu; saçları örtülü ama yüzleri açık ve beni bakışlarıyla yeni doğmuş bir bebek gibi sarıp sarmalayan üç kadın. En yaşlısı kırklarındaydı ve bana kendisini izlememi işaret etti. Gökten iner gibi düştüğüm bahçenin dibinde küçük bir kulübe vardı; kadın beni oradaki hasır iskemleye oturttu ve yaptığı bir hareketle gelip beni çıkaracağını anlattı. Bir mimik ve sihirli bir sözle, "enderun" diyerek içimi rahatlattı. Askerler, kadınların barındığı bir yere girip arama yapamazlar!

Gerçekten de askerlerin sesleri önce yaklaşmış sonra yeniden uzaklaşmış, en sonunda da kaybolmuştu. O daracık sokakların hangisinde sırra kadem bastığımı nereden bulacaklardı ki? Onlarca geçitten, yüzlerce evden ve bahçeden oluşan mahalle tam bir karınca yuvası gibiydi. Ve gece inmek üzereydi.

Bir saat sonra bana siyah çay getirdiler, sigara sardılar, sohbet koyulaştı. Yavaş yavaş söylenen birkaç Farsça cümle, birkaç Fransızca sözcükle kurtuluşumu neye borçlu olduğumu açıkladılar. Şahı öldüren adamın suçortaklarından birinin yabancıların otelinde kaldığı söylentisi mahalleye yayılmıştı. Benim kaçtığımı görünce, kahraman suçlunun ben olduğumu anlamış, beni korumak istemişlerdi. Bu tavırlarının nedeni neydi? Kadının kocası, kızların da babası on beş yıl önce, muhalif bir tarikata mensup olduğu gerekçesiyle adaletsizce idam edilmişti. Söz konusu tarikat, çok eşliliğin kaldırılmasını, erkek ile kadın arasında mutlak eşitliği ve demokratik bir rejim kurulmasını savunan Babilik'ti. Bu muhalefet hareketi Şah ve mollalar tarafından kanla bastırılmış ve on binlerce Babi'nin yanı sıra, birçok masum insan da örneğin komşusunun ihbarıyla yok yere öldürülmüştü. Bana yardım eden kadın o zamandan beri küçük yaştaki iki kızıyla tek başına kalmış ve intikam saatini bekleyerek yaşamıştı. Üç kadın da, öçlerini alan kahramanın kendi mütevazı bahçelerine saklanmasından şeref duyduklarını söylüyorlardı.

İnsan karşısındaki kadınların kendisine bir kahraman olarak baktıklarını görür de onları yalancı çıkarmak ister mi hiç? Hayallerini yıkmanın son derece yersiz, hatta tedbirsiz bir hareket olacağı kanısına vardım. Hayatta kalmak için verdiğim zorlu kavgada bu müttefiklere, onların coşkusuna ve cesaretine, bana karşı besledikleri mesnetsiz hayranlığa ihtiyacım vardı. Dolayısıyla kafalarındaki son kuşku kırıntılarını da silen bilmece gibi bir suskunluğa sığındım.

Üç kadın, bir bahçe, canımı kurtaran bir yanılgı. O kavurucu İran ilkbaharının masal gibi gelen o kırk gününü sonsuza dek anlatabilirim. İnsan, yabancılığını bundan daha çok hissedeceği bir duruma çok zor düşer; hem yabancı bir ülkedeydim hem de bir erkek olarak asla giremeyeceğim Doğu'nun kadınlar âlemindeydim. Kurtarıcım, ne tür bir belanın içine atıldığını biliyordu. İlk gece ben bahçenin dibindeki kulübede üst üste konmuş üç hasıra uzanmış uyurken onun gözüne hiç uyku girmediğinden eminim, çünkü şafakla birlikte beni çağırttı, sağına bağdaş kurdurup oturttu, iki kızını ise soluna yerleştirdi ve bize ölçülüp biçilerek hazırlanmış bir konuşma yaptı.

Önce cesaretimi övdü, beni evinde ağırladığı için ne kadar mutlu olduğunu yineledi. Sonra biraz sessiz kaldı ve birdenbire şaşkınlıktan fal taşı gibi açılan gözlerimin önünde göğsündeki düğmeleri çözmeye başladı. Kızardım, gözlerimi kaçırmaya çalıştım, ama beni kendisine çekti. Hem omuzları hem de memeleri çıplaktı. Hem sözleriyle hem de jestleriyle beni memesini emmeye çağırıyordu. İki kız kıkırdayıp duruyor, ama anne kurban ritüellerinin ciddiyetini koruyordu. Elimden gelen en edepli biçimde dudaklarımı önce bir meme ucuna sonra da ötekine koydum. O zaman hiç acele etmeden üstünü başını düzeltti ve son derece resmi bir tonla:

– Bu hareketle sen artık benim öz oğlum gibi oldun, dedi.

Sonra gülmeyi kesen kızlarına dönerek bundan böyle bana karşı erkek kardeşleriymişim gibi davranmaları gerektiğini bildirdi.

O sırada bu merasim bana etkileyici ama gülünç gelmişti. Yine de yeniden düşündüğümde Doğu'nun tüm inceliğini buldum orada. Gerçekten de bu kadın açısından benim durumum can sıkıcıydı. Kendi canını tehlikeye atarak bana yardım elini uzatmakta hiç duraksamamış ve konukseverliğini hiç koşulsuz sunmuştu. Ama aynı zamanda bir yabancının, genç bir erkeğin kızlarıyla gece gündüz bir arada olması er veya geç bir hadiseye yol açacaktı mutlaka. Bu güçlüğü aşmak için, simgesel evlat edinme töreninden daha iyi bir yol bulunabilir miydi? Bundan böyle evin içinde istediğim gibi dolaşabilir, "kız kardeşlerim" ile aynı odada uyuyabilir, onları alınlarından öpebilirdim; evlat edinme kurmacası hepimizi koruyor ve zapturapt altına alıyordu.

Benden başka birisi olsa, bu mizansenin kendisini kapana kıstırdığını düşünürdü. Oysa ben çok rahatlamıştım. Bir kadınlar gezegenine düştüğüm için, yapacak başka bir şey olmamasından, iç içe yaşamaktan ötürü üç ev sahibemden biriyle vakitsiz bir ilişkiye girsem, yavaş yavaş öteki iki kadından uzaklaşmaya, onların gözetiminden kurtulmaya, onları atlatmaya bakacak, kaçınılmaz bir biçimde onların düşmanlığını çekecek, kendimi sanki gökten inmişçesine beni kurtaran kadınların canını sıkmış, üzmüş veya hayal kırıklığına uğratmış, suçlu, dışlanmış bir adam konumunda bulacaktım. Olayların bu şekilde seyretmesi benim mizacıma hiç uymazdı gerçi, ama ben bu kadının kendi iman akidelerinin tükenmez cephaneliği içinden bulup çıkardığı çözümü, kendi Batılı zihniyetimle asla kotaramazdım.

Sanki sihirli bir el değmiş gibi her şey birdenbire basitleşti, saf ve dupduru bir hal aldı. İstekler tamamen öldü dersem yalan olur, ilişkilerimizin her noktasında tensellik vardı, ama yineliyorum her şey son derece saftı. İşte böylece, muhtemelen en sıkı aranan adamı olduğum bir kentin göbeğinde, peçesiz, çarşafsız dolaşan, fazla ahlaki kuruntulara kapılmayan bu kadınların mahremiyeti içinde tembel ve uyuşuk bir huzuru yaşadım.

Şimdi geriye dönüp baktığımda bu kadınların yanında geçirdiğim günleri ayrıcalıklı bir an olarak algılıyorum; o günler olmasa Doğu'yu tam benimseyemezdim, idrakim yüzeyselliği aşamazdı. Günlük Farsçayı anlamakta ve kullanmakta kaydettiğim muazzam ilerlemeleri de onlara borçluyum. Ev sahibelerim ilk gün övülecek bir çabayla bildikleri birkaç Fransızca sözcüğü bir araya getirmişlerdi gerçi, ama ondan sonra tüm sohbetlerimiz ülke dilinde cereyan etti. Heyecanlı veya dingin, ince veya dobra dobra, hatta bazen haylazca konuşmalar... Ağabey vasfımla, ensest sınırları içine girmediğim sürece her şeye iznim vardı. Şakayla karışık yapılan her şey, en teatral sevgi gösterileri bile meşruydu.

Bu tecrübe daha uzun sürse, yine aynı çekiciliği korur muydu? Bunu hiçbir zaman bilemeyeceğim. Bilmek de istemiyorum. Ne yazık ki başımıza geleceği besbelli olan bir hadise bu tecrübeye son verdi. Evin hanımının anne ile babasının yaptığı sıradan bir ziyaret.

Normalde giriş kapılarından, yani selamlığa açılan ana kapı olan birundan ve benim de içeri girdiğim bahçe kapısından uzak duruyor, ilk tehlike işaretinde de ortalıktan toz oluyordum. Bu kez, artık bilinçsizlik mi dersiniz aşırı güven mi dersiniz, yaşlı çiftin geldiğini duymamıştım. Kadınların odasında bağdaş kurmuş, "kız kardeşlerim" tarafından hazırlanmış bir nargileyi iki saattir tüttürüyordum. Marpuç ağzımda, duvara dayadığım başım kaykılmış, uyuyakalmışım. Birden bir erkek öksürüğüyle sıçrayarak uyandım.

XXXI

Birkaç saniye geciken "annem", evin hareminin tam orta yerinde Avrupalı bir erkeğin ne aradığını derhal açıklamak zorundaydı. Kendisinin veya kızlarının adına leke sürmektense gerçeği söylemeyi ve bunu son derece vatansever, muzaffer bir tonla yapmayı seçti. Bu yabancı kim miydi? Tüm polisin aradığı Frenk'ten, zalimi vuran ve böylece kocasının şehit edilişinin öcünü alan adamın suçortağından başkası değildi!

Ortalık bir an karıştı, sonra hüküm verildi. Tebrik ediliyordum, hem benim hem de beni koruyan kadının cesaretimiz övülüyordu. Karşılaşma öyle münasebetsiz koşullarda gerçekleşmişti ki ancak böyle bir açıklama geçerli olabilirdi. Enderunun tam göbeğine kaykılmış o halim biraz tehlikeli gözükse de, bakışlardan uzak kalma gereksinimiyle izah edilebilirdi.

Böylece namus ve şeref kurtarılmıştı, ama artık oradan ayrılmalıydım. Önümde iki yol vardı. En basiti, kadın kıyafetine girip dışarı çıkmak ve Amerikan sefaretine kadar yürümek, yani birkaç hafta önce yarıda bırakmak zorunda kaldığım yolu tamamlamaktı. Ama "annem" beni bundan caydırdı. Ortalığı kolaçan etmek için dışarı çıkmış ve sefarete giden tüm sokakların tutulduğunu görmüştü. Üstelik boyum epey uzun olduğu için –1.83– biraz açıkgöz hiçbir askere kendimi İranlı bir kadın diye yutturamazdım.

Öteki çözüm, Cemaleddin'in öğütlerine uyup Prenses Şirin'e bir imdat çağrısı göndermekti. Bu konuyu "anneme" açtım, o da beni onayladı; öldürülen Şah'ın torunundan söz edildiğini işitmişti, yoksulların ıstırabına duyarlı bir kız olduğu söyleniyordu. Ona bir mektup götürmeyi önerdi. Sorun, Şirin'e nasıl hitap edeceğimi, hem durumumu yeterince açıklayacak hem de başka ellere geçerlerse beni ele vermeyecek kelimeleri bulmaktı. Ne kendi adımı ne de Şeyh'in adını verebilirdim. Ben de bir kâğıt parçasına onun bugüne dek bana söylediği tek cümleyi yazmakla yetindim: "Kim bilir, belki de yollarımız yeniden kesişir."

"Annem", Şah'ın kırkı için yapılan merasimde prensesin yanına sokulmayı kararlaştırmıştı. İşsiz güçsüzlerden ve üstleri başları kuruma bulanmış ağlayıcı kadınlardan oluşan o kaçınılmaz kargaşa ortamı içinde, pusulayı prensesin eline sıkıştırmakta hiç zorluk çekmemişti; prenses kâğıdı okumuş, gözleri bunu yazan adamı telaş içinde aramış, haberci de onun kulağına fısıldamıştı: "Benim evimde!" Derhal merasimi terk eden Şirin arabacısını çağırtmış, "annemi" de yanına oturtmuştu. Hanedan armasını taşıyan arabayı, kuşku çekmemek için, Prévost Oteli'nin önüne çektirmiş, hiçbir yerleri gözükmeyecek biçimde çarşaflarına sarınmış iki kadın yola yürüyerek devam etmişlerdi.

Bu buluşmamız da ilkinden daha konuşkan geçmedi. Prenses, dudaklarının kenarında bir gülümseme, bakışlarıyla beni ölçüp biçiyordu. Birden emrini verdi:

– Yarın şafakla arabacım gelip sizi alacak, hazır olun, çarşaf giyin ve başınızı eğerek yürüyün!

Beni sefarete götüreceğini sanmıştım. Ama araba kent kapısından dışarı çıkarken yanıldığımı anladım. Durumu şöyle açıkladı:

– Sizi Amerikan sefaretine götürebilirdim tabii ki ve orada korunmada olurdunuz, ama oraya nasıl ulaştığınızı hiç zorluk çekmeden öğrenirlerdi. Kaçar ailesinden olduğum için belli bir nüfuzum var elbette, ama bunu, Şah'ın katilinin görünürdeki suçortağını korumak için de kullanamam. Hem benim başım belaya girerdi hem de sizi koruyan yiğit kadınlara kadar iz sürebilirlerdi. Sizin sefaretiniz de böyle bir cinayetle suçlanan birini korumak zorunda kaldığına hiç memnun olmazdı. Bana inanın, herkes için en iyisi İran'ı terk etmeniz. Sizi dayılarımdan birinin yanına götüreceğim. Bahtiyarî reislerinden biri. Kırkıncı gün merasimi için aşiretinin savaşçılarıyla birlikte gelmişti. Kimliğinizi ona açıklayıp suçsuzluğunuzu da kanıtladım, ama adamları hiçbir şey bilmemeli. Sizi kuş uçmaz kervan geçmez yollardan Osmanlı sınırına kadar ulaştırmaya söz verdi. Bizi Şah Abdülazim köyünde bekliyor. Üstünüzde para var mı?

– Evet. Kurtarıcılarıma iki yüz tuman verdim, ama benim üstümde de yaklaşık dört yüz tuman kaldı.

– Yetmez. Bu paranın en az yarısını size eşlik edeceklere dağıtmalısınız, sonra da yolculuğun geri kalanı için cebinizde yüklü bir miktar kalmalı. Alın biraz da Türk parası, onlar da işinize yarayacak. Bu evrakları da Şeyh'e verirsiniz. İstanbul'a uğrayacaksınız, değil mi?

Ona hayır demek zordu. Katlanmış kâğıtları gömleğimin cebine sokarken sözüne devam etti:

– Mirza Rıza'nın ilk sorgusunun tutanakları, bütün gece oturup kopya ettim. Siz de okuyabilirsiniz, hatta okumalısınız, çok şey öğreneceksiniz. Hem de bu uzun yolculukta sizi oyalar. Ama başka kimse görmesin.

Köyün civarına gelmiştik, her yer polis kaynıyor, katırların sırtına vurulmuş yükleri bile arıyorlardı, ama bir saray arabasının yolunu kesmeye kim cüret edebilirdi ki? Safran rengi geniş bir yapının avlusuna girinceye dek yola devam ettik. Tam ortasında en az yüz yıllık muazzam bir meşe ağacı yükseliyor, onun çevresinde çapraz fişeklikler kuşanmış savaşçılar dolanıyordu. Prenses, posbıyıkların simetriği gibi duran bu erkeksi süsleri küçümseyerek süzdü.

– Kendi gözlerinizle gördüğünüz gibi, sizi emin ellere teslim ediyorum; sorumluluğunuzu bugüne dek sırtlanan o zayıf kadınlardan daha iyi koruyacaklardır sizi.

– Bundan kuşkuluyum doğrusu.

Gözlerim, her yöne doğrulan tüfek namlularını endişeyle izliyordu.

– Ben de, dedi gülerek. Ama eninde sonunda, sizi Türkiye'ye kadar götürürler.

Tam vedalaşacağımız sırada kendimi toparladım:

– Biliyorum, bu konuyu açmanın pek sırası değil, ama Mirza Rıza'nın eşyası içinde eski bir yazma bulunmuş mu acaba, haberiniz var mı?

Bakışlarını kaçırdı, sanki diş gıcırdatır gibi konuştu:

– Gerçekten de hiç sırası değil. İstanbul'a varıncaya kadar o meczubun adını sakın bir daha ağzınıza almayın!

– Hayyam'ın yazmasıydı ama!

Ben de ısrarımda haklıydım. Sonuç olarak o kitap yüzünden bu İran serüvenine sürüklenmiştim. Ama Şirin sabırsızca iç geçirdi:

– Hiçbir şey bilmiyorum. Öğrenmeye çalışırım. Bana adresinizi bırakın, size yazarım. Ama Allah aşkına, siz bana cevap vermeyin.

Kâğıdın üzerine "Annapolis, Maryland" diye karalarken oradan uzaklaşıvermişim gibi geldi ve İran seyahatimin en başından bu kadar kötü başlayıp böylesine kısa sürmesinin üzüntüsü çöktü üstüme. Kâğıdı prensese uzattım. Alırken elini tuttum. Kısa ama anlamlı bir tutuş; o da elini benimkine bastırdı, bir tırnağını avcuma batırdı, bir yerim çizilmedi ama birkaç dakikalığına da olsa izini bıraktı bende. Dudaklarımızda bir çift gülümseme dolaştı, aynı cümleyi söyledik bir ağızdan:

– Kim bilir, belki de yollarımız yeniden kesişir!

İki ay boyunca, yolla uzaktan yakından alakası olmayan yerlerden gittik. Şah Abdülazim'den çıktıktan sonra güneybatıya, Bahtiyarî aşiretinin topraklarına doğru yöneldik. Tuzlu Kum gölünün etrafından dolaştıktan sonra aynı adı taşıyan nehir boyunca ilerledik, ama kentin içine girmedik. Sürek avına çıkmış gibi namluları her an dikili, elleri her an tetikte yürüyen muhafızlarım hiçbir yerleşime uğramamaya özen gösteriyorlardı ve Şirin'in dayısı, "Amuk'tan geçiyoruz, burası Verça, Humeyn" diye sık sık bana bilgi verse de, bu sadece lafın gelişiydi ve söz konusu yerleşimlerin hizasından geçtiğimizi ifade ediyordu. Çok çok uzaktan minarelerini görüyorduk ve ben de kabaca genişliklerini kestiriyordum.

Kum nehrinin kaynağını da geride bıraktıktan sonra, Luristan dağlarında muhafızlarım her an tetikte olmaktan vazgeçtiler, artık Bahtiyarî topraklarına girmiştik. Şerefime bir şölen düzenlendi, bana da bir afyon çubuğu ikram edildi, kahkahalar arasında kendimden geçiverdim. Ancak iki gün moladan sonra yeniden hareket ettik; daha epey yolumuz vardı: Şuster, Ahvaz, en sonunda da bataklıkların arasından tehlikeli bir geçişten sonra Basra, Şattülarap üzerindeki Osmanlı kenti!

Sonunda sağ salim İran'dan çıkmıştım! Yine de önümde bir ay sürecek uzun bir deniz yolculuğu vardı: Yelkenliyle Fao'dan Bahreyn'e gidecek, Korsanlar sahili boyunca Aden'e kadar çıkacak, Kızıldeniz'den ve Süveyş Kanalı'ndan geçip İskenderiye'ye varacak, en sonunda da eski bir Türk gemisiyle Akdeniz'i geçip İstanbul'a ulaşacaktım.

Yorucu geçse de herhangi bir belayla karşılaşmadığım bu sonu gelmez kaçış sırasında, Mirza Rıza'nın sorgu tutanağını oluşturan on sayfayı defalarca okumaktan başka bir eğlencem yoktu. Herhalde başka yapacak bir işim olsa aynı metni okuyup durmaktan usanırdım, ama bir idam mahkûmuyla bu şekilde baş başa kalma mecburiyeti beni inkâr edilmez bir biçimde büyülüyordu. Üstelik onu upuzun kolları, bacakları, ıstırap dolu gözleri, derviş gibi giyinişiyle kolayca hayal edebiliyordum. Zaman zaman işkence altında sesini duyar gibi oluyordum.

"– Hangi nedenler seni sevgili Şah'ımızı öldürmeye sevk etti?

– Görmek için gözü olanlar Şah'ın, tam Seyyid Cemaleddin'in aşağılandığı yerde öldürüldüğünü hemen fark edeceklerdir. Peygamber soyundan gelen o evliya, türbenin dışına sürüklenerek çıkarılmayı hak edecek ne yapmıştı?

– Kim sana Şah'ı öldürmeni telkin etti, suç ortakların kim?

– Seyyid Cemaleddin'i ve tüm diğer insanları yaratmış olan Yüce Allah adına yemin ederim ki, ben ve seyyid dışında kimse Şah'ı öldürme tasarımdan haberdar değildi. Seyyid İstanbul'da, ona ulaşmayı denesenize!

– Cemaleddin sana ne gibi talimatlar verdi?

– İstanbul'a gittiğimde Şah'ın oğlunun bana çektirdiği acıları ona anlattım. Seyyid, şu sözlerle susmamı emretti: "Cenaze merasimindeymiş gibi sızlanmayı kes artık! Ağlamaktan başka bir şey gelmez mi senin elinden? Eğer Şah'ın oğlu sana eziyet ettiyse, sen de öldür onu!

– Mademki sana oğlu kötülük etti, mademki Cemaleddin sana oğlundan öc almanı öğütlemişti o zaman niye onu değil de şahı öldürdün?

– Kendi kendime şöyle dedim: 'Eğer oğlunu öldürürsem, Şah o muhteşem gücüyle binlerce insanın canını alıp misilleme yapar.' Ben de bir dalı keseceğime, zorbalık ağacını kökünden sökmeyi tercih ettim, belki yerine başka bir ağaç boy verir diye ümit ettim. Zaten Osmanlı sultanı da özel bir görüşmede Seyyid Cemaleddin'e Müslüman ümmetini birleştirmek için Şah'tan kurtulmak gerek, demiş.

– Sultan'ın özel görüşmede Cemaleddin'e söylediklerini sen nereden biliyorsun?

– Bizzat Seyyid Cemaleddin nakletti bana bunu. Bana güvenir, benden hiçbir şey gizlemez. İstanbul'dayken bana oğluymuşum gibi davrandı.

– Madem orada o kadar iyi muamele görüyordun, niye tutuklanma ve işkence görme tehlikesini göze alıp İran'a geri döndün?

– Ben, şayet alnına yazılmamışsa hiçbir yaprağın ağaçtan kopmayacağına inananlardanım. Benim de alnıma İran'a geleceğim ve bu gerçekleşen eylemin aracı olacağım yazılmış."

XXXII

Yıldız sırtlarında, Cemaleddin'in evinin etrafında dolaşan şu adamlar feslerinin üzerine "Sultan'ın hafiyesi" yazsalardı, en saf ziyaretçinin bile ilk bakışta anladığı bir hakikati açıklamaktan başka bir şey yapmış olmazlardı. Ama belki de varlıklarının gerçek nedeni buydu: Ziyaretçilerin gözünü korkutmak. Bu yüzden bir zamanlar müritlerle, yabancı muhabirlerle, İstanbul'a yolu düşen önemli şahsiyetlerle dolup taşan bu konak, bu ağır eylül günü tamamen ıssızdı. Sadece hizmetkâr yerindeydi ve eskisi kadar ketumdu yine. Beni birinci kata çıkardı, kreton ve kadifeden yapılmış bir koltuğa gömülmüş oturan Seyyid'i dalgın ve düşünceli buldum.

Benim geldiğimi görünce yüzü aydınlandı. Kocaman adımlarla yanıma geldi, beni sıkı sıkı kucakladı, başıma açtığı dertlerden ötürü özür diledi, sonunda yakayı sıyırabildiğim için ne kadar sevindiğini anlattı. Ona önce nasıl kaçtığımı ve prensesin nasıl yardım ettiğini özetledim, sonra kısa süren İran seyahatime ve Fazıl'la buluşmama döndüm. Sonra Mirza Rıza. Onun adını duyar duymaz öfkelendi Cemaleddin.

– Geçen ay asıldığını öğrendim. Allah günahlarını affetsin! Başına ne geleceğini biliyordu tabii, ama işi bu kadar uzatmaları şaşırtıcı doğrusu. Şah öldükten tam yüz gün sonra idam ettiler onu! Kuşkusuz ağzından itiraf almak için işkence etmişlerdir.

Cemaleddin ağır ağır konuşuyordu. Zayıflamış, çökmüş göründü bana; normalde son derece dingin olan yüzünde zaman

zaman ifadesini çarpıtan tikler beliriyordu, ama o büyüleyici etkisini yitirmemişti. Özellikle Mirza Rıza'dan söz edildiğinde ıstırap çektiği izlenimi uyanıyordu.

– Burada, İstanbul'da tedavi ettirdiğim, elleri titreyip duran ve bir fincan çayı bile doğru dürüst tutamayan o zavallı çocuğun eline tabanca alıp Şah'a ateş ettiğine ve tek kurşunda işini bitirdiğine hâlâ inanamıyorum. Acaba meczupluğundan istifade, başkasının işlediği cinayeti bunun sırtına yıkmış olabilirler mi?

Cevap olarak, prensesin kopya ettiği tutanağı ona uzattım. İnce kelebek gözlüklerini takıp belgeyi kâh coşku, kâh dehşetle, hatta bir ara, bana öyle geldi, sanki içten içe sevinerek okudu, yeniden okudu. Sonra kâğıtları katladı, cebine soktu ve odada volta atmaya başladı. On dakika süren suskunluğun ardından şu tuhaf dua döküldü dudaklarından:

– Mirza Rıza, İran'ın yitik evladı! Keşke sadece meczup olaydın, sadece arif olaydın ya da! Keşke ya bana ihanet etmekle ya da sadık kalmakla yetineydin! Keşke insanda sadece şefkat veya sadece tiksinti uyandıraydın! Nasıl sevilirsin sen, senden nasıl nefret edilir? Allah bile ne yapsın seni? Kurbanların cennetine mi çıkartsın, yoksa cellatların cehennemine mi atsın?

Bitkin bir halde yerine oturdu yeniden, yüzünü ellerinin arasına aldı. Hiç konuşmuyor, hatta soluğumun sesini bile bastırmaya çalışıyordum. Cemaleddin dikildi. Şimdi sesi daha dingin çıkıyor, zihni durulmuş görünüyordu.

– Okuduğum kelimeler gerçekten Mirza Rıza'ya ait. Şu ana dek hâlâ kuşkularım vardı. Artık yok, katil kesinlikle o. Ve muhtemelen benim intikamımı almak için eyleme geçmiş. Belki de bana itaat ettiğini sanmıştır. Ama onun iddia ettiğinin aksine, ben asla bir cinayet emri vermedim. İstanbul'a gelip de Şah'ın oğlunun ve onun hempasının kendisine nasıl eziyet ettiklerini anlatırken gözlerinden yaşlar akıyordu. Onu sarsıp kendine getirmek için şöyle dedim: "Sızlanmayı kes! Gören, sana acınmasından başka bir şey istemiyorsun sanır! Sana acındığından emin olmak için kendini sakat bırakmaya bile razı olursun sen!" Ona eski bir efsaneyi anlattım: Dara ile Büyük İskender'in orduları karşı karşıya gelince, Makedonyalı'nın danışmanları Pers askerinin çok daha kalabalık olduğunu hatırlatmışlar. İskender güven içinde omuz silkmiş. "Benim adamlarım yenmek için, Dara'nınkiler ölmek için savaşıyor!" demiş.

Cemaleddin anılarının içinde bir şeyler arıyor gibiydi.

– İşte o zaman dedim ki Mirza Rıza'ya: "Eğer Şah'ın oğlu sana zulmediyorsa kendini yok edeceğine onu yok et!" Bu bir cinayet çağrısı sayılabilir mi? Siz Mirza Rıza'yı da tanıdınız; benim böyle bir görevi en az bin kişinin evimde gördüğü böyle bir deliye vereceğime gerçekten inanır mısınız?

Samimi davranmak istedim.

– Size yüklenmek istenen cinayetten suçlu değilsiniz, ama manevi sorumluluğunuz da inkâr edilemez.

Açıksözlülüğüm onu etkiledi.

– Bunu kabul ediyorum. Her gün Şah'ın ölmesi için dua ettiğimi de. Ama kendimi savunmak neye yarar ki zaten, benim fermanım yazıldı bile.

Küçük bir sandığa doğru yürüdü, içinden özenle yazılmış bir kâğıt aldı.

– Bu sabah vasiyetimi yazdım.

Elime verdiği metni duygulanarak okudum:

"Tutsaklığın ıstırabını çekmiyorum, yakında gelecek ölümden korkmuyorum. Tek üzüntü kaynağım, ektiğim tohumların filizlendiğini görememek. Zorbalık Doğu'nun halklarını ezmeye ve yobazlık onların özgürlük çığlığını boğmaya devam ediyor. Eğer tohumları, sarayların çorak topraklarına değil de bereketli halk tarlalarına atsaydım daha başarılı olurdum belki. Ve sen, en büyük umutlarımı bağladığım İran halkı, bir adamı ortadan kaldırarak özgürlüğüne kavuşabileceğini sanma. Yüzlerce yıllık geleneklerin ağırlığını sarsmayı göze alman gerek."

– Bir kopyası sizde kalsın, Henri Rochefort için çevirirsiniz, *L'Intransigeant* hâlâ masum olduğumu savunan tek gazete, ötekiler bana katil diyor. Herkes ölmemi diliyor. Kına yaksınlar, kanser hastasıyım, çene kanseri!

Ne zaman zaaf gösterip bir şeylerden yakınsa da, hemen sözde kaygısız bir kahkaha ve bilgiç bir şakacılıkla durumu kurtarmaya baktı.

– Kanser, kanser, kanser, diye yineledi beddua eder gibi.

Geçmiş devirlerin hekimleri tüm hastalıkları yıldızların durumuna bağlarlardı. Sadece kanser* her dilde astrolojik adını korudu. Korku hiç el değmemiş bir halde varlığını sürdürdü.

Bir süre düşünceli ve hüzünlü bir halde durduktan sonra, çok geçmeden kendini toparladı ve çok yapmacık, ama aynı ölçüde de insanın içini acıtan bir neşeyle devam etti.

– Lanet olsun bu kansere. Ama bakarsın kanserden ölmem. Şah sınır dışı edilmemi istiyor: Sultan beni teslim edemez, çünkü hâlâ konuğuyum, ama bir hükümdarın öldürülmesini de cezasız bırakamaz. İstediği kadar Şah'tan ve onun hanedanından nefret etse, her gün ona karşı komplolar kursa da, bu dünyanın büyüklerini Cemaleddin gibi baş belaları karşısında birleştiren bir dayanışma varlığını koruyor. Peki, çözüm ne? Sultan beni burada öldürtecek, böylece yeni Şah da rahatlayacak. Çünkü iade edilmemi talep edip dursa da, aslında saltanatının hemen başında eline benim kanımın bulaşmasını hiç istemez. Kim öldürecek beni? Kanser mi? Şah mı? Sultan mı? Belki de bunu asla öğrenemeyeceğim. Ama sen genç dostum, cevabı bileceksin.

Bütün bu sözlerin ardından gülebilecek kadar yürekliydi Cemaleddin.

Aslında cevabı ben de hiç bilemedim. Doğu'nun bu büyük reformcusunun hangi koşullarda öldüğü bir sır olarak kaldı. Haberi Annapolis'e döndükten birkaç ay sonra aldım. 12 Mart 1897 tarihli *L'Intransigeant*'da çıkan kısa bir haber üç gün önce öldüğünü bildiriyordu. Ancak yaz sonuna doğru, Şirin'in vaat ettiği o meşhur mektup elime ulaştığında, Cemaleddin'in ölümü hakkında müritleri arasında dolaşan söylentileri öğrenebildim. "Birkaç aydır hiç kuşkusuz kanserden kaynaklanan şiddetli diş ağrıları çekiyordu" diye yazmıştı; "o gün, ıstırabı artık dayanılmaz bir hal alınca hizmetkârını Sultan'a yollamış, o da kendi dişçisini göndermiş. Adam onu muayene etmiş, çantasından önceden hazırlanmış bir şırınga çıkarmış ve diş etinden iğne yapıp ağrısının biraz sonra geçeceğini söylemiş. Daha birkaç saniye geçmeden Seyyid'in çenesi şişmiş. Boğulmak üzere olduğunu gören uşak, dişçiyi geri çağırmaya koşmuş. Ama henüz evden

* *cancer*: Yengeç burcu. (ÇN)

çıkmamış olan dişçi, geri döneceğine, tabanları yağlayıp kendisini bekleyen arabaya doğru koşmaya başlamış. Seyyid Cemaleddin birkaç dakika sonra ölmüş. O akşam Sultan'ın adamları gelip naaşını almışlar, hemen yıkanıp pazardan mal kaçırır gibi defnedilmiş." Prensesin anlatısı Hayyam'ın şu sözleriyle devam ediyordu – çeviriyi kendisi yapmıştı: "Ne bilginler geldi, neler buldular! Mumlar gibi dünyaya ışık saldılar... Hangisi yarıp geçti bu karanlığı? Birer masal söyleyip uykuya daldılar."*

Yazma'nın başına gelenler konusunda ise, mektubun yazılma amacı bu olduğu halde, Şirin beni en kestirme yoldan bilgilendirmekle yetinmişti: "Gerçekten de katilin eşyası içindeymiş. Şimdi benim evimde. İran'a geri döndüğünüzde istediğiniz kadar bakabilirsiniz."

Hakkımda onca kuşkunun bulunduğu İran'a geri dönmek mi?

* Çev. Sabahattin Eyuboğlu

XXXIII

İran serüvenimden geriye giderilmemiş bir susuzluk kalmıştı. Tahran'a gitmek için bir ay yol tepmiş, sonra oradan çıkmak için üç ay uğraşmış, sokaklarında ise ancak birkaç uyuşuk gün geçirebilmiş, şehri koklayabilecek, göz ucuyla dokunabilecek zamanı zor bulmuştum. Birçok imge beni yasak toprağa geri çağırıyordu: Köz ve tömbeki buhurları arasında keyif çatan nargilecinin gururlu uyuşukluğu; Şirin'in elini bir anlık vaat süresince tutan elim; bir akşamlık annemin göğüsleri üzerindeki dudaklarım ve hepsinin ötesinde dişi bekçisinin kollarında, sayfaları açık beni bekleyen *Yazma*.

Doğu saplantısını hiç tatmamış olanlara, bir cumartesi güneş batarken ayağımda çarıklar, üzerimde Acem gömleğim ve başımda koyun postundan külahımla Annapolis kumsalının ıssız olduğunu bildiğim bir köşesinde dolaşmaya gittiğimi pek anlatmam. Gerçekten de orası ıssızdı, ama düşlere dalmış bir halde geri dönerken kılık kıyafetimi unutup geçtiğim Compromise Road için aynı şeyi söylemek mümkün değildi. "İyi akşamlar Bay Lesage", "İyi yürüyüşler Bay Lesage", "İyi akşamlar Bayan Baymaster, Bayan Highchurch", selamlar yağıyordu her yandan. "İyi akşamlar rahip." Rahibin şaşkınlıkla havaya kalkan kaşları beni uyandırdı. Olduğum yerde durup tepeden tırnağa kıyafetimi seyrettim, külahımı yokladım ve adımlarımı sıklaştırdım. Hatta çıplaklığımı gizlemek ister gibi abama sarınarak koştum bile, sanıyorum. Eve gelince üzerimdeki giysilerden sıyrıldım, kararlı bir hareketle hepsini katlayıp bir alet edevat dolabının dibine tıktım öfkeyle.

Aynı hataya bir daha düşmedim, ama sadece bu gezinti bile bana hayatım boyunca çıkmayacak bir çılgınlık yaftası yapıştırılmasına yetmişti. İngiltere'de ayrıksı kişilere, zenginlik gibi bir mazeretleri olması koşuluyla, hep iyi niyetle, hatta hayranlıkla yaklaşılır. O yılların Amerikası bu tür sapmalara pek elverişli değildi, yeni yüzyılın dönemecine ahlak zabıtalığına pek meraklı bir ihtiyatla giriliyordu. Belki New York veya San Fransisco'da durum değişikti, ama benim yaşadığım kent kesinlikle böyleydi. İnsanın annesinin Fransız, külahının da Acem olması, Annapolis için gereğinden fazla egzotizm anlamına geliyordu.

Bu, işin olumsuz yanı. Madalyonun diğer yüzünde ise, o delice hevesim hiç hak etmediğim halde bir anda büyük Doğu kâşifi diye ün yapmamı sağladı. Kumsaldaki gezintim kulağına çalınan yerel gazete müdürü Matthias Webb, İran tecrübemi anlatan bir makale yazmamı önerdi.

"Pers" adı en son 1856'da, Cunard's'ın gurur kaynağı olan bir transatlantik, madeni gövdeli ilk yandan çarklı gemi bir buzdağına çarptığında *Annapolis Gazette and Herald* sayfalarında kendine yer bulabilmişti. Bizim yöremizden yedi denizci bu kazada can vermişti. Talihsiz geminin adı *Persia* idi.

Deniz insanları kaderin işaretleriyle asla dalga geçmezler. Bu nedenle makalemin giriş bölümünde "Persia"nın yanlış bir adlandırma olduğunu, İranlıların ülkelerine çok eski bir deyimin, "Aryenler Toprağı" manasına gelen "Airania Vaeca"nın kısaltılmış haliyle, "İran" dediklerini belirtmeyi gerekli görmüştüm.

Daha sonra çoğu okuyucunun adını duyduğu tek İranlı olan Ömer Hayyam'dan söz edip onun şüphecilik tınısı çok ağır basan rubailerinden birini alıntılamıştım: "Kim görmüş bu cenneti, cehennemi? Kim gitmiş de getirmiş haberini?"* Bu yararlı girişin ardından oldukça yoğun birkaç paragrafta İran topraklarında çok eski çağlardan beri gelişmiş birçok dini, Zerdüştiliği, Maniciliği, Sünni ve Şii İslamı, Hasan Sabbah'ın İsmailîliğini ve daha yakın tarihin parçası olan Babileri, Şeyhîleri, Bahaileri özet-

* Çev. Sabahattin Eyuboğlu

lemiştim. "Cennet" manasında kullandığımız *paradis*'nin kökeninde "bahçe" manasına gelen eski bir Farsça sözcüğün, "paradeaza"nın bulunduğunu hatırlatmaktan da geri kalmamıştım.

Matthias Webb sahip olduğum bilgi hazinesinden dolayı beni kutladı. Ama ben bu övgüden cesaret alarak daha düzenli bir işbirliği önerdiğimde, birdenbire rahatsızlığını belli ediverdi:

– Metninizin her yerine barbarca sözcükler serpiştirme saplantısından vazgeçmeye söz verirseniz, bir deneyebilirim!

Yüzümde işittiğine inanamayan, şaşkın bir ifade vardı herhalde; Webb kendince nedenlerini sıraladı:

– *Gazette*'in sürekli bir İran uzmanı tutacak kadar olanağı yok. Ama dış haberlerin tamamının sorumluluğunu üstlenirseniz ve uzak diyarları hemşerilerinizin elinin altına getirebileceğinizi düşünüyorsanız, bu gazetede yeriniz hazır demektir. O zaman makalelerinizin derinliği azalır belki, ama yaygınlaşma şansı artar.

İkimiz de yeniden gülümsemeye başlamıştık; bana bir barış purosu ikram ettikten sonra sözünü sürdürdü:

– Daha düne kadar bizim için yurtdışı diye bir şey yoktu, Doğu denen yer Cod Burnu'nda* sona eriyordu. Ve birdenbire, bir yüzyıl sona erip diğeri başlıyor bahanesiyle dünyanın tüm çalkantıları şu sakin kentimizi dört bir yanından kuşattı.

Bu konuşmanın 1899'da, askerlerimizi sadece Küba ve Porto Rico'ya değil, Filipinler'e kadar sürükleyen İspanya-ABD savaşından kısa süre sonra yapıldığını belirtmekte yarar var. Birleşik Devletler daha önce hiçbir zaman kendi sahillerinden bu kadar uzakta iktidar sahibi olmamıştı. Modası geçmiş İspanyol İmparatorluğu'na karşı kazanılan zafer bize sadece iki bin dört yüz ölüye mal olmuştu, ama Deniz Harp Okulu'nun merkezi olan Annapolis'te her kayıp bir akrabanın, bir dostun, bir nişanlının veya sözlünün yitirilmesi anlamına gelebilirdi; hemşerilerimin en tutucuları Başkan MacKinley'i tehlikeli bir maceracı olarak görüyorlardı.

Webb'in fikri hiç de böyle değildi, ama okuyucularının takıntılarını dikkate almak zorundaydı. Bu ciddi, saçlarına ak

* ABD'nin Atlas Okyanusu sahillerindeki (Massachusetts) dar ve uzun kara çıkıntısının en ucu, en doğudaki noktası. (ÇN)

düşmüş aile babası durumu bana iyice kavratabilmek için ayağa kalktı, şöyle bir böğürdü, yüzünü çok komik bir maske haline getirerek buruşturdu ve parmaklarını bir canavarın pençelerini taklit ederek kıvırdı.

– Vahşi dünya dev adımlarla Annapolis'e doğru yaklaşıyor ve sizin göreviniz, Benjamin Lesage, hemşerilerinizin içini rahatlatmak.

Bu ağır sorumluluğun altından çok da parlak sayılamayacak bir biçimde kalktım. Haber kaynaklarım, Paris, Londra ve haliyle New York, Washington ve Baltimore'daki meslektaşlarımın makaleleriydi. Boerler savaşı, Çar ile Mikado arasındaki 1904-1905 çatışması veya Rusya'daki çalkantılar hakkında yazdığım tek satır bile yıllıklarda yer almayı hak etmiyordu, korkarım.

Sadece İran söz konusu olduğunda gazetecilik kariyerimden söz edilebilir. Patlak verecek ve 1906'nın son aylarında haberleri tüm dünya basınında geniş bir yer işgal edecek olayları önceden gören ilk Amerikan gazetesinin *Gazette* olduğunu iftiharla söyleyebilirim. *Annapolis Gazette and Herald*'ın makaleleri tarihinde ilk ve büyük ihtimalle son kez olarak, Güney'in ve Doğu yakasının altmıştan fazla gazetesinde alıntılandı, hatta kimi zaman kelimesi kelimesine aynen basıldı.

Kentim ve gazetem bu başarıyı bana borçlular. Ben de Şirin'e borçluyum. Gerçekten de hazırlanmakta olan hadiselerin çapını kendi kısa ömürlü İran tecrübeme dayanarak değil, onun sayesinde anlayabilmiştim.

Yedi yılı aşkın süredir prensesimden hiç haber almıyordum. *Yazma* konusunda bana cevap borcu kalmamıştı; hayal kırıcı da olsa kesin bir bilgi vermişti. Artık ondan yeni bir haber beklemiyordum. Umudum yok değildi ama. Ne zaman postacı gelse, bu fikir aklımdan geçiyor, zarfların üzerinde Arap harfleriyle bir yazı, bir pul, kalp biçiminde bir 5 rakamı görür müyüm diye bakınıyordum. Her gün yaşadığım bu hayal kırıklığı beni ürkütmüyor, tam tersine hiç peşimi bırakmayan düşlere yönelik bir saygı duruşu gibi geliyordu.

O dönemde ailemin Annapolis'ten taşınıp babamın işlerinin büyük bölümünün toplandığı Baltimore'a yerleştiğini söylemeliyim; babam, daha küçük iki kardeşiyle birlikte kendi bankasını kurmayı tasarlıyordu. Bense doğduğum evde, yarı sağır emektar aşçı kadınla birlikte, çok az sayıda yakın dostumun bulunduğu bir kentte kalmayı seçmiştim. Bu yalnızlığın da haber bekleyişimi körüklediğine kuşku yoktu.

Sonra bir gün, Şirin gerçekten de yazdı bana. *Semerkant Yazması*'ndan hiç söz etmiyordu; bu uzun mektupta, "uzaklardaki sevgili dost" diye başlaması dışında, kişisel hiçbir şey yoktu. Etrafında cereyan eden hadiseleri günbegün anlatıyordu. Titiz, asla yüzeyselliğe kaçmayan ayrıntılarla dolu bir anlatımı vardı. Onun o güzel zekâsına vurulmuş ve düşüncelerinin meyvesini yollamak için tüm insanların içinden beni seçmesi gururumu okşamıştı.

Artık onun ayda bir gelen mektuplarının ritmiyle yaşıyordum. Her mektup, heyecanlı bir makale kıvamındaydı ve gizlilik kuralına kesinkes uymamı şart koşmasa her mektubunu aynen yayımlardım. Ama yazdıklarını istediğim gibi yağmalamama cömertçe izin veriyordu. Ben de hiç utanıp sıkılmadan yaptım bunu, makalelerim için onun yazdıklarından bol bol yararlandım, hatta kimi zaman koca koca bölümleri çevirip italik veya tırnak bile kullanmadan yazıma aldım.

Yine de benim olup biteni okuyucuya sunuş biçimim, onunkinden çok farklıydı. Örneğin prenses şu satırları asla yazmazdı: "İran devrimi, bir Belçika elçisinin aklına gelen korkunç bir fikre kapılıp molla kılığına bürünmesi yüzünden patlak verdi."

Aslında gerçeğe çok da uzak sayılmazdı bu söylediğim. Yine de Şirin'e göre ayaklanmanın öncülleri, Şah 1900'de Contrexéville'de tedavi için bulunduğu sırada hissedilmeye başlanmıştı. Oraya maiyetiyle birlikte gitmek isteyen hükümdarın paraya ihtiyacı olmuştu. Hazine her zamanki gibi tamtakır olduğundan, Çar'dan 22,5 milyon rublelik bir borç almıştı.

Böylesine ağılı bir armağana az rastlanır. Sürekli iflasın eşiğinde yaşayan güney komşusunun bu borcu geri ödeyeceğinden emin olmak isteyen Saint-Petersburg'daki yetkililer, İran gümrüklerinin kendi denetimlerine bırakılmasını ve borçlarını gümrük hasılatından doğrudan tahsil etme yetkisinin tanınmasını şart koştular ve bu şart kabul edildi. Ve bu imtiyaz yetmiş beş yıllığına Ruslara bırakıldı! Bunun ne kadar muazzam bir imtiyaz olduğunu bilen ve İran'ın dış ticaretine böyle olduğu gibi el konması karşısında öteki Avrupa devletlerinin alınacağından ürken Çar, gümrükleri kendi uyruklarına teslim etmek yerine Kral II. Leopold'dan bu işi kendi yerine ve hesabına üstlenmesini rica etti. Böylece Şah nezdinde otuz kadar Belçikalı memur görevlendirildi ve baş döndürücü bir hızla büyük bir nüfuz sahibi oldular. Özellikle de içlerinden en tanınmışı, Mösyö Naus diye biri en yüksek iktidar katlarına kadar yükselmeyi başardı. Devrimin arifesinde İran Şahlığı'nın yüksek şura üyesi, Posta ve Telgraf nazırı, İran başhazinedarı, pasaport departmanının müdürü, Gümrükler genel müdürüydü. Ayrıca mali sistemi tepeden tırnağa yeniden yapılandırma işiyle de meşgul oluyor ve katır yüklerine konan yeni vergiden de o sorumlu tutuluyordu.

Naus'un bu aşamada İran'da en çok nefret edilen kişi, yabancıların ülkeye el koymasının simgesi haline gelmiş bir adam olduğunu eklemeye bile gerek yok herhalde. Zaman zaman onun sınır dışı edilmesini isteyen bir ses yükseliyor, adamın rüşvet yememe gibi bir ünü veya işbilirliği olmadığı için bu talepler son derece haklı gözüküyordu. Ama Çar'ın, daha doğrusu Çar'ın etrafını sarmış ve siyasal amaçları Saint-Petersburg basınında artık yüksek sesle ilan edilen çetenin desteğini alan Naus yerinde kalıyordu. Söz konusu amaç, Rusya'nın İran ve İran Körfezi üzerindeki vesayetini kimseyle paylaşmayacak bir konuma gelmesiydi.

Bay Naus'un konumu hiç sarsılmayacak gibiydi; ama koruyucusunun ayağı sürçünce işler değişti. İranlıların en hayalcilerinin bile beklemediği bir hızla ve iki perdede gelişti olaylar. Önce Rus-Japon savaşı, tüm dünyayı şaşırtan bir şekilde, Çar'ın bozguna uğrayıp donanmasının yok edilmesiyle sonuçlandı. Sonra yetersiz yöneticilerin hataları yüzünden yaşanan utancın kışkırttığı Ruslar çileden çıktı: Potemkin zırhlısının denizcileri isyan etti, Kronştadt ayaklanması patlak verdi, Sivastopol başkaldırdı, Moskova olayları yaşandı. Herhalde kimsenin henüz unutmadığı bu olaylar üzerinde daha fazla duracak değilim, ama şu kadarını belirteyim ki bu olaylar özellikle de II. Nikola 1906'nın Nisan ayında parlamentoyu, yani Duma'yı toplantıya çağırmak zorunda kalınca İran üzerinde çok yıkıcı bir etki yaptı.

Tam bu atmosferde son derece sıradan sayılabilecek bir hadise yaşandı: Belçikalı yüksek memurlardan birinin evinde verilen maskeli baloya Bay Naus, molla kılığına girip gitmek gibi bir fikre kapıldı. Kıkırdamalar, kahkahalar, alkışlar arasında herkes nazırın etrafında toplanıp onu tebrik etti, hatta bir de poz verip fotoğraf çektirdiler. Birkaç gün sonra bu fotoğrafın çoğaltılmış yüzlerce kopyası Tahran çarşısında dağıtılıyordu.

XXXIV

Şirin bana bu belgenin de bir kopyasını göndermişti. Onu hâlâ saklıyorum, zaman zaman bir göz atıp hem hasret gideriyor hem de eğleniyorum. Fotoğrafta, bir bahçede yere serilmiş kilimin üzerine oturmuş ve Japon veya Avusturya giysilerine bürünmüş, bazıları da alaturka giyinmiş kırk kadar erkek ve kadın görülüyor; tam ortada ve en ön sırada Bay Naus var; beyaz sakalı ve kırçıl bıyıklarıyla o kadar iyi kılık değiştirmiş ki kolaylıkla dinine ve ailesine bağlı, ihtiyar bir aile reisi sanılabilir. Fotoğrafın arkasında Şirin'in yorumu: "Dünyanın suçunu işledi kimse dokunmadı, bir şaka yapayım dedi en ağır cezaya çarptırıldı."

Naus'un mollalarla alay etmek gibi bir niyeti hiç yoktu herhalde. Bu olayda olsa olsa bilinçsizlik, nezaketsizlik, zevksizlikle suçlanabilirdi. Onun asıl hatası, Çar'ın Troya atı görevini üstlenmiş bir adam olarak bir süreliğine kendini unutturması gerektiğini idrak edememesiydi.

Her tarafa dağıtılan bu resim öfkeli kalabalıkların toplanmasına, çarşıda bazı hadiseler çıkmasına ve kepenklerin indirilmesine neden oldu. Önce Naus'un, sonra da tüm hükümetin azledilmesi istendi. Rusya'daki gibi bir meclis toplanmasını talep eden bildiriler dağıtıldı. Gizli cemiyetler yıllardır halkın bağrında çalışıyor, Cemaleddin'i, hatta kimi zaman şartların istibdada karşı mücadelenin simgesi haline getirdiği Mirza Rıza'yı sahipleniyorlardı.

Kazaklar şehir merkezindeki mahalleleri tuttular. Yetkililer tarafından yayılan bazı söylentilere göre, muhaliflerin tepesine eşi benzeri görülmemiş bir baskı inecek, çarşı silah zoruyla açtırılacak, askerlerin yağmasına izin verilecekti. Binlerce yıldır esnafı yıldıran bir tehditti bu.

Bu yüzden 19 Temmuz 1906'da çarşı esnafından ve sarraflarından seçilmiş bir temsilciler heyeti İngiliz maslahatgüzarına başvurup çok acil bir soru yönelttiler: Tutuklanma tehlikesiyle karşı karşıya kalan insanlar sefarete sığınırsa, korunacaklar mıydı? Cevap olumluydu. Ziyaretçiler teşekkürler ve temennalarla oradan ayrıldılar.

O akşam dostum Fazıl, yanında bir grup arkadaşıyla birlikte sefarete gitti ve hemen içeri alındı. Henüz otuzunda olmasına karşın, babasının vârisi olarak çarşının en zengin tüccarlarından biriydi. Ama geniş kültürü bu yerini daha da yükseltiyor ve meslektaşları arasındaki nüfuzunu iyice artırıyordu. Onun gibi birine İngiliz diplomatlar hatırlı ziyaretçilere ayrılan odalardan birini verebilirlerdi ancak. Ama o yine de bu teklifi geri çevirdi ve sıcaklığı bahane ederek sefaretin geniş bahçesine yerleşmek istediğini ifade etti. Bu amaçla yanında bir çadır, küçük bir seccade, birkaç kitap getirdiğini belirtti. Ev sahipleri dudakları büzülmüş, kaşları çatılmış olarak Fazıl'ın dengini süzdüler.

Ertesi gün otuz esnaf daha aynı şekilde sığınma hakkından yararlanmak için başvurdu. Üç gün sonra, 23 Temmuz'da sayıları sekiz yüz altmışa, ayın 26'sında beş bine, 1 Ağustos'ta ise on iki bine çıkmıştı.

Bir İngiliz bahçesine kurulan bu İran çadır-kenti tuhaf bir manzaraydı. Çadırlar esnaf loncalarına göre gruplara ayrılmıştı. Hayat hızla örgütlenmiş, muhafız kışlasının arkasına bir mutfak kurulmuştu; çeşitli "mahalleler" arasında kocaman kazanlar gidip geliyor, her karavananın dağıtılması üç saat sürüyordu.

Hiç kargaşa yoktu, az gürültü çıkıyordu; İranlıların deyimiyle *bast* yapılmış, yani iltica edilmişti, başka bir ifadeyle bir tapınağın koruması altında tamamen pasif direnişe geçilmişti. Tahran bölgesinde pek çok tapınak vardı: Şah Abdülazim türbesi, saray ahırları ve en küçük *bast* yeri olarak da, Tophane meydanındaki top arabası. Eğer kaçak birisi oraya tırmanma fırsatını bulursa, kolluk kuvvetlerinin ona dokunma hakkı kalmazdı. Ama Cemaleddin'in başından geçenler, iktidarın bu tür muhalefet biçimlerini uzun süre hoş görmeyeceğini kanıtlamıştı. Tanımak zorunda kaldığı tek dokunulmazlık, yabancı sefaretlerinkiydi.

Her mülteci İngilizlerin yanına gelirken nargilesini ve düşlerini de beraberinde getirmişti. Bir çadırla diğeri arasında okyanuslar kadar fark vardı. Yenilikçi seçkinler Fazıl'ın çevresinde toplanmıştı; bir avuç değildiler, sayıları genç, yaşlı yüzleri buluyordu ve az çok gizli "encümenler" halinde örgütlenmişlerdi. Konuşmaları hep Japonya, Rusya, özellikle de Fransa, Saint-Simon'un, Robespierre'in, Rousseau'nun ve Waldeck-Rousseau'nun Fransası üzerinde yoğunlaşıyordu. Hepsi Fransızca konuşuyor, Fransız kitaplarını ve gazetelerini büyük bir dikkatle okuyorlardı. Fazıl, Paris'te bir yıl önce onaylanan Devlet ile Kilise'nin ayrılması hakkındaki kanun metnini özenle kesip saklamış, çevirmiş ve dostlarına dağıtmıştı. Bu metin üzerine ateşli tartışmalar yapıyorlardı. Ama seslerini fazla yükseltmiyorlardı, çünkü onların toplandığı yerin biraz ilerisinde bir mollalar meclisi de vardı.

Mollalar bölünmüştü. Bir bölümü Avrupa'dan gelen her şeyi, hatta demokrasi, parlamento ve modernite fikrini reddediyordu. "Bizde Kuran olduğuna göre niye bir anayasaya ihtiyaç duyalım ki?" diyorlardı. Yenilikçiler ise buna, Kitap'ta kendilerini demokratik bir biçimde yönetme işinin insanlara bırakıldığını söyleyerek yanıt veriyor ve şu ayeti delil gösteriyorlardı: "İşlerinizi aranızda meşveretle halledin." Ayrıca Peygamber öldüğünde Müslümanların elinde yeni doğan devletin kurumlarını düzenleyecek bir anayasa olsaydı, İmam Ali'nin saf dışı edilmesine neden olan kanlı veraset mücadelelerini yaşamazlardı, diye ustaca ekliyorlardı.

Ama mollaların çoğunluğu, bir öğreti tartışmasına hiç girmeden, şahlık sisteminin keyfi idaresine son verecek bir anayasa fikrini kabul ediyordu. *Bast*'a katılmaya gelmiş yüzlerce molla bu davranışlarını Peygamber'in Medine'ye hicretine ve halkın çektiği sıkıntıları da İmam Ali'nin oğlu Hüseyin'in çilesine benzetiyorlardı (Hüseyin'in çilesi Hıristiyanlardaki

İsa'nın çilesine çok yakındır). Sefaretin bahçesinde rozehanlar dinleyicilerine Hüseyin'in çektiği acıları anlatıyorlardı. İnsanlar ağlıyor, kendilerini kırbaçlıyor, hem Hüseyin, hem kendileri hem de düşman bir dünyada yolunu yitirip asırdan asıra dipsiz bir çökkünlük uçurumuna gömülen İran için dövünüyordu.

Fazıl'ın arkadaşları bu tür gösterilere uzak duruyorlardı. Cemaleddin onlara rozehanlara fazla güvenmemeyi öğretmişti. Onları tepeden bakan, ama kaygılı gözlerle dinliyorlardı.

Şirin'in mektuplarından birinde rastladığım şu buz gibi düşünce beni irkiltmişti: "İran hasta" diyordu. "Başucuna bir sürü gelenekçi, yenilikçi hekim toplanmış, her biri kendine göre bir ilaç öneriyor, hastayı kim iyileştirirse gelecek de onun olacak. Eğer bu devrim zaferi kazanırsa mollalar demokratlaşmak zorunda kalacak; eğer başarısız olursa, demokratlar mollalaşacak."

Ama şimdilik hepsi aynı siperde, aynı bahçedeydi. 7 Ağustos'ta sefarette on altı bin mülteci vardı, kent sokakları boşalmış, az çok bilinen esnafın hepsi "hicret"e katılmıştı. Şah boyun eğmek zorunda kaldı. 15 Ağustos'ta, *bast* başlayalı henüz bir ay olmamışken, Tahran'da doğrudan, eyaletlerde de dolaylı oyla bir ulusal danışma meclisi toplamak üzere seçimler düzenleneceğini ilan etti.

İran tarihinin ilk parlamentosu 7 Ekim'de toplandı. Şah kurnazca bir hamleyle, taht adına açılış söylevini vermek üzere ilk baştan beri kendisine muhalif olan şahsiyetlerden birini, Isfahanlı bir Ermeni olan Prens Malkom Han'ı görevlendirdi. Cemaleddin'in yoldaşlarından olan Malkom Han, onu son Londra ziyareti sırasında da evinde ağırlamıştı. Hali tavrıyla bir Ingiliz'i andıran bu muhteşem ihtiyar tüm yaşamı boyunca parlamentoda ayağa kalkıp halkın temsilcilerine meşruti bir hükümdarın söylevini okuyacağı günün hayalini kurmuştu.

Tarihin bu sayfasına biraz daha yakından bakmak isteyenler, o devrin belgelerinde Malkom Han adını aramasınlar hiç. İran, tıpkı Hayyam devrinde olduğu gibi, bugün de yöneticilerini adlarıyla değil unvanlarıyla tanır: "Şahlığın Güneşi", "Dinin Temel Direği", "Sultan'ın Gölgesi." Demokrasi devrini açma onurunun verildiği adama ise en itibarlı unvan layık görülmüştü: Nizamülmülk. Geçirdiği tüm başkalaşımlara karşın hep kendisi olarak kalan, tüm çalkantıları içinde hiç değişmeyen şu İran ne şaşırtıcı bir memleketti!

XXXV

Doğu'nun uyanışına tanık olmak bir ayrıcalıktı; yoğun bir heyecan, coşku ve kuşku ânıydı bu. Onun uyuyan beyninde hangi ışıltılı veya korkunç fikirler filizlenmiş olabilirdi? Ayağa kalkınca ne yapacaktı? Kendisini sarsanların üzerine körlemesine hücum mu edecekti? Bana kaygılı sorular yönelten ve benden kâhinlik bekleyen okuyucu mektupları alıyordum. Çin Bokserlerinin 1900'de Pekin'de giriştikleri ayaklanma, yabancı diplomatların rehin alınması, Çin'e gönderilen ordunun Göğün ürkütücü kızı olan yaşlı imparatoriçe ile karşı karşıya kalıp çeşitli sıkıntılar yaşaması belleklerinden silinmediği için Asya'dan korkuyorlardı. İran farklı mı olacaktı? Ben, yeni doğan demokrasiye güvenerek bu soruyu kararlı bir biçimde "Evet" diye yanıtlıyordum. Bir anayasa ve bir yurttaşlık hakları bildirgesi ilan edilmişti. Her gün yeni dernekler kuruluyor, gazeteler çıkıyordu; birkaç ay içinde günlük ve haftalık gazete ve dergi sayısı doksanı bulmuştu. *Uygarlık, Eşitlik, Özgürlük* veya daha tumturaklı bir biçimde *Dirilişin Sur Sesleri* gibi isimler seçiyorlardı. İngiliz basınında veya liberal *Ryech,* sosyal-demokratlara yakın *Sovremenniy Mir* gibi muhalif Rus gazetelerinde sık sık İran basınından alıntılar yer alıyordu. Tahran'da çıkan bir mizah gazetesi ilk sayısından itibaren nefes kesen bir başarı kazandı; burada çıkan karikatürlerin gözde hedefleri karanlık işler çeviren saray erkânı, Çar'ın hafiyeleri ve en önemlisi de sahte sofulardı.

Şirin'in ağzı kulaklarındaydı: "Geçen cuma birkaç genç molla çarşıda gösteri yapmak için adam toplamaya çalıştılar, anayasayı zındıklık diye niteliyor ve kalabalığı Parlamento'nun bulunduğu Baharistan'a doğru yürütmek istiyorlardı. Başarı sağlayamadılar. Hançerelerini yırtarcasına bağırsalar da kent ahalisi hiç kulak asmadı onlara. Zaman zaman bir adam duruyor, attıkları nutku biraz dinliyor, sonra omuzlarını silkerek uzaklaşıyordu. En sonunda kentin en saygı duyulan üç uleması geldi, vaizlere açık açık en kestirme yoldan evlerine dönmelerini, gözlerini de sakın ola yerden kaldırmamalarını söylediler. İnanamıyorum, İran'da yobazlık öldü."

Bu son cümleyi, yazdığım en güzel makalenin başlığı olarak kullandım. Prensesin coşkusu içime öyle nüfuz etmişti ki, metnim tam bir inanç belgesi olmuştu. *Gazette*'in müdürü biraz daha dengeli yazmamı tavsiye etti, ama aldığım mektupların artan sayısı okuyucuların bu ateşli tavrımı onayladıklarının göstergesiydi.

Bu mektuplardan birinde, New Jersey'deki Princeton Üniversitesi öğrencilerinden Howard C. Baskerville'in imzası vardı. *Bachelor of Arts* diplomasını yeni almıştı ve betimlediğim olayları yakından gözlemek için İran'a gitmek istiyordu. Kullandığı bir ifade beni çok etkilemişti: "Şu yüzyıl başında, Doğu uyanmayı başaramazsa yakında Batı'nın gözüne hiç uyku girmeyeceğine tüm kalbimle inanıyorum." Cevabımda onu bu yolculuğa çıkması için yüreklendirip kararını kesinleştirirse kendisini ağırlayabilecek bazı dostlarımın adlarını vereceğimi de vaat ettim.

Birkaç hafta sonra Baskerville Annapolis'e kadar gelip Amerikan Presbiteryen Misyonu tarafından yönetilen Tebriz Memorial Boys' School'da öğretmen olarak iş bulduğunu heyecan içinde haber verdi; genç İranlılara İngilizce ve Fen dersleri verecekti. Hemen yola çıkacaktı, benden nasihat ve kendisini tavsiye edebileceğim isimler istiyordu. Onu hararetle tebrik ederken eğer İran'a gidersem kendisine de uğramaya söz verdim.

Ama yakın bir gelecekte İran'a gitmek aklımdan geçmiyordu. İsteksiz değildim, ama üstüme atılan iftiralar yüzünden bu yolculuğa çıkmaya çekiniyordum. Bir kralın öldürülmesinin aranan suçortağı değil miydim? Tahran'da yaşanan hızlı değişimlere karşın, tozlu raflarda kalmış bir celp yüzünden sınırda tutuklanmaktan ve dostlarıma veya sefarete haber verememekten korkuyordum.

Yine de Baskerville'in gidişi durumumu yasallaştırmak için bazı girişimlerde bulunmak konusunda beni yüreklendirdi. Şirin'e asla mektup yazmayacağıma söz vermiştim. Benimle yazışmasını keser korkusuyla, onun yerine nüfuzunun her gün arttığını bildiğim Fazıl'a başvurdum. Büyük kararların alındığı Millet Meclisi'nde sözü en çok geçen mebus oydu.

Üç ay sonra sıcak ve dostça cevabı geldi; asıl önemlisi, mektubun içinde Adalet Nezareti'nin mührünü taşıyan ve eski Şah'ın öldürülmesi hadisesiyle ilgili her türlü suçortaklığı şüphesinden aklandığımı bildiren bir belge vardı; dolayısıyla artık İran'ın tüm eyaletlerinde serbestçe dolaşabilecektim.

Daha fazla vakit yitirmeden Marsilya'ya giden ilk gemiye atlayıp oradan da Selanik ve İstanbul üzerinden Trabzon'a vardım. Sonra katır sırtında Ağrı Dağı'nın çevresinden dolaşıp Tebriz'in yolunu tuttum.

Sıcak bir haziran günü Tebriz'e vardım. Ben Ermeni mahallesindeki kervansaraya yerleşinceye kadar, güneş damların hizasına inmişti. Bununla birlikte Baskerville'i görmek için yanıp tutuşuyordum ve bu niyetle, Presbiteryen Misyonu'na gittim. Misyon, bir kayısı bahçesi içinde yeni beyaz badanasıyla pırıl pırıl parlayan, alçak ama geniş bir binaydı. Parmaklığın üstünde göze çarpmayan iki haç ve damda, giriş kapısının üstünde yıldızlı bir bayrak vardı.

İranlı bir bahçıvan beni karşılayıp başrahibin odasına götürdü. Uzun boylu, sakallı ve kızıl saçlı başrahipte bir denizci havası vardı. Tokalaşması sert, tavrı konukseverdi. Daha oturmam için yer bile göstermeden önce, orada istediğim kadar kalabileceğimi söyledi.

– Güzel bir sürpriz yapıp bizi ziyaret eden ve onurlandıran yurttaşlarımız için her an hazır tuttuğumuz bir odamız var. Bu size özel bir muamele değil, misyon kurulduğundan beri yerleşmiş bir âdeti sürdürüyorum ben sadece.

İçten üzüntülerimi ifade ettim.

– Bavulumu kervansaraya bıraktım bile ve öbürsü gün Tahran'a doğru yola devam etmeyi düşünüyorum.

– Tebriz öyle bir günde geçiştirilecek bir yer değil. Nasıl olur da buraya kadar geldikten sonra, Doğu'nun en büyük kapalıçarşısının labirentlerinde bir veya iki gün boyunca kaybolmadan, *Binbir Gece Masalları*'nda da sözü geçen Mavi Cami'nin harabelerini görmeden çekip gitmeyi düşünürsünüz? Günümüzde seyyahların hep acelesi var; telaş içinde, her ne pahasına olursa olsun diyerek geliyorlar, ama gelmek bir yolun sonuna varmak demek değil. İnsan her menzilde bir yere varır, her adımda gezegenimizin gizli kalmış bir yüzünü keşfedebilir, bunun için bakmak, istemek, inanmak, sevmek yeterli.

Benim bu kadar kötü bir seyyah olmama içtenlikle üzülmüş gibiydi. Kendimi haklı bir gerekçe göstermek zorunda hissettim.

– Aslında Tahran'da acil bir işim var, Tebriz'e sizde ders veren bir dostumu, Howard Baskerville'i görmek için uğradım sadece.

Ağzımdan bu isim çıkar çıkmaz, hava birden gerildi. Konukseverlikten, ahbaplıktan, heyecandan, babacanlıktan eser kalmadı. Karşımdaki yüzü bir can sıkıntısı kapladı, hatta bakışlarını benden kaçırdığına hükmettim. Odaya ağır bir sessizlik çöktü, neden sonra:

– Howard'ın arkadaşı mısınız? diye sordu.

– Bir anlamda onun İran'a gelmesinden ben sorumlu sayılırım.

– Ağır bir sorumluluk!

Dudaklarında bir gülümseme izi aradım boş yere. Birden bitkin ve yaşlı gözüktü bana, omuzları çökmüş, bakışlarına neredeyse yalvaran bir ifade oturmuştu.

– On beş yıldır bu misyonu yönetiyorum, burası kentteki en iyi okul, faydalı ve Hıristiyanca bir iş yaptığımıza inanıyorum. Faaliyetlerimize katılanlar bu memleketin ilerlemesini gönülden isterler, yoksa, çoğunlukla düşmanca davranan bir ortamla boğuşmak için buraya gelmeye, emin olun, onları hiçbir şey zorlayamazdı.

Bundan kuşku duymam için herhangi bir sebep yoktu, ama

adamın kendini savunmak için gösterdiği gayret keyfimi kaçırmıştı. Odasına gireli en fazla birkaç dakika olmuş, onu hiçbir şeyle suçlamamış, ondan hiçbir şey istememiştim. Ben de terbiyeli bir biçimde kafa sallamakla yetindim. Sözüne devam etti:

– Bir misyoner, İranlıların belini büken felaketlere karşı ilgisiz kalır, bir öğretmen öğrencilerinin kaydettiği ilerlemeler karşısında artık hiçbir sevinç duymazsa, onlara derhal ABD'ye dönmelerini salık veririm. Coşku azalabilir, hele insan çok gençse... Bundan daha insanca bir şey olabilir mi?

Bu giriş bölümü sona erince, rahip sustu, iri parmakları sinirli sinirli piposuyla oynuyordu. Kelimeleri bulmakta zorlanıyordu sanki. İşini kolaylaştırmayı görev bildim. Hiç umursamaz bir tonla konuştum:

– Bu birkaç ay içinde Howard'ın da cesaretinin kırıldığını, Doğu'ya duyduğu hayranlığın geçici olduğunun ortaya çıktığını mı söylemek istiyorsunuz?

Yerinden sıçrayıverdi.

– Tanrı aşkına, hayır, Baskerville değil! Ben zaman zaman işe aldığımız bazı insanların başına ne geldiğini size açıklamaya çalışıyordum. Sizin dostunuz tam ters yönde bir örnek ve bu durum beni sınırsız ölçüde kaygılandırıyor. Bir anlamda bugüne dek işe aldığımız en iyi öğretmen, öğrencileri inanılmaz ilerlemeler kaydediyor, adı çocukların ana babalarının ağzından hiç düşmüyor, misyona bugüne dek hiç bu kadar çok kuzu, horoz, helva armağan edilmemişti, hepsi Baskerville'in yüzü suyu hürmetine. Ama onun sorunu, bir yabancı gibi davranmayı reddetmesi. Buralılar gibi giyinip pilavla beslense ve beni yörenin lehçesiyle selamlasa, gülüp geçerdim sadece. Ama Baskerville dış görünüşte takılıp kalacak biri değil, ölçüsüz bir şekilde siyasi mücadeleye atıldı, sınıfında Meşrutiyet'i övüyor, Rusları, İngilizleri, Şah'ı ve gerici mollaları eleştirmeleri için öğrencilerini yüreklendiriyor. Hatta bir "Âdem oğlu" olduğundan bile kuşkulanıyorum; burada gizli örgüt üyelerine bu ad veriliyor.

İç geçirdi.

– Dün sabah parmaklıklarımızın önünde, en önde gelen iki mollanın başını çektiği bir gösteri yapıldı; ya Baskerville'in gönderilmesini ya da misyonun kapatılmasını istediler. Üç saat sonra aynı yerde Howard'ı alkışlamak ve okulda kalmasını istemek üzere ikinci bir gösteri tertiplendi. Çatışma uzarsa bu kentte daha fazla barınamayız.

– Herhalde bu konuyu Howard'la konuşmuşsunuzdur.

– Belki yüz kez ve akla gelebilecek her üslupla. Her seferinde, Doğu'nun uyanışının misyonun kaderinden daha önemli olduğunu, meşruti devrim başarısızlığa uğrarsa her halü kârda buradan gitmek zorunda kalacağımızı söylüyor. İstersem sözleşmesine son verebilirim tabii ki, ama böyle bir davranış kent ahalisi içinde bizi her zaman desteklemiş olanların anlayışsızlığına ve düşmanlığına yol açar. Tek çözüm, Baskerville'in coşkusunu dizginlemesi. Acaba siz onu doğru yola getirebilir misiniz?

Böyle bir söz vermesem de, Howard'ı görmek istedim. Rahibin kızıl sakalı birden bir zafer ışığıyla aydınlandı sanki. Bir sıçrayışta ayağa kalktı.

– Beni takip edin, dedi, size Baskerville'i göstereceğim, sanırım nerede olduğunu biliyorum. Onu sessizce izlerseniz, ileri sürdüğüm nedenleri anlayacak, kaygılarımı paylaşacaksınız.

DÖRDÜNCÜ KİTAP

DENİZDE BİR ŞAİR

Biz gerçekten bir kukla sahnesindeyiz:
Kuklacı Felek Usta, kuklalar da biz.
Oyuna çıkıyoruz birer, ikişer;
*Bitti mi oyun, sandıktayız hepimiz.**

Ömer Hayyam

* Çev. Sabahattin Eyuboğlu

XXXVI

Etrafı duvarlarla çevrili bir bahçenin toprakrengi günbatımında, inleyen, haykıran bir kalabalık. Baskerville'i nasıl tanıyacağım? Yüzlerin hepsi öyle esmer ki! Bir ağaca yaslanıp bekliyorum. Ve seyrediyorum. Işıklandırılmış bir kulübenin eşiğinde doğaçlama bir temsil. Hikâye anlatıcı ve ağıtçı rozehan, müminlerin gözyaşı dökmesi, haykırması, kan dökmesi için uğraşıyor, kışkırtıyor onları.

Istıraba gönüllü bir adam gölgeden çıkıyor. Yalınayak, belden üstü çıplak, ellerine iki zincir sarmış. Havaya fırlattığı zincirler omuzlarına ve sırtına iniyor; demirler pürüzsüz, derisi örseleniyor, hamur gibi eziliyor, ama direniyor, ilk kan izinin çıkması için otuz, hatta elli darbe gerekiyor. O kara sıvı insanı büyüleyen fışkırışlarla yayılıyor. Binlerce yıllık çile oyunu, ıstırap tiyatrosu.

Kırbaçlama giderek şiddetleniyor, kalabalığın da bir ağızdan yanıt verdiği gürültülü soluk sesleri eşlik ediyor buna, darbeler yineleniyor, rozehan onların gürültüsünü bastırmak için sesini yükseltiyor. O zaman bir aktör çıkıyor ortaya, kılıcıyla izleyicileri tehdit ediyor, yüzünü buruşturdukça, mimikler yaptıkça beddualar işitiliyor. Sonra birkaç kişi taş atıyor. Kılıçlı sahnede fazla kalmıyor, biraz sonra onun kurbanı da beliriyor. Kalabalıktan bir haykırış yükseliyor. Ben bile ağzımdan çıkan çığlığı bastıramıyorum. Çünkü adam yerde boynu vurulmuş bir halde, başsız sürükleniyor.

Dehşet içinde rahibe dönüp bakıyorum, soğuk bir gülümsemeyle içimi rahatlatıp fısıldıyor:

– Eski bir hile bu; bir çocuk veya çok kısa boylu bir adam bulunuyor, başının üstüne ters çevrilmiş, kanlı boyun tarafı yukarı bakan kesik bir koyun başı takılıyor ve hepsi birden tam doğru yerden delinmiş beyaz bir beze sarılıyor. Gördüğünüz gibi çok çarpıcı bir etki elde ediliyor.

Piposundan bir nefes çekti. Başsız adam sahnede dakikalarca sıçrayıp kıvrandı. Sonra yerini hıçkırıklara boğulmuş tuhaf bir kişiliğe bıraktı.

Baskerville!

Soru dolu bakışlarımı yeniden rahibe çevirdim; kaşlarını gizemli bir biçimde yukarı kaldırmakla yetindi.

İşin en inanılmaz yanı, Howard'ın bir Amerikalı gibi giyinmiş olmasıydı, hatta başında bir silindir şapka bile vardı ve bu durum, genel trajedi havası içinde karşı konulmaz bir komik etki yaratıyordu.

Oysa kalabalık haykırıyor, ağıt yakıyordu ve görebildiğim kadarıyla hiçbir yüzde en ufak bir eğlence belirtisi yoktu. Tek eğlenen rahipti; sonunda bana da bir açıklama lütfetti:

– Bu taziyelerde her zaman Avrupalı bir şahsiyet de rol alır ve ne ilginçtir ki o "iyiler"den biridir. Rivayete göre, Emevi sarayındaki bir Frenk elçisi Şiilerin en büyük şehidi olan Hüseyin'in ölümünden çok duygulanmış ve bu cinayeti kınadığını öyle gürültülü bir biçimde dile getirmiş ki onu da idam etmişler. Tabii ellerinin altında sahneye çıkaracak bir Avrupalı her zaman bulunmadığı için ya bir Türk'ü ya da açık tenli bir İranlı'yı kullanırlar. Ama Baskerville Tebriz'e geldiğinden beri bu rol için sürekli ona başvuruluyor. O da rolünü harika oynuyor. Ve gerçekten ağlıyor!

Tam o sırada kılıçlı adam geri geldi, Baskerville'in etrafında gürültülü patırtılı bir şekilde koşuşturmaya başladı. Baskerville hareketsiz kaldı, bir fiskede şapkasını yere düşürdü, düzgün bir çizgiyle soldan sağa doğru ayrılmış sarı saçları ortaya çıktı, sonra bir robot gibi, ağır ağır diz üstü çöktü, yere uzandı, o tüysüz çocuk yüzüne ve gözyaşlarıyla sırılsıklam olmuş elmacık kemiklerine bir ışık düştü, yakındaki bir el siyah kıyafetinin üzerine bir tutam çiçek serpti.

Kalabalığı işitmez olmuştum, gözlerimi dostumdan alamıyor, ayağa kalkmasını endişeyle bekliyordum. Tören hiç bitmeyecek gibi geliyordu. Bir an önce onu geri almak istiyordum.

Bir saat sonra misyonda, bir kâse nar çorbasının etrafında buluştuk. Başrahip bizi yalnız bıraktı. Sıkıntılı bir sessizlik hüküm sürüyordu. Baskerville'in gözleri hâlâ kıpkırmızıydı.

– Batılı ruhumu toparlamam zaman alıyor, diye özür diledi kırık dökük bir gülümsemeyle.

– Acele etme, yüzyıl daha yeni başlıyor.

Öksürdü, sıcak kâseyi dudaklarına götürdü, yeniden sessizliğe ve düşüncelere gömüldü.

Sonra zar zor konuştu:

– Bu ülkeye geldiğimde, kocaman kocaman sakallı adamların bin iki yüz yıl önce işlenmiş bir cinayet için hâlâ hıçkırıklara boğulup dertlenmelerini anlayamıyordum. Artık anladım. İranlılar geçmişte yaşıyor, çünkü geçmiş onların vatanı, çünkü şimdiki zaman hiçbir şeyin onlara ait olmadığı yabancı bir ülke. Bizim gözümüzde modern yaşamın, insanın özgürleşmesinin simgesi olan her şey onlara göre yabancı egemenliğinin ve baskısının simgesi: Karayolları, Rusya demek; demiryolu, telgraf, banka, İngiltere; posta dedin mi Avusturya-Macaristan...

– Fen dersleri eğitimi deyince de, Amerikan Presbiteryen Misyonu'ndan Bay Baskerville...

– Tam üstüne bastın. Tebrizli'nin önünde ne gibi bir seçenek var ki? Ya oğullarını, atalarının daha 12. yüzyılda heceleye heceleye söyledikleri aynı şekilsiz cümleleri on yıl boyunca hecelemeleri için geleneksel mahalle mektebine verecekler ya da küçük Amerikalılara denk bir eğitim alacakları benim sınıfıma gönderecekler. Ama çocukları orada da bir haçın ve yıldızlı bir bayrağın gölgesinde olacak. En iyi, en becerikli, ülkelerine en faydalı öğrenciler benimkilerden çıkacak, ama ötekilerin onları dönek olarak görmesini nasıl engelleyeceğim? Buraya geldiğimin daha birinci haftasında bu soruyu sordum kendime ve problemi, senin biraz önce izlediğine benzeyen bir töreni seyrederken çözdüm.

Kalabalığa karışmıştım, çevremden inlemeler yükseliyordu. Bu ağlamaklı, mahvolmuş yüzleri gözlemler, bu ürkmüş, afallamış ve yakaran gözlere bakarken İran'ın tüm sefaleti, sonu gelmez yaslarla kuşatılmış o lime lime ruhlar serildi gözlerimin önüne. Ve ben farkına bile varmadan yanaklarımdan aşağı yaşlar dökülmeye başladı. Törene katılanlar bunu fark ettiler, bana baktılar, duygulandılar, beni sahneye doğru ittiler ve Frenk elçisi rolünü bana oynattılar. Ertesi gün öğrencilerimin ana babaları evime geldi; çocuklarını Presbiteryen Misyonu'na gönderdikleri için onları suçlayanlara artık cevap verebilecekleri için mutluydular: "Ben oğlumu, İmam Hüseyin için ağlayan öğretmene emanet ettim" diyebileceklerdi. Bazı mollalar bu durumdan rahatsız oldu; bana karşı gösterdikleri düşmanlık kazandığım başarının kanıtı aslında; onlar yabancıların gerçekten yabancıya benzemesini tercih ediyorlar.

Tavrının nedenini şimdi daha iyi anlasam da, kuşkuculuğum sürüyordu:

– Yani sana göre İran'ın sorunlarının çözümü, ağlayıcılar sürüsüne katılmaktan geçiyor!

– Ben öyle bir şey demedim. Ağlamak bir çözüm değil. Bir beceri bile sayılmaz. Çıplak, naif, acınılacak bir jestten başka bir şey değil. Kimse zorla gözyaşı dökmemeli. Tek önemli olan, ötekilerin trajedisini aşağılamamak. Benim ağladığımı, o hükümran yabancı umursamazlığından sıyrıldığımı gördüklerinde, ağlamanın hiçbir işe yaramadığını, İran'ın yeni ağlayıcılara ihtiyacı olmadığını, benim elimden gelecek en iyi işin, Tebriz'in evlatlarına uygun bir eğitim vermek olduğunu da bir giz açıklar gibi gelip söylediler bana.

– Akıllıca sözler. Ben de sana aynı şeyi söyleyecektim.

– Ama şu var ki, ağlamamış olsaydım, kimse gelip benimle konuşmazdı bile. Ağladığımı görmeselerdi, Şah'ın çürümüş bir adam olduğunu ve Tebrizli mollaların da ondan geri kalmadığını öğrencilere söylememe izin vermezlerdi!

– Demek derste bunları söyledin!

– Evet, bunları söyledim; bu genç ve sakalı bitmemiş Amerikalı, Presbiteryen Misyonu'nun şu küçük, önemsiz öğretmeni Şah'ı da mollaları da bir güzel eleştirdi ve hem öğrencilerim hem de onların velileri bana hak verdiler. Sadece başrahip çileden çıktı!

Aklımın karıştığını görünce, iyice üstüme geldi:

– Çocuklara Hayyam'dan da söz ettim, milyonlarca Amerikalı'nın ve Avrupalı'nın onun *Rubaiyat*'ını başucu kitabı yaptığını anlattım, FitzGerald'ın dizelerini ezberlettim. Ertesi gün çocuklardan birinin dedesi beni görmeye geldi, torunun anlattıklarının heyecanı içindeydi hâlâ; bana dedi ki: "Biz de Amerikalı şairlere çok saygı duyuyoruz!" Tabii ki sorsan hiçbir isim sayamazdı, ama ne önemi var, duyduğu gururun ve minnetin ifadesiydi bu sözler. Ne yazık ki ana babaların hepsi aynı tepkiyi göstermedi, içlerinden biri gelip şikâyetçi oldu. Başrahibin yanında, bana "Hayyam bir sarhoş ve dinsizdi!" diye bağırdı. Ben de şu cevabı verdim: "Siz böyle demekle Hayyam'a hakaret etmiyor, tam tersine sarhoşluğu ve dinsizliği övmüş oluyorsunuz!" Başrahip az kaldı sinirinden boğulacaktı.

Howard bir çocuk gibi güldü. Sevimliliğiyle insanın elini kolunu bağlayan, haşarı bir çocuk.

– Demek ki hakkındaki tüm suçlamaları böyle ağzın kulaklarında kabul ediyorsun! Yoksa "Âdem oğlu" olduğun da doğru mu?

– Başrahip bunu da mı söyledi sana? Beni epey çekiştirmişsiniz anlaşılan.

– Başka bir ortak tanıdığımız yoktu, ne yapalım.

– Senden bir şey gizleyecek değilim, vicdanım yeni doğmuş bir bebeğin soluğu kadar temiz. İki ay önce bir adam geldi beni görmeye. Bıyıklı, dev gibi bir adam, ama utangaç; kendisinin de üyesi olduğu encümenin merkezinde bir konferans verip veremeyeceğimi sordu. Bil bakalım hangi konuda? Asla tahmin edemezsin. Darwin kuramı üstüne! Ülkeye hâkim olan bu siyasal kaynaşma havası içinde, teklifi eğlenceli ve heyecan verici buldum. Kabul ettim. Bilgin hakkında bulabileceğim tüm verileri derledim, onu eleştirenlerin savlarını da açıkladım, sanırım can sıkıcı bir konuşmaydı, ama salon hıncahınç doluydu ve beni büyük bir dikkatle, çıt çıkarmadan dinlediler. O günden beri çeşitli toplantılara katıldım, çok çeşitli konularda konuşmalar yaptım. Bu insanlarda muazzam bir öğrenme açlığı var. Aynı zamanda anayasanın en kararlı yandaşları da onlar. Zaman zaman bürolarına uğrayıp Tahran'dan gelen son haberleri alıyorum. Onlarla tanışmalısın, senin benim gibi bir dünya düşlüyorlar onlar da.

XXXVII

Akşam Tebriz çarşısında az sayıda dükkân açık kalıyordu, ama sokaklar hareketliydi, adamlar kavşakları kahvehaneye çevirmiş, hasır iskemlelerini atıp halka yaparak oturmuşlardı, nargilelerden yükselen dumanlar günün binbir kokusunu yavaş yavaş kovuyordu. Howard'ın peşine takılmıştım. Hiç duraksamadan dar sokağın birinden çıkıp birine sapıyordu. Zaman zaman öğrencilerinden birinin babasını selamlamak için duruyor, o geçerken çocuklar oyunlarını bırakıp yolu açıyorlardı.

Sonunda pasın kemirdiği bir kapının önüne geldik. Arkadaşım kapıyı itti, çalılarla kaplı küçük bir bahçeden geçtik, toprak bir eve vardık. Yedi kısa darbeden sonra evin kapısı gıcırdayarak açıldı, tavana asılı ve cereyanda sallanıp duran bir sıra gemici fenerinin aydınlattığı geniş bir odaya girdik. İçeridekiler buna alışık olmalıydı; ben yalpa vurup duran küçük bir takanın güvertesindeymişim gibi hissetmeye başladım kendimi. Bakışlarımı hiçbir yüzdeki hiçbir noktaya sabitleyemiyor, bir an önce yere uzanıp biraz gözlerimi kapamak ihtiyacını duyuyordum. Ama hoş geldin merasimi sürdükçe sürüyordu. "Âdem oğulları"nın toplantısında Baskerville tanıdık bir simaydı, heyecanla karşılanmış ve ben de ona eşlik ettiğim için kardeşçe tokalaşmalara hak kazanmış, Howard İran'a gelişini bana borçlu olduğunu açıklayınca bu tokalaşmalar aynen yinelenmişti.

Tam oturup sırtımı duvara yaslama zamanının nihayet geldiğini sanmıştım ki odanın dibinden uzun boylu bir adam ayağa kalktı. Omuzlarının üstündeki uzun, beyaz pelerin hiçbir yanılgıya yer vermeyecek bir şekilde, meclisin en saygıdeğer üyesinin o olduğunu gösteriyordu. Bana doğru bir adım attı:

– Benjamin!

Ayağa kalkıp iki adım attım, gözlerimi ovuşturdum. Fazıl! Şaşkınlıktan söverek birbirimizin kollarına atıldık.

Mizacına pek uymayan bu taşkınlığın sebebini açıklamak isteyen Fazıl, arkadaşlarına şöyle dedi:

– Bay Lesage, Seyyid Cemaleddin'in dostuydu!

Bir anda önemli bir misafir olmaktan çıkıp bir tür tarihsel anıta veya kutsal emanete dönüştüm; artık herkes bana rahatsız edici bir hürmetle yaklaşıyordu.

Howard'ı Fazıl'a takdim ettim – ancak gıyaben tanışıyorlardı; Fazıl doğduğu kent olmasına karşın, Tebriz'e bir yılı aşkın bir süredir gelmemişti. Zaten o akşam da, sıvaları dökülmüş o odada, dans eden o ışıkların altında bulunuşunda beklenmedik ve endişe verici bir yan vardı. Demokrat mebusların öncülerinden, meşruti devrimin temel direklerinden biri değil miydi o? Başkentten uzaklaşmanın sırası mıydı şimdi? Bu soruları ona sordum. Rahatsız olmuş gibi göründü. Halbuki alçak sesle Fransızca konuşmuştum. Gözlerini telaşla yanındakilerin üzerinde gezdirdi. Sonra, "nerede kalıyorsun?" diye sordu.

– Ermeni mahallesindeki kervansarayda.

– Gece seni görmeye gelirim.

Gece yarısına doğru odamda altı kişiydik. Baskerville, ben, Fazıl ve üç arkadaşı. Arkadaşlarını, gizlilik kuralları gereğince, sadece adlarını söyleyerek tanıştırdı.

– Encümen merkezinde niye Tahran'da değil de burada olduğumu sormuştun. Çünkü meşruti hareket başkenti kaybetti. Otuz kişilik bir mecliste böyle bir açıklama yapamazdım, paniğe neden olurdu. Ama gerçek bu.

Öyle üzülmüştük ki hiçbir tepki veremedik. Fazıl durumu açıkladı:

– İki hafta önce Saint-Petersburglu bir gazeteci, *Ryech* muhabiri beni görmeye geldi. Adı Panof, ama yazılarını "Tane" diye imzalıyor.

Ondan söz edildiğini duymuştum, makalelerine zaman zaman Londra basınında yer veriliyordu.

– Bir sosyal-demokrat, diye söze devam etti Fazıl, Çarlığa düşman, ama birkaç ay önce Tahran'a gelirken görüşlerini gizlemeyi başarmış, bu sayede Rus sefaretine de rahatça girip çıkıyor ve hangi rastlantının, hangi hilenin sonucudur bilmem ama, bazı tehlikeli belgeleri ele geçirmiş: Bir darbe planı... Kazaklar yeniden mutlakıyetçi bir rejim kurmak üzere darbe yapacakmış. Her şey apaçık yazıyordu. İt kopuk takımı çarşının başına musallat edilip esnafın yeni rejime olan güveni zedelenecek, bazı mollalar da Şah'a dilekçeler göndererek sözde İslam'a aykırı olan anayasayı kaldırmasını isteyecekler. Panof bu belgeleri bana getirerek kendisini ateşe atıyordu haliyle. Bu yaptığından ötürü teşekkür edip Parlamento'yu olağanüstü toplantıya çağırdım. Olup biteni ayrıntılarıyla anlattıktan sonra Şah'ın tahttan indirilmesini, yerine küçük oğullarından birinin geçirilmesini, Kazak alayının dağıtılmasını, suçlu mollaların tutuklanmasını istedim. Birbiri peşi sıra kürsüye çıkan konuşmacılar da öfkelerini dile getirip benim önerilerimi desteklediler.

Birdenbire yanımıza gelen bir mübaşir, Rusya ve İngiltere'nin tam yetkili büyükelçilerinin binada olduklarını ve bize iletmek üzere acil bir nota getirdiklerini bildirdi. Oturuma ara verildi, meclis başkanı ve başvekil dışarı çıktılar; geri döndüklerinde yüzleri ölü gibi olmuştu. Diplomatlar, eğer Şah tahttan indirilirse, iki devletin çok üzülerek de olsa askeri müdahalede bulunmak zorunda kalacakları konusunda onları uyarmışlardı. Gırtlağımızı sıkmaya hazırlandıkları yetmiyormuş gibi, kendimizi savunmamızı bile yasaklıyorlardı!

– Bu gözü dönmüşlüğün sebebi ne? diye sordu yıldırım yemiş gibi sersemleyen Baskerville.

– Çar kendi sınırlarında bir demokrasi kurulmasını istemiyor, Parlamento lafını duyunca öfkeden tir tir titremeye başlıyor.

– Ama İngilizler için aynı şey söylenemez herhalde!

– Hayır. Ama İranlılar kendi kendilerini yönetmeyi başarıp rüştlerini ispat ederlerse, bu durum Hintlilerin gözünü açabilir! O zaman da İngiltere'ye tasını tarağını toplamak düşer. Bir de petrol sorunu var tabii. 1901'de bir İngiliz vatandaşı, Knox d'Arcy yirmi bin sterlin karşılığında tüm İran Şahlığı'nın petrolünü işletme imtiyazını aldı. Bugüne dek petrol üretimi çok fazla değildi, ama birkaç hafta önce Bahtiyarî aşiretlerinin bölgesinde muazzam petrol yatakları bulundu, mutlaka duymuşsunuzdur bu haberi. Bu yataklar ülke için çok önemli bir gelir kaynağı olabilir. Ben de meclisten, Londra ile yapılmış anlaşmanın daha adil koşullar sağlayabilmemiz için gözden geçirilmesini istedim; mebusların çoğunluğu bu görüşümü onayladı. O günden sonra İngiltere sefiri beni bir daha evine davet etmedi.

– Ama *bast* İngiliz sefaretinin bahçesinde gerçekleşmişti, dedim düşünceli bir sesle.

– O sırada İngilizler, Rus nüfuzunun çok arttığı, kendilerine İran pastasından çok küçük bir pay düştüğü kanısındaydı; bu nedenle protestolarımızı desteklemiş, bize bahçelerini açmışlardı; Naus'u ele veren fotoğrafı bile onların bastırıp çoğalttığı söyleniyor. Hareketimiz zaferi kazanınca Londra Çar'dan bir paylaşım anlaşması koparmayı başardı: İran'ın kuzeyi Rus nüfuz bölgesi, güneyi de İngiltere'nin arka bahçesi olacaktı. İngilizler istediklerini elde eder etmez, bizim demokrasimiz birdenbire onları ilgilendirmemeye başladı; onlar da demokrasiyi, tıpkı çar gibi, bir ayak bağı olarak görüyorlar artık ve ortadan kalksa memnun olurlar.

– Ne hakla? diye patladı Baskerville.

Fazıl babacan bir tavırla gülümsedi ona, sonra anlatmaya devam etti:

– İki diplomatın ziyaretinden sonra, mebusların cesareti kırıldı. Aynı anda bu kadar çok düşmanla birden başa çıkamayacaklarını anlayınca, zavallı Panof'a saldırmaktan başka bir şey gelmedi ellerinden. Birçok konuşmacı onu sahtekârlıkla ve anarşistlikle suçladı; tek amacının İran ile Rusya arasında savaş çıkarmak olduğunu ileri sürdüler. Gazeteci de benimle birlikte meclise gelmişti. Eğer gerekirse gelip tanıklık edebilsin diye onu giriş kapısının yanında bırakmıştım. Ama şimdi mebuslar onun tutuklanıp Rus sefaretine teslim edilmesini istiyorlardı. Bu yönde bir karar tasarısı sunuldu.

Kendi hükümetine karşı bize yardıma koşan bu adam cellatlara teslim edilecekti! Ben genelde çok sakinimdir, ama artık orada kendimi kaybettim, bir iskemlenin üzerine çıktım, deli gibi haykırmaya koyuldum: "Babamın mezarını örten toprak üzerine ant olsun ki, eğer bu adam tutuklanırsa 'Âdem oğulları'nı göreve çağıracağım ve bu meclisi kan gölünde boğacağım. Bu tasarıya oy verenlerin hiçbiri buradan canlı çıkmayacak!" Dokunulmazlığımı kaldırıp beni de tutuklayabilirlerdi pekâlâ. Cesaret edemediler. Oturumu ertesi güne ertelediler. Aynı gece başkentten ayrılıp doğduğum kente gelmek üzere yola çıktım, bugün de buraya vardım işte. Panof da benimle beraber geldi, Tebriz'de bir yerlerde saklanıyor ve yurtdışına çıkmak için fırsat kolluyor.

Sohbet uzadı. Bir süre sonra şafak söktü, ilk ezan sesleri duyuldu, ortalık giderek aydınlandı. Tartışıyor, binbir karanlık gelecek senaryosu kuruyor, sonra yeniden tartışıyorduk; söze ara veremeyecek kadar yıpranmıştık. Baskerville gerindi, tam lafın ortasında susup saatine baktı ve uyurgezer gibi ayağa kalkıp ensesini kaşıdı:

– Tanrım saat altı olmuş bile, hiç uyumadan sabahı ettik! Öğrencilerimin karşısına nasıl bir suratla çıkacağım? Bu saatte döndüğümü gören başrahip ne diyecek?

– Geceyi bir kadınla geçirdiğini ileri sürebilirsin!

Ama Howard'ın espriye gülecek hali yoktu.

Tesadüf demek istemiyorum, çünkü bu hikâyede tesadüfün büyük bir rolü yok, ama Fazıl'ın genç İran demokrasisine karşı hazırlanan tuzağı, Panof'un yürüttüğü belgelere dayanarak bize anlattığı saatlerde, darbenin de başladığını belirtmem gerek.

Nitekim, daha sonradan öğreneceğim gibi, o çarşamba günü, yani 23 Haziran 1908'de sabaha karşı dörtte, Albay Liakhov'un komutasındaki bin kişilik bir Kazak birliği Tahran'ın merkezindeki Parlamento binasına, Baharistan'a yürüdü. Bina kuşatıldı, çıkışlar kontrol altına alındı. Birliklerin hareketini fark eden yerel bir encümenin üyeleri, yan taraftaki bir koleje koşup kısa süre önce kurulmuş telefondan bazı mebusları ve Ayetullah Behbahani ve Ayetullah Tebatebai gibi bazı demokrat din adamlarını aradılar. Bunlar daha şafak sökmeden olay yerine gelip anayasaya ve meşrutiyete bağlılıklarını göstermek üzere meclis binasından içeri girdiler. İlginçtir, Kazaklar onların geçmesine ses çıkarmamıştı. İçeri girişi değil dışarı çıkışı yasaklamak üzere emir almışlardı.

Protesto için toplanan kalabalık hızla büyüyordu. Gün doğarken sayıları yüzleri bulmuştu ve aralarında çok sayıda "Âdem oğlu" da vardı. Karabinaları ellerindeydi, ama cephaneleri azdı, adam başına altmışar mermi düşüyordu ki, bu şekilde bir kuşatmaya direnmelerine olanak yoktu. Üstelik bu silahlarla cephaneleri kullanmak konusunda da duraksıyorlardı. Damlarda ve camların gerisinde mevzilendiler gerçi, ama ilk ateşi açıp kaçınılmaz bir katliamın başlama işaretini mi vermeleri yoksa darbe hazırlıklarının tamamlanmasını elleri kolları bağlı seyretmeleri mi gerektiğine karar veremiyorlardı.

Kazakların hâlâ saldırıya geçmemesinin nedeni gerçekten de hazırlıkların tamamlanmamasıydı. Çevresini Rus ve İranlı subayların aldığı Liakhov, birliklerini ve toplarını yerleştirmekle meşguldü. O gün altı top mevzie sokulmuş, en öldürücüsü Tophane meydanına konmuştu. Albay birçok kez at üstünde savunmacıların atış menzilinden geçti, ama orada bulunan önemli şahsiyetler Çar böyle bir hadiseyi bahane sayıp İran'ı işgal eder korkusuyla, "Âdem oğulları"nın ateş açmasını engellediler.

Saldırı emri gün ortasına doğru verildi. Koşullar hiç eşit olmasa da, altı yedi saat boyunca çok şiddetli bir çatışma yaşandı. Direnişçiler bir dizi gözü pek hamleyle üç topu kullanılmaz hale getirmeyi başardılar.

Ama bu, umutsuzluğun getirdiği bir kahramanlıktan başka bir şey değildi. Güneş batarken İran tarihinin ilk Parlamento binasına beyaz teslim bayrağı çekildi. Ama son silah sesinin üzerinden dakikalarca zaman geçtikten sonra, Liakhov topçularına yeniden ateş açma emri verdi. Çar'ın emirleri son derece açıktı: Parlamento'nun faaliyetini durdurmak yetmiyordu, onu barındıran bina da yerle bir edilmeliydi ki Tahran sakinleri o harabeleri gördükçe bu dersi bir daha hiç unutamasınlar.

XXXVIII

Tebriz'de ilk yaylım ateşi açıldığında, başkentteki çatışmalar henüz sona ermemişti. Ders çıkışında Howard'ı almaya uğramıştım, encümen bürosunda Fazıl'la buluşup onun yakınlarından birinin evinde öğle yemeğine gidecektik. Henüz çarşının labirent gibi sokaklarına girmemiştik ki epey yakından gelen silah seslerini duyduk.

Şuursuzlukla karışık bir merak içinde gürültülerin geldiği yere doğru ilerledik. Yüz metre kadar ileride avaz avaz bağırıp çağıran bir kalabalık yürüyordu: Bir sopa, tüfek namlusu ve meşale ormanı toz duman içinde ilerliyor, Azerice oldukları için anlayamadığım haykırışlar yükseliyordu. Baskerville tercüme etmeye uğraşıyordu: "Meşrutiyete ölüm! Meclise ölüm! Allahsızlara ölüm! Şahımız çok yaşa!" Onlarca kent sakini her yöne koşuşturuyordu. Yaşlı bir adam neye uğradığını şaşırmış bir keçiyi ipinden yakalamış sürüklüyordu. Bir kadın sendeleyip düştü, en fazla altı yaşındaki oğlu ayağa kalkmasına yardım etti ve annesi topallaya topallaya yeniden kaçmaya başlayıncaya kadar ona destek oldu.

Biz de buluşma yerine doğru adımlarımızı sıklaştırdık. Yolda bir grup genç iki ağaç gövdesiyle barikat kurmaya çalışıyorlardı; ağaçların üzerine karmakarışık bir şekilde masalar, tuğlalar, iskemleler, sandıklar, fıçılar yığılmıştı. Bizi tanıyıp geçmemize izin verdiler, ama aynı zamanda acele etmemizi söylediler, çünkü "bu taraftan geliyorlar"dı, "mahalleyi yakmak istiyorlar"dı, "tüm Âdem oğullarını öldürmeye yemin etmişler"di.

Encümen merkezinde Fazıl'ın çevresini kırk elli kişi sarmıştı. Sadece Fazıl'da tüfek yoktu. Elindeki tabancayı da, -bir Avusturya Mannlicher'i- herkese bekleyeceği mevzii işaret etmekten başka bir işe yaramazmış gibi tutuyordu. Sakindi, düne göre sıkıntısı azalmış gibiydi; katlanılmaz bekleyiş sona erince eylem adamı nasıl sakinleşirse, o da öyle sakindi.

– İşte gördünüz mü, dedi belli belirsiz bir zafer edasıyla. Panof'un haber verdiği her şey doğru çıktı. Albay Liakhov darbesini yaptı, kendini Tahran'ın askeri valisi ilan etti ve sokağa çıkma yasağı koydu. Sabahtan beri başkentte ve tüm diğer kentlerde meşrutiyetçi avı başlatıldı. İlk sırada da Tebriz var tabii ki.

– Her şey ne de hızlı yayılıyor! diye şaşkınlığını ifade etti Howard.

– Darbenin başladığını telgrafla öğrenen Rus konsolosu sabah Tebrizli mollaları haberdar etti. Onlar da taraftarlarını öğlen Deveciler mahallesinde toplanmaya çağırdılar. Oradan da bütün şehre dağıldılar. İlk önce arkadaşım olan bir gazetecinin, Ali Meşhedî'nin evine yönelmişler, karısının ve annesinin çığlıklarına hiç aldırmadan sürükleyerek evden dışarı çıkarmışlar, gırtlağını ve sağ elini kesip bir kan gölü ortasında bırakıp gitmişler. Ama korkmayın, akşam inmeden Ali'nin öcü alınmış olacak.

Sesi kederini ele verdi, bir an durdu, derin bir soluk aldı, sonra devam etti:

– Tebriz'e geldim, çünkü bu kentin direneceğini biliyorum. Şu anda üzerinde bulunduğumuz toprak halen meşrutiyet yönetimindedir. Artık Parlamento'nun da, meşru hükümetin de merkezi burasıdır. İyi bir savaş olacak ve biz kazanacağız. Peşimden gelin!

Biz ve yarım düzine yandaşı peşinden gittik. Bizi bahçeye çıkardı, evin çevresini dolaştırıp ahşap bir merdivene götürdü. Merdivenin tepesi sık yaprakların arasında görülmüyordu. Dama çıktık, dar bir köprüden geçtik, yeniden birkaç basamak tırmandık ve kendimizi kalın duvarlı, mazgal denebilecek kadar küçük pencereli bir odada bulduk. Fazıl dışarıya bir göz atmamızı istedi. Mahallenin en zayıf girişine hâkim bir noktadaydık. Bu girişi şu anda bir barikat tutuyordu. Arkasında yere diz çökmüş, karabinalarını doğrultmuş yirmi kadar adam bekliyordu.

– Başkaları da var, dedi Fazıl. Hepsi de aynı ölçüde kararlı. Mahalleye tüm giriş çıkışları tuttular. Eğer güruh buraya gelirse hak ettiği cevabı alacak.

Onun tabiriyle "güruh" uzakta değildi. Yolda durup Âdem oğullarına ait iki üç evi yakmışlar, ama bunu yeterli bulmamışlardı ki haykırışlar ve silah sesleri giderek yaklaşıyordu.

Birdenbire hepimizi bir titreme aldı. İnsan kendini ne kadar hazırlamış, bir duvarın ardına ne kadar iyi mevzilenmiş olursa olsun, ölüm diye uluyarak dosdoğru üzerine yürüyen zincirlerinden boşanmış bir kalabalığın görüntüsü herhalde yaşanabilecek en ürkütücü deneyimdir.

İçgüdüsel olarak fısıldadım:

– Kaç kişiler?

– En fazla bin, bin beş yüz, diye cevap verdi Fazıl, yüksek, berrak ve güven verici bir sesle.

Sonra emir verir gibi ekledi:

– Şimdi onları korkutma sırası bizde.

Yardımcılarından bize de tüfek vermelerini istedi. Howard'la bakıştık, neredeyse eğlenir gibi bir halimiz vardı; bu soğuk nesneleri büyülenmiş gibi ve tiksinerek tutuyorduk elimizde.

– Pencerelere mevzilenin, dedi Fazıl; ve yaklaşan herkese ateş edin. Ben yanınızdan ayrılmak zorundayım, bu barbarlara bir sürprizim var!

O dışarı henüz çıkmıştı ki savaş başladı. Savaş demek, çok abartılı olur. Asiler, bağırıp çağıran aklını kaçırmış bir güruh halinde geldiler ve öncü kuvvetleri sanki engelli koşu yapacakmış gibi barikata doğru atıldı. Âdem oğulları ateş açtı. İlk salvo. Sonra bir ikincisi. On kadar saldırgan yere yıkıldı, diğerleri geriledi, sadece bir kişi barikata tırmanmayı başardı, ama gövdesine bir süngü saplanıverdi. Bunu korkunç bir can çekişme çığlığı izledi, gözlerimi başka tarafa çevirdim.

Asıl büyük gösterici topluluğu tedbirli bir şekilde geride duruyor, hançerelerini yırtarcasına aynı sloganlarını yinelemekle yetiniyorlardı: "Ölüm!". Sonra içlerinden bir takım yeniden barikata doğru saldırıya geçti, bu kez daha usulüne göre davranıyor, yani ilk silah seslerinin geldiği yerlere ve pencerelere doğru ateş açarak ilerliyorlardı. Verilen tek kayıp alnından vurulan bir Âdem oğlu oldu. Ama onun silah arkadaşlarının açtığı ateş saldırganların ilk saflarını biçmeye başlamıştı bile.

Hücumun nefesi kesildi, gerilediler, bağıra çağıra tartışmaya başladılar. Tam yeni bir deneme için toparlanıyorlardı ki bir gümbürtü tüm mahalleyi sarstı. Güruhun tam ortasına düşen bir top mermisi tam bir kıyıma yol açtı; saldırganlar bozulup kaçışmaya başladılar. O zaman savunmacılar tüfeklerini kaldırıp haykırdılar: "Meşrutiyet! Meşrutiyet!" Barikatın öte tarafında onlarca ceset yatıyordu. Howard fısıldadı:

– Benim silahım hâlâ soğuk, tek mermi bile atmadım. Ya sen?

– Ben de.

– Hiç tanımadığım birinin kafasına nişan alıp öldürmek için tetiğe asılmak...

Biraz sonra Fazıl geldi. Keyifliydi:

– Sürprizimi nasıl buldunuz? Eski bir Fransız topu, *de Bange*'lardan biri, Şah'ın ordusundan bir subay sattı bize. Damın üzerine yerleştirdik, gelin de görün! Bir gün gelecek, onu Tebriz'in en geniş meydanının ortasına yerleştirip altına şöyle yazacaklar: "Bu top Meşrutiyet'i kurtardı!"

Birkaç dakika içinde önemli bir zafer kazandığını inkâr edemesem de, bu söylediklerini fazla iyimser bulmuştum. Amacı açıktı: Meşrutiyet'e sadık kalmış son adamların toplanıp kendilerini savunabilecekleri bir adacığı, kurtarılmış bir bölgeyi elde tutmak, böylece sonraki eylemler hakkında topluca istişarede bulunabilmek.

Haziran ayının o çalkantılı gününde, iki kucak Lebel tüfeğimiz ve tek *de Bange* topumuzla Tebriz çarşısının birkaç dolambaçlı sokağından başlayıp tüm İran'a gasp edilen özgürlüğünü geri vereceğimizi söyleselerdi, buna kim inanırdı ki?

Bu söylediğim gerçekleşti, ama içimizde en saf, en temiz olan bunun bedelini ne yazık ki hayatıyla ödedi.

XXXIX

Hayyam'ın ülkesinin tarihindeki karanlık günler. Doğu'nun vaat edilmiş şafağı orada mı sökecekti? Isfahan'dan Kazvin'e, Şiraz'dan Hemedan'a kadar binlerce körleşmiş böğürden aynı haykırışlar yükseliyordu: "Ölüm! Ölüm!" Özgürlük, demokrasi, adalet artık ancak gizli gizli telaffuz edilebiliyordu. İstikbal, yasaklanmış bir düşten başka bir şey değildi; meşrutiyet taraftarları sokaklarda kovalanıyor, "Âdem oğulları"nın büroları yıkılıyor, kitapları toplanıp yakılıyordu. Tüm İran sathında bu gerici, bu iğrenç selin önüne hiçbir yerde geçilememişti.

Tebriz hariç. Ve bu kahraman kentte de, o sonu gelmez darbe günü nihayet geçtiğinde bellibaşlı otuz mahalleden sadece biri hâlâ direniyordu: Çarşının kuzeybatı ucundaki Emir-Hız mahallesi. O gece birkaç düzine genç partizan mahalle girişlerini korumak için nöbet tuttu, genel karargâh haline getirilen encümen merkezinde ise Fazıl buruşuk bir haritaya iddialı oklar çiziyordu.

Kaleminin, gemici fenerlerinin titrek ışığında boyutlanan kımıltılarını tutkuyla izleyen bir düzine insandık. Mebus doğruldu.

– Düşman, ona verdirdiğimiz kayıpların şoku altında. Bizi olduğumuzdan daha güçlü sanıyorlar. Onların elinde top yok, bizde de kaç top olduğunu bilmiyorlar. Bu durumdan yararlanıp hiç vakit yitirmeden elimizdeki bölgeyi genişletmeliyiz. Şah asker yollamakta gecikmez. Birkaç hafta içinde Tebriz'de olurlar.

O zamana kadar kentin tamamını kurtarmalıyız. Bu gece saldırıya geçeceğiz.

Öne doğru eğildi, tüm başlar onunla birlikte eğildi, çıplak, takkeli veya sarıklı başlar.

– Bir baskınla nehri geçiyoruz, diye açıkladı. Kaleye doğru ilerliyoruz, oraya iki yönden, hem çarşı hem de mezarlık tarafından saldırıyoruz. Akşam olmadan kale elimize geçiyor.

Kalenin alınması on gün sürdü. Her sokak için çok kanlı kavgalar verildi, ama direnişçiler ilerliyor, her şey onlardan yana dönüyordu. Birkaç "Âdem oğlu" cumartesi günü *Indo-European Telegraph* bürosunu ele geçirdi; bu sayede Tahran'la, ülkedeki diğer kentlerle ve hem Londra hem de Bombay'la bağlantıyı sürdürülebildi. Aynı gün bir polis kışlası direnişçilere katıldı ve yanlarında çeyiz olarak bir Maksim ağır makineli tüfek ile birlikte otuz sandık cephane getirdiler. Bu başarılar kent nüfusuna yeniden güven verdi, genç yaşlı demeden ahali yüreklendi, kurtarılmış mahallelere doğru yüzlerce kişi, kimi zaman silahlı olarak akın ediyordu. Düşman birkaç hafta içinde dış mahallelere doğru püskürtüldü. Ellerinde kalan tek bölge, kentin kuzeydoğusunda Deveciler mahallesinden Sahip-Divan kampına kadar uzanan ve pek meskûn sayılamayacak bir alandı.

Temmuz ortasına doğru gönüllülerden bir ordu ve geçici bir idare kuruldu; Howard'a da bu idarede iaşe sorumluluğu verildi. Zamanının çoğunu çarşıda dolaşıp erzak sayımı yapmakla geçiriyordu artık; esnaf hayranlık veren bir işbirliği içindeydi. O da İran ağırlık ve uzunluk ölçüleri sistemi içinde yolunu eliyle koymuş gibi buluyordu.

– Litreleri, kiloları, onsları ve pintoları unutmalıyım, diyordu bana. Burada cav, miskal, şinik ve eşek yükü için de harvar geçerli.

Bana da öğretmeye çalışıyordu:

– Temel birim cav, orta büyüklükte kabuklu bir arpa tanesine eşit, ama iki kenarındaki püskülleri kesilmiş.

– Bu ne hassas bir ölçü, diye gülüyordum.

Öğretmen sitemkâr bakışlarla süzüyordu öğrencisini. Ben de onu dikkatle takip ettiğimi ispatlamak zorunda hissediyordum kendimi:

– Demek ki cav en küçük ağırlık birimi.

– Hiç de değil, diye öfkeleniyordu Howard.

Şaşmaz bir tavırla notlarına başvuruyordu hemen:

– Bir arpa tanesinin ağırlığı yetmiş hardal tanesine veya bir katır kuyruğundan koparılmış altı kıla denktir.

Ona kıyasla benim yüküm hafifti! Farsça bilmediğim için tek görevim yabancı uyruklularla teması koruyup Fazıl'ın niyetleri konusunda içlerini rahatlatıp güvenliklerini gözetmekti.

Yirmi yıl önce Transkafkasya demiryolu inşa edilinceye kadar, Tebriz'in İran'ın kapısı olduğunu, seyyahların, malların ve fikirlerin mutlaka önce oraya uğradıklarını unutmamak gerek. Alman Mossig ve Schünemann şirketi veya önemli bir Avusturya firması olan Doğu Ticareti Anonim Şirketi gibi birçok Avrupalı kuruluşun Tebriz'de şubeleri vardı. Ayrıca konsoloslukları, Amerikan Presbiteryen Misyonu ve çeşitli başka kurumlar da vardı. Zorlu kuşatma ayları boyunca yabancı uyrukluların hiçbir zaman hedef alınmadıklarını söyleyebildiğim için sevinçliyim.

Bunun da ötesinde insanı duygulandıran bir kardeşlik havası hüküm sürüyordu. Baskerville'den, kendimden veya hızla harekete katılan Panof'tan söz etmiyorum. Ben burada, bir an bile duraksamadan Fazıl'ın yanında silaha sarılıp çatışmada yaralanan *Manchester Guardian* muhabiri Bay Moore; birçok lojistik sorunu çözmemize yardımcı olan ve *Asie française*'de yayımlanan makaleleriyle Paris'te ve tüm dünyada bir dayanışma atılımı uyanmasına, böylece Tebriz'in kendisini bekleyen o korkunç sondan kurtulmasına katkıda bulunan Yüzbaşı Anginieur gibi isimleri selamlamak istiyorum. Yabancıların etkin varlığı ve katılımı kentteki bazı mollaların gözünde Meşrutiyetçilere karşı en açık delildi. "Avrupalılardan, Ermenilerden, Babilerden, her türlü kâfirden oluşan toplama bir güruh" diyorlardı. Ama bu propaganda ahaliye hiç tesir etmiyor, onlar bizi kadir bilir bir şefkatle kucaklıyor, her erkek bize kardeşimiz, her kadın da bacımız veya anamız gibi davranıyordu.

Direnişe ilk gününden itibaren en kendiliğinden ve kitlesel desteğin bizzat İranlılardan geldiğini ayrıca belirtmeme gerek yok sanırım. Önce Tebrizliler, sonra da inançları yüzünden köylerinden kasabalarından kaçıp son Meşrutiyet kalesine sığınmaya gelen mülteciler direnişe katıldı. Şahlığın dört köşesinden akın akın gelen yüzlerce Âdem oğlunun tek isteği kendilerine birer silah verilmesiydi. Albay Liakhov'un başkentte yaptığı muazzam aramadan kurtulmayı başaran Tahranlı mebuslar, nazırlar ve gazeteciler de çoğunlukla küçük gruplar halinde, yorgunluktan bitkin, afallamış, umutsuz bir halde geliyorlardı.

Ama gelenlerin en değerlisi hiç kuşkusuz Şirin'di; sokağa çıkma yasağına meydan okuyarak otomobiliyle başkentten çıkmış, Kazaklar onun önünü kesmeye cesaret edememişlerdi. Küçük landosu ahali tarafından hayranlıkla karşılandı; üstelik otomobil kullanmayı bilen az sayıda İranlı'dan biri olan şoförü de Tebrizli'ydi.

Prenses terk edilmiş bir saraya yerleşti. Bu saray yılda bir ayı Tebriz'de geçirmeyi tasarlayan dedesi, yani öldürülen eski Şah tarafından yaptırılmıştı. Ama rivayete göre, orada kaldığı ilk gece rahatsızlanmış, müneccimleri de böyle uğursuz bir işaretin ardından oraya bir daha ayak basmamasını tavsiye etmişlerdi. Otuz yıldır kimsenin oturmadığı binaya, insanlar biraz da çekinerek "Boş Saray" adını takmışlardı.

Şirin, uğursuzluk söylentilerine hiç kulak asmadı ve saray o yerleştikten sonra kentin merkezi haline geldi. Direnişin yöneticileri o yaz gecelerinde serin bir adacık oluşturan saray bahçesinde buluşmaktan hoşlanıyorlardı. Ben de sık sık onlara eşlik ediyordum.

Prenses beni ne zaman görse mutlu oluyordu; yazışmalarımız aramızda kimsenin burnunu sokamayacağı bir yakınlık, bir suçortaklığı oluşturmuştu. Doğal olarak hiç yalnız kalmıyorduk, her toplantıda veya her yemekte onlarca yoldaşla birlikteydik. Bıkıp usanmadan tartışıyor, zaman zaman da fazla aşırıya kaçmadan şakalaşıyorduk. İran'da laubalilik hiç hoş görülmez, orada kibarlık çok titiz ve cafcaflıdır, insanlar hitap ettikleri kişiye "büyüklüğünüzün gölgesinin kölesiyim" gibi laflar edip, erkek, hele de hanım "altesleri" söz konusu olduğunda, davranışlarla olmasa bile en azından sayısız gösterişli cümleyle yerleri öpmeye koyulurlar.

O sarsıcı perşembe akşamı gelip çattı. Tam olarak, 17 Eylül. Nasıl unutabilirim ki?

Arkadaşlarımızın hepsi binbir farklı nedenle bahçeden ayrılmış, ben de son gidenlerle birlikte çıkmıştım. Tam dış parmaklıktan çıkacaktım ki oturduğum koltuğun yanında çantamı unuttuğumu fark ettim. Çantamda da hep önemli bazı evraklar olurdu. Dolayısıyla geri döndüm, ama asla prensesi yeniden görmek gibi bir niyetim yoktu; zaten misafirleriyle vedalaştıktan sonra içeri girip kendi dairesine çekildiğini düşünüyordum.

Hayır. Orada, terk edilmiş yirmi boş iskemlenin ortasında, tek başına oturuyordu. Kaygılı ve dalgındı. Bakışlarımı üzerinden hiç ayırmadan mümkün olduğu kadar ağırdan alarak çantamı buldum. Şirin, benim varlığımı hiç duymamış gibi, hareketsiz bir biçimde oturuyordu; onu profilden görüyordum. Dalgın bir sessizlik içinde oturup hiç acele etmeden seyrettim onu. Sanki on iki yıl geriye dönmüştüm, yeniden İstanbul'da, Cemaleddin'in salonundaydık. O zaman da böyle profilden oturmuştu; saçlarının üstündeki mavi eşarbın uçları iskemlesinin dibine kadar sarkıyordu. Kaç yaşındaydı? On yedi mi? On sekiz mi? Bugün otuzuna gelmiş olan kadın ise, dingin, olgun, hükümran bir kişilikti. Ama ilk günkü kadar narindi. Onun seviyesindeki kadınları baştan çıkaran şeylere direnmeyi bildiği belliydi: Aylaklık, oburluk, ömrünün sonuna dek bir sedirin üzerinde tembellik etmek. Evlenmiş miydi, boşanmış mıydı, dul muydu? Bunlardan hiç söz etmemiştik.

Kendinden emin bir sesle şöyle demek isterdim: "Seni İstanbul'dan beri seviyorum." Dudaklarım titredi, sonra büzüldü, ama hiçbir ses çıkmadı.

Oysa Şirin yavaşça bana doğru dönmüştü. Hiç şaşırmadan süzdü beni, sanki ne gitmiş ne de geri gelmiştim. Bakışları bir an duraksadı, sonra senli benli konuşmayı tercih etti:

– Ne düşünüyorsun?

Cevap kendiliğinden döküldü dudaklarımdan:

– Seni. İstanbul'dan Tebriz'e kadar.

Yüzünden biraz sıkılgan, ama asla beni engellemeye kalkışmayan bir gülümseme gelip geçti. Ama ben, onun aramızda bir parola haline gelmiş cümlesini yinelemekten başka yapacak bir şey bulamadım:

– Kim bilir, yollarımız yine kesişebilir!

Birkaç saniye sessiz anılara daldık. Sonra Şirin konuştu:

– Tahran'dan ayrılırken kitabı da aldım yanıma.

– *Semerkant Yazması*'nı mı?

– Hep yatağımın başucunda, komodinimin üstünde duruyor, onu karıştırmaktan hiç bıkmıyorum, *Rubaiyat*'ı ve derkenarındaki tarihçeyi ezbere biliyorum artık.

– O kitapla bir gece geçirmek için ömrümün on yılını verirdim seve seve.

– Ömrümden bir geceyi seve seve veririm.

Bir an sonra Şirin'in yüzüne eğilmiştim, dudaklarımız birbirine değdi, gözlerimiz kapandı, beynimizde sanki kulaklarımızı sağır edercesine büyüyen ağustosböceklerinin tekdüze şarkısından başka bir şey kalmamıştı etrafta. Uzayan öpüşler, yakıcı öpücükler, geride bırakılmış yılların ve yıkılan engellerin öpücükleri.

Başka misafirlerin de gelebileceğinden, hizmetkârların yanımıza sokulabileceğinden korkarak kalktık. Üstü kapalı bir yolda peşinden yürüdüm, dışarıdan belli olmayan küçük bir kapıdan geçtik, basamakları harap olmuş bir merdivenden eski Şah'ın -artık torununun yaşadığı- dairesine kadar çıktık. İki ağır kepenk kapandı ve yalnız kaldık, baş başa. Artık Tebriz dünyanın unuttuğu bir kent değildi, dünya Tebriz'in uzağında, sıkıcı bir yer olup çıkmıştı.

Sütunlu ve cibinlikli, haşmetli bir yatakta prenses sevgilimi kucakladım. Her düğümü her düğmeyi ellerimle çözdüm, bedeninin her kıvrımında parmaklarımı, avuçlarımı, dudaklarımı gezdirdim, kendini benim okşayışlarıma, beceriksiz öpücüklerime teslim ediyor, kapalı gözlerinden ılık yaşlar akıyordu.

Şafak söktüğünde daha *Yazma*'nın kapağını bile açmamıştım. Yatağın öteki tarafında, bir komodinin üzerinde durduğunu görüyordum. Ama Şirin başını omzuma, memelerini göğsüme yaslamış, çırılçıplak uyuyordu yanımda; dünyada hiçbir kuvvet beni yerimden kıpırdatamazdı. Onun soluğunu, kokularını, gecesini içime çekiyor, kirpiklerini seyrediyor, hangi mutlu veya bunaltılı düşün onları titreştirdiğini kestirmeye çalışıyordum umutsuzca. Uyandığında şehrin ilk gürültüleri bize kadar gelmeye başlamıştı. Aceleyle giyinip gitmek zorunda kaldım; Hayyam'ın kitabına da bir sonraki aşk gecemizde bakmayı kararlaştırdım.

XL

"Boş Saray"dan çıkınca omuzlarımı kısıp –Tebriz'de şafaklar hep serindir– ve kestirme yollara hiç sapmadan kervansaraya doğru yürüdüm. Acelem yoktu, düşünmeye ihtiyacım vardı, gecenin kaynaşması içimde henüz yatışmamıştı, görüntüleri, jestleri, fısıldaşmaları yeniden yaşıyor, mutlu olup olmadığımı bilemiyordum. Bir tür doluluk, tamlık hissi kaplamıştı içimi, ama yasak aşklara özgü o suçluluk duygusuyla karışıyordu. Uykusuz geçen gecelerin düşünceleri inatçı olur, benimkiler de durmaksızın geri geliyorlardı: "Ben çıktıktan sonra gülümseyerek uyumuş mudur yeniden? Acaba pişmanlık duymuş mudur? Onu yeniden gördüğümde, yalnız değilsek bana yakın mı davranacak uzak mı? Bu akşam tekrar gideceğim oraya, gözlerinde bir cevap arayacağım."

Birden bir top gürledi. Durdum, kulak kabarttım. Bizim yiğit ve yalnız *de Bange*'ımız mıydı bu? Bir an sessizlik oldu, onu bir yaylım ateş izledi, sonra sükûnet geri geldi. Yeniden yürümeye başladım, ama adımlarım yavaşlamıştı, kulağım kirişteydi. Top yeniden gürledi, üçüncü pare top atışı hemen ardından geldi. Bu kez endişelendim; tek bir top bu kadar hızlı ateş edemezdi, en az iki hatta daha çok top söz konusu olmalıydı. Birkaç sokak uzakta iki obüs birden patladı. Koşmaya başladım. Kaleye gidiyordum.

Biraz sonra Fazıl korktuğumun başımıza geldiğini doğruladı: Şahın gönderdiği ilk kuvvetler geceleyin gelmiş ve mollaların elindeki mahallelerde mevzilenmişlerdi. Arkalarından başka birlikler de geliyordu. Her yönden akın ediyorlardı. Tebriz kuşatması başlıyordu.

Darbenin mimarı, Tahran askeri valisi Albay Liakhov, birlikleri Tebriz'e gitmek üzere yola çıkmadan önce şöyle bir nutuk atmıştı:

"Değerli Kazaklar,

Şah tehlikededir, onun otoritesini tanımayan Tebrizliler Şah'a savaş ilan etmiş, Meşrutiyet'i zorla kabul ettirmeye niyetlenmişlerdir. Ama Meşrutiyet yönetimi sizin ayrıcalıklarınızı ortadan kaldırmak, alayınızı dağıtmak istiyor. Eğer zaferi onlar kazanırsa sizin karılarınız ve çocuklarınız aç kalacak. Anayasa, Meşrutiyet sizin en kötü düşmanınızdır, ona karşı aslanlar gibi savaşmalısınız. Parlamentoyu yok ederek tüm dünyanın hayranlığını kazandınız. Bu kurtarıcı eyleminizi sürdürün, isyankâr şehri ezin, hem zengin olun hem de şana, şerefe kavuşun; bu konuda Rusya ve İran hükümdarları adına size söz veriyorum. Tebriz'i dolduran tüm zenginlikler sizindir, elinizi uzatıp almaktan başka yapacağınız bir şey yok!"

Tahran ve Saint-Petersburg'da haykırılan, Londra'da ise fısıldanan parola aynıydı: Tebriz yok edilmeli, bu kente, herkese ibret olması için, en ağır ceza verilmeli. Tebriz yenilirse, bir daha kimse Meşrutiyet'ten, Meclis'ten veya demokrasiden söz etmeyi göze alamayacak, Doğu yeniden ölüm uykusunun derinliklerine gömülebilecekti.

Sonraki aylar boyunca tüm dünya tuhaf ve dokunaklı bir yarışa tanık olacaktı: Tebriz örneği İran'ın çeşitli köşelerinde direniş ateşini canlandırırken kent çok ağır bir abluka altındaydı. Meşrutiyetçiler, kaleleri düşmeden önce toparlanmaya, yeniden örgütlenmeye ve silaha sarılmaya vakit bulabilecekler miydi?

Ocak ayında ilk büyük başarılarını kazandılar: Şirin'in dayıları olan Bahtiyarî aşiret reislerinin çağrısıyla eski başkent Isfahan ayaklandı, Meşrutiyet'e bağlılığını ve Tebriz'le dayanışma içinde olduğunu ilan etti. Bu haber kuşatılmış kente ulaştığında büyük bir sevinç patlaması yaşandı. Herkes bütün gece boyunca bıkıp usanmadan şu sloganı attı: "Tebriz-Isfahan, uyanıyor vatan!" Ama hemen ertesi gün çok yoğun bir saldırıyla karşı karşıya kalan savunmacılar güneydeki ve batıdaki birçok mevzii terk etmek zorunda kaldılar. Tebriz'i dış dünyaya bağlayan bir tek yol kalmıştı artık, o da kuzeye, Rus sınırına doğru gidiyordu.

Üç hafta sonra bu kez Reşt kenti isyan etti. Onlar da Isfahan gibi Şah'ın vesayetini reddedip Meşrutiyet'e ve Fazıl'ın direnişine destek verdiler. Tebriz'de yeni bir sevinç dalgası yaşandı. Ama kenti kuşatanların cevabı hemen geldi: Son yol da kesildi, Tebriz'in etrafındaki çember kapandı. Artık ne posta ne de erzak geliyordu. İki yüz binlik kent nüfusunu beslemeyi sürdürebilmek için çok katı bir karne sistemi düzenlenmek zorunda kalındı.

1909'un Şubat ve Mart aylarında isyana yeni katılımlar oldu. Şiraz, Hemedan, Meşhed, Esterabad, Bender-Abbas, Buşir de genişleyen Meşrutiyet toprakları içindeydi artık. Paris'te Tebriz'i savunmak üzere bir komite oluştu; başında seçkin bir doğubilimci olan Dieulafoy vardı. Londra'da da Lord Lamington'ın başkanlığında benzer bir girişim görüldü; daha da önemlisi Osmanlı İmparatorluğu'nun Irak vilayetinde üslenmiş bellibaşlı Şii önderleri lafı hiç dolandırmadan, Meşrutiyet'i desteklediklerini ve gerici mollaları onaylamadıklarını resmen açıkladılar.

Tebriz zafer coşkusu içindeydi.

Ama Tebriz bir yandan da ölüyordu.

Bu kadar çok ayaklanmayla, böyle bir muhalefetle başa çıkması olanaksız hale gelen Şah sabit bir fikre yapışmıştı: Kötülüğün kaynağı olan Tebriz yok edilmeliydi. Orası düşünce ötekiler de boyun eğeceklerdi. Kenti saldırarak alamayacağını anlayınca, aç bırakmaya karar verdi.

Ekmek, karneye bağlanmasına rağmen, iyice azalmıştı. Mart sonuna gelindiğinde özellikle ihtiyarlar ve küçük çocuklar arasındaki ölümler çoğaldı.

Londra, Paris ve Saint-Petersburg basınında, kuşatılmış kentte hâlâ uyrukları bulunan devletlerin tavrına yönelik eleştiri ve öfke artmaya başladı; bu uyrukların yaşamının da artık tehdit altında olduğu hatırlatılıyordu. Bu tavırların yankıları bize telgrafla ulaştırılıyordu.

Bir gün Fazıl beni çağırıp şunu bildirdi:

- Yakında Ruslar ve İngilizler kendi uyruklarını boşaltacaklar ki, Tebriz dünyanın geri kalanında fazla bir tepki uyandırmadan ezilebilsin. Bu bizim için ağır bir darbe olacak, ama yabancıların kentten çıkartılmasına itiraz etmeyeceğimi bilmeni isterim. Burada kimseyi kendi isteği dışında tutmayacağım.

Ve ilgili şahısları, kentten ayrılmalarının kolaylaştırılacağını bildirmek üzere beni görevlendirdi.

O zaman akla gelebilecek en olağanüstü olay yaşandı. Böyle bir şeyin ayrıcalıklı tanığı olmam, sonradan insanoğlunun birçok bayağılığına göz yummamı sağladı.

Görevimi yerine getirmek üzere yabancıları dolaşmaya başlamıştım. İlk ziyaretimi, başrahibi yeniden görmekten ve eleştirilerini dinlemek zorunda kalmaktan biraz çekinsem de, Presbiteryen Misyonu'na yaptım. Howard'ı doğru yola getirmem için bana güvenen adam, şimdi beni de aynı yolun yolcusu olmakla suçlamayacak mıydı? Gerçekten de beni oldukça mesafeli, hatta terbiye sınırında karşıladı.

Ama ona niye geldiğimi açıklar açıklamaz, hiç duraksamadan cevap verdi:

- Gitmeyeceğim. Mademki yabancıları boşaltmak için konvoylar düzenlenebiliyor, o halde aç kalmış kentin iaşe ihtiyacını sağlamak için de benzer konvoylar düzenlenebilir.

Onu harekete geçiren dini ve insani idealle tutarlı olduğunu düşündüğüm bu tavrından ötürü kendisine teşekkür ettim. Sonra yakındaki üç ticarethaneyi ziyarete gittim ve şaşkınlıkla onların da aynı yanıtı verdiğini gördüm. Tüccarlar da, tıpkı başrahip gibi, gitmek istemiyorlardı. İçlerinden bir İtalyan bana şu açıklamayı yaptı:

- Bu zor günde Tebriz'i terk edersem, daha sonra yeniden işimin başına geçmek için buraya dönmeye utanırım. Bu yüzden kalacağım. Belki de benim buradaki varlığım hükümetimi harekete geçmek zorunda bırakır.

Her yerde, sözleşmişler gibi, aynı açık, tartışmasız cevabı veriyorlardı hiç düşünmeden. Hatta İngiliz konsolosu Bay Wratislaw'a, Rus konsolosluğu personeline -konsolos Pokhitanoff hariç- varıncaya dek cevap aynı oldu: "Gitmeyeceğiz!" Şaşkınlıktan kanı donan hükümetlerine de bu kararlarını bildirdiler.

Kentte yabancıların gösterdiği bu hayranlık uyandırıcı dayanışma herkesin içini rahatlattı. Ama durum ciddiyetini koruyordu. 18 Nisan'da Wratislaw Londra'ya şu telgrafı çekti: "Bugün ekmek çok az bulunuyor; yarın daha da az bulunacak." 19'unda yeni mesaj: "Durum umutsuz, burada kuşatmayı yarmak için yapılacak son bir denemeden söz ediliyor."

Gerçekten de o gün kalede bir toplantı düzenlenmişti. Fazıl, meşrutiyetçi birliklerin Reşt'ten Tahran'a doğru ilerlediklerini, mevcut iktidarın devrilmek üzere olduğunu ve çok geçmeden devrildiğini, davamızın zaferi kazandığını göreceklerini bildirdi. Ama ondan sonra söz alan Howard, çarşılarda artık hiçbir yiyecek maddesi kalmadığını hatırlattı.

– İnsanlar evcil hayvanları ve sokak kedilerini bile kesip yediler, aileler gece gündüz sokaklarda dolaşıp olmamış bir nar, yol kenarına düşürülmüş bir ekmek parçası arıyorlar. Yakında yamyamlık hadiseleriyle bile karşılaşabiliriz.

– İki hafta, sadece iki hafta dayansak yeter!

Fazıl'ın sesi yalvarır gibi çıkıyordu. Ama Howard'ın elinden bir şey gelmezdi:

– Stoklarımız bugüne kadar dayanmamızı sağladı. Ama şimdi dağıtacak hiçbir şeyimiz kalmadı. Hiçbir şey. İki hafta içinde ahali ölmüş ve Tebriz bir hayalet kente dönüşmüş olacak. Şu son günlerde sekiz yüz kişi can verdi. Açlıktan ve açlığa bağlı olarak ortaya çıkan sayısız hastalıktan.

– İki hafta, sadece iki hafta! diye yineliyordu Fazıl. Oruç tutmak pahasına da olsa!

– Herkes günlerdir oruç tutuyor zaten!

– Peki, ne yapalım? Teslim mi olalım? Sabırla besleyip büyüttüğümüz şu harikulade destek dalgasının sönmesine izin mi verelim? Dayanmanın hiçbir yolu yok mu?

Dayanmak. Dayanmak. Açlık ve yorgunluktan, olduğu kadar ellerini uzatsalar dokunabilecekleri kadar yakına gelmiş bir zaferin sarhoşluğundan da ne yapacaklarını şaşırmış on iki adamın bir tek saplantısı vardı: Dayanmak.

– Bir çözüm olabilir, dedi Howard, belki...

Bütün gözler Baskerville'e döndü.

– Sürpriz bir yarma harekâtı denemek. Eğer şu mevzii geri almayı başarabilirsek -parmağıyla, haritanın üzerindeki bir noktayı gösteriyordu- kuvvetlerimiz açılan gediğe dalıp dış dünyayla irtibatı yeniden kurabilirler. Düşman toparlanıncaya kadar belki de selamete ereriz.

Ben bu öneriye derhal karşı çıktım; komutanlar da aynı fikirdeydi; istisnasız hepsi bunun bir intihar olacağını söyledi. Düşman, bizim hatlarımızdan beş yüz metre ileride bir yükseltinin üstündeydi. Boş arazide bu mesafeyi geçmek, kerpiçten heybetli bir duvara tırmanmak, savunmacıları siperlerinden söküp atmak, sonra da bu mevzie kaçınılmaz karşı-saldırıya direnebilecek miktarda kuvvet yerleştirmek gerekiyordu.

Fazıl duraksıyordu. Haritaya baktığı yoktu, böyle bir operasyonun siyasi etkisinin ne olabileceğini tartıp biçiyordu. Birkaç gün kazandırabilir miydi? Tartışma uzayıp hararetlendi. Baskerville ısrar ediyor, kanıtlar gösteriyordu. Bir müddet sonra Moore da onu destekledi. *Guardian* muhabiri kendi savaş deneyimine dayanarak ani bir baskının sonuç verebileceğini açıkladı. Sonunda Fazıl kararını verdi.

- Hâlâ ikna olmadım, ama mademki başka bir şey düşünemiyoruz, Howard'ın önerisine karşı çıkmayacağım.

Saldırı ertesi gün, yani 20 Nisan'da, sabaha karşı üçte başladı. Saat beşte söz konusu mevzi ele geçirilmiş olursa, düşmanın karşı-saldırı için başka yerlerden asker nakletmesini engellemek amacıyla cephenin çeşitli noktalarında operasyonlara girişilmesi kararlaştırılmıştı. Ama ilk dakikalardan itibaren bu girişimin ne kadar az şansı olduğu ortaya çıktı: Moore, Baskerville ve altmış kadar gönüllünün yaptığı ilk çıkış bir baraj ateşiyle karşılandı. Düşman hiç de şaşırmış, baskına uğramış görünmüyordu. Yoksa hazırlıklarımızı haber veren bir casus mu vardı? Bunu kesin olarak ifade etmek güç, çünkü Liakhov bölgenin komutasını en becerikli subaylarından birine emanet etmişti.

Mantıklı davranan Fazıl, daha fazla gecikmeden operasyona son verilmesini bildirip uzun kumru ötüşüne benzeyen geri çekilme işaretini verdirdi. Savaşçılar mevzilerine geri döndüler. Moore'un da içlerinde olduğu pek çok kişi yaralanmıştı.

Sadece bir kişi geri dönmedi: Baskerville. O ilk yaylım ateşinde biçilmişti.

Tebriz üç gün yas tutacak, Presbiteryen Misyonu'ndaki sessiz, içine kapalı yasın yanı sıra Âdem oğullarının elindeki mahalleler gürültülü, ateşli yas törenlerine sahne olacaktı. Kıpkırmızı olmuş gözlerimle çoğunu tanımadığım insanların ellerini sıkıp duruyor, kendimi sonu gelmez tokalaşmalara bırakıyordum.

İngiltere konsolosu da ziyaretçi kalabalığı içindeydi. Beni bir kenara çekti.

– Dostunuz öldükten yaklaşık altı saat sonra Londra'dan bir mesaj aldığımı, Tebriz konusunda büyük devletler arasında bir anlaşmaya varıldığını söylesem belki acınızı biraz hafifletmiş olurum diye düşündüm. Bay Baskerville bir hiç uğruna ölmedi. Şu anda bir ordu kuşatmayı kaldırıp iaşeyi temin etmek üzere kente yürüyor. Ve tabii yabancıları da boşaltmak üzere.

– Bir Rus ordusu mu?

– Haliyle, dedi Wratislaw. Bu civarda böyle bir orduya sahip tek devlet onlar. Ama bize de güvence verdiler. Meşrutiyetçiler rahat bırakılacak ve Çar'ın askerleri görevlerini tamamlar tamamlamaz geri çekilecekler. Silah bırakma konusunda Fazıl'ı ikna etmek için size güveniyorum.

Niye kabul ettim bunu? Bıkkınlıktan mı? Yorgunluktan mı? İçime işleyen İran kaderciliğinden ötürü mü? Öyle ya da böyle, hiç itiraz etmedim, bu iğrenç görevin bana düştüğüne ikna oldum. Bununla birlikte Fazıl'ın yanına hemen gitmemeye karar verdim. Önce birkaç saatliğine her şeyden kaçmak istiyordum. Şirin'in yanında.

Aşk gecemizden beri onunla sadece başkalarının yanında karşılaşabilmiştim. Kuşatma Tebriz'de yeni bir atmosfer yaratmıştı. Sürekli düşman sızıntılarından söz ediliyordu. Her yerde casus veya sabotajcı aranıyordu. Sokaklarda silahlı adamlar devriye geziyor, bellibaşlı binaların girişlerini tutuyorlardı. "Boş Saray"ın kapısında çoğunlukla beş ya da altı, hatta bazen daha çok nöbetçi olurdu. Beni hep yüzlerini aydınlatan gülümsemelerle karşılasalar da, onların varlığı prensesi gözlerden uzak bir biçimde ziyaret etmemi engelliyordu.

Ama o akşam güvenlik gevşemişti, prensesin odasına kadar usulca sokulabildim. Kapı aralıktı; hiç gürültü çıkarmadan ittim.

Şirin yatakta oturmuştu; *Yazma,* dizlerinin üstünde açık duruyordu. Yanına iliştim, omzum omzuna, kalçam kalçasına değiyordu. Ne onun ne de benim aklımdan sevişmek geçiyordu, o gece birbirimizi aynı kitabın içine gömülerek sevdik. Gözlerime ve dudaklarıma rehberlik ediyor, her kelimeyi, her minyatürü biliyordu; oysa ben onlarla ilk kez karşılaşıyordum.

Sık sık şiir parçacıklarını kendince Fransızcaya çeviriyordu; o kadar güçlü bir bilgelik, öylesine zaman dışı bir güzellik saklıydı ki onlarda, insan ilk kez sekiz yüzyıl önce, bir Nişapur, Isfahan veya Semerkant bahçesinde söylendiklerini unutuyordu.

Yaralı kuşlar gizlenirler ölmek için.

Yenik ama yüce bir şairin teselli arayan küskün sözleri, insanın yüreğini dağlayan monologu.

Öte dünyanın karanlığında huzur bulsun insan.

Ama aynı zamanda muhteşem bir kaygısızlığı ifade eden neşe dolu dizeler:

Şarap yanakların kadar pembe
Pişmanlığım buklelerin kadar hafif olsun.

Rubaileri sonuna kadar okuyup her minyatürü uzun uzun seyrettikten sonra, kitabın başına dönüp derkenardaki tarihçeye daldık. Önce eserin yarısına yakınını kaplayan Ermeni Vartan'ın bölümleri. Onun sayesinde Hayyam'ın, Cihan'ın ve üç arkadaşın hikâyesini öğrendim o gece. Daha sonra her biri yaklaşık otuzar sayfa tutan Alamut kütüphanecilerinin kayıtları geliyordu. Baba, oğul ve torun yazmanın Merv'den kaçırıldıktan sonraki inanılmaz yazgısını, Haşşaşinler üzerindeki etkisini anlatıyor ve Moğol istilasına kadar Haşşaşinlerin tarihini de özetliyorlardı.

Şirin, yazısını bir türlü sökemediğim son satırları da okudu bana: "Alamut yıkılmadan bir gün önce kendi memleketime, Kirman'a doğru kaçmak zorunda kaldım, eşi benzeri olmayan Nişapurlu Hayyam'ın yazmasını da yanımda götürdüm. İnşallah insan elleri onu tutmaya layık hale gelinceye kadar kimse bulamaz bu kitabı. Bunun için Yüce Rabbim'e yalvarıyorum, O istediğine doğru yolu gösterir, istediğinin de yolunu şaşırtır."

Bu satırları, benim hesaplarıma göre, 14 Mart 1257'ye denk düşen bir tarih izliyordu.

Düşüncelere dalmıştım.

– *Yazma* 13. yüzyılda susuyor, dedim; Cemaleddin'e 19. yüzyılda armağan ediliyor. Arada neler olup bitti?

– Uzun bir uyku dönemi, diye cevap verdi Şirin. Sonu gelmez bir Doğu siestası. Sonra meczup Mirza Rıza'nın kucağında sıçrayarak uyanış. O da Alamut kütüphanecileri gibi Kirmanlı değil mi? Atalarının arasında bir Haşşaşin çıksa şaşırır mısın?

Ayağa kalkıp elinde tarağıyla oval tuvalet aynasının önündeki bir tabureye oturdu. Orada öylece oturup çıplak kolunun zarif hareketlerini saatlerce seyredebilirdim, ama o beni sefil dünyanın gerçeklerine geri döndürdü:

– Yatağımda yakalanmak istemiyorsan gitmeye hazırlanmalısın.

Gerçekten de gün ışığı odaya dolmaya başlamıştı bile, perdeler çok inceydi.

– Doğru, dedim usançla, adın lekelenir sonra, az kalsın unutuyordum.

Gülerek döndü bana doğru.

– Aynen öyle, adıma çok önem veririm, İran'ın tüm haremlerinde yakışıklı bir yabancının bütün geceyi yanımda geçirip de soyunmayı bile düşünmediğini konuşmalarını istemem doğrusu. Sonra kimse düşmez peşime benim!

Yazma'yı mahfazasına koyduktan sonra sevgilimin dudaklarına bir öpücük kondurdum, sonra bir koridordan ve iki gizli kapıdan geçip kuşatılmış kentin çalkantısı içine daldım yeniden.

XLI

O ıstırap dolu aylarda ölenlerin içinde niye sadece Baskerville'i andım? Arkadaşım ve vatandaşım olduğu için mi? Kuşkusuz. Ama aynı zamanda, yabancısı olduğu bu Doğu'nun yine de özgürlük ve demokrasi içinde yeniden doğduğunu görmekten başka bir amaç gütmediği için. Bir hiç uğruna mı feda etmişti kendini? On, yirmi, yüz yıl geçtikten sonra Batı onun verdiği örneği, İran onun yaptığı kahramanlığı hatırlayacak mıydı? Aynı ölçüde vaatkâr ve aynı ölçüde umut kırıcı iki dünyanın arasında yaşayanların kaçınılmaz hüznüne kapılmamak için bu konuyu hiç düşünmemeye çalışıyorum.

Yine de Baskerville'in ölümünün hemen ardından yaşanan olaylarla sınırlı kalırsam sadece, bu ölümün boşuna olmadığını söyleyebilirim.

Yabancı müdahalesini, ablukanın kaldırılması ve iaşe konvoyları izledi. Howard sayesinde mi? Belki de bu karar zaten alınmıştı, ama arkadaşımın ölümü de kentin kurtarılmasını çabuklaştırdı. Binlerce aç hayatta kalmalarını ona borçluydu.

Kuşatılmış kente çar askerlerinin girmesinin Fazıl'ı memnun etmeyeceği belliydi. Bu duruma razı olması gerektiğini telkin etmeye çalıştım:

– Kent ahalisi direnecek halde değil, şu anda yapabileceğin tek iyilik onları açlıktan kurtarmak; katlanılan bunca ıstırabın ardından da bu kadarını onlara borçlusun.

– Sonunda Şah'ın koruyucusu Çar Nikola'nın sultası altına girmek için savaştık on ay boyunca, öyle mi?

– Ruslar yalnız hareket etmiyor, uluslararası topluluğun tamamı tarafından görevlendirilmişler, dünyanın her yanındaki dostlarımız bu harekâtı alkışlıyor. Bu müdahaleyi reddetmek, ona karşı savaşmak, şu âna kadar bize sağlanan o muazzam desteği yitirmek anlamına gelecek.

– Zafer elle tutulacak kadar yakınımızda, ama biz boyun eğip silah bırakacağız ha?

– Bana mı cevap veriyorsun yoksa kaderi mi sorguluyorsun?

Fazıl birden yerinden sıçradı, bakışları sınırsız bir sitemle doluydu.

– Tebriz böyle bir aşağılanmayı hak etmiyor!

– Elimden bir şey gelmez, senin elinden de bir şey gelmez, öyle bir an gelir ki tüm kararlar kötüdür; sorun, sonradan en az pişman olacağın kararı bulup seçmektir!

Sakinleşir gibi oldu ve var gücüyle kafa yormaya başladı.

– Arkadaşlarıma ne olacak?

– İngilizler güvenliklerini garanti ediyor.

– Peki ya silahlarımız?

– Herkes tüfeğini alıkoyabilir, ateş açılmadığı sürece evler aranmayacak. Ama ağır silahları teslim etmek gerek.

İçi rahatlamış gibi gözükmüyordu.

– Peki, yarın öbür gün çarı kim mecbur edecek askerlerini geri çekmeye?

– Bu konuda kendimizi Allah'a emanet edeceğiz.

– Ne o, pek Doğulu oldun birdenbire!

Fazıl'ı tanıyan, onun ağzında Doğulu sözcüğünün nadiren bir iltifat yerine geçtiğini bilirdi. Özellikle de böyle kuşku dolu bir yüz ifadesiyle birlikte söylenmişse.

Kendimi taktik değiştirmek zorunda hissettim; epey gürültülü bir biçimde iç geçirerek ayağa kalktım.

– Sen haklısın kuşkusuz, tartışmakla hata ettim, İngiltere konsolosuna gidip seni ikna edemediğimi söyleyeyim; sonra buraya gelip sonuna kadar yanında kalacağım.

Fazıl kolumdan tuttu.

– Seni suçladığım yok, teklifini de reddetmedim.

– Teklifim mi? Ben İngilizlerin önerisini aktardım sadece, kimden geldiğini de açıkça belirttim.

– Sakinleş biraz, beni de anlamaya çalış! Rusların Tebriz'e girmesini engelleyemeyeceğimi biliyorum, onlara karşı en küçük direniş gösterirsem kurtulmaktan, nasıl olursa nereden gelirse gelsin kurtulmaktan başka bir şey beklemeyen kendi vatandaşlarım en başta olmak üzere, tüm dünyanın beni mahkûm edeceğini de biliyorum. Hatta kuşatmanın sona ermesinin Şah açısından bir bozgun olduğunu bile biliyorum.

– Senin mücadelenin amacı da bu değil miydi?

– Değildi! Anlamadığın bu işte! Bu Şah'tan nefret ediyorum, iğreniyorum, ama ben ona karşı savaşmıyorum. Bir zorba karşısında kazanılacak zafer nihai amaç olamaz; İranlılar özgür insanlar, bizim deyimimizle Âdem oğulları olduklarının bilincine varsınlar, kendilerine, kendi güçlerine inansınlar, bugünün dünyasında kendilerine yeniden bir yer bulsunlar diye savaşıyorum ben. Burada başarmak istediğim de bu. Bu kent Şah'ın ve mollaların vesayetini reddetti, büyük devletlere meydan okudu, gönülden insanların dayanışmasını ve hayranlığını kazandı her yerde. Tebrizliler kazanmak üzereydi, ama kazanmalarına izin verilmiyor, çünkü bu örnek herkesi fazlasıyla korkutuyor, aşağılamak istiyorlar onları. Bu gururlu halk şimdi ekmeğini kazanabilmek için çarın askerleri önünde eğilmek zorunda kalacak. Sen ki özgür bir ülkede, özgür bir insan olarak doğmuşun, beni anlamalıydın.

Birkaç ezici saniye aktı geçti, sonra sözü bağladım:

– Peki, İngiltere konsolosuna ne diyeyim?

Çok sahte bir gülümseyiş yerleşti Fazıl'ın yüzüne:

– Bir kez daha Merhametli Majesteleri'nin yanına iltica etmekten kıvanç duyacağımı söyle.

Fazıl'ın acı eleştirilerinde ne denli haklı olduğunu anlamam için biraz zaman geçmesi gerekecekti. Çünkü o ânın sıcaklığı içinde olaylar onun kaygılarını çürütür gibiydi. Fazıl İngiliz konsolosluğunda birkaç gün kaldı sadece. Bir süre sonra Wratislaw onu kendi otomobiliyle Rus hatlarının arasından geçirip Kazvin civarına kadar götürdü. Orada, uzun bir bekleyişin ardından Tahran'a doğru ilerlemeye hazırlanan Meşrutiyetçi birliklere katıldı.

Gerçekten de Tebriz boğazlanma tehdidi altında kaldığı sürece, Şah'ın elinde düşmanlarına karşı güçlü bir caydırıcı silah vardı; onların gözünü yıldırmayı, durdurmayı başarıyordu. Kuşatma kalkar kalkmaz, Fazıl'ın dostları hareket serbestliğine kavuştuklarını hissettiler, daha fazla gecikmeden başkente doğru iki koldan yürümeye başladılar. Ordulardan biri kuzeydeki Kazvin'den, diğeri de güneydeki Isfahan'dan geliyordu. Çoğunluğu Bahtiyarî aşiretlerinden oluşan bu ikinci ordu, 23 Haziran'da Kum'u ele geçirdi. Birkaç gün sonra yayımlanan bir İngiliz-Rus ortak bildirisi, Meşrutiyet taraftarlarını derhal saldırıya son verip Şah'la uzlaşmaya çağırıyordu. Yoksa iki devlet olaylara müdahale etmek zorunda kalacaklardı. Ama Fazıl ve dostları bu uyarıya kulak asmadılar ve yürüyüşlerini hızlandırdılar: 9 Temmuz'da iki ordu Tahran surları önünde birleşti; ayın 13'ünde iki bin kişi kuzeybatıda, Fransız sefaretinin yakınındaki savunmasız bir kapıdan, *Le Temps* muhabirinin şaşkınlıktan fal taşı gibi açılmış gözlerinin önünde, başkente girdi.

O zaman sadece Liakhov direnmeye çabaladı. Üç yüz adamı, birkaç eski topu ve iki Creusot ağır makinelisiyle merkezdeki birçok mahallenin denetimini elinde tutmayı başardı. 16 Temmuz'a kadar kanlı çatışmalar yaşandı.

16 Temmuz'da, sabah sekiz buçukta, Şah, yanında kendisine törenle eşlik eden beş yüz asker ve maiyetiyle birlikte Rus sefaretine sığındı. Bu davranış, tahttan çekilmek anlamına geliyordu.

Kazakların komutanının silahlarını bırakmaktan başka çaresi kalmamıştı. Bundan böyle anayasaya uyacağına ve galiplerin hizmetine gireceğine yemin etti, sadece alayının dağıtılmamasını şart koştu. Bu konuda da kendisine söz verildi.

Yeni bir şah seçildi: Tahttan indirilen hükümdarın henüz on iki yaşındaki küçük oğlu. Onu bebekliğinden beri tanıyan Şirin'in söylediğine göre, tatlı ve duyarlı bir çocuktu, hiçbir gaddarlığı ve ahlaksızlığı yoktu. Çatışmalar sona erdikten sonra yanında vâsisi Bay Smirnoff olduğu halde başkent sokaklarından geçip sarayına giderken, "Şahımız çok yaşa" bağırışlarıyla karşılandı. Oysa aynı hançereler daha dün "Şaha ölüm!" diye haykırmışlardı.

XLII

Genç Şah halk üzerinde iyi yürekli bir hükümdar izlenimi bırakıyordu. Fazla aşırıya kaçmadan gülümsüyor, tebaasını selamlamak için beyaz elini sallıyordu. Ama saraya girdiği anda etrafını kaygılandırmaya başlıyordu. Ana babasından aniden koparıldığı için hiç durmadan ağlıyordu. Hatta o yaz anne babasının yanına gitmek için kaçmayı bile denedi. Yakalanınca kendini sarayın tavanına asmaya kalkıştı. Tam boğulacakken korkup yardım çağırdı. Neyse ki zamanında yetiştiler. Bu tatsız hadisenin Şah'ın üzerinde yararlı bir etkisi oldu: Bunalımlarını bir kenara bırakıp meşruti hükümdar rolünü vakar ve iyi yüreklilik içinde oynamaya başladı.

Bununla birlikte gerçek iktidar Fazıl'ın ve dostlarının elindeydi. Hızlı bir temizlik harekâtıyla yeni bir sayfa açtılar: Eski rejimin altı yandaşı idam edildi; bunların arasında Âdem oğullarına karşı savaşın başını çeken Tebrizli iki molla ve Şeyh Fazlullah Nuri de vardı. Şeyh, önceki yıl gerçekleştirilen darbenin ardından girişilen katliamları onaylayıp bu yönde fetva vermekle suçlanmıştı. Dolayısıyla cinayete suçortaklığı etmekten yargılandı ve idam hükmü Şii hiyerarşisi tarafından da onaylandı. Ama bu hükmün simgesel bir değeri de olduğuna kuşku yoktu: Nuri, Meşrutiyet'in bir zındıklık olduğu yönünde fetva verme sorumluluğunu da taşıyordu. 31 Temmuz 1909'da, Tophane meydanında halkın önünde asıldı. Asılmadan önce şöyle mırıldandığı rivayet edildi: "Ben gerici değilim!" Ama hemen ardından kalabalığın içine dağılmış yandaşlarına, Meşrutiyet'in dine aykırı olduğunu ve son sözü dinin söyleyeceğini haykırmıştı.

Yeni yöneticilerin ilk işi, Parlamento'yu yeniden kurmak oldu: Enkaz halindeki bina yeniden ayağa dikildi ve seçimler düzenlendi. 15 Kasım'da genç Şah, İran tarihinin ikinci meclisini törenle açtı. Açış konuşmasında şunları söyledi:

"Hürriyeti bahşeden Allah'ın adıyla ve Mehdi Hazretleri'nin gizli koruyuculuğu altında, Millet Meclisi sevinç içinde ve çok hayırlı bir biçimde açılmıştır.

Zihniyetlerde görülen gelişimin ve fikri ilerlemenin kaçınılmaz kıldığı değişim, acılı bir sınavdan geçilerek gerçekleşmiştir, ama İran çağlar boyunca pek çok krizi atlatmayı bilmiştir ve bugün İran halkı dileklerinin yerine geldiğini görmektedir. Bu yeni, ilerici hükümetin halktan destek gördüğünü, bu hükümetin ülkeyi yeniden sükûnet ve güven ortamına kavuşturduğunu görmek bizi çok memnun etmektedir.

Hükümet ve Meclis, yapılması şart olan reformları gerçekleştirebilmek için, devletin, özellikle de kamu maliyesinin uygar milletlere yakışacak kurallara göre yeniden yapılandırılmasını bir öncelik olarak kabul etmelidirler.

Milletin temsilcilerinin adımlarına yön vermesi ve İran'ın şerefini, bağımsızlığını ve mutluluğunu temin etmesi için Allah'a yakarıyoruz."

O gün Tahran bayram yaptı; sokaklarda tören alaylarının ardı arkası kesilmedi, köşe başlarında şarkılar söylendi, her kelimenin bilerek veya bilmeyerek "Meşrutiyet", "Demokrasi" ve "Özgürlük"le uyaklandığı doğaçlama şiirler söylendi. Seyyar satıcılar yoldan geçenlere şerbet ve şekerlemeler ikram ediyorlardı. Darbe olunca ölüm uykusuna yatan onlarca gazete çıkardıkları özel sayılarla dirildiklerini ilan ediyorlardı.

Gece olduğunda kent havai fişeklerle aydınlandı. Baharistan'ın bahçesine tribün kurulmuştu. Kordiplomatik, yeni hükümetin üyeleri, mebuslar, dini önderler, çarşı esnafının loncaları şeref tribününde yerlerini almışlardı. Baskerville'in dostu olarak, ben de en ön saflardaydım; iskemlem Fazıl'ınkinin tam arkasındaydı. Patlamalar ve havai fişekler birbirini izliyor, gökyüzü belli aralarla aydınlanıyor, kafalar yukarı kalkıyor, yüzler geriliyor, sonra mesut çocuk gülümsemeleriyle tekrar aşağı iniyorlardı. Dışarıda ise Âdem oğulları saatlerdir bıkıp usanmadan aynı sloganları haykırıyorlardı.

Kim bilir hangi gürültü, hangi haykırış Howard'ı aklıma getirdi yeniden! Bu bayramda hazır bulunmayı ne çok hak etmişti! Tam o sırada Fazıl bana doğru döndü:

– Üzgün görünüyorsun.

– Kesinlikle üzgün değilim! Oldum olası Doğu'da "Hürriyet" diye haykırıldığını duymak istemiştim. Ama içimi acıtan bazı anılar var.

– Bırak onları bir yana, gülümse, sevin, sevincin şu son demlerinden istifade et!

Bu kaygı verici sözler o akşam tüm kutlama yapma isteğimi aldı götürdü. Fazıl aradan yedi ay geçtikten sonra, bizi Tebriz'de karşı karşıya getiren o tatsız tartışmayı mı sürdürüyordu hâlâ? Yoksa kaygılanmak için yeni nedenleri mi vardı? Ertesi gün bir açıklama istemek üzere ona gitmeye karar vermiştim. Ama sonunda bundan vazgeçtim. Tam bir yıl boyunca onunla karşılaşmamaya çalıştım.

Niye? Yaşadığım yıpratıcı serüvenin ardından, Tebriz'de mücadeleye bu kadar bodoslama dalışımın ne derece akıllıca olduğu konusundaki kuşkularım ısrarla sürüyordu sanırım. Ben Doğu'ya bir yazmanın peşine düşerek gelmiştim, bana ait olmayan bir davaya bu denli karışmaya ne hakkım vardı? Üstelik ne hakla Howard'a İran'a gelmesini öğütlemiştim? Fazıl'ın ve arkadaşlarının söyleminde, Baskerville bir şehitti; benim gözümde yabancı bir dava uğruna yabancı topraklarda ölmüş bir dosttu; bu dostun ailesi bir gün bana mektup yazıp insanın hançer gibi yüreğine saplanan bir nezaketle niye çocuklarını yoldan çıkardığımı soracaklardı bana.

Howard yüzünden pişmanlık mı duyuyordum, derdim bu muydu? Daha doğrusu belli bir edep kaygısı taşıyordum. Uygun sözcüğün bu olup olmadığını bilmiyorum, ama dostlarımın kazandığı zaferin ardından Tahran sokaklarında hindi gibi kabararak dolaşıp Tebriz kuşatmasında gösterdiğim sözde kahramanlıklara ilişkin övgüleri dinlemek istemiyordum hiç. Benim rolüm rastlantısal ve marjinaldi, asıl kahramanlığı arkadaşım, vatandaşım göstermişti ve ben de onun anılarının ardına gizlenip belli imtiyazlar elde etmek ve takdir görmek niyetinde değildim.

Gerçeği itiraf etmek gerekirse kaçıp saklanmak, kendimi unutturmak, siyasetçilerin, dernekçilerin ve diplomatların yanına bir daha uğramamak yönünde çok güçlü bir ihtiyaç duyuyordum. Her gün ve asla azalmayan bir zevkle gördüğüm tek kişi Şirin'di. Onu, sayısız aile mülkünden biri olan, Zarganda tepesindeki bir konağa yerleşmeye ikna etmiştim. Şehir dışında bir sayfiye yeriydi burası. Ben de o civarda küçük bir ev kiralamıştım, ama sadece zevahiri kurtarmak içindi bu, günlerim ve gecelerim, hizmetçilerin de suçortaklığı sayesinde, hep onun yanında geçiyordu.

O kış, haftalar boyunca onun geniş odasından çıkmadığımız oldu. Muhteşem bir bakır mangalla ısınıp Hayyam'ın *Yazma*'sını ve bazı başka kitapları okuyor, uzun ve uyuşuk saatleri nargile tüttürerek, Şiraz şarabı, hatta bazen şampanya içerek, Kirman fıstıkları ve Isfahan lokumları yiyerek tüketiyorduk. Prensesim hem soylu bir hanım hem de küçük bir kız olmayı beceriyordu. Birbirimize duyduğumuz sevgi, şefkat hiç eksilmiyordu.

İlk sıcaklar bastırınca Zarganda da canlanırdı. Burada, yabancıların ve en zengin İranlıların muhteşem konakları vardı. Yemyeşil ve gür bir bitki örtüsünün ortasında aylarca tembellik etmek üzere geliyorlardı Zarganda'ya. Birçok diplomatın ancak bu cennet gibi bir yerin yakınlığı sayesinde Tahran'ın o külrengi sıkıntısına katlanabildiklerine kuşku yoktu. Bununla birlikte kış aylarında Zarganda boşalıyordu. Geride sadece bahçıvanlar, birkaç bekçi ve iyice seyrelmiş yerel nüfus kalıyordu. Şirin'in ve benim ihtiyacımız olan da bu ıssızlıktı zaten.

Ne yazık ki nisan ayından itibaren yaz misafirleri sökün etmeye başladı. Her parmaklığın önünde işsiz güçsüz adamlar dolanıyor, her patikada yürüyüşçülere rastlanıyordu. Her gecenin, her öğle uykusunun ardından Şirin, evine ziyarete gelen mütecessis bakışlı hanımlara çay ikram ediyordu. Ben de durmadan koridorlarda kaçıp saklanmak zorunda kalıyordum. O tatlı kış uykusu sona ermiş, gitme vakti gelmişti.

Bunu söylediğimde prensesim üzüldü, ama razı oldu.

– Mutlusun sanıyordum.

– Az bulunur bir mutluluk yaşadım, onu böyle hiç bozulmadan bırakmak istiyorum ki, ileride yeniden hiç bozulmamış bir halde kavuşabileyim. Seni şaşkınlıkla, aşkla seyretmekten hiç usanmıyorum. Bizi kuşatan kalabalığın bu bakışlarımı değiştirmesini istemiyorum. Yazın uzaklaşıp kışın yeniden bulayım seni.

– Yaz, kış, bir gideceksin, bir geleceksin, mevsimler, yıllar böyle hep emrine amade mi olacak sanıyorsun? Hayyam'dan hiçbir şey öğrenmedin mi? "Gün gelir, dudaklarını yalayacak zamanı bile alır elinden Hüda."

Gözleri gözlerime daldı, bir kitap gibi okumak istiyordu sanki beni. Her şeyi anlamıştı, iç geçirdi.

– Nereye gitmek niyetindesin?

Henüz bilmiyordum. İran'a iki kez gelmiş, her ikisinde de kuşatmada kalmıştım. Önümde Boğaziçi'nden Çin denizine kadar keşfedilmeyi bekleyen tüm Doğu; İran'la aynı zamanda isyan edip Sultan halifesini tahttan indiren ve artık mebusları, âyan meclisi üyeleri, dernekleri ve muhalefet gazeteleriyle gurur duyan Türkiye; İngilizlerin sonunda boyun eğdirdiği ama büyük bedel ödemek zorunda kaldıkları gururlu Afganistan duruyordu. Tabii bir de baştan başa dolaşılacak koca İran vardı. Ben sadece Tebriz'le Tahran'ı biliyordum. Ya Isfahan? Ya Şiraz, Kâşan ve Kirman? Ya Nişapur ve Hayyam'ın türbesi? Yüzyıllardır sonu gelmez şeftali çiçeklerinin beklediği o gri taş?

Önümde uzanan bu yollardan hangisini seçecektim? *Yazma*, benim yerime kararı verdi. Krasnovodsk'ta trene binip Aşkabat'tan ve antik Merv'den geçtim, Buhara'yı ziyaret ettim.

En önemlisi de Semerkant'a gittim.

XLIII

Hayyam'ın gençliğini geçirdiği, serpilip geliştiği şehirden geriye ne kaldığını merak ediyordum.

Asfizar mahallesi ve Ömer'in Cihan'ı sevdiği bahçe içindeki o cihannüma ne olmuştu acaba? O Yahudi kâğıtçının eski Çin tariflerine göre 11. yüzyılda hâlâ beyaz dut ağacı dallarını yoğurduğu Maturid mahallesinden geriye bir iz kalmış mıydı? Haftalar boyunca önce yayan sonra katır sırtında dolaştım kenti; esnafa, yoldan geçenlere, cami imamlarına sorular sordum, ama ne dediğimden haberi bile olmayan yüz ifadeleri, alaylı gülüşler ve gök mavisi sedirlerine çöküp çaylarını paylaşmam için yapılan cömert davetler dışında bir şey elde edemedim.

Kendimi Registan meydanında bulduğum bir sabah şansım açıldı. Kısa bir kervan geçiyordu; kalın kürklü, iri toynaklı, çift hörgüçlü altı veya yedi deveden oluşan bir kervan. İhtiyar deveci hemen yakınımda bir çömlekçi dükkânının önünde durmuştu, yeni doğmuş bir kuzuyu kucağında tutuyor, çömlekçi de onun yaptığı değiş tokuş teklifini pazarlık ediyordu. Ellerini küpten ve çarkından hiç çekmeden cilalı bir kap yığınını gösteriyordu çenesiyle. İki adamı, kenarları şeritli siyah yün takkelerini, çizgili cüppelerini, kızıl sakallarını, bin yıllık jestlerini izliyordum. Bu sahnede Hayyam'ın devrinde bulunmayan herhangi bir ayrıntı var mıydı sanki?

Hafif bir meltem çıktı, yerdeki kumlar havalanıp dönmeye başladı, giysiler kabardı, tüm meydanı gerçekdışı bir örtü kapladı. Gözlerimi etrafta dolaştırdım. Registan'ın çevresinde üç anıt, kuleleri, kubbeleri, cümle kapıları, baştan başa çinilerle, yaldızlı arabesklerle, ametistle, lacivert taşıyla ve işlek hatlarla süslenmiş üç devasa külliye yükseliyordu. Her şey görkemini korusa da, kuleler eğilmiş, kubbeler yarılmış, zamanın, rüzgârın, yüzlerce yıllık ilgisizliğin kemirdiği cephe duvarları oyuk oyuk olmuştu. İnsana tepeden bakan bu muhteşem ve dev anıtları kimse görmüyor, önünde beş para etmez bir oyunun sahnelendiği görkemli bir dekor olarak duruyorlardı sadece.

Geri geri giderken bir ayağa bastım ve özür dilemek için dönünce benim gibi alafranga giyinmiş, aynı uzak gezegenden çıkagelmiş bir adamla burun buruna geldim. Konuşmaya başladık. Adam Rus'tu, bir arkeologdu. O da kafasında binbir soruyla gelmişti. Ama birkaç cevap bulmuştu bile.

– Semerkant'ta zaman felaketten felakete, bir yıkımdan diğerine yuvarlanarak akar. Moğollar 13. yüzyılda kenti yıkınca meskûn mahalleler moloz ve ceset yığınına dönüştü. Mecburen oraları terk edildi; hayatta kalanlar evlerini daha güneydeki başka bir yerleşim alanına inşa ettiler. Öyle ki eski şehir, yani Selçukluların Semerkant'ı üst üste binen kum yığınlarıyla kaplanıp yüksekçe bir boş arazi haline geldi. Hazineler ve sırlar yerin altında yatıyor, yerin üstünde ise otlaklar var. Bir gün her şeyi açıp evleri ve sokakları topraktan çıkarmak gerekecek. Semerkant işte o zaman, kurtarılınca bize hikâyesini anlatabilecek.

Bir an sustu.

– Siz arkeolog musunuz?

– Hayır. Bu kent beni başka nedenlerden ötürü çekiyor.

– Hangi nedenler diye sorsam fazla mı meraklı davranmış olurum?

Ona *Yazma*'dan, şiirlerden, tarihçeden, Semerkantlı âşıkları gösteren minyatürlerden söz ettim.

– Ne kadar çok isterdim o kitabı görmeyi! O dönemde var olmuş her şey yıkılıp gitti, biliyor musunuz? Sanki lanetlenmiş gibi. Surlar, saraylar, bağlar, bahçeler, su yolları, ibadethaneler, kitaplar, önemli sanat eserleri, hiçbiri yok. Bugün hayranlıkla seyrettiğimiz anıtlar daha geç bir dönemde Timur ve onun ardılları tarafından inşa edildi, en fazla beş yüz yaşındalar. Ama

Hayyam'ın devrinden geriye çömlek parçaları ve varlığını şimdi sizden öğrendiğim bir mucize eseri hayatta kalabilmiş o *Yazma* dışında hiçbir şey kalmadı. Onu elinizde tutabilmek, istediğiniz gibi bakabilmek ne büyük ayrıcalık. Hem ayrıcalık hem de ağır bir sorumluluk.

– Emin olun, bunun bilincindeyim. Yıllardır, bu kitabın varlığını öğrendiğimden beri onunla yaşıyorum, onunla yatıp onunla kalkıyorum, beni serüvenden serüvene sürükledi, dünyası benim dünyam, onu elinde bulunduran kadın da sevgilim oldu.

– Bu Semerkant yolculuğuna da orada betimlenen yerleri bulmak için mi çıktınız?

– Kenttekilerin en azından eski mahallelerin yerini bana gösterebileceklerini ummuştum.

– Hayallerinizi yıkmak istemem, ama merak ettiğiniz dönem hakkında efsanelerden, cin ve dev masallarından başka bir şey derleyemezsiniz. Bu kentte bayılırlar böyle şeyler anlatmaya.

– Asya'nın diğer şehirlerinde olduğundan daha mı çok?

– Korkarım. Acaba bu harabelerle iç içe yaşamak bu sefil çağdaşlarımızın imgelemini kendiliğinden körüklüyor mu diye sorarım bazen kendime. Sonra yeraltına gömülmüş o şehir de var. Yüzyıllar boyunca kim bilir kaç çocuk yarıklardan aşağı düşüp sırra kadem basmış, kim bilir yerin karnından gelen ne tuhaf gürültüler işitilmiştir! Bu kentin adını saran esrar perdesinde büyük rol oynamış en meşhur efsane de böyle doğmuştur zaten.

Anlattıklarına kulak verdim.

– Rivayete göre, bir Semerkant hanı her insanın düşlediği şeyi gerçekleştirmek istemiş: Ölümden kurtulmak. Ölümün gökten geldiğine inandığı ve asla kendisine ulaşmaması için gereken her şeyi yapmaya niyetli olduğundan, kendine yeraltında bir saray inşa ettirmiş. Demirden yapılan bu muazzam sarayın tüm giriş çıkışlarını da kapattırmış. Dillere destan bir servete sahip olan Han, sabah doğup akşam batan ve hem onu ısıtan hem de günlerin akışından haberdar eden bir de yapay güneş yaptırmış. Heyhat! Ölüm tanrısı hükümdarın tüm tedbirlerini aşıp görevini yerine getirmek üzere saraydan içeri sızmayı başarmış. Gücü veya serveti, ustalığı veya kibri ne olursa olsun, hiçbir canlı yaratığın ölümden kurtulamayacağını kanıtlaması gerekiyormuş çünkü. Böylece Semerkant, insanla kaçamayacağı yazgısının yollarının kesişmesinin simgesi haline gelmiş.

Semerkant'tan sonra nereye gidilirdi ki? Burası benim için Doğu'nun en uç noktası, her türlü büyülenmenin, hayretin ve dipsiz, akıl sır ermez bir hasretin mekânıydı. Bu yüzden kentten ayrılacağım zaman eve dönmeye karar verdim; Annapolis'e kavuşmak, yolculuklarımın yorgunluğunu üzerimden atabilmek için orada yerimden kımıldamadan birkaç yıl geçirmek, ancak ondan sonra yeniden yollara düşmek niyetindeydim.

Dolayısıyla akla gelebilecek en çılgınca planı yaptım: İran'a dönecek, Şirin'i ve Hayyam'ın *Yazması*'nı alacaktım; sonra da birlikte hiç kimsenin bizi tanımadığı büyük metropollerden birinde, Paris, Viyana veya New York'ta kendimizi kaybettirecektik. O ve ben birlikte, Doğu'nun ritmiyle Batı'da yaşasak, cenneti bulmuş gibi olmaz mıydık?

Geri dönüş yolunda hep yalnız ve dalgındım; kafam sürekli Şirin'i ikna etmek için öne süreceğim gerekçelerle, kanıtlarla meşguldü. Gitmek, hep gitmek, diyecekti bıkkın bir sesle, mutlu olmak neyine yetmiyor? Ama onun çekincelerini ortadan kaldırabileceğim umudunu yitirmemiştim.

Hazar denizi sahilinde kiraladığım üstü açık otomobil beni Zarganda'da, kapalı kapımın önüne bıraktığında park etmiş bekleyen diğer otomobili, kaputunun tam ortasına yıldızlı bir bayrak dikilmiş Jewel-40'ı gördüm. Şoför aşağı indi, kim olduğumu sordu. Sanki yola çıktığımdan beri orada beni bekliyordu. Kapıldığım bu aptalca izlenimin doğru olmadığını açıklayıp içimi rahatlattı, o sabah gelmişti.

– Patronum siz dönünceye kadar beklememi söyledi.

– Bir ay veya bir yıl sonra da dönebilir, hatta hiç dönmeyebilirdim.

Şaşkınlığım onu hiç rahatsız etmedi.

– Ama geldiniz işte!

Amerika Birleşik Devletleri'nin tam yetkili büyükelçisi Charles W. Russel'ın karaladığı bir pusulayı uzattı.

Sevgili Bay Lesage,

Bu akşamüstü saat dörtte sefarete gelebilirseniz beni onurlandırmış olacaksınız. Çok önemli ve acil bir iş söz konusu. Şoförüm emrinizdedir.

XLIV

Beni sefarette, sabırsızlığını bastırmaya çalışan iki adam bekliyordu. Gri takım giymiş, hareli bir papyon takmış, Theodore Roosevelt'inkileri andıran, ama daha özenli kesilmiş sarkık bıyıklarıyla Russel ve kıyafeti hiç değişmeyen, uzun beyaz gömlek, siyah cüppe giyip mavi sarık takmış Fazıl. Toplantıyı, çok akıcı olmasa da düzgün bir Fransızca konuşan diplomat açtı.

– Bugün tarihin akışını değiştirecek toplantılardan birini yapıyoruz. Bizim şahsımızda iki millet, mesafeleri ve farklılıkları hiç umursamadan bir araya geliyor: Genç bir millet ama eski bir demokrasi olan Amerika Birleşik Devletleri ve binlerce yıllık kadim bir millet ama gencecik bir demokrasi olan İran.

Bir tutam gizem, bir parça gösteriş, ardından bu sözlerin rahatsız etmediğinden emin olmak için Fazıl'a doğru kaçamak bir bakış. Sonra sözüne devam etti:

– Birkaç gün önce Tahran Demokratik Kulübü'nün davetlisiydim, orada dinleyicilerime Meşrutiyet Devrimi'ne karşı beslediğim derin sempatiyi ifade ettim. Başkan Taft ve dışişleri bakanımız Bay Knox da bu duygularımı paylaşıyorlar. Bakanın bugün toplanacağımızdan haberdar olduğunu ve varacağımız sonuçları kendisine telgrafla bildirmemi beklediğini de eklemeliyim.

Bana gerekli açıklamayı yapabilmesi için sözü Fazıl'a bıraktı:

– Çar birliklerine direnmememiz için beni ikna etmeye çalıştığın o günü hatırlıyor musun?

– Yüklendiğim şu angaryayı söylüyorsun!

– O konuda hiç kızmadım sana, sen yapman gerekeni yaptın ve bir anlamda haklıydın da. Ama benim korktuğum da ne yazık ki başımıza geldi, Ruslar Tebriz'den bir daha çıkmadı ve kent ahalisi her gün aşağılanıyor, Kazaklar sokaklarda kadınların peçelerini yırtıyor, Âdem oğulları en küçük bahanede hapse atılıyor.

Ama beterin beteri var. Tebriz'in işgal edilmesinden, yoldaşlarımın başına gelenlerden daha beteri. Demokrasimiz yok olma tehlikesiyle karşı karşıya. Bay Russel "genç" dedi, "kırılgan", "tehdit altında" diye de ekleyebilirdi. Dışarıdan bakıldığında her şey yolunda, halk mutlu, çarşı refah içinde, mollalar uzlaşmaya açık bir tavır sergiliyor. Ama ancak bir mucize, yapının yıkılmasını engelleyebilir. Niye mi? Çünkü hazine geçmişte olduğu gibi tamtakır. Eski rejimin tuhaf bir vergi tahsilat tarzı vardı, her eyalet bir sülüğe iltizama verilir, o da halkın kanını emip parayı kendi cebine atar, sadece bir bölümünü sarayda kendisini kollayacak hamileri beslemeye ayırırdı. Başımıza ne gelirse buradan geliyor. Hazine tamtakır kalınca Ruslardan ve İngilizlerden borç alıyoruz, onlar da teminat olarak çeşitli imtiyazlar istiyorlar. Çar da iç işlerimize burnunu bu yolla soktu ve tüm servetimizi bu yolla yok pahasına kaptırdık. Yeni iktidar da tıpkı eski yöneticiler gibi aynı çıkmazla karşı karşıya kaldı: Modern devletler gibi vergi toplayamazsa, büyük devletlerin vesayetini kabul etmek zorunda kalacak. Bizim için ilk öncelik maliyemizi sağlıklı bir hale sokmak. İran'ın modernleştirilmesi buradan geçiyor; İran'ın özgürlüğü için ödenmesi gereken bedel bu.

– Mademki hastalığın çaresi bu kadar açık, uygulamaya geçmek için ne bekleniyor?

– Bugün hiçbir İranlı böyle bir görevin altından kalkamaz. On milyonluk bir nüfus için bunu söylemek üzücü belki, ama cehaletin yükünü de azımsamamak gerek. Burada, ileri milletlerin yüksek devlet memuru eğitimini almış bir avuç insanız. Yetkin olduğumuz tek alan da diplomasi. Geri kalan konularda, ister askeriye, ister ulaşım ama en çok da maliye alanlarında hiç adam yok. Rejimimiz yirmi yıl, otuz yıl dayanabilse hiç kuşkusuz tüm bu sektörleri üstlenecek bir kuşak yetiştirir. Şu anda bulabileceğimiz en iyi çözüm, namuslu ve uzman yabancılara çağrı yapmak. Bu da kolay bulunacak bir şey değil, biliyorsun. Geçmişte Naus, Liakhov ve daha birçoklarıyla çok kötü tecrübeler yaşadık. Ama ben umutsuzluğa kapılmıyorum. Bu konuyu meclisteki ve hükümetteki birkaç arkadaşımla tartıştım, ABD'nin bize yardım edebileceğini düşünüyoruz.

– Bundan gurur duydum, ama niye benim ülkem? diye soruverdim hiç düşünmeden.

Charles Russel, sözlerime şaşırdığını ve kaygılandığını belli eden bir tepki verdi, ama Fazıl'ın cevabı onu yatıştırmakta gecikmedi:

– Büyük devletlerin hepsini teker teker gözden geçirdik. Ruslar ve İngilizler, hızla iflasa gittiğimizi gördükçe üzerimizde daha rahat hâkimiyet kuracaklarını düşünerek ellerini ovuşturuyorlar. Fransızlar Çar'la olan ilişkilerini bizim kaderimizle ilgilenemeyecek kadar fazla önemsiyorlar. Daha genelden bakıldığında, tüm Avrupa bir ittifaklar ve karşı-ittifaklar oyununa sürüklenmiş durumda; İran böyle bir oyunun içinde harcanacak bir bozuk para, basit bir piyon olmaktan öteye değer taşıyamaz. Sadece Amerika Birleşik Devletleri bizi istila etmeye çalışmadan sorunlarımızla ilgilenebilir. O zaman ben de Bay Russel'a başvurdum ve böylesine ağır bir görevin altından kalkabilecek bir Amerikalı tanıyıp tanımadığını sordum. Senin adını onun verdiğini kabul etmek zorundayım, ben senin maliye eğitimi aldığını tamamen unutmuşum.

– Bu güveniniz koltuklarımı kabarttı, diye cevap verdim, ama aradığınız kişi kesinlikle ben değilim. Aldığım diplomaya rağmen çok yetersiz bir maliyeciyim ve bildiklerimi sınama fırsatım da hiç olmadı. Bu konuda suçlanması gereken kişi babam; öyle çok gemi inşa etti ki geçinmek için çalışmaya ihtiyacım kalmadı. Ben bugüne kadar hep öze ilişkin, yani önemsiz işlerle uğraştım: Seyahat edip okumak, sevmek ve inanmak, kuşku duymak, savaşmak. Zaman zaman da yazmak.

Sıkıntılı gülüşler, kafaların karıştığını yansıtan bakışmalar. Lafa devam ettim:

– Aradığınız adamı bulunca onun yanında durup tavsiyeler verebilir ve bazı önemsiz hizmetlerde bulunabilirim, ama işin uzmanlığını ve hamallığını ondan beklemelisiniz. İyi niyetle doluyum, ama cahilin ve tembelin tekiyim ben.

Daha fazla ısrar etmekten vazgeçen Fazıl, bana aynı üslupla cevap verme yolunu seçti:

– Doğru söylüyorsun, zaten ben de şahidim buna. Üstelik daha büyük başka kusurların da var. Benim dostumsun, bunu da herkes biliyor, siyasi rakiplerimin tek hedefi, senin başarını engellemek olacaktır.

Russel sessiz sessiz dinliyordu; gülümsemesi yüzünde donup kalmış, sanki orada unutulmuştu. Şakalaşmalarımızdan hoşlanmadığına kuşku yoktu, ama yüz ifadesinden de vazgeçmiyordu. Fazıl ona döndü.

– Benjamin seçeneğinin olmamasına üzüldüm, ama bu terslik anlaşmamızla ilgili hiçbir şeyi değiştirmez. Belki de bu tür bir sorumluluğu İran meselelerine yakından veya uzaktan hiç bulaşmamış birine vermek daha iyi olabilir.

– Aklınızda biri var mı?

– Bir isim yok aklımda. Dürüst, güçlü ve bağımsız düşünebilen birisi olsun isterim. Bu türden insanlar sizde var, biliyorum, aradığım kişiliği gözlerimin önünde canlandırabiliyorum aslında, neredeyse görüyorum onu; zarif, açıksözlü, dimdik durup, dosdoğru bakan ve dobra dobra konuşan biri. Baskerville'e benzeyen biri.

İran hükümeti 25 Aralık 1910 Pazar, Noel günü, Washington'daki sefaretine şöyle bir telgraf çekti:

"Derhal Dışişleri Bakanlığı'na başvurup sizi Amerikan mali yetkilileriyle temasa geçirmesini isteyin; dürüst bir Amerikalı uzmanın ilk aşamada üç yıllık olarak imzalanacak, ama meclisin de onayından geçecek bir sözleşmeyle başhazinedar olarak istihdam edilmesi amaçlanmaktadır. Bu kişi devlet kaynaklarının yeniden yapılandırılmasından, gelirlerin tahsilatından ve harcamalardan sorumlu olacak, kendisine uzman bir muhasebeci ve eyaletlerdeki vergi tahsilatını denetleyecek bir müfettiş yardım edecektir.

Tahran'daki Amerikan sefiri dışişleri bakanının bu girişimi onayladığını bildirdi. Onunla doğrudan temas kurun, aracılara başvurmayın. Bu mesajın tamamını kendisine iletin ve onun tavsiyelerine göre hareket edin."

Meclis 2 Şubat 1911'de Amerikalı uzmanların atanma kararını ezici bir çoğunlukla ve alkış yağmuru altında kabul etti.

Birkaç gün sonra tasarıyı mebuslara sunan Maliye vekili güpegündüz, sokak ortasında iki Gürcü tarafından öldürüldü. Aynı akşam Rus sefaretinin tercümanı İran Hariciye Vekaleti'ne giderek Çar'ın tebaası olan katillerin hiç zaman yitirilmeden kendilerine teslim edilmelerini istedi. Tahran'da herkes bu cinayetin, meclisin oylamasına Saint-Petersburg'un cevabı olduğunu anlamıştı, ama yetkililer güçlü komşularıyla ilişkilerini daha fazla bozmamak için boyun eğmeyi tercih ettiler. Katiller önce sefarete, ardından da sınıra götürüldü; sınırı aşar aşmaz serbest bırakıldılar.

Çarşı esnafı bunu protesto etmek için kepenkleri indirdi, "Âdem oğulları" Rus mallarını boykot çağrısı yaptı; hatta ülkede çok sayıda bulunan Gürcülere karşı misilleme eylemleri düzenlendi. Bununla birlikte basından da destek alan hükümet sabır telkin ediyordu: Gerçek reformlar başlayacak, diyorlardı, uzmanlar gelecek, yakında devletin kasası dolacak, borçlarımızı ödeyeceğiz, her türlü vesayetten kurtulacağız, bizim de okullarımız, hastanelerimiz ve modern bir ordumuz olacak, bu ordu Çar'ı Tebriz'den çıkmak zorunda bırakacak, bizi sürekli tehdit altında tutmasını engelleyecek.

İran mucize bekliyordu. Nitekim bazı mucizeler gerçekleşecekti.

XLV

İlk mucizeyi bana Fazıl haber verdi. Fısıltı halinde ama sevinç dolu bir sesle:

– Bak ona! Sana Baskerville'e benzeyeceğini söylemiştim!

Bahsettiği kişi İran'ın yeni başhazinedarı Morgan Shuster'di; bizimle selamlaşmak üzere yanımıza geliyordu. Onu Kazvin yolunda karşılamaya gitmiştik. Yardımcılarıyla birlikte çelimsiz atların çektiği posta arabasına binmiş geliyordu. Howard'la benzerliği şaşırtıcıydı: Aynı gözler, aynı burun, aynı sinekkaydı tıraş, belki biraz daha yuvarlak yüz, aynı açık renk saçlar, saçları ayıran aynı çizgi, aynı tokalaşma, kibar ama egemen. Onu öyle dikkatli süzüyorduk ki rahatsız etmiş olmalıydık, ama bir şey belli etmedi; herhalde yabancı bir ülkeye böylesine sıra dışı koşullarda damdan düşer gibi gelince büyük bir merak konusu olacağını önceden tahmin etmişti. İran'da kaldığı sürece gözlenecek, izlenecek, kollanacaktı. Bazen de kötü niyetle. Her davranışı, her ihmali nakledilip yorumlanacak, övülecek veya lanetlenecekti.

İlk kriz, gelişinden bir hafta sonra patlak verdi. Her gün Amerikalılara hoş geldin demeye gelen yüzlerce kişiden bazıları, Shuster'e İngiliz ve Rus sefaretlerini ne zaman ziyaret etmeyi düşündüğünü sordular. Shuster kaçamak cevap verdi. Ama sorular ısrarlı bir hal aldı ve hadise kulaktan kulağa yayılarak çarşıda hararetli tartışmalara yol açtı: Amerikalı, sefaretlere nezaket ziyaretlerinde bulunmalı mıydı bulunmamalı mıydı? Sefaretler hakarete uğradıklarını ima ediyorlar, ortam gerginleşiyordu. Schuster'in gelmesinde baş rolü oynayan Fazıl'ın çok canı sıkılmıştı; çünkü bu diplomatik çekişme görevin tamamını tehlikeye atabilirdi. Benden müdahale etmemi istedi.

Ben de Atabey Sarayı'nda kalan vatandaşımın yanına gittim. Bir bölümü Şark, diğer bölümü Avrupai tarz mobilyalarla döşenmiş otuz geniş odadan oluşan bu beyaz, taş binanın cephesindeki zarif sütunların önlerindeki suya yansıyan görüntüsü, içerideki halıların ve sanat eserlerinin ağırlığı altında iki büklüm olduğu izlenimini uyandırıyordu. İçinden su yollarının geçtiği, sağına soluna yapay göller serpiştirilmiş muazzam bir bahçenin ortasındaydı; ağustosböceklerinin sesinin kentin gürültülerini emip yok ettiği tam bir İran cennetiydi burası.Tahran'ın en güzel konaklarından biriydi. Bir zamanlar bir başvekile aitti, daha sonra ateşli bir Meşrutiyet taraftarı olan Zerdüşti bir tüccara satılmış, o da hiçbir karşılık beklemeden konağı Amerikalıların hizmetine sunmuştu.

Shuster beni giriş kapısının önünde karşıladı. Yol yorgunluğunu üzerinden attığı için gözüme epey genç göründü. Henüz otuz dördündeydi ve yaşını da göstermiyordu. Ben de Washington'un papaz kılıklı, saçları ağarmış bir uzman göndereceğini düşünmüştüm!

– Şu sefaret işini görüşmeye geldim sizinle.

– Siz de mi?

Bu konu onu eğlendiriyor gibi bir hali vardı.

– Bu protokol sorununun nasıl bir boyut aldığının farkında mısınız bilmiyorum, diye ısrar ettim. Unutmayın, bir entrikalar ülkesinde bulunuyoruz!

– Bayılırım entrikalara.

Yine güldü, ama birdenbire durdu, görevinin gerektirdiği o son derece ciddi yüz ifadesini takındı.

– Bay Lesage, sadece bir protokol sorunu değil söz konusu olan. İlke meselesi bu. Bu görevi kabul etmeden önce benden önce bu ülkeye gelmiş onlarca yabancı uzman hakkında bol bol bilgi topladım. Bazıları hem son derece yetkin hem de iyi niyetli insanlardı. Ama hepsi başarısızlığa uğradı. Niye, biliyor musunuz? Çünkü bugün beni düşürmeye çalıştıkları tuzağa düştü hepsi. Ben, İran Meclisi tarafından İran'ın başhazinedarlığına atandım, dolayısıyla geldiğimi birer ziyaretle Şah'a, naibe, hükümete bildirmemden doğal bir şey yok. Amerikan vatandaşı olduğum için bizim cana yakın Bay Russel'ı da ziyaret edebilirim. Ama niye Ruslara, İngilizlere, Belçikalılara veya Avusturyalılara da nezaket ziyaretlerinde bulunmam bekleniyor?

Size cevabını söyleyim: Çünkü herkese, Amerikalılardan çok şeyler bekleyen İran halkına, karşılaştığı tüm baskılara karşın bizi işe alan Parlamento'ya, Morgan Shuster'in de tüm yabancılar gibi bir yabancı, bir *Frenk* olduğunu göstermeye çalışıyorlar. İlk ziyaretlerimi yapar yapmaz davetler yağmaya başlayacak; diplomatlar kibar, misafirperver ve kültürlü insanlardır, benim bildiğim dilleri konuşurlar, aynı oyunları oynarlar. Burada briç, çay, tenis partileri, at gezintileri ve maskeli balolar arasında çok mutlu bir hayat sürebilirim Bay Lesage, üç yıl sonra da zengin, neşeli, gayet güzel yanmış ve sağlıklı bir halde evime dönebilirim. Ama ben buraya bunun için gelmedim Bay Lesage!

Neredeyse bağırmaya başlamıştı. Görülmez bir el, belki de eşinin eli salon kapısını hiç dikkat çekmeden örttü. Shuster onu fark etmemiş gibiydi. Söze devam etti:

– Ben çok belirli bir görevle geldim: İran'ın maliyesini modernleştirmek. Bu insanlar bize başvurdular, çünkü bizim kurumlarımıza ve iş yönetimimize güveniyorlar. Ben de onları hayal kırıklığına uğratmak veya aldatmak niyetinde değilim. Ben Hıristiyan bir milletten geliyorum Bay Lesage ve bu benim için bir anlam ifade ediyor. Bugün İranlıların Hıristiyan milletler hakkındaki fikri nedir? Petrollerini gasp eden pek Hıristiyan İngiltere, en sinsi orman kanununu geçerli kılıp kendi iradesini dayatan pek Hıristiyan Rusya hakkında ne düşünüyorlar? Bugüne kadar karşılaştıkları Hıristiyanlar kimler? Düzenbazlar, kendini beğenmiş küstahlar, Tanrıtanımazlar, Kazaklar. Hakkımızda nasıl bir fikir edinmiş olsunlar istiyorsunuz ki? Peki, biz nasıl bir dünyada yaşayacağız bir arada? Ya kölemiz ya da düşmanımız olmalarından başka sunacak bir seçeneğimiz yok mu onlara? Bizimle ortak, eşit olamazlar mı? Neyse ki içlerinden bazıları hâlâ bize, değerlerimize inanmaya devam ediyor, ama onlar da Avrupalı'yı iblisle özdeşleştiren binlerce sesi daha ne kadar süre dizginleyebilirler?

Yarının İran'ı neye benzeyecek? Bu bizim tavrımıza, nasıl bir örnek sunacağımıza bağlı. Baskerville'in kendini feda etmesi birçoklarının açgözlülüğünü unutturmuş. Ona çok büyük saygı duyuyorum, ama sizi temin ederim ölmeye hiç niyetim yok, sadece namuslu davranmak istiyorum. Bir Amerikan şirketine nasıl hizmet ediyorsam İran'a da öyle hizmet edeceğim, onu soymak yerine sağlıklı bir hale getirip zenginleştirmeye çalışacağım; idare heyetine saygı göstereceğim, ama ne ellerini öpeceğim ne de önlerinde takla atacağım.

Aptal gibi ağlamaya başladım. Shuster sustu, beni ihtiyatla ve biraz da şaşırarak seyretti.

– Sesimi yükselterek veya sözlerimle sizi istemeden yaraladıysam lütfen beni affedin.

Ayağa kalktım ve ona elimi uzattım.

– Siz beni yaralamadınız Bay Shuster, sadece ruhumu altüst ettiniz. Sözlerinizi İranlı dostlarıma aktaracağım, onların tepkisi de benimkinden farklı olmayacaktır.

Konaktan çıkınca doğru Baharistan'a koştum; Fazıl'ı orada bulacağımı biliyordum. Onu uzaktan görünce bağırmaya başladım:

– Fazıl, bir mucize daha!

13 Haziran'da İran meclisi o güne dek görülmemiş bir oy çokluğuyla, ülkenin maliyesini yeniden düzenlemesi ve yapılandırması için Morgan Shuster'i tam yetkiyle göreve getirdi. Bundan böyle bakanlar kurulu toplantılarına düzenli olarak katılacaktı.

Bu arada başka bir hadise çarşıda ve elçiliklerde hararetli dedikodulara neden oldu. Nereden çıktığı bilinmeyen ama kolayca tahmin edilebilen bir rivayete göre, Morgan Shuster bir İran tarikatına üyeydi. Söylenenler kulağa ne kadar saçma gelirse gelsin, dedikoduyu yayanlar dillerinin ağısını iyice damıtıp iftiralarına bir inandırıcılık kazandırmayı becermişlerdi. Amerikalılar bir gün içinde halkın gözünde kuşkulu şahıslar haline geldiler. Konuyu başhazinedarla görüşme işi yine bana verildi.

İlk karşılaşmamızdan bu yana aramızda sıcak bir yakınlık kurulmuştu. O bana Ben diyor, ben de ona Morgan diye sesleniyordum. Neyle suçlandığını izah ettim:

– Hizmetkârların arasında önde gelen Babiler veya Bahailer olduğu söyleniyor, Fazıl da bunu doğruladı. Bahailerin Amerika Birleşik Devletleri'nde çok etkin bir dal oluşturduğu da söylenenler arasında. Buradan da heyetteki Amerikalıların hepsinin aslında Bahai oldukları ve ülkenin maliyesini düzeltme görüntüsü altında kendilerine mürit kazanmaya geldikleri sonucuna varılıyor.

Morgan bir an düşündü:

– Önemli bulduğum tek soruya cevap vereceğim: Hayır, ben buraya inançlarımı vazetmeye veya insanları kendi inancıma çekmeye değil, İran maliyesinde reform yapmaya geldim, çünkü buna şiddetle ihtiyacı var. Haberin olsun diye şunu da ekleyim, Bahai filan değilim haliyle, bu tarikatların varlığını buraya gelmeden hemen önce Prof. Browne'un bir kitabından öğrendim, üstelik Babi ile Bahai arasındaki farkı da bilmem. Bu kocaman evde sayıları on beşi bulan hizmetkârlarıma gelince, ben gelmeden önce de burada olduklarını herkes biliyor. Çalışmalarından memnunum, tek önemli olan da bu zaten. Birlikte çalıştığım insanları dinsel inançlarına veya kravatlarının rengine göre yargılamak âdetim değildir!

– Tavrını çok iyi anlıyorum, benim inançlarıma da uyuyor zaten. Ama burası İran, duyarlılıklar kimi zaman farklı olabiliyor. Biraz önce yeni Maliye vekilini gördüm. Dedikoducuları susturmak için söz konusu hizmetkârlarını işten çıkarmak gerektiğini söyledi. En azından bazılarını.

– Maliye vekili de mi bu işle uğraşıyor?

– Düşündüğünden daha çok. Sektöründe girişilen tüm faaliyetin tehlikeye düşmesinden korkuyor. Senin nezdindeki girişimimin sonucunu kendisine hemen bu akşam bildirmemi rica etti.

– Ben seni fazla tutmayayım o zaman. Tarafımdan söyleyiver, hiçbir hizmetkâra yol verilmiyor ve benim açımdan mesele burada kapanıyor!

Ayağa kalktı; ısrar etmem gerektiğini düşündüm:

– Bu cevabın yeterli olacağını sanmam Morgan!

– Öyle mi? Peki o zaman, şunu da ekleyiver: "Sayın Maliye vekili, bahçıvanımın dinini araştırmaktan başka yapacak bir işiniz yoksa, boşa zaman geçirmemeniz için size daha önemli bazı dosyalar gönderebilirim."

Vekile bu sözlerin sadece içeriğini aktardım, ama Morgan'ın ilk karşılaştıklarında bunları adamın yüzüne aynen yineleyeceğinden adım gibi emindim. Üstelik bu konuşma hiçbir hadiseye de yol açmadı. Aslında bazı şeylerin nihayet açık açık söylenmesi herkesi mutlu ediyordu.

Bir gün Şirin şöyle dedi:

– Shuster buraya geldiğinden beri, havada daha sağlıklı, daha temiz bir şeyler var. İçinden çıkılmaz kaotik bir durum karşısında, hep bundan kurtulmak için yüzyıllar gerek, diye düşünülür. Ama birdenbire bir adam ortaya çıkar ve ölüme mahkûm olduğu düşünülen ağaç sanki sihirli bir değnek değmiş gibi yeniden yeşillenir, yaprakları biter, meyve verir, dibine gölgesi düşer yeniden. Bu yabancı sayesinde ülkemin insanlarına yeniden inanmaya başladım. Bir yabancının yerlilere yaklaştığı gibi konuşmuyor onlarla, alınganlıklara ve alçaklıklara hiç aldırmıyor, hiç göz yummuyor, insanla konuşur gibi konuşuyor onlarla ve yerli halk da insan olduğunu keşfediyor yeniden. Benim ailemdeki yaşlı kadınlar onun için dua ediyor, biliyor musun?

XLVI

O 1911 yılında tüm İran'ın gözünün "Amerikalı"ya dikildiğini, Shuster'in tüm sorumlular içinde hiç tartışmasız en popüleri ve en güçlülerinden biri olduğunu söylersem gerçekleri saptırmış sayılmam. Gazeteler onun icraatını destekliyor, üstelik gazetecilere zaman ayırıp projelerini anlatmak, hatta bazı çetrefil mevzularda onların da fikirlerini almak için toplantılar düzenlediğinden bu desteği coşkuyla veriyorlardı.

Asıl önemlisi, zorlu görevinin altından kalkmaya başlamıştı. Shuster, daha vergi sistemini yeniden şekillendirmeye sıra gelmeden, sadece hırsızlığı ve savurganlığı engelleyerek bütçeyi dengelemeyi becermişti. Ondan önce prensler, vekiller veya yüksek görevliler sonu gelmez bir liste oluşturan önemli şahsiyetler, yağlı bir kâğıt parçası üzerine karaladıkları bir rakamla isteklerini Hazine'ye bildiriyor ve memurlar da, ya işlerini ya da canlarını kaybedecekleri korkusuyla, bu istekleri yerine getirmek zorunda kalıyorlardı. Morgan göreve gelince bir gün içinde her şey değişmişti.

İşte bu konudaki sayısız örnekten biri. 17 Haziran'da Bakanlar Kurulu'nda Tahran'daki birliklerin maaşlarını ödemek üzere Shuster'den dokunaklı bir sesle kırk iki bin tuman istenmişti.

– Yoksa isyan patlayacak ve bunun tüm sorumluluğu başhazinedara ait olacaktır! diye haykırdı "Emir-i Âzam", yani Harbiye vekili.

Shuster'in cevabı:

– Sayın vekil on gün önce de aynı miktarı almıştı, o parayı ne yaptı?

– Gecikmiş maaşların bir bölümünü ödemek için kullandım, asker ailelerinin karnı aç, subayların hepsi borç içinde, bu durumun böyle devam etmesine imkân yok!

– Sayın vekil o paradan geriye hiçbir şey kalmadığına emin mi?

– Metelik kalmadı!

O zaman Shuster cebinden küçük bir kart çıkardı, üzerindeki işlek yazıyı göstere göstere gözden geçirdi, sonra da şunu açıkladı:

– Hazine'nin on gün önce ödediği miktarın tamamı vekilin kişisel hesabına yatırılmış, bir tumanı bile harcanmamıştır. Bankacının adı ve hesaplar elimde.

Yağlı bir deve benzeyen Emir-i Âzam öfkeden kan ter içinde ayağa kalktı; elini göğsüne koyup kızgın bakışlarını arkadaşlarının üzerinde dolaştırdı:

– Şerefime leke sürmeye mi çalışıyorsunuz?

Kimse aksi yönde görüş bildirmeyince, ekledi:

– Hesabımda böyle bir miktar varsa, yemin ederim benim bir şeyden haberim yok.

Çevresindeki yüzlerde söylediklerine pek inanmayan ifadeler belirmişti, bankacıyı çağırtmaya karar verdiler, Shuster de kabine üyelerinden orada kalıp beklemelerini istedi. Bankacının geldiği haber verilince Harbiye vekili hemen adamı karşılamaya atıldı. Karşılıklı bir iki fısıldaşmadan sonra Emir-i âzam yüzüne oturttuğu saf bir gülümsemeyle yeniden çalışma arkadaşlarının yanına döndü:

– Bu Allah'ın belası bankacı benim talimatlarımı anlamamış, onun için askerin parasını henüz ödememiş. Bir yanlış anlaşılma olmuş!

Olay zar zor örtbas edildi, ama yüksek devlet memurları yüzyıllardır süren o tatlı hazine yağmasından vazgeçmek zorunda kaldılar. Bu durumdan hiç hoşnut olmayanlar da vardı tabii, ama çenelerini kapatmak zorundaydılar, çünkü bazı hükümet sorumluları da içlerinde olmak üzere pek çok kişi, çok haklı nedenlerle durumdan memnundu: Tarihte ilk kez İranlı memurların, askerlerin ve yurtdışındaki diplomatların maaşları zamanında ödeniyordu.

Uluslararası mali çevrelerde de Shuster mucizesine inanılmaya başlandı. Londralı banker Seligman kardeşlerin İran'a dört milyon sterlin kredi vermesi ve normalde bu tür işlemlere eşlik eden aşağılayıcı koşulların hiçbirini dayatmamaları bunun bir göstergesiydi. Ne borcun gümrük hasılatından kesilmesi ne herhangi bir ipotek istemişlerdi; normal, saygıdeğer, ödeme gücü olan bir müşteriye açılan normal bir kredi söz konusuydu. Bu, önemli bir adımdı. İran'ı boyunduruk altına sokmaya çalışanların gözünde ise tehlikeli bir emsaldi. İngiliz hükümeti krediyi durdurmak üzere harekete geçti.

Bu sırada çar daha kaba yöntemlere başvuruyordu. Temmuz ayında eski Şah'ın iki erkek kardeşiyle birlikte ve paralı askerlerden oluşan bir ordunun başında, iktidarı yeniden ele geçirmek üzere geri döndüğü duyuldu. Odessa'da göz hapsinde değil miydi? Rus hükümeti bir daha asla İran'a dönmesine izin verilmeyeceğini özel olarak taahhüt etmemiş miydi? Saint-Petersburg'daki yetkililer bu sorular karşısında, Şah'ın ellerinden kurtulup sahte bir pasaportla yolculuk ettiğini, silahlarının "su" sandıklarında taşındığını, kendilerinin bu ayaklanmada hiçbir sorumluluklarının olmadığını açıkladılar. Yani Şah Odessa'daki ikametgâhından ayrılmış, Ukrayna ile İran arasındaki birkaç yüz millik mesafeyi adamlarıyla birlikte aşmış, silahlarıyla birlikte bir Rus gemisine binip Hazar denizini geçmiş ve İran sahiline çıkmıştı. Bütün bunlardan da Çarlık hükümetinin, ordusunun, Okhrana'nın, yani gizli polisin hiç haberi olmamıştı, öyle mi?

Ama tartışmak neye yarardı ki? Asıl yapılması gereken hayatı pamuk ipliğine bağlı İran demokrasisinin devrilmesini engellemekti. Parlamento Shuster'den tahsisat istedi. Ve Amerikalı bu defa hiç tartışmadı. Tam tersine birkaç gün içinde bir ordu kurulması, mümkün olan en iyi donatımın sağlanması, bol cephane bulunması için ne gerekiyorsa yaptı; hatta komutanı da kendisi önerdi: Efraim Han. Bu parlak Ermeni subayı eski Şah'ın ordusunu üç ay içinde ezip onu sınırın öteki tarafına püskürtmeyi başaracaktı.

Tüm dünyanın dışişleri bakanlıkları birbirine girmişti: İran modern bir devlet mi oluyordu yoksa? Olağan koşullarda bu tür isyanlar yıllarca sürer giderdi. Gerek Tahran'daki gerekse yurtdışındaki gözlemcilerin çoğuna göre bu soruların tek sözcüklük, sihirli bir cevabı vardı: Shuster. Oynadığı rol, basit bir başhazinedarlığı çoktan aşmıştı. Eski Şah'ı kanun kaçağı ilan edip ülkedeki tüm kentlerin sokaklarına, en katıksız Uzakbatı stilinde "Aranıyor" afişleri asılmasını Parlamento'ya öneren de o oldu; asi Şah'ın ve kardeşlerinin yakalanmasına yardımcı olacaklara yüklü ödüller vaat ediliyordu. Bu girişim, devrik hükümdarın halkın gözünden iyice düşmesine yol açtı.

Çar'ın öfkesi dinmek bilmiyordu. Shuster orada oldukça, İran'daki emellerine erişemeyeceğini artık açıkça anlamıştı. Onu bir şekilde göndertmek gerekiyordu! Bir olay, büyük bir hadise çıkarılmalıydı. Bu görev eski Tebriz konsolosu ve yeni Tahran başkonsolosu Pokhitanof'a verildi.

Görev epey hafif bir sözcük kalır, çünkü çok kurnazca olmasa da titizlikle yürütülen basbayağı bir komplo söz konusuydu. Meclis, eski Şah'la birlikte isyanı yöneten iki kardeşinin mallarına el koymaya karar vermişti. Başhazinedar olarak bu hükmü infaz etmekle görevlendirilen Shuster, işi tam yasal bir çerçevede yapmak istedi. Söz konusu mülklerin en büyüğü Atabey Sarayı'na uzak sayılmazdı ve "Saltanatın Işığı" unvanını taşıyan şehzadeye aitti; Amerikalı ellerinde yasalara uygun celp kâğıtları bulunan sivil memurları yanlarına bir de jandarma müfrezesi katarak oraya gönderdi. Oraya vardıklarında, yanlarında Rus konsolosluk görevlileri bulunan Kazaklarla burun buruna geldiler ve jandarmaların içeri girmesi engellendi, hemen geri çekilmezlerse zor kullanılacağı bildirildi.

Shuster neler olup bittiğini haber alınca yardımcılarından birini Rus sefaretine gönderdi. Yardımcısını kabul eden Pokhitanof, saldırgan bir üslupla şu açıklamayı yaptı: "Salatanatın Işığı" olan şehzadenin annesi Çar'a ve Çariçe'ye mektup yazıp himaye talebinde bulunmuş, bu talep de kabul edilmişti.

Amerikalı kulaklarına inanamıyordu: Yabancılar İran'da dokunulmazlık hakkına sahip olabilirler, İranlı bir vekili öldüren katiller Çar'ın uyruğu oldukları için yargılanamayabilirler, bu da çok büyük bir haksızlık, ama yerleşmiş ve değiştirilmesi zor bir kural; ama İranlıların kendi ülkelerinin yasalarından kurtulmak için mülklerini bir gün içinde yabancı bir hükümdarın himayesine sokmaları, bu kadarı ne görüldü, ne işitildi, tamamen yeni bir icat bu, diyordu. Shuster boyun eğmek istemedi. Jandarmalara, söz konusu mülke gidip el koymalarını, şiddete başvurmasalar bile kararlı davranmalarını emretti. Bu kez Pokhitanof onlara engel olmadı. İstenen hadiseyi yaratmış, görevini yerine getirmişti.

Tepki gecikmedi. Saint-Petersburg'da yayımlanan resmi bir bildiride, olup bitenin Rusya'ya karşı bir saldırı, Rus çarına ve çariçesine bir hakaret anlamına geldiği belirtilerek Tahran hükümetinin resmen özür dilemesi istendi. Neye uğradığını şaşıran İran başvekili İngilizlerden nasihat istedi; İngiliz dışişleri bakanlığı çarın şaka yapmadığını, Bakû'ye asker yığdığını, İran'ı işgale hazırlandığını ve bu ültimatomu kabul etmenin tedbirli bir davranış olacağını bildirdi.

24 Kasım 1911'de İran hariciye vekili istemeye istemeye Rus sefaretine gitti ve tam yetkili sefirin elini dalkavukça sıkarken şu sözleri söyledi:

"Ekselansları, hükümetinizin konsolosluk görevlilerinin uğradığı hakaret nedeniyle hükümetim size özürlerini sunmakla beni görevlendirdi."

Kendisine uzatılan eli hâlâ sıkmaya devam eden Rus sefiri şu cevabı verdi:

"Özürleriniz ilk ültimatomumuza cevap olarak kabul edilmiştir, ama Saint-Petersburg'da ikinci bir ültimatom hazırlandığını size haber vermeliyim. Elime ulaşır ulaşmaz size içeriğini bildireceğim."

Sözünü tuttu. Beş gün sonra, 29 Kasım günü öğlenleyin Rus diplomat hariciye vekiline yeni ültimatom metnini iletirken Londra'nın da onayını aldığını ve bu ültimatoma kırk sekiz saat içinde olumlu yanıt beklediklerini sözlü olarak ekledi.

Birinci madde: Morgan Shuster ülkeden gönderilecekti.

İkinci madde: Önceden Rus ve İngiliz sefaretlerinin onayı alınmadan hiçbir yabancı uzman çalıştırılmayacaktı.

XLVII

Bazıları sarıklı, bazıları fesli veya takkeli yetmiş altı mebus meclis binasında bekliyordu; hatta "Âdem oğulları"nın en militanlarından olan bazı mebuslar Avrupai bir şekilde giyinmişlerdi. Saat on birde başvekil idam sehpasına çıkar gibi kürsüye çıktı, afallamış bir sesle ültimatom metnini okudu, sonra Londra'nın da çarı desteklediğini bildirdi, bunun ardından da hükümetinin kararını açıkladı: Direnmemek, ültimatomu kabul etmek, Amerikalı'yı göndermek; kısacası Büyük Devletler'in postalları altında ezilmektense, onların vesayeti altına geri dönmek. En kötüsünden kurtulmak için açık seçik bir karara ihtiyacı vardı; dolayısıyla bunu bir güven oylaması olarak kabul edecekti. Mebuslara ültimatom mühletinin öğlen sona erdiğini, vaktin sınırlı olduğunu, dolayısıyla tartışmaların uzatılamayacağını da hatırlattı. Konuşurken kaygılı bakışları konuklar bölümünden hiç ayrılmamıştı; kimsenin içeriye girmesini yasaklamaya cesaret edemediği Bay Pokhitanof orada oturuyordu.

Başvekil yerine otururken ne yuhalandı ne de alkışlandı. Ezici, tüketici, soluk alınmaz bir sessizlik çöktü ortaya, hepsi o. Sonra Peygamber soyundan gelen ve en başından beri modernleşmeden yana olan, Shuster'i hep ateşli bir biçimde destekleyen saygıdeğer bir seyyid ayağa kalktı. Çok kısa konuştu:

– Özgürlüğümüzün ve egemenliğimizin elimizden zorla koparılıp alınması Allah'ın takdiri olabilir. Ama biz bunları kendi isteğimizle bırakamayız.

Yeniden sessizlik. Sonra aynı yönde, aynı kısalıkta bir diğer konuşma. Bay Pokhitanof göstere göstere saatine bakıyordu. Başvekil de onu gördü, o da köstegine asıldı, arkası işlemeli saatine baktı. Saat on ikiye yirmi vardı. Çılgına döndü, bastonuyla yere vurdu, oylamaya geçilmesini istedi. Dört mebus çeşitli mazeretler öne sürerek telaşla salondan dışarı çıktılar; geri kalan yetmiş iki kişi "hayır" dedi. Çar'ın ültimatomuna hayır. Shuster'in gönderilmesine hayır. Hükümetin tavrına hayır. Böylece başvekil görevinden düşmüş sayıldı, o da tüm kabinesiyle birlikte istifa etti. Pokhitanof da ayağa kalktı; Saint-Petersburg'a çekeceği telgraf metni çoktan hazırdı.

Büyük kapı çarpılarak kapandı, gürültüsü salonun sessizliğinde uzun süre yankılandı. Mebuslar yalnız kalmışlardı. Kazanmışlardı, ama zaferlerini kutlamak hiç içlerinden gelmiyordu. İktidar şimdi onların elindeydi: Ülkenin, genç Meşrutiyet'in kaderi onlara bağlıydı. Ne yapacaklardı, ne yapmak istiyorlardı? Hiçbir şey bilmiyorlardı. Gerçekdışı, dokunaklı, her kafadan bir sesin çıktığı bir oturum başladı. Bazı bakımlardan da çocukça. Zaman zaman ortaya bir fikir atılıyor, ama hemen bir kenara itiliveriyordu:

– Birleşik Devletler'den bize asker göndermelerini istesek?

– Niye gelsinler ki? Onlar da Rusya'yla dost. Çar'la Mikado'nun arasını Başkan Roosevelt bulmadı mı?

– Ama Shuster var, ona yardım etmek istemezler mi?

– Shuster İran'da çok popüler; kendi ülkesinde adını bilen yoktur. Saint-Petersburg'la ve Londra'yla bozuşması herhalde Amerikalı yöneticilerin de pek hoşuna gitmemiştir.

– Bir demiryolu yapmalarını teklif edebiliriz. Belki iştahları açılır da yardımımıza gelirler.

– Belki. Ama en az altı ay alır bu; oysa çar en fazla iki haftada burada olur.

Peki ya Türkler? Ya Almanlar? Niye Japonlar olmasın? Rusları Mançurya'da ezmediler mi? Sonunda Kirmanlı genç bir mebus son derece ciddi bir ifadeyle İran tahtını Mikado'ya teklif etmeyi önerince, Fazıl daha fazla dayanamayıp patladı:

– Şunu bilelim ki Isfahanlılara bile başvuramayız! Eğer bir savaş vereceksek bu Tahran'da, Tahranlılarla birlikte, şu anda başkentte bulunan silahlarla olacak. Üç yıl önce Tebriz'de olduğu gibi. Ve üstümüze bin Kazak değil, elli bin asker gönderecekler. En ufak bir kazanma umudu olmadan savaşacağımızı bilmeliyiz.

Bu cesaret kırıcı konuşma başka kimden gelirse gelsin, bir suçlama seline yol açardı. Ama Tebriz kahramanının, "Âdem oğulları"nın en önde gelen isminin ağzından dökülen bu sözler acımasız bir hakikatin ifadesi olarak kabul edildiler. Bu noktadan sonra direnişi savunmaya devam etmek zordu. Fazıl yine de bunu yaptı.

– Savaşmaya hazır olmamızın tek nedeni geleceği kurtarmak olmalı. İran hâlâ İmam Hüseyin'in anılarıyla yaşamıyor mu? Ama bu kahraman şehidin de yaptığı kaybedilmiş bir savaşı sürdürmekten başka bir şey değildi; yenildi, ezildi, katledildi ve biz onu şerefle anıyoruz. İran'ın inanmak için kana ihtiyacı var. Biz de Hüseyin'in yoldaşları gibi yetmiş iki kişiyiz. Eğer ölürsek bu meclis binası bir ziyaretgâha dönüşür, demokrasi yüzyıllar boyunca Doğu topraklarından sökülüp atılamaz bir daha.

Hepsi ölmeye hazır olduklarını söylüyorlardı, ama ölmediler. İnançları zayıflamamış veya davalarına ihanet etmemişlerdi. Tam tersine kent savunmasını örgütlemeye çalıştılar, Tebriz'de olduğu gibi çoğunluğu "Âdem oğulları"ndan oluşan çok sayıda gönüllü başvurdu. Ama hiçbir umut yoktu. Çarın orduları ülkenin kuzeyini işgal ettikten sonra şimdi de başkente doğru yürüyorlardı. Onların ilerleyişini yavaşlatan tek etken, yağan kardı.

24 Aralık'ta devrik başvekil bir darbeyle iktidarı yeniden ele geçirmeye karar verdi. Kazakların, Bahtiyarî aşiretlerinin, ordu ile jandarmanın önemli bir bölümünün desteğini alarak başkente hâkim oldu ve meclisi dağıttığını ilan etti. Birçok mebus yakalandı. En etkinleri sürgün edildi. Fazıl listenin ilk sırasındaydı.

Yeni rejimin ilk icraatı çarın ültimatomunun koşullarını resmen kabul etmek oldu. Morgan Shuster'e gönderilen nazik bir mektupla başhazinedarlık görevine son verildiği bildirildi.

İran'da sadece sekiz ay kalmıştı. Baş döndürücü bir hızla, soluk soluğa geçen bu sekiz ay az daha Doğu'nun çehresini değiştirecekti.

11 Ocak 1912'de Shuster törenle uğurlandı. Genç Şah Enzeli limanına kadar gitmesi için, kendi otomobilini, Fransız şöförü Bay Varlet ile birlikte onun emrine vermişti. Onunla vedalaşmaya gelen İranlı ve yabancı, çok sayıda kişiydik. Kimilerimiz evinin önünde, kimilerimiz de yol boyunca vedalaştı. Alkış değil, binlerce elin o zor fark edilen hareketleri, erkeklerin ve kadınların, sanki sevgilisi tarafından terk edilmiş meçhul bir kalabalığın yanaklarından dökülen gözyaşları vardı sadece. Yol boyunca önemsiz bir hadise yaşandı o kadar: Konvoy geçerken yere eğilip bir taş alan bir Kazak onu Amerikalı'ya doğru atacakmış gibi yaptı, ama onun bile bu hareketini sonuna kadar sürdürdüğünü sanmıyorum.

Otomobil Kazvin kapısından çıkıp gözden kaybolunca Charles Russel'la birlikte yürüdüm biraz, sonra Şirin'in sarayına kadar yola tek başıma, yayan devam ettim.

– Allak bullak olmuş gibisin, dedi beni karşılarken.

– Shuster'le vedalaştım da.

– Nihayet gitti demek!

Ne demek istediğini tam kavrayamamıştım. Açıkladı:

– Acaba bu ülkeye hiç ayağını basmasa daha iyi olmaz mıydı diye düşünüyorum bugün.

Dehşet içinde baktım ona.

– Bunu sen mi söylüyorsun?

– Evet ben, Şirin, böyle söylüyorum. Amerikalı'yı ilk geldiğinde alkışlayan, her yaptığını onaylayan, onu bir tür kurtarıcı gibi gören ben, Şirin, şimdi o uzaktaki Amerikası'nda kalsaydı da buraya hiç gelmeseydi keşke, diyorum.

– Ne kusur işledi ki?

– Hiç kusuru yoktu, zaten bu da İran'ı anlamadığının en açık kanıtı.

– Ne demek istediğini gerçekten anlamıyorum.

– Kralına karşı haklı olan bir vekil, kocasına karşı haklı olan bir kadın, subayına karşı haklı olan bir nefer; bunların hepsi iki kat cezaya çarptırılmaz mı? Zayıflar için, haklı olmak bir suçtur. İran, Rusların ve İngilizlerin karşısında zayıftır ve zayıf bir ülke gibi davranmalıydı.

– Ebediyen mi? Bir gün ayağa kalkıp modern bir devlet kurması, zengin ve saygıdeğer milletler topluluğuna katılması gerekmez mi? Shuster bunu yapmaya çalıştı.

– Ben de bu yüzden ona çok büyük hayranlık duyuyorum. Ama biraz daha başarısız olsaydı bugün bu içler acısı halde, demokrasimiz yok edilmiş, topraklarımız istila edilmiş bir halde olmazdık diye düşünmeden de edemiyorum.

– Çar'ın emelleri değişmeyeceğine göre, er veya geç olacaktı bu zaten.

– Bir felaket ne kadar geç gelirse o kadar iyidir! Nasreddin Hoca'nın konuşan eşeği fıkrasını bilmiyor musun sen?

Nasreddin Hoca, İran, Maveraünnehir ve Anadolu'nun tüm fıkralarının yarı-efsane kahramanıydı. Şirin anlattı:

– Yarı deli bir kral, Nasreddin'i eşek çaldığı için idama mahkûm etmiş. Tam idam edilecekken Nasreddin haykırmış: "Bu hayvan aslında benim kardeşimdir, bir büyücü onu bu kılığa soktu, bir yıllığına bana teslim edilirse bizim gibi konuşmayı öğretirim ona!" Aklı karışan hükümdar sanığa vaadini yinelettirmiş, sonra da hükmünü vermiş: "Öyle olsun! Ama günü gününe bir yıl içinde bu eşek konuşmazsa idam edileceksin." Oradan ayrılırken karısı Nasreddin'in yakasına yapışmış: "Böyle bir şeyi nasıl vaat edebildin? Bu eşek konuşmayacak, biliyorsun. "Tabii ki biliyorum, diye cevap vermiş Nasreddin, ama bir yıl sonra kim öle kim kala? Bir yıl içinde kral da ölebilir, eşek de ölebilir, ben de ölebilirim."

Prenses devam etti:

– Eğer zaman kazanmayı becerebilseydik, Rusya belki de Balkanlar'da veya Çin'de çıkacak savaşlarla uğraşmak zorunda kalacaktı. Üstelik çar da sonsuza kadar kazık çakacak değil ya, o da ölebilir, altı yıl önce olduğu gibi yeni ayaklanmalar ve isyanlarla tahtı sarsılabilir. Sabredip beklemeliydik, biraz kurnaz olmalı, hık mık etmeli, iki büklüm olup yalan söylemeli, sözler vermeliydik. Doğu bilgeliği denen şey budur ezelden beri; Shuster bizi Batı ritmiyle ilerletmeye çalıştı, ama gemiyi de batırdı.

Bunları söylediği için ıstırap çekiyordu sanki; ben de itiraz etmekten kaçındım. Şunu ekledi:

– İran talihsiz bir yelkenliyi hatırlatıyor bana. Tayfalar sürekli yelkenlere yeterince rüzgâr dolmadığından şikâyet ediyorlar. Sonra birdenbire sanki onları cezalandırmak ister gibi, Allah bir kasırga gönderiyor üstlerine.

Uzun süre düşünceli düşünceli oturduk. Yorulmuştuk. Sonra şefkatle sarıldım ona.

– Şirin!

Adını söyleyişimde mi vardı bir şey? Yerinden sıçradı, sonra benden uzaklaşıp kuşkulu bir havayla yüzümü süzdü.

– Gidiyorsun.

– Evet. Ama başka türlü.

– İnsan nasıl "başka türlü" gidebilirmiş?

– Seninle birlikte gidiyorum.

XLVIII

Cherbourg, 10 Nisan 1912.

Önümde göz alabildiğine Manş denizi uzanıyor, derya kuzuları sakin sakin gümüşleniyor. Yanımda Şirin. Valizimizde *Semerkant Yazması.* Etrafımızda ne olduğu belirsiz bir kalabalık, çoğu Doğulu.

Titanic'te yolculuk eden parıltılı şöhretlerden öyle çok söz edildi ki, bu deniz devinin aslında kimin için inşa edildiği unutuldu: Hiçbir toprak parçasının beslemek için kabul etmediği ve Amerika'yı düşleyen milyonlarca kadın, erkek göçmen. Transatlantik tam bir insan hasadı yapacaktı: Southampton'dan İngilizler ve İslandinavyalılar, Queenstown'dan İrlandalılar, Cherbourg'dan da daha uzaktan gelenler, yani Yunanlılar, Süryaniler, Anadolu Ermenileri, Selanik veya Besarabya Yahudileri, Hırvatlar, Sırplar, İranlılar. Rıhtımda gördüklerim bir iki parça yükleri etrafına birikmiş, başka bir yere gitmek için sabırsızlanan bu Doğululardı işte; zaman zaman telaşlanıp kaybettikleri bir belgeyi, fazla yaramaz bir çocuğu veya bir sıranın altına yuvarlanmış bir balyayı aramaya koyuluyorlardı. Her birinin bakışlarının dibinde bir macera, bir acı, bir meydan okuma yatıyor, hepsi de Batı'ya gelir gelmez bir insan beyninin tasarladığı en güçlü, en modern ve en sarsılmaz transatlantiğin açılış seferine katılacak olmayı kendilerine tanınmış bir ayrıcalık diye duyumsuyorlardı.

Benim duygularım da bundan farklı değildi. Üç hafta önce Paris'te evlenmiştik ve yola çıkışımızı geciktirmemin tek nedeni eşime, hep içinde yaşayageldiği Doğu şaşaasına yakışacak bir balayı seyahati sunabilmekti. Boş bir kapris değildi bu. Şirin, Amerika'ya yerleşme fikrine uzun süre uzak durmuştu ve İran'ın uyanışı düşlerinin boşa çıkmasından sonra cesareti kırılmasa peşime takılıp gelmeyi asla kabul etmezdi. Onun etrafında, terk etmek zorunda kaldığı dünyadan çok daha masalsı bir dünya kurmaya niyetliydim.

Titanic de bu amacıma çok uygundu. Bu yüzen sarayda karada var olan en görkemli eğlenceleri ve Doğu'nun bazı keyiflerini bulmak isteyen adamlar tarafından tasarlanmıştı sanki: İnsanı en az İstanbul veya Kahire'dekiler kadar tatlı bir miskinliğe gömen bir Türk hamamı; hurma ağaçlarıyla süslü verandalar, jimnastik salonunda da barfiks ve atlama beygirinin arasında elektrikli bir deve. Devenin üstüne binen süvari mucizevi bir düğmeye bastığı anda bir çöl yolculuğunun sıçramalı izlenimlerini yaşayabiliyordu.

Ama *Titanic*'i keşfederken sadece egzotizm peşinde değildik. Önce istiridyelerin, sonra aşçıbaşı Proctor'un spesiyalitesi olan Lyon usulü tavuk sotenin tadına bakmak, bu yemeği 1887 mahsulü bir Cos-d'Estournel'le ıslatmak, bu arada da lacivert smokinler içindeki orkestradan *Hoffmann'ın Masalları, Geyşa* veya Luder'in *Büyük Moğol*'u gibi parçalar dinlemek türünden son derece Avrupai zevklere daldığımız da oluyordu arada sırada.

İran'daki kalıcı ilişkimiz süresince hep saklanmak zorunda kaldığımız için, bu anlar hem Şirin hem de benim için ayrı bir değer taşıyordu. Prensesimin Tebriz'deki, Zarganda'daki veya Tahran'daki daireleri ne denli geniş ve rahat olursa olsun, aşkımızın hep o duvarlar arasına sıkışmasından, oymalı aynalar ve gözlerini kaçıran hizmetçilerden başka bir tanığı olmamasından ıstırap çekiyordum. Şimdi o sıradan zevki, kol kola girmiş bir erkek ve bir kadın olarak birlikte görülme, aynı yabancı bakışların altında kalma zevkini tadıyor ve geç saatlere kadar kamaramıza dönmüyorduk; oysa gemideki en geniş kamaralardan birini seçmiştim.

En son keyfimiz ise gece gezintisiydi. Akşam yemeğini bitirir bitirmez gidip gemi subayını buluyor, kasayı açtırıyor, *Yaz-*

ma'yı alıyor, onu güverteler ve koridorlarda gezintiye çıkarıyorduk. Paris Kafesi'nin hinthurmasından yapılmış koltuklarına oturup rastgele seçilmiş birkaç rubai okuyor, sonra asansöre binip gezinti güvertesine çıkıyor, orada bizi gözetleyen biri var mı yok mu diye fazla kaygılanmadan açık havada öpüşüyorduk. *Yazma*'yı gece geç vakit kamaraya indiriyorduk; geceyi bizimle birlikte geçiriyor, sonra sabah aynı gemi subayı aracılığıyla aynı kasaya gidiyordu. Şirin bu ritüele bayılıyordu. Öyle ki bunun her ayrıntısını aklımda tutup ertesi gün aynen yinelemeyi görev biliyordum.

Yolculuğun dördüncü gecesi yazmayı karıştırırken Hayyam'ın vakti zamanında şu rubaiyi yazdığı sayfayı açtım:

Yaşam soluğumuzun kaynağını soruyorsun
Çok uzun bir hikâyeyi özetlemek gerekirse
Derim ki çıkmış ummanın derinliklerinden
Sonra umman yutuvermiş onu yeniden.

Bu "okyanus" göndermesi hoşuma gitmişti: Yeniden, daha yavaş yavaş okumak istedim. Şirin sözümü kesti:

– Yalvarırım yapma!

Boğulacak gibiydi; kaygıyla baktım ona.

– Bu rubai ezberimdeydi, dedi kısık bir sesle, ve birdenbire onu ilk kez duyuyormuşum gibi geldi bana. Sanki...

Ama açıklamayı sürdürmekten vazgeçti, derin bir soluk aldı, biraz yatışmış gibiydi:

– Şu yolun sonuna varsak artık.

Omuz silktim.

– Dünyada korkmadan seyahat edilebilecek bir gemi varsa o da bu gemi. Kaptan Smith'in dediği gibi, Tanrı bile bu transatlantiği batıramaz!

Bu sözler ve bu hiçbir şeyi umursamaz edayla onu yatıştırmak istemiştim aslında, ama sonuç tam aksi oldu. Koluma yapışıp mırıldandı:

– Bunu sakın bir daha söyleme! Asla!

– Niye bu kadar sinirleniyorsun ki? Şaka yaptığımı biliyorsun!

– Bizim orada Allah'a inanmayan biri bile böyle bir cümleyi ağzına almaya cesaret edemez.

Ürperiyordu. Niye bu kadar şiddetli bir tepki gösterdiğini anlayamamıştım. Kamaraya dönmeyi önerdim ve yolda düşmesin diye ona destek olmam gerekti.

Ertesi gün toparlanmış gibiydi. Onu eğlendirmek için transatlantiğin harikalarını gezdirmeye götürdüm, hatta aynı isimdeki haftalık dergiyi yayımlayan Henry Sleeper Harper'ı güldürmek pahasına elektrikli deveye bile bindim. Bir süre yanımızda kalan Harper bize çay ikram edip Doğu'ya yaptığı yolculukları anlattı, daha sonra da bize büyük bir törenle Pekin köpeğini tanıttı; Çin'i kurtaran adamın onuruna (veya tam aksi niyetle) köpeğine Sun Yat Sen adını koymuştu. Ama hiçbir şey Şirin'i neşelendiremiyordu.

O akşam yemekte suskunluğunu korudu; zayıflamış görünüyordu. Ritüel haline getirdiğimiz gezintiden vazgeçmenin tedbirli olacağını düşündüm ve *Yazma*'yı kasada bıraktım. Kamaraya dönüp yattık. Şirin hemen çalkantılı bir uykuya daldı. Ben ise hem onun için endişelendiğim hem de bu kadar erken uyumaya alışkın olmadığım için, gecenin büyük bölümünü onu gözleyerek geçirdim.

Niye yalan söyleyeyim? Transatlantiğin buzdağına çarptığını fark etmedim. Neden sonra çarpışmanın ne zaman olduğu bana anlatılınca, gece yarısına az kala yakındaki bir kamarada yırtılan bir çarşaf sesine benzeyen bir gürültü duyduğumu hatırlar gibi oldum. Başka hiçbir şey fark etmemiştim. Herhangi bir darbe hissettiğimi hatırlamıyorum. Öyle ki sonunda yeniden uykuya daldım. Birisi kapıyı yumruklayıp anlayamadığım bir cümle haykırınca sıçrayarak uyandım. Saatime baktım, bire on vardı. Robdöşambrımı giyip kapıyı açtım. Koridor boştu. Ama uzaktan yüksek sesle konuşmalar geliyordu; gecenin bu saatinde alışılmış bir şey değildi bu. Tam endişelenmesem de, Şirin'i hiç uyandırmadan gidip ne olup bittiğine bir bakmaya karar verdim.

Merdivende karşılaştığım bir kamarot hiçbir endişe taşımayan bir sesle tesadüfen ortaya çıkmış "birkaç küçük sorun"dan söz etti. Kaptan, birinci sınıf yolcularının hepsinin transatlantiğin en yukarısındaki Güneş güvertesinde toplanmalarını istiyor, diyordu.

– Karımı da uyandırayım mı? Gündüz biraz rahatsızdı.

Kamarot, biraz kuşkucu bir yüzle, "Kaptan, herkes dedi" diye cevap verdi.

Kamaraya dönüp gereken tüm yumuşaklıkla, önce alnını sonra kaşlarını okşayarak dudaklarımı kulağına yapıştırıp adını mırıldanarak Şirin'i uyandırdım. Ağzından bir homurdanma çıkar çıkmaz fısıldadım:

– Kalkmalısın, güverteye çıkmamız gerekiyor.

– Bu akşam olmaz, üşüyorum.

– Gezinti değil bu, kaptanın emirleri.

Bu son söz sanki sihirli bir etki yapmıştı, "Hüdaya! Allahım!" diye haykırarak yataktan atladı.

Hızla giyindi. Ve karmakarışık bir şekilde. Onu sakinleştirmek, bu kadar acele etme, arkamızdan kovalamıyorlar, demek zorunda kaldım. Yine de güverteye çıktığımızda ortalık karışmaya başlamıştı ve yolcular tahliye sandallarına götürülüyordu.

Daha önce karşılaştığım kamarot oradaydı, ona doğru yürüdüm; güler yüzlülüğünden hiçbir şey eksilmemişti.

Söylediğiyle dalga geçiyormuş gibi, "önce kadınlar ve çocuklar" dedi.

Şirin'i elinden tuttum, onu filikalara doğru götürmek istedim, ama yerinden kıpırdamadı bile.

– Hayyam'ın *Yazması*! diye yalvardı.

– Bu kargaşada kaybedebiliriz onu! Kasada daha emniyette!

– O olmadan gitmem!

– Gitmek söz konusu değil, diye araya girdi kamarot, yolcuları bir veya iki saatliğine gemiden uzaklaştırıyoruz. Aslında bana sorarsanız buna bile gerek yok ya neyse... Gemide kaptanın sözü geçiyor tabii...

Şirin'in ikna olduğunu söyleyemem. Hayır, sadece elinden tutulup sürüklenmeye direnmeden boyun eğdi. Ön güvertede bir subay yolumu kesti:

– Beyefendi, buradan lütfen, size ihtiyacımız var.

Yaklaştım.

– Bu filikada bir adam eksik; kürek çekmeyi bilir misiniz?

– Yıllardır Chesapeake körfezinde kürek çekerim.

Bu cevabımı yeterli bulup bana sandalda yer gösterdi ve Şirin'in de içeri atlamasına yardım etti. İçeride en fazla otuz kişi vardı ve bir o kadar yer de boş kalmıştı, ama kadınlardan ve deneyimli birkaç kürekçiden başka kimsenin bindirilmemesi emredilmişti.

Bizi biraz sert ve özensiz bulduğum bir tarzda su yüzeyine indirdiler, ama filikayı dengede tutmayı başardım ve küreklere asıldım. Nereye, bu uçsuz bucaksız karanlığın içinde hangi noktaya doğru kürek çekecektim? En ufak bir fikrim yoktu, kurtarma işiyle uğraşanlar da bunu bilmiyorlardı. Sadece gemiden uzaklaşmaya ve yarım mil uzakta bizi bir işaretle geri çağırmalarını beklemeye karar verdim.

İlk dakikalarda hepimizin kaygısı soğuktan korunmaktı. Buz gibi hafif bir rüzgâr esiyor, transatlantiğin orkestrasının hangi parçayı çalmaya devam ettiğini duymamızı engelliyordu. Yine de bana uygun gibi görünen bir mesafede durduğumuzda hakikati birden anladık: *Titanic*'in burnu giderek suya gömülüyor, ışıkları zayıflıyordu. Hepimizin sesi soluğu kesilmişti. Birden bir ses duyduk, bir adam bize doğru yüzüyordu; filikayı döndürüp ona doğru ilerledim; Şirin'in ve bir diğer yolcu kadının yardımıyla adamı sandala çektik. Biraz sonra başka kazazedeler de işaret ettiler ve gidip onları da topladık. Bu işle meşgulken Şirin bir çığlık attı. *Titanic* şimdi dikey bir vaziyette duruyordu, ışıkları sönmüştü. Bitmek bilmeyen beş dakika boyunca böyle durdu, sonra tüm haşmetiyle kaderine doğru gömülüp gitti.

15 Nisan günü doğan güneş bizi bitkinlikten yere uzanmış ve halimize acıyan yüzlerle çevrilmiş bir halde buldu. S.O.S. çağrısını alıp kazazedeleri toplamaya koşan *Carpathia*'nın güvertesindeydik. Şirin yanımdaydı, hiç sesi çıkmıyordu. *Titanic*'in battığını gördüğümüz andan beri tek söz etmemişti ve gözlerini benden kaçırıyordu. Onu sarsmak, yolcuların çoğunun öldüğünü, bizim

mucize eseri kurtulduğumuzu, bu güvertede kocasını kaybetmiş kadınların ve yetim kalmış çocukların ortasında olduğumuzu ona hatırlatmak geçiyordu içimden.

Ama kendimi tuttum, ona ders vermeye kalkışmadım. Bu yazmanın onun gözünde –benim için de öyleydi– bir mücevherden, kıymetli bir antikadan çok daha fazla bir şey ifade ettiğini, bir anlamda bizim birlikteliğimizin varlık nedeni olduğunu biliyordum. Bunca felaketin ardından bir de onun kaybolmasının Şirin'i ciddi biçimde sarsması doğaldı. İşi, her şeyi tamir eden zamana bırakmanın akıllıca olacağını hissediyordum.

18 Nisan akşamı, ilerleyen saatlerde New York limanına yanaştığımızda, bizi çok gürültülü bir karşılama bekliyordu: Muhabirler kiraladıkları kayıklara binip bizi karşılamaya çıkmışlardı ve ellerindeki hoparlörlerle sorular haykırıyor, bazı yolcular da ellerini borazan gibi yapıp cevap vermeye uğraşıyorlardı.

Carpathia rıhtıma yanaşır yanaşmaz başka gazeteciler de kazadan kurtulanların üzerine saldırdı, her biri en sahici veya en sansasyonel hikâyeyi kimden koparabileceğini kestirmeye uğraşıyordu. *Evening Sun*'dan gencecik bir muhabir de beni yakaladı. Özellikle de felaket ânında Kaptan Smith'in ve mürettebatın nasıl davrandıklarını merak ediyordu. Paniğe kapılmışlar mıydı? Yolcularla olan konuşmalarında gerçeği gizlemişler miydi? Öncelikle birinci sınıf yolcularının kurtarıldığı doğru muydu? Sorularının her biri beni düşündürüyor, belleğimi yoklamak zorunda bırakıyordu; önce vapurdan inerken sonra da rıhtımda ayakta durarak uzun süre konuştuk. Şirin bir süre hiç konuşmadan yanımda durmuş, sonra uzaklaşmıştı. Kaygılanmam için hiçbir neden yoktu, gerçekten uzaklaşmış olamazdı, hemen yakınımda gözleri kör eden flaşını yüzüme tutan şu fotoğrafçının arkasında olduğu için göremiyordum herhalde onu.

Gazeteci yanımdan ayrılırken çok iyi bir tanıklık yaptığım için bana iltifat etti ve benimle daha sonra temas kurmak için adresimi aldı. O gidince çevreme bakındım, seslendim, giderek bağırmaya başladım. Şirin yoktu. Beni yeniden bulabilsin diye oradan hiç ayrılmadım. Ve bekledim. Bir saat. İki saat. Rıhtım yavaş yavaş boşaldı.

Nerede aramalıydım onu? Önce *Titanic*'in ait olduğu White Star'ın bürosuna gittim. Sonra kazazedelerin o gece için yatırıldıkları otelleri dolaştım. Ama karımdan hiçbir iz yoktu. Rıhtıma geri döndüm. Issızdı.

O zaman Şirin'in adresini bildiği ve sakinleştikten sonra beni bulmayı düşünebileceği tek yere gitmeye karar verdim: Annapolis'teki evim.

Uzun süre Şirin'den bir işaret bekledim. Ama hiç gelmedi bu işaret. Bana yazmadı da. Bir daha hiç kimse benim yanımda onun adını anmadı.

Bugün kendime soruyorum: Böyle birisi var oldu mu gerçekten? Yoksa benim Doğu saplantılarımın bir ürünü müydü sadece? Geceleri, fazlasıyla geniş odamın yalnızlığında, içimde bir kuşku uyanıp aklım gidip gelmeye başlayınca, kalkıp tüm ışıkları yakıyor, bir zamanlar bana gönderdiği mektupları bulup çıkarıyor, sanki onları yeni almışım da mühürlerini ilk kez açıyormuşum gibi yapıyor, kokularını içime çekiyor, birkaç sayfasını okuyorum yeniden; üsluplarındaki soğukluk bile içimi rahatlatıyor, içimde yeni doğan bir aşkı yaşıyormuşum izlenimine kapılıyorum. Ancak o zaman yatışıp mektupları yerlerine kaldırıyor ve yeniden karanlığa gömülüp kendimi korkmadan geçmişin göz kamaştırıcı anılarına bırakıyorum: İstanbul'daki bir salonda söylenen bir cümle, Tebriz'de geçirilen iki uykusuz gece, kış vakti Zarganda'da bir mangal. Ve son yolculuğumuzdan da şu sahne: Gezinti güvertesine çıkmış, loş ve ıssız bir köşede uzun uzun öpüşmüştük. Yüzünü ellerimin arasına almak için Hayyam'ın *Yazması*'nı bir babanın üzerine koymuştum. Şirin bunu fark edince gülmekten katılmış, kollarımdan sıyrılıp teatral bir jestle gökyüzüne doğru haykırmıştı:

– *Titanic* güvertesinde *Rubaiyat!* Batı'nın gözbebeği Doğu'nun nadide çiçeğini taşıyor! Hayyam, bize nasip olan şu güzel ânı keşke kalkıp görebilseydin!